E.M.福斯特作品系列

霍华德庄园

〔英〕E.M.福斯特 著
巫和雄 译

人民文学出版社
PEOPLE'S LITERATURE PUBLISHING HOUSE

Edward Morgan Forster
Howards End

Simplified Chinese edition copyright © 2021 by Shanghai 99 Readers' Culture Co., Ltd.
All rights reserved.

图书在版编目(CIP)数据

霍华德庄园/(英)E. M. 福斯特著;巫和雄译. —北京:人民文学出版社,2021
(E. M. 福斯特作品系列)
ISBN 978-7-02-015998-7

Ⅰ. ①霍… Ⅱ. ①E… ②巫… Ⅲ. ①长篇小说-英国-现代 Ⅳ. ①I561.45

中国版本图书馆 CIP 数据核字(2019)第 300959 号

| 责任编辑 | 朱卫净　邱小群 |
| 封面设计 | 李　佳 |

出版发行	人民文学出版社
社　　址	北京市朝内大街 166 号
邮政编码	100705
印　　制	山东新华印务有限公司
经　　销	全国新华书店等
开　　本	890 毫米×1240 毫米　1/32
印　　张	11
字　　数	307 千字
版　　次	2021 年 8 月北京第 1 版
印　　次	2021 年 8 月第 1 次印刷
书　　号	978-7-02-015998-7
定　　价	59.00 元

如有印装质量问题,请与本社图书销售中心调换。电话:010-65233595

总　序

英国作家爱德华·摩根·福斯特（Edward Morgan Forster，1879—1970）一向是文学界的宠儿，有关研究著述可谓汗牛充栋，所以本文首先主要从阅读的角度对这套丛书做个简单的介绍。

文学作品的直接阅读无疑非常重要。会读书的人都知道，看作品以有感为上，有所启迪更佳，可以一直读到舒心快意，能与有识者共赏古今世界文学经典之瑰丽，品味蝼蚁人类勤奋思考之精华。这套丛书所选的书目就都是福斯特的代表作，从中可见"这一位"所贡献的瑰丽与精华：长篇小说《天使不敢涉足的地方》(Where Angels Fear to Tread，1905)，《看得见风景的房间》(A Room with a View，1908)，《霍华德庄园》(Howards End，1910)，《印度之行》(A Passage to India，1924)；文学评论《小说面面观》(Aspects of the Novel，1927)；《天国的公共马车：E.M. 福斯特短篇小说集》(《天国的公共马车及其他故事》[The Celestial Omnibus and Other Stories，1911]和《永恒的瞬间及其他故事》[The Eternal Moment and Other Stories，1928]这两部短篇小说集的合集）。作品时间跨度为从1905年到1928年，这正是福斯特的创作巅峰时期。

其实福斯特的作品不光专家喜欢研究，大众也喜欢看。这当然和影视手段的推动不无关系。这套丛书里的四部长篇小说都有电影版：《天使不敢涉足的地方》(1991)，《看得见风景的房间》(1985)，《霍华德庄园》(1992；另有2017年拍的电视剧版)，《印度之行》(1984)。影视手段和大众阅读的关系严格说是互动互惠的，有读者缘，影视制作机构也就喜欢拍。文学研究关注的东西都比较深远，大众的喜好也未必浅薄，能打动人心就一定自有其道理。

福斯特的长篇小说充满了地道的英国风味，但是他并没有满足于对英国上层社会生活图景及其趣味的展示。在貌似复杂而琐碎的人物关系描写和故事情节推进中，他的重点更多的是揭示，揭示这个阶层的人在与国内外各色人等打交道的时候出现的种种问题，其中涉及人与人的关系，人与自然的关系，人与自我的关系，殖民地宗主国与殖民地人民之间各种内在的和表面化了的冲突，还有理想化生活方式与现实之间的冲突。给福斯特套什么"主义"似乎不太容易，我们只要从他的作品里看到了他笔下那个时候若干英国人的生活状态，看到了他或曲折暗示或直接表述的种种思考，也就对得起作者的苦心了。

福斯特的文论著作《小说面面观》基于他自己作为一个小说家的体验去观察小说这种文学存在，去评论小说的方方面面，早已列入文学专业的必读书目。他在书中提出的一些重要概念，如圆形人物和扁平人物、幻想小说（或奇幻小说）等小说类别、小说节奏，等等，为文学理论大厦的构建做出了卓越的贡献。

这套书给了我惊艳之感的，还有福斯特的短篇小说。他长篇小说的那些特点同样表现在了他的短篇作品中。除此以外，在这些轻灵活泼、引人入胜的短篇中，对人类去向和人性发展的沉重思考，超越了现实局限、时代局限和社会局限，细想起来，的确令人震撼，却又处处不离"文学即人学""伟大的文学家必然是思想家"这些耳熟能详的文学正道。难怪文学界如此尊崇福斯特。

毋庸讳言，这类书的出版不可避免地要再次涉及两个话题，一个是读经典的意义，另一个就是重译的必要。

关于读经典，近年谈论的人比较多，笔者也在其他场合参与过讨论，重复的话就不说了。这里想强调的是：首先，经典的涵盖范围是一直在变的，新的经典不断加入，文学界的评论探究和出版界的反复出版，其实就是个大浪淘沙、沙里淘金的过程，这个过程始终没有而且也不应该中断，一百年后也是如此；其次，和创作一样，文学阅读也有代际承接的问题，新的读者不断产生，对经典作品必然有着数量和质量上不断更新的需求。即便是宗教经典那种对曲解极为警惕的作品，也存在着更新的需要，因为教徒在生长，在变动。这是生命的特征。而与时俱进是生命力的特征。更何况经典的一个本质性特点就是耐读，即经得起反复读，而且常读常新。巧的是，在对福斯特的各种评介中，印象最深的正是很多人都知道的这样一句话："爱·摩·福斯特对我来说，是唯一一位可以反复阅读其作品的还在世的小说家，每次读他的书我都有学到了东西的感受，而进入小说阅读之门以后，就很少有小说家能给我们这样的感觉了。"①

　　关于第二个话题，翻译界有过不少讨论。重译同样和受众的不断变化有关，其实质是，译入语语言本身的发展和译入语文化环境的改变。除此以外，还涉及译本质量的提高。版权问题插进来以后，重译要考虑的情况似乎更为复杂一些。尽管如此，不断提高译本质量仍然是敬业的译者和出版人不懈的追求。需要注意的是，文化产品和一般意义上的科技产品有一个区别，和艺术与科学的区别一样，即并非后来者就一定居上。美学追求和先来后到的顺序基本无关，全看创作者内心的呼唤及其素质加努力。文学作品的翻译也是同样。在考虑译本质量的时候，这是不能忘记的一个侧面，否则无法体现我们对无数前辈译者的尊重。

　　综合以上各种考虑，这套丛书在投入重译之初，我们就对参与这项工作的各位译者提出了明确的要求，希望我们能竭尽全力，以爱惜羽毛的谨慎，锻造不后悔的硬作。

　　我们还提出了两个需要特别注意的问题。第一个就是注意与前译的关系。为不断提高译作质量，后译对前译有所参照是难以避免的，但是我们要求，必须特别注意防止侵权。如与前译过于贴近，一般要求再改；如确有借鉴，必须予以说明。然而我们也发现，有些地方，从初译、修订到审校，经三四个人之手，最后竟然还是与某种前译撞车，这只能说是所见趋同，巧了，因为那大概的确就是最妥帖的译法。对这种情况如何看，还有待翻译界和出版界共同探讨。读者如果

---

① 原文是：E. M. Forster is for me the only living novelist who can be read again and again and who, at each reading, gives me what few novelists can give us after our first days of novel-reading, the sensation of having learned something. 见美国文学批评家莱昂内尔·特里林（Lionel Trilling, 1905—1975）的《爱·摩·福斯特》(E. M. Forster, Oxford University Press, 1982) 一书第3页。

在这个方面发现问题，欢迎提出。

　　第二个需要特别注意之处，是福斯特的语言风格及其表达。语言风格的再现始终是翻译的一个难点，我们只能尽力而为。众所周知，善用反讽，表达讲究机智巧妙（有时甚至给人以卖弄聪明之感），这是英国文学中的一种传统，福斯特是这种传统的继承者和推进者，因此我们注意了尽量保留这类表达方式的多层含义。作为十九世纪末二十世纪初典型的英国绅士，虽然在用词甚至标点上也有一些自己的习惯，福斯特的语言基本上还是中规中矩的，这对翻译来说是福音，因为相对而言减少了难度。考虑到原文的时代特点，我们希望译文流畅可读，但不过度活泛现代。那个时期英语的一个特点是句子偏长，福斯特的语言也是如此，但结构也不是非常复杂。我们的把握是：对偏长的句子适当截断以便于理解，同时注意紧凑，不使其过于散乱。我们希望译作语言首先是不能给读者造成理解障碍，其次要能给读者以阅读的愉悦，此外还要让人感觉这是福斯特而不是其他人在说话。

　　总体来看，这套丛书其中的几本，译者认为纠正了前译中的一些错译，也就是说，我们的译本在翻译的准确程度上有所提高。细节之外，我们还尤其注意了整部作品的内在连贯，包括前后通达和风格的一致。至于美学意义上的评价，我们等待时间的检验，并且始终欢迎各种角度的批评和讨论。

　　衷心感谢丛书译者和出版社众多编辑的辛勤付出。

　　感谢爱·摩·福斯特赋予我们的文学盛宴。

杨晓荣
2020 年 11 月 16 日于南京茶亭

目录

第一章 / 1
第二章 / 5
第三章 / 12
第四章 / 22
第五章 / 30
第六章 / 44
第七章 / 54
第八章 / 62
第九章 / 72
第十章 / 78
第十一章 / 87
第十二章 / 101
第十三章 / 106
第十四章 / 113
第十五章 / 124
第十六章 / 136
第十七章 / 148
第十八章 / 156
第十九章 / 166
第二十章 / 175
第二十一章 / 183

第二十二章 / 185

第二十三章 / 193

第二十四章 / 201

第二十五章 / 206

第二十六章 / 216

第二十七章 / 232

第二十八章 / 239

第二十九章 / 243

第三十章 / 249

第三十一章 / 255

第三十二章 / 260

第三十三章 / 264

第三十四章 / 273

第三十五章 / 283

第三十六章 / 287

第三十七章 / 290

第三十八章 / 301

第三十九章 / 307

第四十章 / 310

第四十一章 / 314

第四十二章 / 323

第四十三章 / 328

第四十四章 / 333

译后记 / 341

第一章

我们还是从海伦写给她姐姐的信说起吧。

霍华德庄园,星期二

最亲爱的梅格①:

这房子跟我们想的不一样,又小又旧,不过整体看还挺漂亮——是红砖的。我们倒是勉强挤得下,等明天保罗(小儿子)来了,天知道会怎么样。从正厅右转就进了餐厅,左转是客厅。正厅本身其实就是一个房间。打开里面的另一扇门是隧道似的楼梯,通往二楼。二楼有一字排开的三间卧室,卧室上方是一字排开的三间阁楼。房子实际上不止于此,不过引人注意的也就是这几间——从前面的花园抬头看去,能看到九个窗子。

然后就是一棵高大的山榆树——往上看去左边就是——斜斜地罩住房子,就长在花园和草地之间。我都已经爱上那棵树了。也有些普通的榆树、橡树(和一般的橡树一样让人讨厌)、梨树、苹果树,还有一架葡萄藤。白桦倒是没有。不过我得去会会男女主人了。我只是想告诉你,这房子跟我们想的一点都不一样。我们怎么会认定,他们的房子就该到处是山墙和卷纹,他们的花园里就该全是橘黄色的小路呢?这肯定是因为我们把他们和奢华的酒店联系到一起去了——威尔科克斯夫人身着华服款款走过长廊啦,威尔科克斯先生对门房颐指气使啦,等等。我们女人就是这么不着调。

我周六回去,晚些时候会告诉你火车班次。你没有一道过

---

① 梅格是玛格丽特的昵称。

来，他们跟我一样生气。蒂比每个月都要得一次大病，太折腾人了。他怎么会在伦敦染上花粉热的呢？染就染了吧，非得要你放弃出行，听他一个学生打喷嚏，这也太过分了。告诉他，查尔斯·威尔科克斯（在家的这个儿子）也染了花粉热，但是他可勇敢了，我们询问病情的时候他还有点恼火呢。威尔科克斯家的男人真是蒂比的好榜样。但是你肯定不以为然，我还是换个话题吧。

这封信有点长，因为我是早饭前写的。哎呀，那些葡萄藤叶子真漂亮！整个房子都被葡萄藤覆盖住了。我刚才朝外看了一眼，威尔科克斯夫人已经在花园里了。很显然，她对这花园情有独钟，难怪偶尔会露出疲态。她在观察那些大朵的含苞待放的罂粟花，然后又从花园草坪走向外面的大草地。我刚好能看到草地的右边角。她一身长裙，在湿漉漉的青草上拖曳而过，折返的时候手里捧着昨天割的干草，一边不停地嗅着那气味——估计是给兔子或者其他什么动物准备的。这里的空气清新甜美。过了一会儿，我听到了槌球的声音，便又朝外望去，发现是查尔斯·威尔科克斯在练球。他们对什么运动都感兴趣。不久，他开始打喷嚏了，只好停了下来。接着我又听到咔嗒咔嗒的声音，这次是威尔科克斯先生在练球。很快，"啊嚏——啊嚏"的声音传来，他也不得不停了下来。这时埃薇出来了，在一台器械上做着健身操。那机器固定在一棵青梅树上——他们真是物尽其用。很快她也打起了喷嚏，便进屋去了。最后，威尔科克斯夫人再次露面，慢慢悠悠地走过，一边嗅着干草的气味，一边观赏着那些花儿。我跟你唠叨这些，是因为你曾经说过，人生有时是生活，有时只是一场戏而已，我们必须加以区分。一直以来，我都把这话当成"梅格聪明的胡说八道"。但是这个早晨确实像是一出戏剧而非生活，看着威尔科克斯一家人轮番出场，我真的倍感滑稽。现在，威尔科克斯夫人进屋了。

我要穿上（省略）。昨天晚上威尔科克斯夫人穿了一件（省略），埃薇穿了（省略）。所以说，这里不是一个可以随心所欲的地方，如果你闭上双眼，它仍然像是我们期待的那家到处是卷纹的酒店，可是一睁眼就变了样。那些野蔷薇香气袭人，组成一堵巨大的篱笆墙，矗在草坪上，花儿高悬下来，形成一个个花环，而篱笆墙的底部规整纤细，透过它可以看到几只鸭子和一头牛，那是隔壁农场里的。这农场是我们附近唯一的房舍。早餐的铃声响了，祝好。代问蒂比好，也代我向朱莉姨妈问好。她能过去陪你真好，不过也够烦的。把这信烧了吧，周四再给你写。

海伦

霍华德庄园，星期五

最亲爱的梅格：

　　这段时间我太开心了。我喜欢他们所有人。虽说威尔科克斯夫人比在德国时沉默了些，可她现在比任何时候都更可爱，一如既往地无私，我还没见过谁能像她这样。更可贵的是，其他人并没有因此而糟践她。他们是你能想象到的最幸福、最快乐的家庭。我真的觉得我们彼此开始相知相交了。有意思的是，他们认为我是一个傻妞，也这么说了——起码威尔科克斯先生是这么说的——人家这么说你，而你又不介意，那就很能说明问题了，是不是？他把推行妇女选举权可能导致的极端结果说得有条有理，我说我相信男女平等，他就抱起双臂，给我前所未有的一击。梅格，我们是不是该学着少说话？我这辈子从来都没这么难堪过。我说不出来人类什么时候平等过，甚至都不知道什么时候追求平等的愿望让人更加幸福过。我哑口无言。我过去认为平等是件好事，这种观念也许来自某本书，也可能来自诗歌，又可能来自于你。不管怎么说，它被击得粉碎，而且就像所有真正强大的人那样，威尔科克斯先生做到这点的同时却没有伤害我。另一方面，我则笑话他们得了花粉热。我们像好斗的公鸡一般生活着。查尔斯每天开车带我们出去兜风——去看林木荫翳的坟墓，去造访隐士的居所，去古代麦西亚国王们修造的通衢大道上撒欢，去打网球，去打板球，去打桥牌，到了晚上就挤在这可爱的房子里。整个家族的人现在都在这儿——它就像个兔子窝。埃薇挺可爱的。他们希望我留下来过星期天——我想我留下来也无妨。天清气爽，向西望去，高地景致迷人。谢谢你的来信。把这封信烧了。

爱你的海伦

霍华德庄园，星期天

最最亲爱的梅格：

不知道你会怎么说：我和保罗恋爱了——就是那个周三才回来的小儿子。

第二章

玛格丽特瞥了一眼妹妹的信笺,把它推给餐桌对面的姨妈。短暂的沉默之后,话匣子打开了。

"朱莉姨妈,我也没啥可说的,我跟您一样什么都不知道。我们是去年春天在国外碰上的,而且只是碰上了那家的父母。我几乎什么都不知道,甚至都不知道他们家儿子叫什么。这也太——"她摆了摆手,勉强露出一点笑容。

"那样的话,事情是太突然了。"

"谁知道呢,朱莉姨妈,谁知道呢?"

"可是亲爱的玛格丽特,你看,事已至此,我们也不能不切实际啊。是突然了点,确实。"

"谁知道呢!"

"可是,亲爱的玛格丽特——"

"我去找她另外几封信,"玛格丽特说道,"不,还是算了吧,我先把早饭吃完。实际上,我也没那些信了。我们是在一次扫兴的短途旅行中碰到威尔科克斯夫妇的,当时我们正从海德堡去施派尔。我和海伦总惦记着施派尔有座宏伟古老的教堂——施派尔大主教可是七大选帝侯之一[①]——您知道'施派尔、美因茨和科隆'的嘛。这三大教区曾经掌管着莱茵河谷,因此得了个教士街的名头。"

"我还是觉得这事很不妥,玛格丽特。"

"当时火车从船只组成的浮桥上通过,第一眼看去还挺漂亮的,可是五分钟后我们就看清一切了。那座教堂已经毁掉了,彻底毁掉了,是因为修复而导致的;原始结构一寸也没留下来。我们浪费了一整天,正在那儿的公园里吃三明治呢,恰好就碰上了威尔科克斯夫

[①] 指德国历史上 1356 年后有权选举神圣罗马帝国皇帝的世俗领主和教会领袖,共七人。

妇。可怜的他们也上当受骗了——他们其实是路过施派尔。他们很喜欢海伦，非要跟我们一起赶往海德堡。他们第二天还真来了。我们一起坐车逛了一些地方。他们跟我们熟络起来之后，就邀请海伦去看他们。我也受到了邀请，但是蒂比的病情让我没法起身，所以上周一她就一个人去了。情况就是这样，现在您知道的不比我少了。这个小伙子我一无所知。她本该周六回来的，但是推迟到下周一了，也许是因为——我也不知道。"

她突然住了嘴，倾听伦敦早晨的各种声响。她们的房子位于威克姆街，比较幽静，因为一个由建筑物组成的高耸的岬角将它与主干道分隔开了。你会觉得，这儿就是一个回水潭，或者是一个河口，水流从无形的海洋涌入，又悄无声息地退去，而外面却一直惊涛拍岸。尽管这个岬角是由公寓组成的——公寓很贵，有着洞穴一般的入口过厅，门卫和棕榈树随处可见——但是它发挥了自己的作用，为对面老旧的房子争得了些许静谧。这些老房子迟早也会被一扫而空，原址上会耸立起另一个岬角，因为人类在伦敦金贵的地皮上就是这么越摞越高的。

对于两个外甥女，芒特夫人①有着自己的看法。她认定玛格丽特有点儿歇斯底里，是在通过滔滔不绝的说话拖延时间。她觉得自己足够老到，便对施派尔的命运表达了哀痛之情，并断言此生绝不会受骗去那里游览，然后又顺势发挥，说德国误解了修复古迹的原则。"德国人啊，"她说道，"就是一根筋，有时这样也挺好的，但有时就行不通。"

"千真万确，"玛格丽特说，"德国人太一根筋了。"她的眼睛一亮。

"当然，我是把你们施莱格尔家当成英格兰人的，"芒特夫人急忙说道，"地道的英格兰人。"

玛格丽特朝前探过身子，轻轻地摸了摸她的手。

---

① 即朱莉姨妈。

"这倒提醒了我——海伦的信——"

"哦，对了，朱莉姨妈，我一直都在想海伦的信呢。我知道——我得去看看她。我一直惦记着她呢，我打算下去一趟。"

"但是要有个计划呀，"芒特夫人说道，和善的语气中透出一丝愠意，"玛格丽特，要我多句嘴的话，可别弄个措手不及。你觉得威尔科克斯一家人怎么样？他们跟我们是一路人吗？门当户对吗？依我看，海伦可是个与众不同的人，他们能接受吗？他们喜欢文艺吗？你想想就知道了，这可是最重要的。文学和艺术，至关重要。那个儿子该多大了？她说的是'小儿子'。他现在适合结婚吗？他会让海伦幸福吗？你打听过——"

"我啥都没打听。"

她们立刻吵吵了起来。

"那样的话——"

"那样的话我什么计划都制定不了，您知道的。"

"恰恰相反——"

"我讨厌计划，我讨厌行动路线。海伦又不是小孩子了。"

"那样的话，亲爱的，为什么还要下去一趟呢？"

玛格丽特沉默了。如果她姨妈看不出来她为什么要下去，那她也就不会跟她解释了。她不会说："我爱我那亲爱的妹妹；在她人生的关键时刻，我必须在她身边。"关爱比激情更隐晦，其表达方式也更含蓄。如果她自己爱上了某个男人，就会像海伦一样，站到屋顶上大声喊出来，然而她只是关爱自己的妹妹，因此使用的是感同身受这种无声的语言。

"我觉得你们两姐妹够特别的，"芒特夫人继续道，"都是非常好的姑娘，很多方面比实际年龄老成得多。但是——你别见怪啊——坦白地说，这事儿你对付不了，得有个年纪大点儿的人才行。亲爱的，斯沃尼奇也没什么事要我回去。"她摊开她那圆滚滚的胳膊，"我全听你吩咐。让我代你去那个房子一趟吧，那地儿叫什么来着。"

"朱莉姨妈，"她跳起来亲了她一口，"我必须亲自去一趟霍华德庄园。您的好意我感激不尽，不过您还没摸清门道呢。"

"我知道门道，"芒特夫人信心满满地反驳道，"我到那里去不是想干涉什么，只是打探一下。打探打探还是有必要的。我就直说吧，你会说错话的，肯定会。为了海伦的幸福，你会着急忙慌，那些鲁莽的问题只要问出一个，就把威尔科克斯一家人得罪了——虽然你没想着伤害他们。"

"我不会问什么问题的。海伦的信写得很明白，她和一个男人恋爱了。只要她不改变主意，就没什么好问的。其他的都无关紧要。如果你喜欢，那就定一个不着急结婚的婚约，但是什么打探啦，问题啦，计划啦，行动路线啦，用不着，朱莉姨妈，都用不着。"

她急急忙忙地往外走，不再优雅，也不再睿智，这两种素质被浑身透出的一种东西所取代——一种迸发自内心的活力，一种她在人生道路上不管碰到什么都会表现出来的持续的自然反应。

"如果海伦信里写的还是这件事，只不过说的是个小店员，或者是个身无分文的小职员——"

"亲爱的玛格丽特，快进书房里来，把门关上吧。你那些能干的女佣在掸栏杆上的灰呢。"

"——或者她想嫁的是个家当多得要找卡特·帕特森公司①的人，我也还是这么说。"接着，她习惯性地话锋一转，又补充了一句，好让她姨妈相信她并非真的失去了理智，也让另一种看客们②明白，她可不是只会空谈的："话说回来，如果是个跟卡特·帕特森公司打交道的，我真希望这是个要等很长时间才结婚的婚约。"

"我倒希望如此，"芒特夫人说道，"可是，我真的跟不上你的趟儿了。想想看吧，要是你跟威尔科克斯家说出这样的话，会是什么结果。我是能理解的，可那一家子会觉得你脑子有毛病呢。想想看，海伦该有多尴尬！现在需要的是一个能稳妥处理这事儿的人，弄清楚事

---

① 一家著名的运输公司。
② 指门外偷听的女佣。

情怎么样了，会朝哪个方向发展。"

玛格丽特心下有些不快。

"可您刚才的意思是，那个婚约必须废掉。"

"我觉得也许只能这么做，但是要慢慢来。"

"您能慢慢废掉一纸婚约吗？"她的眼睛亮了起来，"您觉得婚约是什么做的？我认为是用某种可以折断却没法废掉的硬东西做的。这跟生活中的其他关系不一样。那些关系可以延伸，可以弯曲。都是有余地的。那是另一回事。"

"确实是这样。可你就不能让我到霍华德庄园去一趟，省得你受这些罪吗？我真的不会乱插手的，你们施莱格尔家的为人处事我太了解了，我只要静静地四处看看就够了。"

玛格丽特又向她表达了谢意，并再次吻了她一下，然后跑上楼去看她弟弟。

他的情况不太好。

花粉热折磨了他一夜。他头痛欲裂，眼泪汪汪。他告诉她，他的黏膜情况极不乐观，唯一值得让生活延续下去的，就是对作家沃尔特·萨维奇·兰多①的留恋，她答应过白天要时不时地给他朗读其代表作《假想对话录》。

事情真是难办。海伦的事是必须管的。一定要让她安心，一见钟情不是罪过。电报什么的太过冷淡隐晦，亲自造访又似乎越来越不可能。这时医生来了，说蒂比的病情相当严重。接受朱莉姨妈的好意，让她带上一封信去霍华德庄园，或许这真是最好的办法？

玛格丽特显然是个容易冲动的人，一会儿一个想法。她飞奔下楼进了书房，大声嚷嚷道："好吧，我改变主意了；我真的希望您能去一趟。"

国王十字车站十一点有一班火车发出。十点半的时候，蒂比难得

---

① 沃尔特·萨维奇·兰多（Walter Savage Landor，1775—1864），英国诗人、散文家，《假想对话录》（*Imaginary Conversations*）是其代表作。

自己睡着了，玛格丽特才得以坐车将姨妈送到了火车站。

"朱莉姨妈，您要记住，到时不要被扯进去谈婚约的事情。把我的信交给海伦，您想说什么都可以，但是一定要避开什么亲戚。我们现在连他们的名字都弄不清呢，再说，那样的事太不文明，也不大对头。"

"就这么不文明？"芒特夫人有点疑问，生怕误解了什么精彩的言论。

"哦，我的用词夸张了点儿。我只是想说，您跟海伦一个人说这件事就好了。"

"只跟海伦一个人。"

"因为——"但现在不是细说个人爱情体悟的时候。玛格丽特没再接话，她只是摸了摸姨妈的手，一半理性、一半诗意地默想起这趟即将从国王十字车站开始的旅行。

跟许多其他久居大都会的人一样，她对各式各样的车站感触良多。车站是我们走向辉煌和未知世界的大门。通过它们，我们开始冒险之旅，融入阳光，然后兜兜转转，天哪，又回到它们这里！整个康沃尔郡，还有那更加遥远的西部，都隐遁在帕丁顿车站身后；顺着利物浦街车站的斜坡而下，是东英格兰成片的沼泽和无垠的浅湖；穿过尤斯顿车站的塔门①就通向了北边的苏格兰；而熙熙攘攘的滑铁卢车站背后则是南面的韦塞克斯。②意大利人对此深有体会，这也很正常；他们中那些不幸沦落到在柏林当服务生的人，把安哈尔特火车站称为意大利车站，因为他们必须经过这里才能回家。无论是哪个伦敦人，如果他没有赋予这些车站以些许灵性，没有向其中倾注哪怕是羞于启齿的忧愁与爱恋，那他就是无情之辈。

对于玛格丽特来说——我希望读者不会因此反感她——国王十字车站一直以来就意味着无限可能。它的独特位置——比浮华的圣潘克

---

① 建筑术语，指尤斯顿车站纪念碑式大门，现已损毁。
② 帕丁顿车站、利物浦火车站、尤斯顿车站、滑铁卢车站都位于伦敦，是通向伦敦以外各个方向的门户。

拉斯火车站稍稍靠后一点——就是对物欲生活的一种写照。那两个巨大的拱门颜色暗淡，古板呆滞，共同肩负着一座不讨喜的大钟。它们倒恰好可以作为某种永恒求索的门户，这种求索也许能功成名就，但其辉煌绝不会以平淡的语言表述出来。如果你觉得这是无稽之谈，请记住，跟你说这些内容的可不是玛格丽特；让我赶紧补上几句吧：她们赶火车的时间很充裕，芒特夫人找到了一个很舒适的位子，面朝车头方向，但是离它又不太近；玛格丽特刚回到威克姆街，就接到了下面这封电报：

都已结束。但愿我从未写过。对谁都别说。——海伦

但是朱莉姨妈已经去了——无可挽回地去了，要阻止她已是回天乏术。

第三章

　　芒特夫人自信满满地将她的使命预演了一遍。她的两个外甥女都是个性独立的姑娘，她能够帮得上她们的机会并不多。埃米莉①的女儿一向就不似其他女孩子。蒂比出生的时候，她们就失去了母亲，当时海伦五岁，玛格丽特也不过才十三岁。那是"亡妻姊妹法案"②获得通过的前夕，因此芒特夫人可以顺理成章地提出去威克姆街料理家务。但是她姐夫性情古怪，还是个德国人，把这个问题抛给了玛格丽特，而玛格丽特因为年轻鲁莽，一口回绝了她，说他们自己能够料理得更好。五年之后，施莱格尔先生也去世了，芒特夫人重提旧事。此时的玛格丽特不再鲁莽，她心存感激，非常客气，但是其回答本质上却别无二致。"我绝不会第三次掺和这事儿了。"芒特夫人这样想着。可是，她当然还是掺和了。她吃惊地获悉，刚到法定年龄的玛格丽特正在把钱从过去那些稳妥的投资项目中撤出来，转而投向海外项目，这总是要赔本的。沉默就是犯罪。她自己的资产都投在了国内铁路上，于是苦口婆心地劝外甥女也学她的样儿。"那我们就一起做吧，亲爱的。"出于礼貌，玛格丽特向诺丁汉铁路和德比铁路投入了几百英镑。后来海外投资风生水起，而诺丁汉和德比项目每况愈下，国内铁路特有的一贯做派倒是依然如故。尽管如此，芒特夫人始终沾沾自喜，隔三岔五就会说："不管怎样，这都是我张罗的，要是赔本儿了，可怜的玛格丽特总还有一点老底可用。"今年海伦也到了法定年龄，同样的事情又发生在她的身上；她也把钱从联合公债中转了出来，不过她几乎不用催，就把其中的一部分贡献到诺丁汉和德比铁路项目上了。到目前为止，一切都还好，但是在社交问题上，她们的姨妈可就

---

① 朱莉姨妈的姐姐。
② 这是英国议会 1907 年通过的一项法案，规定鳏夫可以娶亡妻的姐妹为妻。

无能为力了。姑娘们迟早是要把自己"泼出去"的，如果说她们迟迟没有动静，那只是为了将来"泼"得更狠一点。她们在威克姆见识了太多的人——几个胡子拉碴的音乐家，还有一个女演员，一些来自德国的表亲（大家都知道外国人是什么形象），以及在欧洲大陆的酒店里结识的那些熟人（大家也知道他们是什么形象）。有意思的是，在斯沃尼奇一带，芒特夫人比谁都更看重文化；但是文化是危险的，灾难迟早会因此而降临。灾难降临的时候，她就在现场，这是多么英明，又是多么幸运啊！

火车朝北一路疾驰，穿过数不清的隧道。虽然只有一个小时的车程，芒特夫人却不得不一次又一次地把车窗抬起和放下。她穿过南韦林隧道，见到了短暂的光亮，随即又进入北韦林隧道，这里因为曾有悲剧发生而名声在外①。她跨越了一座巨大的高架桥，那些桥拱横跨在宁静的草地和泰温河那梦幻般的水流之上。她绕过了那些政治家的庄园。北方大道时不时地与她并行，比任何铁路都更显无垠，在沉睡了一百年之后醒来，发现生活中到处都是汽车的油气味儿，所谓文化，也可以从那些"包治百病"的药丸广告②中一瞥其端倪。历史也罢，悲剧也罢，过去也罢，将来也罢，芒特夫人概不关心；她的使命就是专注于这次旅程的终点，去解救可怜的海伦于水火。③

去往霍华德庄园的车站在希尔顿村，像这样的大型村庄不时地可见于北方大道沿线，其规模得益于繁忙的公共汽车或更早期的公共马车服务。由于紧邻伦敦，这个村庄并没有乡下那种常见的破败景象，长长的主干道朝两边分出许多支路，通向居民的房子。一排盖了瓦和石板的房子从漫不经心的芒特夫人眼前闪过，绵延了一英里，其中一段被六座丹麦人的古坟隔断了，那是士兵的坟墓，肩并肩沿着主路一字排开。过了这些坟墓，住户开始变得稠密起来，火车在一片小镇似

---

① 1866 年 6 月，这里曾发生一起严重的火车交通事故。
② 原文为 "advertisements of anti-bilious pills"，据当时的广告图片，这种药丸（anti-bilious pills）可用于治疗肝病、胆病、头痛、烧心和消化不良等各种病症。
③ 此处与阿尔弗雷德·丁尼生（Alfred Tennyson, 1809—1892）的诗《轻骑兵的冲锋》（"The Charge of the Light Brigade"）中的两句形成呼应：他们不去问原因／只能奉命去战斗和牺牲。

的杂乱区域停了下来。

这个车站就像沿途的风景,也像海伦的信,让人难以捉摸。它会通向何处,是英格兰还是郊区?车站比较新,有岛式站台和一个地下通道,具备生意人追求的那种外在的舒适感。但是其中也能窥见百姓生活、邻里往来的痕迹,就连芒特夫人都能看得出来。

"我在找一处房子,"她凑近那个卖票的男孩说道,"叫霍华德小屋。你知道在哪儿吗?"

"威尔科克斯先生!"男孩喊道。

他们前面的一个小伙子转过了身。

"她想找霍华德庄园。"

事已至此,芒特夫人只好硬着头皮上了,她局促不安,甚至都无法直视眼前这个陌生人。不过她想起来那家是有弟兄两个的,于是回过神来对他说:"不好意思,请问你是小威尔科克斯先生还是大威尔科克斯先生?"

"小威尔科克斯。有什么可以效劳的?"

"哦,这个——"她勉力地控制着自己,"太巧了。你是小的吗?我——"她从售票员身边走开,低声说道:"我是施莱格尔小姐的姨妈。我该自我介绍一下,是吧?我是芒特夫人。"

她注意到,他只是抬了下帽子,相当冷淡地说道:"哦,幸会;施莱格尔小姐跟我们住一起。你想见她吗?"

"可能——"

"我给你叫辆车吧。不,等会儿。"他略一沉思,"我们的车就在这儿,我开车送你过去吧。"

"太感谢——"

"不客气,只是他们去办公室取一件包裹了,你得等会儿。这边走。"

"我外甥女没跟你一起来啊?"

"没有。我跟我父亲一起来的。他坐你那趟车去北方了。吃午饭的时候你就能见到施莱格尔小姐了。要不,你上我家来吃午饭吧?"

"我很乐意去啊。"芒特夫人说道。不过在进一步了解海伦的恋人之前,她是没心情考虑吃饭问题的。他看上去挺绅士的,不过他的气场让她有些慌乱,让她失去了观察力。她偷偷地打量着他。他嘴角深陷,额头四四方方的,不过从女性的角度看,这都不是问题。他肤色较黑,胡子刮得干干净净,似乎习惯了指使别人。

"你要坐前排还是后排?前排风可能大点。"

"可以的话我坐前排吧,那样我们可以聊聊天。"

"不好意思,请等我一会儿——真不知道他们在怎么折腾那个包裹。"他大步走进了售票处,换了一副嗓门喊道:"嗨,嗨,你们怎么回事,要我等一整天吗?寄给霍华德庄园威尔科克斯的包裹,赶紧的!"出来后,他的语气缓和了点,"这个车站乱七八糟的;要我说,他们统统都该滚蛋。我扶你上车吧?"

"你太好了。"芒特夫人说道,一边坐进了红色皮革做成的座位里,它就像一个奢华的山洞,毯子和披肩严严实实地将她包裹了起来。她愈发客气起来,不过这个小伙子也真是不错。而且,她有点怕他:他太镇静自若了。"真是太好了。"她又说了一遍,然后又补充道:"跟我期望的一样。"

"你这么说太客气了。"他回应道,面色看上去有点意外,这面色不易察觉,芒特夫人一贯是注意不到的。"我刚好开车送我父亲,过来赶北上的火车。"

"你知道吗,我们今天早上才从海伦那里听说的。"

年轻的威尔科克斯往油箱里倒入汽油,发动了引擎,又进行了一番跟咱们这个故事无关的操作。庞大的车身抖动了起来,想着解释原委的芒特夫人也在红垫子里惬意地随之上下颠簸。"我妈妈见到你会很开心的,"他含混地低声说道,"嗨,嗨!包裹呢,霍华德庄园的包裹呢。拿出来呀,嗨!"

一个满脸胡子的搬运工走了出来,一手拿着包裹,一手拿着登记簿。车子的轰鸣越来越响,夹杂其中的是愤怒的叫嚷声:"签字,用得着签吗?怎么——折腾这么久还要我签字吗?你连铅笔都不带?给我记着,下次我要告到站长那里去。我不像你,时间可是很宝贵的。拿去吧。"——拿去的是小费。

"真不好意思,芒特夫人。"

"没事儿的,威尔科克斯先生。"

"我要从村子里穿过去,你不介意吧?这样要绕点远路,但是我要帮人办点事。"

"我喜欢从村子里穿过去啊,正有事急着跟你说呢。"

这话一说出口,她就愧疚起来,因为她违背了玛格丽特的嘱托。当然,违背嘱托是字面上的,玛格丽特只是告诫她不要跟外人谈论这件事。既然机缘巧合让他们碰上了,跟这个年轻的事主聊聊这事,自然算不上"不文明或不对头"吧。

生性寡言的他没有答话。他从她那侧上了车,戴上手套和风镜,便驾车出发了,丢下那个满脸胡子的搬运工在后面艳羡地张望——生活真是捉摸不透。

在车站的路上,风朝他们迎面而来,把灰尘都吹进了芒特夫人的眼里。可是等车子一拐上北方大道,她便开口喋喋不休起来。"你都能想得到,"她说,"那个消息吓了我们一大跳。"

"什么消息?"

"威尔科克斯先生,"她直白地说道,"玛格丽特什么都跟我说了——全都说了。我也看过海伦的信了。"

他两眼专注于路况,因此看不到她的脸;他正用最快的速度行驶在中心街道上。但是他把头朝她的方向偏了一下,说道:"抱歉,我没听清楚。"

"我是说海伦,当然是海伦。海伦是个很特别的人——你对她情深义重,肯定同意我这么说——确实,施莱格尔家的所有人都很特别。我没有要干涉的意思,但这事确实吓了我一跳。"

他们来到一家布店对面,把车停了下来。他没有回答,从座位上转过身,注视着他们驶过村子时腾起的灰尘。灰尘在回落,但是没有全部落在刚刚行过的路上。有些灰尘顺着敞开的窗户飘了进来,有些把路边的蔷薇和醋栗染成了白色，还有一部分跑进了村民的肺里。"真不知道他们什么时候才能聪明起来，把这路铺上柏油。"他感慨地说道。这时，有个人拿着一卷油布从布店里跑出来交给了他，然后他们又上路了。

"玛格丽特自己来不了，她要照顾可怜的蒂比，所以我就代表她过来，好好说说这事儿。"

"恕我迟钝，"这个年轻人又把车停到一家店面边上，说道，"我还是没听明白。"

"海伦啊，威尔科克斯先生——我外甥女和你的事。"

他把风镜推了上去，瞪着她看，一脸的茫然。她的内心涌起一阵恐惧，开始怀疑他们之间产生了误会，怀疑自己出师不利，犯下了大错。

"施莱格尔小姐和我？"他问道，随后又双唇紧闭。

"我相信应该没有误会，"芒特夫人颤抖地说，"她的信就是那么写的呀。"

"怎么写的？"

"说你和她——"她顿了顿，随后垂下了眼帘。

"我明白你的意思了，"他尴尬地说，"这个误会真够大的！"

"那么你是一点儿都没——"她嗫嚅着，脸色涨红，恨不得找个地缝钻进去。

"当然没有，我都跟另一位女士订婚了。"片刻的沉默，随后他缓了一口气，突然惊叫了起来，"哦，天哪！看来又是保罗干的蠢事。"

"但你就是保罗啊。"

"我不是。"

"那你在车站的时候怎么说是你？"

"我没那么说过。"

"拜托，你说过的。"

"拜托，我没有。我的名字叫查尔斯。"

"小某某"相对于父亲来说是儿子，相对于老大来说是老二。哪种情况都需要好好解释一下,他们后来确实解释清楚了,但是当前还有别的事情要说。

"你是说保罗——"

但是她不喜欢他的腔调。他的声音听起来就像是跟搬运工说话,而且,显然他在车站的时候就欺骗了她,于是她也气不打一处来。

"你是说保罗和你外甥女——"

芒特夫人——出于本能——决心要为那对情侣说话。她可不能被一个不知轻重的毛头小子欺负了。"是的,他们确实很喜欢对方,"她说道,"我敢肯定,他们很快就会告诉你了。我们是今天早上听说的。"

查尔斯攥紧了拳头叫道:"白痴,白痴,这个小傻瓜!"

芒特夫人试着从那些毯子里挣脱出来。"如果你是这样的态度,威尔科克斯先生,那我还是走路去吧。"

"我劝你别那么做。我马上就把你送到家了。我跟你说,这事不可能的,一定要阻止。"

芒特夫人很少发火,如果发火了,肯定是为了保护她所爱的那些人。此时此刻,她憋不住了。"我完全同意,先生。这事确实不可能,我肯定要出面阻止的。我外甥女可是个万里挑一的人,我不会坐视她往火坑里跳,爱上那些不顾惜她的人。"

查尔斯咬了咬牙关。

"既然她星期三才认识你弟弟,跟你父母也只是在一家旅馆萍水相逢——"

"你能不能轻点声?那个店员会听到的。"

芒特夫人的内心充满了"阶层意识"[①]——我们姑且编造这么个短语吧。她坐在那儿发抖的时候,一个下等人把一个金属漏斗、一个平底锅和一个园艺喷水壶摆到了那捆油布的旁边。

"放后面了吗?"

---

① 原文是法语。

"是的，先生。"下等人消失在腾起的灰尘里。

"我可告诉你：保罗一分钱都没有；没用的。"

"不用你说，威尔科克斯先生，你就放心吧。我倒是要提醒你，我外甥女傻得很，我要好好说说她，然后把她带回伦敦去。"

"他要在尼日利亚干一番事业，过去几年都没想过结婚，真的想结婚了，也要找一个受得了那边气候的女人，而且还要——他为什么没有告诉我们？当然是因为他没脸说啊。他知道自己是个傻子，所以他——真是蠢透了。"

她开始怒不可遏。

"而施莱格尔小姐却迫不及待地公布了这个消息。"

"威尔科克斯先生，如果我是个男人，冲你最后这句话，我就要扇你几个耳光。你连给我外甥女擦鞋都不配，也不配跟她同处一屋，你竟敢——你已经够放肆的了——我不想跟你这种人吵。"

"我只知道是她把这事传出去的，保罗并没有，我父亲出门在外，而我——"

"我只知道——"

"让我把话说完，行吗？"

"不行。"

查尔斯紧咬牙关，任由汽车在小路上左冲右突。

她惊叫了起来。

于是他们玩起了比家世的游戏，每当爱情要把两个家族的成员捏合到一起时，我们就会玩一场这样的游戏。但是他们玩这游戏的劲头异乎寻常，用无尽的话语申明施家高于威家一等，抑或威家胜过施家一等。他们把涵养抛在了一边。男的年轻气盛，女的激动万分；粗俗的一面都从内心激发了出来。他们的争吵跟平常人的吵架并无二致——当时势若水火，事后难以置信。不过这场争吵比一般的争吵更没有意义。几分钟后，他们就恢复了理智。汽车停在了霍华德庄园前，面色煞白的海伦跑了出来，迎接她的姨妈。

"朱莉姨妈，我刚刚接到玛格丽特的电报；我——我本想不让你过来的。事情不是——都结束了。"

芒特夫人接受不了这个高潮,她失声痛哭起来。

"别哭啊,朱莉姨妈。别让他们知道我这么傻。没什么事的。为了我,您也要振作起来啊。"

"保罗。"查尔斯·威尔科克斯喊道,一边把手套脱下来。

"别让他们知道。他们绝不能知道。"

"哦,我亲爱的海伦——"

"保罗!保罗!"

一个年纪很轻的男孩子从屋里走了出来。

"保罗,这事是真的吗?"

"我没有——我不会——"

"是,还是不是,做个男子汉;简单的问题,爽快地回答。施莱格尔小姐有没有——"

"查尔斯,亲爱的,"一个声音从院子里传了过来,"查尔斯,亲爱的,人不会问出简单的问题,就不存在什么简单的问题。"

大家都安静了下来。来者是威尔科克斯夫人。

正如海伦在信中描述的那样,她拖着长裙不声不响地穿过草坪,款款而来,手里还捏着一把草。她跟两个年轻人以及他们的汽车似乎不属于同一个世界,她只属于这房子,属于笼罩其上的那棵树。大家都知道,她崇尚过往,而这过往将特有的智慧加持到她的身上——我们把这智慧不太贴切地叫做贵族气质。她的出身也许并不高贵,但是显然,她对于先祖们非常敬重,还会让他们施以援手。当她看到查尔斯怒气冲天,保罗战战兢兢,芒特夫人泪流满面,她便听到先祖在说:"把那些最可能伤害彼此的人分开,其他的先等等再说。"于是她什么也没问,也没有像一个圆滑的女主人在社交场合表现出的那样,假装什么事都没发生。她说道:"施莱格尔小姐,把你姨妈领到楼上你的房间或者我的房间吧,你觉得哪里好就去哪里。保罗,去找埃薇,告诉她准备六个人的午饭,不过我不确定是不是所有人都会下楼吃饭。"他们都领命而去,她转向大儿子,见他还站在那辆抖个不停、发出呛人气味的车上,便朝他微微一笑,一言不发地转身走向她的那些花儿。

"妈妈,"他喊道,"您知道吗?保罗又在犯傻了。"

"没事的,亲爱的。他们解除婚约了。"

"婚约!——"

"他们不再相爱了,如果你非要我这么说的话。"威尔科克斯夫人说道,一边俯身去闻一朵蔷薇花。

第四章

海伦和她姨妈近乎崩溃地回到了威克姆街,一时间玛格丽特手头有了三个病人要照顾。芒特夫人很快就恢复了。她歪曲历史的能力无与伦比,还没过去几天,她就忘了自己冒冒失失在这次闹剧中扮演的角色。更有甚者,她在危机当中曾喊出"谢天谢地,可怜的玛格丽特没有掺和进来",回伦敦的路上,这句话就转化成了"总得有人经历这种事",随后这句话又最终演绎为"我真正给埃米莉两闺女帮上忙的,就是在处理威尔科克斯家那件事上"。但是海伦的病情严重多了。新的思想就像一声霹雳击中了她,这霹雳及其回响让她头晕目眩。

事实真相是,她已经坠入了情网,但爱恋的对象不是一个人,而是一个家庭。

保罗出现之前,她其实就已经合上了他的节拍。威尔科克斯一家的活力让她着迷,在她的脑海里形成众多美丽的画面,而她则积极予以回应。整天跟着他们在户外活动,与他们同宿一屋,似乎就是生活中极致的快乐,让她抛弃了自我,这也许就是爱情的前奏吧。她心甘情愿迁就威尔科克斯先生,迁就埃薇,或者迁就查尔斯;她心甘情愿被他们反驳,说她的生活观念闭塞陈腐,说男女平等啦,女性投票权啦,社会主义啦,都是一派胡言,至于文学和艺术,除了有益于磨炼性格,也是胡说八道。施莱格尔家族长期奉行的那些观念一个接一个地被打破了,她虽然也佯作辩解,实际上却乐享其中。威尔科克斯先生说,要论对这个世界的贡献,一个精干的商人胜过一打你们所谓的社会改革家。对于这种新鲜的论断,她一声不吭照单全收,然后心满意足地往后仰靠在他汽车的软垫里。查尔斯说:"跟下人还客气什么?他们不懂那一套。"她听了,也没用施莱格尔家族一贯的思维来反驳,说"他们不懂,可是我懂啊"。没有。她铁了心,以后跟下人要少来点客套。她暗自思忖:"我被虚伪的说教蒙蔽了,撕开这层伪装，对我来说也是好事。"她的所思所行，一呼一吸，都在默默为迎接保罗做好准备。保罗就是命中注定的那个人。查尔斯已另有所属，威尔科克斯先生垂垂老矣，埃薇年龄还小，威尔科克斯夫人则完全属于另一个世界。这个弟弟虽然出门在外，她却开始向他抛出浪漫的光环，用那些开心日子的所有光辉照亮他，觉得应该通过他才能最接近积极向上的理想。埃薇说，他和她年龄相仿。大多数人认为保罗比他哥哥英俊。他的枪法当然更好，不过高尔夫打得不怎么样。保罗出现的时候满面红光，因为通过了一门考试而志得意满，随时准备跟漂亮姑娘打情骂俏。海伦半路迎了上去，或者说忙不迭地赶了上去，在那个星期天的晚上就对他芳心暗许了。

当时，他一直在谈论他即将开始的在尼日利亚的流放式生活，他应该继续说下去的，好让他们的这位客人收摄心神。但是她起伏的胸脯让他信心倍增，爱欲顿起，于是他情窦大开了。他的内心深处有个声音在说："这个姑娘会允许你吻她，机不可失哦。"

这就是"事情的经过"，或者更确切地说，是海伦向她姐姐描述的经过，她使用的语言甚至比我的语言更平淡，更波澜不惊。但是，那次接吻中透出的诗意和美妙，以及在随后几小时生活中展现的魔力——谁又能描述得了呢？对于一个英格兰人来说，讥讽一下人类这些偶然的碰撞再容易不过了。思想狭隘的愤世者和道德家要想冷嘲热讽几句，同样机会多多。夸夸其谈"转瞬即逝的激情"，激情未过就忘了当时刻骨的情状，这一切都太简单。嘲讽也好，遗忘也罢，我们的冲动从根源上说都无可厚非。我们意识到，光有激情是不够的，男男女女皆有人性，要维系各种关系，而不只是抓住机会放放电而已。可是，我们高估了这种冲动。我们不承认，通过这些微不足道的碰撞也可以开启天堂之门。至少，对于海伦来说，这个男孩在她的生活中不会扮演任何角色，但是他的拥抱带来的激情是无可比拟的。他当时把她拽出那所房子，因为在那里有被撞见、被曝光的风险；他领着她走过一条他熟悉的小路，来到那棵巨大的山榆树下站定。黑暗中，这个男人低声对她说"我爱你"，而她此时正渴望爱情的滋润。后来，他修长的身形消失了,可他唤起的那幅场景却自此挥之不去。随后风风雨雨多少年,她再也没有看到那样的场景。

"我理解,"玛格丽特说,"起码这些人之常情的东西我是理解的。跟我说说,星期一早上到底怎么了?"

"一下子就结束了。"

"怎么就结束了,海伦?"

"我穿衣服的时候还觉得挺幸福的,可是下楼的时候开始紧张起来,走进餐厅就知道事情不妙了。我也解释不清楚——埃薇当时在摆弄茶壶,威尔科克斯先生在读《泰晤士报》。"

"保罗在场吗?"

"在的。查尔斯在跟他说股票证券的事,他看上去挺害怕的样子。"

随便一个提示,姐妹俩就能向对方传递很多信息。玛格丽特能感知当时潜在的恐惧感,因此海伦接下来的话并没有让她觉得意外。

"不知怎么的,他那种人都害怕起来了,真的很恐怖。我们感到害怕,或者像爸爸那样的其他男人感到害怕,这都很正常,但是他那样的男人竟然也会害怕!我看到在场的其他人都很平静,而保罗却诚惶诚恐,生怕我说错话,我当时就觉得威尔科克斯一家都是骗子,只是一堵由报纸、汽车和高尔夫构成的墙,如果这堵墙塌了,我在墙后面什么都找不到,只有恐惧和空虚。"

"我不这么看。威尔科克斯一家在我看来都挺诚恳的,特别是他们家太太。"

"对,我也不是真的那样想。但是保罗这么个五大三粗的人,事情越反常就越糟糕,我知道肯定不行了——肯定的。早饭后其他人都在练球,我对他说:'我们都昏了头了。'他虽然一副无地自容的样子,却一下子就好多了。他跟我大倒苦水,说没钱结婚,但说这话又让他伤心,我便打断了他。后来他说:'施莱格尔小姐,这件事请你一定原谅我,我都不知道昨晚我到底是哪根筋搭错了。'我说:'我也不知道。别放在心上。'然后我们就分手了——不过后来我想起前一天晚上写信给你，已经把什么都告诉你了，他因此又害怕起来。我让他帮我发一封电报，因为我知道你会来或者怎么着；他本想开汽车去的，但是查尔斯和威尔科克斯先生要用车去火车站；查尔斯提出为我发电报，我只好说这封电报不太要紧，因为保罗说查尔斯可能会看电报的内容，尽管我重写了好几遍，他却总说人家会起疑心。最终他自己拿上电报，假装要步行去弄些弹药，这么折腾来折腾去，送到邮局时已经太晚了。那天早上真是糟糕透顶。保罗越来越不喜欢我，埃薇不停地在说板球成绩的事，弄得我实在受不了，差点叫出声来。我都想不通，之前几天是怎么受得了她的。终于，查尔斯和他父亲出发去火车站了，接着就收到你的电报，提醒我朱莉姨妈也要坐那趟车来了，而保罗吓得够呛，说都是我把事情弄糟了。但是威尔科克斯夫人是知道的。"

"知道什么？"

"什么都知道了，虽然我们俩谁都没跟她说过一个字，而且我觉得她心里一直都有数。"

"哦，她肯定是偷听到你们说话了。"

"我猜是的，不过看来也挺好。查尔斯跟朱莉姨妈开车过来，嘴上还吵个不停的时候，威尔科克斯夫人从院子里走出来，就把一切大事化小了。呸！这事真糟心。一想到——"她叹了口气。

"一想到你跟一个小伙子相会了一会儿，就得有这些电报和恼火的事情。"玛格丽特接过了话头。

海伦点了点头。

"海伦，我经常在想，这是世上最有意思的事了。其实，还有一种更广阔的外部生活，你我从来都没接触过——那是一种"电报"和"愤怒"都有意义的生活。我们认为至高无上的亲情关系在那里并不是最重要的。在那里，爱情意味着婚姻财产的授予，而死亡就意味着缴纳遗产税。这些我都清楚，但我理解不了的是，这种外部生活虽然明摆着让人讨厌，却似乎是真正的生活——其中透着韧劲儿，确实能磨炼人。人与人之间的关系最终都会草草收场吗？"

"哦,梅格,看到威尔科克斯一家那么能干,好像什么都很在行,我当时就是这么想的,只不过没有这么清晰。"

"你现在不这么想了吗?"

"我记得保罗吃早饭时的样子,"海伦平静地说,"我永远都忘不了他。他当时真是无助啊。我知道,人与人之间的关系才是真正的生活,永远,不会改变。"

"阿门!"

就这样,威尔科克斯风波终于告一段落,留下的回忆既有甜蜜也有恐惧,五味杂陈,姐妹俩开始寻求海伦推崇的那种生活。她们相互倾吐心声,也跟外人积极交流,她们在威克姆街的那所高大却已破败的房子里招待宾朋,来往的都是他们投缘或可能结交的人。她们甚至还参加公众集会。她们用自己的方式关注政治,不过却不是以政治家们期望的方式去关注;她们希望政治生活应该反映生活中美好的一面。对于她们来说,节制、宽容和男女平等是起码的要求,她们时不时对整个不列颠帝国发出一声迷茫中夹杂着敬畏的叹息。当然,历史的画卷并非由她们展开:如果这世界全部由施莱格尔小姐们组成,那将是一个毫无血性的灰色世界。但或许正因为这个世界是以现在的模样呈现,她们才会在其中像星星一样熠熠闪光。

简单说一下她们的身世。她们的姨妈曾经口是心非地说她们是"地道的英格兰人",其实不是。不过,与此同时,她们也不是那种"典型的德国人"。五十年前,她们的父亲在德国可比现在更声名显赫。他既不是受英国记者青睐的那种咄咄逼人的德国人,也不是为英国智者推崇的那种居家型德国人。如果非要给他归个类,他可以与其同胞黑格尔及康德为伍[①],算是个理想主义者,喜欢空想,秉持的帝国主义是虚幻的帝国主义。这并不是说他的生活一潭死水,他也曾奋力与丹麦、奥地利和法国作战。不过他打仗的时候从来不去想胜利的结

[①] 格奥尔格·威廉·弗里德里希·黑格尔(Georg Wilhelm Friedrich Hegel, 1770—1831),德国哲学家、评论家;伊曼努尔·康德(Immanuel Kant, 1724—1804),德国哲学家、作家,德国古典哲学创始人。

局。在色当战役①中,他看到拿破仑三世那染过的胡须变得花白,因此领悟到了一些真相。等他进了巴黎,看到杜伊勒里宫②那些被砸烂的窗户,又有所感悟。和平来临了——其影响是巨大的,促成了一个帝国的形成——但是他知道,一些原本平等的东西也烟消云散了,得到阿尔萨斯和洛林地区并不能给予他补偿。德国成为商业强国,成为海军强国,在这里有殖民地,在那里推行"前进政策",又在某处合法地施展抱负,这一切对其他人或许很有诱惑力,他们也正好适得其所;而他自己呢,他选择放弃胜利的果实,去了英格兰落地生根。他的家族中那些耿直的成员再也不会原谅他,他们知道,他的子女虽然不会成为典型的英格兰人,可也不会是地道的德国人。他在我们外省的一所大学谋得职位,在那里跟普尔·埃米莉(有些情况下也许叫她那个英格兰女人③)结了婚;因为她有钱,他们搬去伦敦,慢慢结识了很多人。但是他的目光总是投向海外。他期待着笼罩在祖国上空的物质主义乌云终能散去,柔和的智慧之光再次闪现。"你是想说我们德国人愚蠢吗,厄恩斯特叔叔?"他一个倨傲的侄子朝他夸张地嚷道。厄恩斯特叔叔回答:"在我看来是这样。你们利用了自己的才智,但是却不再珍惜它了,我认为这就是愚蠢。"这个倨傲的侄子没听明白,于是他继续道:"你们只关心那些可以利用的东西,所以就按下面的顺序给它们排了个队:金钱,最有用处;才智,比较有用;想象力,毫无用处。不"——因为对方已经在表示反对了——"你们的泛德意志主义跟我们这儿的帝国主义一样,缺乏想象力。庸俗的大脑总是在追求扩张中得到乐趣,认为一千平方英里的好处是一平方英里的一千倍,一百万平方英里简直就好到天上去了。那不是想象力,相反,它扼杀了想象力。他们这里的诗人一旦为领土扩张歌功颂德,这些人立刻就死去了,很自然的事。你们的诗人、你们的哲学家、你们的音乐

---

① 普法战争期间,法皇路易·拿破仑(Louis Napoleon, 1808—1873)率领的军队在 1870 年的色当战役中被普鲁士击败,为德意志诸公国和城邦在普鲁士的支持下统一成近代意义上的德国扫清了障碍。
② 原是法国巴黎的一处王宫,位于塞纳河右岸卢浮宫西面。始建于 1564 年,1871 年被焚毁,现为花园。
③ 原文是德语。

家,这些欧洲聆听了二百年的人也在死去。消失了,随着养育了他们的小小王朝消失了——随着艾什泰哈齐和魏玛①消失了。什么?不明白?你们的大学是干什么的?哦对了,你们也有有学问的人,他们比英格兰有学问的人收集了更多的事实。他们收集事实,事实,海量的事实。但是他们中又有谁能重燃内心之光呢?"

玛格丽特坐在那个倨傲的侄子腿上,聆听了这一切。

对于两个小姑娘来说,这是一种独特的教育。倨傲的侄子某天可能会带着他更加倨傲的妻子来到威克姆街,他们夫妻都相信德意志是受上帝委派来统治这个世界的,而朱莉姨妈第二天就会赶来,她深信大不列颠早就受上帝委派来担此重任了。这扯着嗓门的双方都是对的吗?有一次,他们碰上了,玛格丽特双拳紧握,请求他们当着她的面把这个问题辩出个结果。他们听了都面红耳赤,把话题转向了天气。"爸爸,"她喊道,她是个最容易得罪人的小孩,"他们为什么不把这么简单的问题说清楚呢?"她父亲表情严肃地审视着双方,回答说他也不知道。玛格丽特把脑袋一歪,评论道:"我觉得两件事情中有一件是很清楚的:要么上帝自己都不知道德意志和英格兰是怎么回事,要么这两方不知道上帝是怎么回事。"这个讨人嫌的小姑娘十三岁就掌握了两难推理法,可大部分人走过一生都不一定能理解得了。她的大脑活跃异常,日益柔韧而坚强起来。她的结论是,任何人都比任何组织更接近那个看不见的上帝,这个观点她从来不曾改变。

海伦沿着同样的轨迹成长,不过没那么规规矩矩。性格上她跟姐姐很像,但是她长得漂亮,日子过得自然更欢畅一点。人们更愿意围着她打转,特别是刚与她结识的时候,他们稍事恭维就让她无比享受。等到父亲去世,她们在威克姆街独撑门户的时候,她往往吸引了身边所有人的目光,而玛格丽特——她们俩都是健谈的人——则相形

---

① 这里指艾什泰哈齐家族和魏玛城,前者是匈牙利一个王公家族,资助了包括作曲家海顿(Franz Joseph Haydn, 1732—1809)在内的很多人,后者指萨克森—魏玛公国的首都,因与歌德(Johann Wolfgang von Goethe, 1749—1832)、席勒(Johann Christoph Friedrich Schiller, 1759—1802)以及其他许多作家有关联而闻名。

见绌了。姐妹俩对此都不在乎。海伦事后从来没道过歉，玛格丽特也无丝毫怨恨。但是容貌的差异确实影响了性格。姐妹俩小时候都差不多，可是到了威尔科克斯风波发生的时候，她们的处事方式就开始分化了：妹妹很容易吸引人，并且在吸引别人的同时让自己也失了魂；姐姐则比较直爽，偶有闪失也能以游戏的心态坦然接受。

至于蒂比，就没什么要交代的了。他目前十六岁，是个聪明的小伙子，就是脾气不太好，有点固执。

第五章

一般认为，贝多芬①的《第五交响曲》是侵入人耳的最雄浑的声音。各色人等在各种条件下都能从中得到满足。不管你是像芒特夫人，乐曲奏响时便忍不住偷偷打起节拍——当然，动作不会大到干扰其他人，还是像海伦，在音乐的洪流中能看见英雄和海难，或者像玛格丽特，只能看到这乐曲本身，或者像蒂比，精于复调对位，把全部的乐谱摊放在膝盖上，或者像他们的表姐莫泽巴赫小姐，时时刻刻都记着贝多芬是纯正的德国人②，又或者像莫泽巴赫小姐的男朋友，除了莫泽巴赫小姐外什么都记不住：不管是哪种情况，你的生活激情都因此愈发彰显，你肯定会承认，花两先令去听这样的声音真是太便宜了。即便你是在女王厅这个伦敦最差劲的音乐厅（当然，曼彻斯特的自贸厅更糟糕）听的这部交响曲，这个价格还是便宜的；哪怕你坐在音乐厅最左边的位置，在管弦乐队其他乐器开始演奏前要经受铜管乐器的轰击，票价依然不贵。

"玛格丽特在跟谁说话呢？"芒特夫人在第一乐章结束时问道。她又来伦敦造访威克姆街了。

海伦顺着她们一伙人所在的一长排看了一眼，说她也不知道。

"会是她感兴趣的某个小伙子或者其他某个人吗？"

"但愿如此吧。"海伦回答道。她沉浸在乐曲中，至于人家感兴趣的小伙子和认识的小伙子之间有什么区别，她已无从辨别。

"你们女孩子就是好，总有——哎呀！我们可别说话了。"

因为行板乐章开始了——非常优美，但是跟贝多芬创作的所有其他优美的行板有点雷同，在海伦看来，它将第一乐章中的英雄和海难

---

① 路德维希·凡·贝多芬（Ludwig van Beethoven，1770—1827），德国作曲家兼演奏家。
② 原文是德语。

跟第三乐章中的英雄和精灵割裂开来。在完整听过一遍曲调之后，她的注意力开始分散，时而瞅瞅观众，时而看看乐器，时而又打量一下音乐厅的建筑。女王音乐厅的天花板上围着一圈细长的丘比特，一个紧挨着一个，摆出死板的姿势，穿着土黄色的马裤，十月的阳光照射在上面，让她看着非常不顺眼。"要是嫁个那些丘比特一样的男人该多可怕！"海伦心想。此时，贝多芬开始对他的曲调加入了华彩，所以她又听了一遍，然后朝着她表姐弗里达[①]笑了笑。但是弗里达在聆听这经典乐曲，无暇回应。利泽克先生也是一样，似乎千军万马都无法让他分心；他的额头皱起了波纹，双唇分开，夹鼻眼镜端端正正地架在鼻梁上，两只肥厚白皙的手分别放在膝盖上。海伦的旁边坐着朱莉姨妈，一副英国派头，忍不住就要打起节拍。那一排人真有意思！他们在成长过程中所受的影响可真大！这时贝多芬在一番非常悦耳的低回婉转之后，用一声"嗨嗬"结束了行板乐章。掌声雷动，德裔观众中爆发出一片欢呼，纷纷赞道："太精彩了"[②]。玛格丽特跟她新结识的小伙子聊了起来；海伦告诉她姨妈："美妙的乐章现在开始了：先是所有的精灵出场，然后是大象之舞三重奏。"蒂比则招呼大伙儿注意鼓点敲出的间奏。

"注意什么，亲爱的？"

"注意鼓点，朱莉姨妈。"

"不对，要注意那一段，你以为已经摆脱那些精灵，可它们又回来了。"海伦低声说道，这时音乐响起来了，一个精灵悄无声息地从宇宙的一端走向另一端，其他精灵紧随其后。它们并非咄咄逼人的生灵，正因为如此，海伦才觉得可怕。它们打量着这个世界，无意中发现并不存在什么辉煌或英雄主义。大象之舞的插曲结束之后，精灵们又返回来，再一次打量这个世界。海伦没法反驳这样的看法，因为，毕竟她也曾感同身受，也曾看着坚固的青春之墙轰然倒塌。恐惧与空

[①] 即莫泽巴赫小姐。
[②] 原文用了两个德语词：wunderschöning 和 pracht。

虚！恐惧与空虚！那些精灵没错啊。

她弟弟抬起了手指：鼓点间奏来了。

似乎太天马行空了，于是贝多芬抓住这些精灵，让它们按照他的意图行事。他亲自现身，轻轻地推了一把，它们就按照大调而不是小调的节奏行动起来，接着——他吹了一口气，它们就四散无踪了！宏伟的乐章如暴风骤雨，诸神和次神挥舞着刀剑厮杀，战场上弥漫着一片血腥，伟大的胜利，壮烈的牺牲！哦，这一切都在这个女孩眼前展现，她甚至伸出戴着手套的双手，仿佛这一切都触手可及。每个人的命运都是壮丽的；每一场争斗都是值得的；征服者与被征服者同样会受到最遥远星球上那些天使的礼赞。

那些精灵呢——它们从来都没有存在过吗？它们只是怯懦和怀疑的幻影吗？人类的一次健康的冲动就会将它们驱散吗？像威尔科克斯一家或者罗斯福总统①那样的人会给出肯定的答案。贝多芬比他们更清楚。精灵真的存在过。它们或许会卷土重来——它们确实回来了。似乎生命的辉煌会沸腾，然后消解成蒸气和泡沫。在消解的过程中，人们听到了那个可怕的不祥音符，一个精灵带着更深的恶意，悄无声息地从宇宙的一端走向另一端。恐惧和空虚！恐惧和空虚！甚至连这世界熊熊燃烧的壁垒也可能坍塌掉。

贝多芬决定在最后让一切复原如常。他重新筑起壁垒，第二次吹了一口气，精灵们就又四散无踪了。他让暴风骤雨般的宏伟乐章、英雄主义、青春、生命和死亡的壮丽再次出现，在非凡愉悦的咆哮中，他结束了第五交响曲。但是精灵们依然存在，它们可能卷土重来。贝多芬的诉说是英勇无畏的，因此，他在诉说其他内容的时候也值得信赖。

观众鼓掌的时候，海伦从人群中挤了出来。她渴望独处一会儿。这乐曲将她一生中已经发生或可能发生的一切都概括得清清楚楚。她像阅读一份有形的声明一样阅读这无可替代的乐曲，对于她来说，那

---

① 西奥多·罗斯福（Theodore Roosevelt, 1858—1919），1901—1909 年任美国总统。

些音符有这样那样明确的意义，不可能再有其他意义，生命也不会有其他意义。她挤出音乐厅，缓步顺着室外的台阶往下走，呼吸着秋天的空气，然后信步向家走去。

"玛格丽特，"芒特夫人喊道，"海伦还好吧？"

"哦，没事。"

"她总是在节目中途退场。"蒂比说道。

"显然是音乐深深地打动了她。"莫泽巴赫小姐说道。

"不好意思，"玛格丽特身边的小伙子说道，他憋着这句话已经很久了，"那位女士不小心把我的伞拿走了。"

"哦，我的天哪！——真抱歉。蒂比，去追一下海伦。"

"我要是去追的话，就要错过《四首庄严的歌曲》①了。"

"蒂比乖，你一定要去。"

"没关系的。"那个小伙子说道，其实对他的雨伞有点放心不下。

"当然有关系了。蒂比！蒂比！"

蒂比站了起来，故意在椅背上磨磨蹭蹭。等到他把椅座翻起、找到帽子，把所有乐谱收拾妥当，再去追海伦已经"为时已晚"。《四首庄严的歌曲》已经开始，他们演出期间是不能走动的。

"我妹妹太粗心了。"玛格丽特低声说道。

"没什么的。"小伙子回应道；但是他的语气死板而冷淡。

"要是你把你的地址留给我——"

"哦，不用了，不用了。"他一边把大衣在膝盖上裹了起来。

此时，《四首庄严的歌曲》在玛格丽特的耳边悠悠响起。勃拉姆斯再怎么牢骚满腹、怨言不断，他也绝对猜不到被人怀疑偷了把雨伞的滋味。因为这个愚蠢的年轻人认为，她、海伦还有蒂比合伙把他给骗了，要是他说出了自己的住址，他们说不定哪天半夜或者什么时候就会闯到他家，把他的拐杖也偷走。大多数女人对此会一笑了之，但玛格丽特真的难以释怀，因为这让她对潦倒的生活有了些许感受。信

---

① 德国古典主义作曲家勃拉姆斯（Johannes Brahms, 1833—1897）于 1896 年创作的一部声乐套曲。

任别人是富人才能任意挥霍的奢侈之举,穷人是消受不起的。勃拉姆斯刚刚发完牢骚,她就把自己的名片递给他,说道:"这是我们的住处;如果你愿意,可以在音乐会之后去取雨伞,但是我真不想麻烦你,毕竟都是我们的错。"

他看到威克姆街是在西区①,眼前一亮。他疑心重重,却又不敢放肆,担心这些衣冠楚楚的人真是正人君子,那模样看在眼里真是可悲。他对她说:"今天下午的节目挺好的,是吧?"她认为这是个好兆头,因为在雨伞事件发生之前,他的开场白就是这么说的。

"贝多芬不错,"玛格丽特说道,她不是那种喜欢迎合别人的女人,"不过我不喜欢勃拉姆斯,也不喜欢开场演奏的门德尔松②——唉!马上就要开始的埃尔加③我也不喜欢。"

"什么,什么?"听到她的话,利泽克先生叫了起来,"《威仪堂堂》不好听吗?"

"哎哟,玛格丽特,你这姑娘真讨厌!"她姨妈嚷道,"我一直在劝利泽克先生留下来听《威仪堂堂》,你这下让我的功夫全白费了。我特别希望他能听听我们在音乐方面的成就呢。哎,你别再贬低我们英格兰作曲家了,玛格丽特。"

"我倒是在斯德丁④听过这部曲子,"莫泽巴赫小姐说道,"听过两次。有点戏剧性,一点点而已。"

"弗里达,你看不起英格兰音乐,你心里清楚的。你也看不起英格兰艺术,还有英格兰文学,除了莎士比亚⑤,他是个德国人。好吧,弗里达,你可以走了。"

一对情人相视而笑,冲动之下不约而同地站了起来,免得再听《威仪堂堂》。

---

① 从邮政编码可以看出,施莱格尔家住在伦敦西区这个人们向往的上层社会居住区。
② 费利克斯·门德尔松(Jakob Ludwig Felix Mendelssohn Bartholdy, 1809—1847),德国犹太裔作曲家。
③ 爱德华·埃尔加爵士(Sir Edward Elgar, 1857—1934),英国作曲家,爱国歌曲《希望与荣耀之国》(Land of Hope and Glory)的曲调即源自其所作《威仪堂堂》(Pomp and Circumstance)进行曲。
④ 港口城市什切青的旧称,曾属德国,现属波兰。
⑤ 威廉·莎士比亚(William Shakespere, 1564—1616),英国诗人、剧作家。

"我们还要去一趟芬斯伯里广场呢,真的。"利泽克先生一边说着,一边从她身边挤过去,刚进入过道乐曲就开始了。

"玛格丽特——"朱莉姨妈憋着嗓子喊道,"玛格丽特,玛格丽特!莫泽巴赫小姐把她漂亮的小包落在座位上了。"

还真是,那是弗里达的织网小包,里面装着她的地址簿、袖珍字典、伦敦地图和钱。

"唉,真麻烦——我们这一家人真够可以的!弗里——弗里达!"

"嘘!"那些喜欢这曲子的人都不乐意了。

"但里面有他们去芬斯伯里要找的号码呀——"

"我可以——我能不能——"那个疑虑重重的小伙子涨红着脸问道。

"哦,那太感谢了。"

他拿起包——里面的钱币叮当作响——轻手轻脚顺着过道追了上去,在旋转门那儿刚好赶上了他们。那个德国姑娘对他报以甜美一笑,而她的护花使者则深深地鞠了一躬。他回到座位上,对这个世界的看法彻底改变了。他们给予他的信任是微不足道的,但是他觉得自己因此打消了对他们的不信任,他在雨伞那件事上可能不会受骗了。这个年轻人过去曾经受过骗——被骗得很惨,也许骗得他倾家荡产——以致现在要把主要精力放在提防不熟悉的人和事上面。但是这个下午——或许是因为音乐之故——他觉得人偶尔要活得率性点,否则活着又有什么意义呢?西区的威克姆街尽管存在着风险,但是跟大多数事物一样,没什么可担心的,他决心冒一次险。

因此,等到音乐会结束,玛格丽特说:"我们住得很近,我现在就要去那儿。你跟我走一趟,我们去找回你的雨伞吧?"他平静地说了声"谢谢",就跟着她走出了女王音乐厅。她真希望他不要那么急切地搀扶一个女士下楼,或者帮她拿节目单——他的社会阶层跟她非常接近,那样的态度只会让她恼火。不过她发现他总体而言还算有趣——那时候,施莱格尔姐妹对谁都感兴趣——她嘴上聊着文化,心里却在盘算着请他喝茶。

"听完音乐会可真够累的。"她开了头。

"你发现没有,女王音乐厅的气氛挺压抑的?"

"没错,太闷了。"

"不过考文特花园的气氛显然更压抑一些。"

"你经常去那里吗?"

"工作允许的情况下,我经常去皇家歌剧院的楼座看演出。"

海伦听了肯定会大叫:"我也是,我喜欢楼座。"这样她就可以跟这个年轻人套上近乎了。这种事情海伦是做得出来的。但是玛格丽特对于"打开别人的心扉"或"让事情发展下去"有着近乎病态的恐惧感。她去过考文特花园的楼座,但是她没有"经常去",而宁愿选择更贵的座位,更谈不上喜欢那里。所以她没有再回应。

"今年我去过三次了——去看《浮士德》《托斯卡》,还有——"是《唐豪瑟》还是《唐霍瑟》来着?记不准还是别冒险乱说了吧。

玛格丽特不喜欢《浮士德》和《托斯卡》。他们各有所好,因此只是默默地走着,陪在身边的芒特夫人时不时说着话,她正跟她外甥有点不对付呢。

"蒂比,我确实多少还记得那段曲子,但是每一种乐器都那么动听,就很难说谁比谁更优美了。我知道,你和海伦带我去听的是最好听的音乐会,从头到尾没有一个沉闷的音符。真希望我们的德国朋友坚持到了结束。"

"但是您肯定没有忘记低音 C 调那段平稳的鼓声吧?"蒂比的声音传了过来,"谁都忘不了。肯定不会的。"

"声音特别大的那段吗?"芒特夫人猜测,"当然,我在音乐上没那么专业,"一看没猜对,她又补充说,"我只是喜欢音乐而已——这是两码事。不过我还是要为自己说句话——自己喜欢什么,不喜欢什么,我还是知道的。有些人对于绘画也有同样的感受。他们走进美术馆,就能沿着墙壁对那些画滔滔不绝地评头论足一番,想到什么就说什么——康德小姐就做得到。我是绝对做不到的。但是在我看来,音乐跟绘画可不一样。说起音乐,我是有绝对把握的,我跟你说,蒂比,不是什么音乐作品都能让我高兴的。曾经有个作品——一个法语叫作什么牧神曲的①——海伦痴迷得很,可我觉得太聒噪,太肤浅,就这么照直说了,而且观点一直没变。"

"你觉得呢?"玛格丽特问道,"你认为音乐跟绘画完全不同吗?"

"我——我想是吧,有点不同。"他说道。

"我也是这么想的。我妹妹认为两者就是一回事,我们为此争得不可开交。她说我笨头笨脑,我说她粗枝大叶。"她越说越激动,嚷道:"你说,这不是太可笑了吗?如果不同艺术可以换位,那它们还有什么意义?如果耳朵听到的跟眼睛看到的是一回事,那耳朵还有什么意义?海伦一心要把曲调转换成绘画的语言,把绘画转换成音乐的语言。这么做很有创意,她中间也有几点说得很好,但是,这样做有什么好处呢?我倒是想知道。哦,全都是废话,大错特错。如果莫奈②真的是德彪西,德彪西真的是莫奈,那这两个人就都名不副实了——我是这么看的。"

显然,这两姐妹为此争吵过。

"就拿我们刚刚听的这部交响曲来说吧——她不愿把它单单作为音乐来听。她从头到尾都给它贴上意义的标签,把它变成了一部文学作品。我都不知道她哪天才能跟以前一样,把音乐当成音乐来看待。我还不知道。还有我弟弟——就在我们后面呢。他倒把音乐当成音乐来看待,但是,我的天哪!他比谁都更让我生气,简直把我气得发疯。跟他我都不敢争论。"

一个不幸的家庭,尽管可能都有才华。

"当然,真正的坏蛋是瓦格纳③。他把艺术弄得一团糟,比十九世纪其他任何人都更能折腾。我觉得当前的音乐虽然非常有意思,但是正处在一种非常危急的形势中。历史上,确实会时不时涌现出像瓦格

---

① 指克劳德·德彪西(Claude Debussy, 1862—1918)的《〈牧神午后〉前奏曲》(Prelude a l'apres-midi d'unfaune)。
② 克劳德·莫奈(Claude Monet, 1840—1926),法国印象派画家。
③ 理查德·瓦格纳(Richard Wagner, 1813—1883),德国浪漫主义作曲家。

纳这样可怕的天才,他们一下子就把思想源泉搅动起来了。短期来看挺热闹的,水花四溅,前所未有。但是后来——搅起了大量泥沙;而那些源泉呢——可以说,它们现在太容易搅和在一起,没有哪一支是清澈的。这都是瓦格纳干的好事。"

她的长篇大论就像鸟儿在这个年轻人眼前振翅飞过。要是他也能这样滔滔不绝,就可以吸引世界的目光了。哦,要学文化啊!哦,要念准外国人的名字啊!哦,要让自己知识渊博啊!那样的话,当一个女士谈起某个话题时,就可以侃侃而谈了。但这是要花费很多年时间的。他只有午餐的一小时和晚上零星的几小时,怎么可能赶得上那些悠闲的女士?她们可都是从小饱读诗书的。他的脑子里也许装满了人名,他也许还听说过莫奈和德彪西,问题在于,他无法将它们串成一个完整的句子,无法让它们"显露"出来,他怎么也忘不了他那把被偷的雨伞。是的,雨伞是真正的糟心事。在莫奈和德彪西身后,那把雨伞萦绕不去,如鼓点般持续不停。"我估计那把雨伞会没事的,"他思忖着,"我不是特别在意它,我要想想音乐的事了。我估计那把雨伞会没事的。"那天晌午刚过,他焦虑的是座位问题:他该为此花掉足足两先令吗?更早一点的时候,他在犹豫,"要不就不买节目单了吧?"打记事起,他总有需要操心的事情,总有些事让他不能专注地去追求美。他的确追求过美,所以玛格丽特的话语就像鸟儿在他眼前振翅飞过。

玛格丽特滔滔不绝地说着,偶尔会问一句"你不觉得吗?你没有同感吗?"。有一次她停了下来,说道:"哦,别让我一个人说呀!"这让他吓了一跳。她对他而言没什么吸引力,不过倒让他充满了敬畏。她身形瘦削,脸上似乎只看到牙齿和眼睛,她提到妹妹和弟弟时言辞有点刻薄。她人很聪明,也有文化,但或许却是科雷利小姐[①]笔下呈现的那种没有灵魂的无神论者。令人吃惊的是,她竟突然开口说:"我真心希望你能进屋喝杯茶。"

[①] 玛丽·科雷利(Marie Corelli, 1855—1924),英国通俗小说作家。

"我真心希望你能进屋喝杯茶。我们会很高兴的。我让你多走了这么远的路。"

他们来到了威克姆街。太阳已经下山,这个回水潭一般的地方被一层薄雾深深笼罩在幽暗中。右边,公寓楼怪异的轮廓黑魆魆地矗立在暮色中;左边,那些老屋在灰色天空的衬托下,形成一个方形切口,如同一堵不规则的胸墙。玛格丽特摸索着找她的大门钥匙。自然,她又忘带了。于是,她抓着伞尖,探着身子去敲餐厅的窗户。

"海伦!让我们进去!"

"好的。"一个声音说道。

"你把这位先生的伞拿走了。"

"拿走什么啦?"海伦问道,一边开了门,"哦,这是谁啊?快进来!你好吗?"

"海伦,你可不能这么马虎了。你在女王音乐厅拿走了这位先生的雨伞,害他大老远的过来取。"

"哦,真对不起!"海伦喊道,她的头发飘逸着。她一回到家就把帽子摘了,然后一下子倒在餐厅那把巨大的椅子里。"我什么都不干,专偷雨伞。真对不起了!快进来挑一把吧。你的伞是钩柄的还是圆头柄的?我的是圆头柄的——起码,我认为是。"

灯打开了,他们开始在大厅里寻找;海伦刚刚从《第五交响曲》的中途离场,此刻用尖细的声音咋呼起来。

"你就别说话了,梅格!你还偷过一个老先生的丝绸礼帽呢。真的,她偷过,朱莉姨妈。这是千真万确的事。她还以为那是暖手筒呢。哦,天哪!我把那张进出卡弄坏了。弗里达呢?蒂比,你怎么也不——哦,我都忘了要说什么了。不过,你快让用人把茶端上来吧。是这把伞吗?"她撑开了伞,"不对,它的接缝都破了,真是一把破伞。它肯定是我的。"

但那把并不是她的。

他从她手上把伞拿了过去,嘟哝了几声感谢的话,就迈着小职员那种碎步仓皇离去了。

"你等一下——"玛格丽特喊道,"哎呀,海伦,你真够笨的!"

"我做什么了?"

"你难道没看出来?你把他吓跑了。我本来想留下他喝茶的。你不该说什么偷伞啦、伞上有洞啦。我看到他那双好看的眼睛都痛苦起来了。不用了,现在根本无济于事了。"海伦已经冲到街上,大喊道:"喂,请等一下!"

"依我看,这样再好不过了,"芒特夫人提出了自己的看法,"玛格丽特,我们对这个年轻人一点都不了解,而你们的客厅里到处是诱人的小物件儿。"

但是海伦嚷道:"朱莉姨妈,您怎么能这样!您让我越来越无地自容了。我倒希望他是个小偷,把那些门徒汤匙①都偷走,好歹也比我——哎呀,我看我得把大门关上。海伦又犯错了。"

"是啊,我想如果那些门徒汤匙被拿走了,倒是可以算作我们的租金。"玛格丽特说道。看到她姨妈没听明白,她又补充道:"您还记得'租金'吗?是爸爸常常提到的一个词儿——付给理想的租金,付给他对人性的信仰的租金。您还记得吧,他总是相信陌生人,要是被人骗了,他会说'被人愚弄总好过被人怀疑'——还说骗人是人类的把戏,失信是魔鬼的花招。"

"我现在想起来了,有那档子事儿。"芒特夫人说道,心下颇有酸意,很想补上一句,"也就是你爸爸运气好,娶了个有钱的太太。"不过这样说话太伤人,于是她改口说道:"咳,他也可能把那幅里基茨②的小品画儿偷走的嘛。"

"偷走倒好了。"海伦有点犟。

"不,我同意朱莉姨妈的看法,"玛格丽特说道,"我宁可冤枉别人,也不愿弄丢了里基茨的小品画儿。凡事总有个限度。"

她们的弟弟对这样的争执已经司空见惯了,便偷偷溜上楼去,看

---

① 一套老式银匙,每把柄端都有耶稣十二门徒之一的图案,另配有一把大一点的银匙,代表基督。
② 查尔斯·里基茨(Charles Ricketts, 1866—1931),英国画家、插图画家。

看有没有就茶吃的烤饼。他把茶壶加热——动作异常娴熟,拿掉女仆准备好的柑橘香红茶,倒入五勺上等混合茶叶,加入滚开的开水,然后招呼几位女士快去品尝,否则就闻不到那香气了。

"好的,蒂比大妈。"海伦应了一声。与此同时,玛格丽特又若有所思地说道:"我总希望家里有个真正的男孩子——那种关注男人的男孩子。那样招待起客人就容易多了。"

"我也这么想,"她妹妹说道,"蒂比只关注那些演唱勃拉姆斯的文化女性。"她们过去和他一起喝茶的时候,她说得越发直白:"你刚才为什么不欢迎那个小伙子,蒂比?你要尽点地主之谊,知道吧?你应该帮他拿帽子,把他挽留下来,而不是让他被几个咋咋呼呼的女人吓跑了。"

蒂比叹了口气,捋了捋额头的一绺长发。

"哦,摆出高人一等的架子是没用的。我说的是真心话。"

"别说蒂比了!"玛格丽特说,她受不了弟弟被责备。

"这个家简直就是一个母鸡窝!"海伦嘟哝道。

"哦,天哪!"芒特夫人不乐意了,"你怎么能说出这么难听的话?你召来那么多男人,都吓着我了。要是有什么危险,话就要倒过来说了。"

"是啊,不过海伦的意思是说,那些男人都不对路子。"

"不,我不是那个意思,"海伦纠正道,"我们请来的人是对路子的,只是表现得不对头而已,要我说都是蒂比的错。这屋子里该有种——一种——我也说不清的东西。"

"也许是一点威家的气派?"

海伦伸了伸舌头。

"威家是谁?"蒂比问道。

"威家是我、梅格和朱莉姨妈都知道而你不知道的东西,怎么样吧!"

"我看我们这个家就是女性之家,"玛格丽特说,"这一点必须接受。不,朱莉姨妈,我不是说家里都是女人。我想把话说得机灵点。

我的意思是,即便是父亲在世的时候,这个家就十足地女性化了。想必您现在理解了吧。好吧,我再给您举个例子。可能会吓着您,不过我不管了。假设维多利亚女王要举办宴会,请的客人包括莱顿、米莱、斯温伯恩、罗塞蒂、梅瑞狄斯和菲茨杰拉德,等等。①您觉得这顿晚宴会有艺术气息吗?天哪,不会的!单单他们坐的椅子就保准不会让它出现艺术气息。我们家也是一样——阴气十足,而我们能做的就是防止它过分女性化。我能想到另外有一家也是这样,我就不提名字了,一看就十足的男性化,所有家庭成员能做的就是防止它太野蛮。"

"我猜那家就是威家吧。"蒂比说道。

"你别指望谁跟你说威家的事了,小宝贝,"海伦嚷道,"你就别惦记了。当然,我一点都不在乎你会不会弄清楚这事,也别自作聪明了。给我支烟。"

"你就顾惜一下这个家吧,"玛格丽特说,"客厅里一股烟味儿了。"

"要是你也抽烟,这个家也许突然就阳刚起来了。氛围这种东西一眨眼就能发生改变。哪怕是在维多利亚女王的宴会上——如果能有一点点变化——要是她穿的是一件紧身茶会礼装而不是品红绸缎的话——"

"肩上披着一件印度披肩——"

"胸口别着一支凯恩戈姆水晶胸针②——"

七嘴八舌的建议伴随着放肆的笑声——你别忘了她们有一半德国血统,玛格丽特若有所思地说:"如果皇室也关心艺术,那真不可思议了。"话题扯得越来越远,海伦的香烟在黑暗中变成了一个亮点,

---

① 或指弗雷德里克·莱顿(Frederic Leighton, 1830—1896),英国维多利亚时代唯美主义画家;约翰·埃弗里特·米莱(John Everett Millais, 1829—1896),19世纪英国画家;阿尔杰农·查尔斯·斯温伯恩(Algernon Charles Swinburne, 1837—1909),英国诗人、剧作家、小说家、评论家;但丁·加百利·罗塞蒂(Dante Gabriel Rossetti, 1828—1882),意大利裔英国拉斐尔前派重要代表画家;乔治·梅瑞狄斯(George Meredith, 1828—1909),英国维多利亚时代小说家;爱德华·菲茨杰拉德(Edward FitzGerald, 1809—1883),英国诗人、翻译家。
② 一种饰有石英晶体的胸针,这种石英晶体产自苏格兰的凯恩戈姆山,又叫烟水晶。

对面公寓大楼的窗户透出点点亮光,忽明忽暗,不停变换。公寓的另一边,那条通衢大道低沉地呼啸着——如同一股永不停歇的潮水;而在东方,在瓦平区那烟雾背后看不见的地方,月亮正在升起。

"这倒提醒我了,玛格丽特。不管怎么着,我们本来可以带那个小伙子去餐厅的。那边只有一个锡釉陶盘——而且还是牢牢镶在墙上的。他连茶都没喝一口,我真过意不去。"

这件小事给三个女人造成的影响是超乎想象的。它就像精灵的脚步声,徘徊不去,时刻提醒她们,再完美的世界也有美中不足之处①,在财富和艺术这些宏伟架构之下,有一个落魄的青年在徘徊游荡,他确实找回了雨伞,但是没有留下地址就走了,也没有留下姓名。

---

① 这是指法国作家伏尔泰(Voltaire,1694—1778)的讽刺小说《老实人》中盲目乐观的邦葛罗斯,他坚信完美世界中的一切都是完美的。

第六章

我们对于极度贫穷的人并不关心。他们不需要费心，只有统计工作者或诗人才去接近他们。本故事只关乎上流人士或者不得不假装上流人士的那些人。

那个青年，伦纳德·巴斯特，就处在上流阶层的最边缘。他还没有陷入深渊，但是深渊就在眼前，偶尔会有熟人跌落下去，就此烟消云散。他知道自己很穷，也愿意承认这点；但要他自认低富人一等，他宁可去死。这也许是他的可贵之处。但是毫无疑问，他确实比不上大多数富人。较之一般的有钱人，他在礼仪、才智、健康和人缘方面都要稍逊一筹。因为贫穷，他的大脑和身体都营养不良，又因为追求时髦，他总渴求更好的食粮。如果生活在几百年前，生活在过去那五彩缤纷的文明里，他会有一个明确的地位，他的阶层和收入会彼此相称。但时至今日，民主的天使腾空而起，用皮革般的翅膀将所有阶级拢于翅下，宣称"人人平等——人人，也就是说，只要有一把伞就算在内"，所以他一定要自封上流，以防滑入深渊，否则将烟消云散，连民主的呼告都听不到了。

离开威克姆街的时候，他的第一要务是证明自己跟施莱格尔姐妹一样优秀。他的自尊心隐隐受到了伤害，他要报复回去。她们或许就不是什么正经女人。正经女人会邀请他喝茶吗？她们显然心术不正，冷漠无情。每走一步，他的优越感就提升一点。正经女人会谈论偷伞的事吗？说不定她们就是小偷，如果当时他进了屋，她们就可能用一块洒了麻药的手帕捂住他的脸了。他心下颇为得意，一直往前走到了议会大厦。此时，空空如也的肚子开始咕噜乱叫，告诉他，自己是个傻瓜。

"你好，巴斯特先生。"

"你好，迪尔特里先生。"

"晚安。"

"晚安。"

共事的小职员迪尔特里先生走了过去。伦纳德站在那儿，犹豫是花一便士乘电车坐一段距离呢，还是选择步行。他打定主意步行——迁就自己是没好处的，他花在女王音乐厅的钱已经够多的了——他走过了威斯敏斯特桥，走过了圣托马斯医院，又穿过沃克斯霍尔西南干线底下的巨大隧道。在隧道里，他驻足聆听火车的轰鸣。一阵剧痛突然穿过头部，他能清晰感受自己眼窝的形状。他勉力又走了一英里，一路紧赶，终于站在了一条名为卡梅利亚路的路口，这里是他现在的家。

他在这里又停了下来，警惕地左右打量了一下，就像准备窜进洞去的兔子。一片造价极其低廉的公寓耸立在路的两边。沿路走去，又有两片公寓正在建造，再过去是一栋老屋在拆迁，为另外两排公寓腾地方。这种场景在伦敦随处可见，不管是什么地方——砖块和砂浆此起彼伏，如喷泉的水一般躁动不安，因为城市要接纳越来越多踏上这片土地的人。卡梅利亚路不久就会像一座城堡拔地而起，暂时可以居高临下地俯瞰一大片区域。这只是暂时的，因为规划已经推出，马格诺利亚路也要建造公寓了。再过几年，两条路边的公寓可能都要拆掉，在它们倒下的地方，目前还难以想象的宏伟大厦会一一矗立起来。

"你好，巴斯特先生。"

"你好，坎宁安先生。"

"曼彻斯特出生率下降这事挺严重的。"

"你说什么？"

"曼彻斯特出生率下降这事挺严重的。"坎宁安先生重复道，一边拍打着周日的报纸，那上面报道了他刚刚提到的那个灾难。

"哦，是啊。"伦纳德说道，他不想让人看出自己没买周日的报纸。

"这样下去的话，英格兰人口到 1960 年就停滞不前了。"

"是不是啊。"

"我觉着这件事挺严重的,是吧?"

"晚安,坎宁安先生。"

"晚安,巴斯特先生。"

然后,伦纳德走进公寓的 B 栋,没有上楼,而是往下进入房产经纪人所谓的半地下室,其他人则称其为地下室。他打开门,喊了一声"喂!",那伦敦腔中透着虚假的上流味儿。没有人回应。"喂!"他又喊了一声。客厅空无一人,电灯却一直亮着。他脸上露出如释重负的表情,一下子瘫坐在那把扶手椅上。

除了那把扶手椅,客厅里还有另外两把椅子、一架钢琴、一张三条腿的桌子和一个舒适的角落。有一面墙壁是满开的窗户,另一面墙上是一个壁炉架,上面摆满了丘比特。窗户对面是门,门的旁边有个书柜,钢琴上面挂着一幅莫德·古德曼①的名画。窗帘拉上,电灯打开,炉火熄灭,这就是个充满爱欲、还算温馨的小窝。但是它的基调总给人一种漂泊不定的权宜之感,这种感觉常见于现代居所。得到很容易,放弃也简单。

伦纳德踢掉鞋子的时候,撞到了那张三条腿的桌子,端端正正摆在上面的一个相框滑向一边,掉进了壁炉,摔得粉碎。他有气无力地骂了一句,把相片捡了起来,里面是一个叫雅基的年轻女人。那时候拍照,叫雅基的年轻女人都爱把嘴张开。满口炫亮的白牙顺着嘴唇一字排开,又大又多,脑袋歪向一边。听我说,那样的笑容简直太吸引人了,只有你我吹毛求疵之辈才会抱怨,说什么真正的喜悦首先流露于眼神,说什么雅基那充满了饥渴的眼睛跟她的笑容不协调。

伦纳德想把玻璃碎片取出来,却划破了手指,又骂了几句。一滴血滴在相框上,接着又滴下一滴,扩散到暴露在外的相片上。他骂得更凶了,奔进厨房冲洗双手。厨房跟客厅一样大小,穿过去就是卧室。这就是他的家。他租的这套公寓是配有家具的,除了那张照片、

---

① 莫德·古德曼(Maude Goodman, 1853—1938),英国通俗画家。

那些丘比特和几本书，屋里塞得满满当当的东西都不是他自己的。

"该死，该死，真他妈该死！"他嘟嘟哝哝，嘴里夹杂着从老一辈人那里学来的脏词。接着，他把手举到额头，说道："呃，去他妈的——"这话有不同的含义。他冷静了下来，喝了一点颜色已经发暗的剩余茶水，它摆在架子上已经有一段时间了。他狼吞虎咽吃了点落了灰尘的蛋糕屑，然后又返回客厅，重新坐下，开始读一本罗斯金①的书。

"威尼斯往北七英里——"

这著名的一章开头写得多好啊！它对警示和诗意的拿捏简直出神入化！这个富翁正在他的平底船上对我们讲话呢。

"威尼斯往北七英里②，靠近城市那侧的沙岸比低水位标志高出些许，渐行渐高，最后在那些盐泽地里纵横交错，时有隆起，形成说不出形状的小丘，狭窄的海边溪流穿行其间。"

伦纳德想着仿照罗斯金去形成自己的风格：他知道罗斯金是最伟大的英语散文名家。他不紧不慢地接着往下读，偶尔记上几笔心得。

"我们不妨对这些特征依次稍作思考；首先（因为石柱的话题已经谈了很多），这座教堂的独特之处，就在于它的明亮。"

从这个优美的句子中能学到什么吗？他能把它套用在日常生活中吗？下次给他当俗世司仪的哥哥写信时，能把这个句子稍加修改再用上吗？比如——

"我们不妨对这些特征依次稍作思考；首先（因为通风不畅的话题已经谈了很多），这套公寓的独特之处，就在于它的晦暗。"

有什么东西让他觉得，这种修改是行不通的；而这个东西就是英语散文的灵魂，可惜他不知道。"我的公寓又闷又暗。"这才是适合他的文字。

平底船上的那个声音还在滔滔不绝，抑扬顿挫地畅谈着"勤勉"和"自我牺牲"，格调高尚，文辞优美，甚至满怀悲天悯人之词，就

---

① 约翰·罗斯金（John Ruskin, 1819—1900），英国作家和美术评论家。
② 1 英里 ≈ 1.61 公里。

是避而不谈伦纳德生活中一直存在的现实问题。因为发出这个声音的人从未体验过贫困与饥饿，也就无从知晓贫困和饥饿为何物。

伦纳德虔诚地聆听着。他觉得自己获益匪浅，如果继续研读罗斯金，继续去女王音乐厅欣赏音乐会，继续去逛沃茨①的画展，总有一天会冲出泥潭，拨云见日。他深信人是会突然改变的，这种信念也许没错，而对于一个不成熟的大脑来说，其吸引力尤其强大。它是众多流行宗教的基础，在经济领域，这种想法支配着股票交易市场，成为左右所有成败得失的"那点运气"。"要是我有点运气，那一切都会顺风顺水了……他在斯特雷特姆有一处最豪华的住宅，还有一辆二十马力的菲亚特轿车。不过话说回来，他是运气好……真抱歉太太来晚了，她赶火车从来就没什么好运气。"伦纳德比这些人要高一个层次，因为他相信勤奋的力量，时刻为期待发生的变化做着准备。但是对于文化需要慢慢积淀这点，他理解不了：他希望突然之间就有了文化，就跟宗教复兴论者希望突然来到耶稣面前一样。施莱格尔姐妹是有文化的人；她们心随所愿，什么都在行，一顺百顺。而此刻，他的公寓又闷又暗。

这时，楼梯上传来一阵声响。他把玛格丽特的名片夹在罗斯金的书里，然后开了门。一个女人走了进来。关于她，可以一言以蔽之：她不是一个值得尊敬的人。她的外表令人生畏。她似乎全身都是丝绳之类的东西——绸带、链子、珠子串成的项链等，叮叮当当，缠乱不清——脖子上还围着一条天蓝色的羽毛围巾，两头长短不齐。她的喉部露在外面，上面绕着两圈珍珠，胳膊一直裸露到肘部，透过廉价的网格花边，还可以看到她的肩膀。她的帽子花里胡哨的，像个覆盖着法兰绒的小篓子——我们小时候在里面撒上芥菜和水芹的种子，嫩芽会有一茬儿没一茬儿地冒出来。她把帽子戴在脑袋后面。至于她的头发，或头发们，纷乱得难以描述，有一束顺着后背垂下来，像一个厚厚的垫子堆在那儿，而另一束则生而飘逸，蓬乱地散在额前。那张脸

---

① 乔治·弗雷德里克·沃茨（George Frederick Watts, 1819—1904），英国维多利亚时代象征派画家。

呢——那张脸没什么要紧的，就是照片上的模样，只是更苍老点，牙齿不像摄影师突显的那么多，当然也没那么白。是的，雅基青春已逝，且不论那段青春是何模样。她比大多数女人都更容易人老珠黄，她的眼神就是明证。

"嘿！"伦纳德叫了一声，精神抖擞地跟这个幽灵打招呼，帮她把那条围巾取了下来。

雅基用沙哑的声音回了一句："嘿！"

"出去啦？"他问道。这话问得似乎有点多余，可是并不见得，因为这位女士回答说"没有"，随后又补充说："我累死了。"

"你累了？"

"啊？"

"我累了。"他一面说着，一面将围巾挂起来。

"哦，阿伦①，我好累。"

"我去听古典音乐会了，跟你说起过的。"伦纳德说。

"什么？"

"一结束我就回来了。"

"有人到咱们这儿来过吗？"雅基问道。

"没见谁来。我在外面碰到坎宁安先生了，我们聊了几句。"

"什么，不是坎宁安先生吗？"

"是他。"

"哦，你是说坎宁安先生啊。"

"是的，坎宁安先生。"

"我出去到一个女朋友家喝茶了。"

她的秘密终于公之于众了，甚至那个女朋友的名字也几乎透露出来，在聊天这种困难而累人的艺术里，她不愿再费心思。她从来都不是个健谈的人，即便在她拍那张照片的日子里，她也是靠笑容和体型去吸引人，而现在她是——

---

① 伦纳德的昵称。

> 无人问津,
> 无人问津,
> 小伙子们啊小伙子们,我现在无人问津。

她不大会主动打开话匣子。她的嘴里偶尔也哼哼歌曲(上面那个就是一个例子),但是话说得很少。

她在伦纳德的腿上坐下来,开始抚摸他。现在的她是个三十三岁的大块头女人,她的体重让他苦不堪言,可是他也不好说什么。接着,她说道:"你是在看书吗?"而他说道:"是书啊。"然后把书从她手里拽了过来。玛格丽特的名片从里面掉了出来。名片落地时正面朝下,他低声说道:"书签。"

"阿伦——"

"怎么啦?"他问道,语气中透着一丝倦意,因为她坐在他腿上聊天时只有一个话题。

"你真的爱我吗?"

"雅基,你知道我爱你的。你怎么会问出这种问题?"

"但是你真的爱我,是吧,阿伦?"

"我当然爱你。"

片刻沉寂。另一句话就要说出来了。

"阿伦——"

"嗯,怎么了?"

"阿伦,你会把事情处理好的吧?"

"我不准你再问我这个问题了,"这个男孩说道,突然激动了起来,"我答应过你,年纪到了就娶你,这就够了。我说话算话。我答应过你,到了二十一岁就娶你,我受不了老是被烦,我烦够了。我已经花了这么多钱,不可能抛弃你的,何况我向你保证过了。而且,我是个英格兰人,绝不会出尔反尔。雅基,讲点道理吧。我当然会娶你,只是你别再烦我了。"

"你哪天生日,阿伦?"

"我都告诉你无数遍了,十一月十一号,就在下个月。先从我腿上下来吧;我想,总得有人准备晚饭吧。"

雅基走进卧室,开始打理她的帽子,也就是用嘴使劲吹吹。伦纳德把客厅收拾了一下,然后开始准备晚餐。他向煤气表的槽口里塞入一便士硬币,不一会儿公寓里就弥漫起一股刺鼻的烟味儿。他怎么也平复不了自己的情绪,做饭的时候一直絮絮叨叨地抱怨。

"得不到别人的信任真的太痛苦了。这感觉让人发疯啊,我都费尽心思让这儿的人以为你是我妻子——好吧,好吧,你会成为我的妻子——我买了戒指让你戴,租了这套带家具的公寓,都远远超出我的承受能力了,可你还是不高兴,我写信给家里的时候也没说实话。"他压低了嗓音。"他会阻挠的。"他用一种略带放肆的恐怖声调重复道,"我哥哥会阻挠的。我要对抗全世界啊,雅基。"

"我就是这么个人,雅基。我一点都不在乎别人怎么说。我只管朝前走,朝前走。一直以来这就是我的风格。我可不像你那些软骨头的朋友。如果一个女人碰上麻烦,我是不会丢下她不管的。那不是我的作风。不是,谢谢。

"我还要跟你说件事。我很想通过文学艺术来提升自己,借此拓宽视野。比如,你进屋的时候我正在读罗斯金的《威尼斯之石》。我说这个不是为了炫耀,只是让你了解我是什么样的人。我跟你说,我很喜欢今天下午的那场音乐会。"

不管他有什么样的情绪,雅基总是无所谓。晚饭做好的时候——不早不晚——她从卧室出来了,说:"你真的爱我,是不是?"

他们先喝汤,那是伦纳德刚刚用热水将一块汤料冲兑而成的,接着是冷盘——一罐长了斑点的肉,面上是一些肉冻,底部有许多黄油——最后又是用水冲兑的块料(菠萝果冻),那是伦纳德早先就准备好的。雅基吃得心满意足,偶尔用焦虑的眼神打量她的男人,她的外表没有任何地方与这双眼睛相称,可是眼中似乎映照出她的灵魂。而伦纳德则设法让自己的肚子相信,它吃的是一顿营养大餐。

晚餐之后，他们抽着烟交谈了几句。她发现自己的"肖像"被打碎了。他则找机会第二次申明，他在女王音乐厅听完音乐会就直接回家了。过了一会儿，她坐到了他的腿上。卡梅利亚路的居民在他们的窗户外来来回回地走动，脚步刚好跟他们的头部一样高，公寓一楼的那家人唱起了"听啊，我的灵魂，主已降临"①。

"那调子真让我倒胃口。"伦纳德说。

雅基跟着哼了起来，还说她觉得那是一支优美的曲子。

"不对，我来给你弹点优美的吧。起来，亲爱的，起来一下。"

他走到钢琴前，叮叮咚咚地演奏了几句格里格②的作品。他弹奏得很差劲，俗不可耐，但是表演也并非毫无效果，因为雅基说她想上床睡觉了。她离开之后，这个男孩又有了新的兴致，开始回想那个怪怪的施莱格尔小姐———说话脸型都扭曲的那位——针对音乐说过的话。想着想着，他的思绪变得哀伤起来，心中满是嫉妒。他想起了那个叫海伦的女孩，她顺手拿走了他的雨伞，还有那个朝他甜甜一笑的德国女孩、某某先生、某某姨妈，以及那个弟弟——所有人，他们什么都不在话下。他们都经由威克姆街那段窄窄的富贵之梯，进入某个豪华的房间，而他无法跟着他们进去，即便他每天读十个小时的书也不行。唉，这长久以来的抱负是没用的。有些人天生就有文化，其他人最好听天由命吧。从容领略人生，一切尽在掌握③，不是他这种人所能做到的。

一声叫喊从厨房那边的黑暗中传来："阿伦？"

"你上床啦？"他眉头紧锁地问道。

"嗯。"

"好的。"

不一会儿，她又喊他。

---

① 英国诗人兼圣诗作家威廉·考珀（William Cowper，1731—1800）所写的圣诗"敬听恩言"中的句子。
② 埃德瓦·黑格卢·格里格（Edward Hagerup Grieg，1843—1907），挪威作曲家。
③ 马修·阿诺德（Matthew Arnold，1822—1888）为致敬索福克勒斯（Sophocles，前496—前406），在他的十四行诗"致友人"中写道："从容领略人生，一切尽在掌握。"

"我得把靴子擦干净,明天早上要穿。"他回答。

不一会儿,她又喊他。

"我想把这一章看完。"

"什么?"

他假装没听见她说话。

"你说什么?"

"哎呀,没事,雅基;我在看书。"

"什么?"

"什么?"他回应道,发觉她的听力在退化了。

不一会儿,她又喊他。

罗斯金这时已经参观了托尔塞罗,正吩咐平底船的船夫送他去穆拉诺。在穿行于那些窃窃低语的潟湖时,他突然感悟到,大自然的力量不会因为人类的愚昧而减损,它的美丽也不会因人类的苦难而失色,比如像伦纳德这种人的愚昧和苦难。

第七章

"哎呀，玛格丽特，"第二天一大早，她的姨妈就喊了起来，"大事不好了。我之前总找不到单独跟你说的机会。"

所谓大事其实并没有什么大不了的。对面一套家具齐全的豪华公寓被威尔科克斯一家租下来了。"毫无疑问，他们上伦敦来是想进入上流社会。"芒特夫人最先发现这个不幸的消息也没什么大惊小怪的，因为她对那栋公寓颇感兴趣，一直孜孜不倦地关注着那里的一举一动。从理论上说，她看不起那些公寓——它们破坏了旧世界的面貌——它们阻断了太阳光——公寓里住着的都是些俗不可耐的人。但是事实上，自从威克姆大厦建好之后，她到访威克姆街的兴致大增，短短几天内打听的消息比她外甥女几个月了解的情况还要详细，比他外甥几年下来了解的还要丰富。她四处溜达，跟那些门房打成一片，打听房租行情，比如她会惊叫："什么！地下室要一百二十块？你们别想租出去！"他们会回她："试试总可以嘛，夫人。"乘客电梯啦，货运电梯啦，还有煤炭配给（对于不太诚实的门房来说，这是个诱人的差事），等等，她都了如指掌。施莱格尔家族常年笼罩在政治、经济、美学的氛围中，她这样做或许也算是一种解脱。

听到这个消息，玛格丽特平静如常，并不认同这件事会给可怜的海伦带来生活的阴影。

"哦，不过海伦也不是没有兴趣爱好的女孩子，"她大声说道，"她有许多其他事情要做，有许多其他人要想。她跟威尔科克斯家那事一开始就是个错误，她会跟我们一样，再也不搭理他们了。"

"亲爱的，你这么个聪明的姑娘怎么会说出这么奇怪的话来。他们就住对面，海伦没办法不搭理他们呀。她在街上就可能会碰到那个保罗，总不能头都不点一下吧。"

"她当然得点个头，打声招呼。但是您看，我们还是把花弄好吧。

我刚才是要说,海伦对他已经没有兴趣了,其他事情还有什么关系?我觉得那件破事(您当时真帮了大忙)就像是把海伦的某根神经砍断了。神经死了,她再也不用为它烦心。唯一要紧的是自己对什么感兴趣。点个头,甚至招呼一声,递个名片,又甚至参加个宴会——只要威尔科克斯家觉得没问题,我们都能做得出来;但是另一件事,那件重要的事情——再也不可能了。您不明白吗?"

芒特夫人不明白,也难怪,玛格丽特提出的是一个最有争议的论断——任何情感,任何兴趣,即便曾经刻骨铭心,也能荡然无存。

"我也要告诉您老,威尔科克斯一家对我们也厌烦了。我当时没告诉您——怕您生气,您已经够糟心的了——我给威尔科克斯太太写过一封信,为海伦给他们造成的麻烦道个歉。她没回信。"

"这么没礼貌!"

"不见得。也许这是明智之举呢?"

"不是,玛格丽特,真的太没礼貌了。"

"不管怎么样,算是让人放心了吧。"

芒特夫人叹了口气。她第二天就要回斯沃尼奇去了,她的外甥女们正求之不得呢。她还有太多的遗憾:比如,要是跟查尔斯正面碰上了,她一定好好给他脸色看看。她当时看见他了,正对着搬运工发号施令呢——他戴着一顶高帽子,看上去平常无奇。很可惜的是,他背对着她,尽管她也朝着他的背影表达了不屑,但这毕竟算不上有力的鄙视。

"你可得小心呀,知道吗?"她叮嘱道。

"嗯,那是肯定的。我会特别小心。"

"海伦也要小心。"

"小心什么?"海伦喊道,她正好跟表姐一起进屋。

"没什么。"玛格丽特说道,那一瞬间有点尴尬。

"小心什么呀,朱莉姨妈?"

芒特夫人摆出了一副神秘兮兮的架势。"就是我们认识却没有指名道姓的那家人——你昨晚音乐会之后提到的——从对面马西森夫妇手里租下了那套房子——阳台上养着绿植的那家。"

海伦笑了几声算是回应,接着就涨红了脸,让大家都有点尴尬。芒特夫人尤其尴尬,她大声说道:"哎呀,海伦,你不在乎他们了吧?"她的脸色由红变紫了。

"我当然不在乎了,"海伦有点不悦,"只有您和梅格才会紧张兮兮的,真是莫名其妙,根本就没什么可紧张的嘛。"

"我没有紧张兮兮啊。"玛格丽特反驳说,她也有点不高兴了。

"哼,你就是有点紧张;是吧,弗里达?"

"我没觉得紧张,我只能说到这儿了;是你自己想歪了。"

"没有,她没觉得紧张,"芒特夫人附和道,"这个我可以作证。她不同意——"

"嘘!"莫泽巴赫小姐打断了她们,"我听到布鲁诺走进大厅了。"

因为利泽克先生来威克姆街探访两位小姐,就要到了。他没有进大厅——事实上,五分多钟后他才会进来。但是弗里达发觉气氛有点微妙,于是提议和海伦一起下楼去等他,留下玛格丽特和芒特夫人继续摆放那些花儿。海伦默许了。但是,似乎是为了证明气氛其实并不微妙,她在门口停下脚步说:

"朱莉姨妈,您是说马西森家的房子吗?您真行!我从来不知道那个把腰束得特别紧的女人叫马西森。"

"来啊,海伦。"她表姐喊她。

"去吧,海伦。"她姨妈说道,然后几乎气都没喘就转向玛格丽特,"海伦骗不了我。她还是在乎的。"

"嘘,小声点儿!"玛格丽特低声说道,"弗里达会听见您说话的,她有时可讨厌了。"

"她是在乎的。"芒特夫人坚持己见,一边若有所思地在房间里走来走去,一边把花瓶里枯死的菊花抽出来。"我知道她会在乎——而且我敢肯定,女孩子都会在乎!毕竟是那样的经历啊!那么没教养的一家人啊!你忘了,我比你更了解他们,要是查尔斯当时开车带的是你——嗯哼,你到他们家时就完全崩溃了。咳,玛格丽特,你都不知道会遇到什么糟糕的情况。他们都挤在客厅窗户那儿。威尔科克斯夫人在场——我见过她了,保罗在场,埃薇那个浪货在场,查尔斯也在场——我第一个看到的就是他。还有一个蓄着胡子、脸色蜡黄的老头,他会是谁呢?"

"也许是威尔科克斯先生吧。"

"我知道,就是威尔科克斯先生。"

"说他脸色蜡黄可不大好,"玛格丽特反驳说,"就他那个年纪来说,他的脸色已经非常好了。"

芒特夫人在其他方面占尽优势,所以勉强承认威尔科克斯先生面色不错倒也无妨。她就此转移话题,谈起了她的外甥女们将来该采用的战略计划。玛格丽特想要打断她。

"海伦听到消息后的反应倒是出乎我的预料,但她对威尔科克斯家真是死了心了,所以没必要做什么计划。"

"最好还是有所准备。"

"不——最好不要有什么准备。"

"为什么?"

"因为——"

她的思绪在模糊的边界徘徊。她再怎么说也解释不清楚,不过她觉得那些凡事都要未雨绸缪的人生活可能会了无生趣。考试需要准备,宴会需要准备,股票价格的下跌也需要准备;可要想在人际关系中一试身手,就必须采用另一种策略,否则必败无疑。"因为我就想冒这个险。"她勉强给出了自己的回应。

"可是你想想,到了晚上会是什么情形。"她姨妈提高了声调,一边用洒水壶的喷口指向那栋大楼,"电灯一亮,这儿那儿几乎都是一样的房间。哪天晚上他们忘了放下百叶窗,你就会看见他们了;下一次你又忘了拉百叶窗,他们就会看见你了。到外面阳台上坐坐,不行,给花草浇浇水,不行,甚至连说话都不行了。想想看吧,你正出大门呢,他们也同时从对面出来了。可是你却告诉我,用不着做准备,你就想冒那个险。"

"我这一辈子都想冒险呢。"

"哎呀，玛格丽特，太危险了。"

"不过，"她微笑着继续说道，"只要你有钱，就不存在什么了不起的危险。"

"哦，真不害臊！这种话你都说得出来！"

"有钱好办事，"施莱格尔小姐说道，"上帝帮助的是那些没钱的人。"

"这话倒新鲜！"芒特夫人说道，她乐于接受新观念，就如同松鼠喜欢搜集坚果，尤其对那些易于流行的观念情有独钟。

"对我来说是新鲜，可聪明人多少年前就知道这个道理了。你我和威尔科克斯一家都站在钱上面呢，就像站在海岛上一样，它在我们脚下坚如磐石，都让人忘了它的存在。只有看到身边的人跌跌撞撞，我们才意识到，有一份可靠的收入意味着什么。昨天晚上，我们在这儿围着火炉聊天的时候，我开始觉得这个世界的灵魂是经济，最深的深渊不是没有爱，而是没有金钱。"

"叫我说，这就是玩世不恭。"

"我也这么认为。但是我和海伦必须记住，当我们忍不住想对别人说三道四的时候，要知道自己是站在岛上的，而其他人大多还淹在海水下面呢。穷人要是爱上了谁，并不总能如愿去亲近，对于那些他们不再爱的人，却又很难摆脱。我们富人就可以。假设海伦跟保罗·威尔科克斯都是穷人，根本就不可能想到用铁路和汽车把他们分开，那去年六月的事就真成悲剧了。"

"这种说法更像社会主义。"芒特夫人狐疑地说道。

"随你怎么叫吧。我把它叫作光明正大过日子。我烦透了那些装穷的富人，他们以为，对脚下支撑他们立于浪头上的钱堆视而不见，就能彰显他们的优越性。我每年脚下有六百镑，海伦也有这么多，蒂比将来会有八百镑。我们的钱会落到海里去，但会以相同的速度从海里再生出来——从海里，没错，从海里再生。我们的思想是拥有六百镑的人的思想，我们说的话也是拥有六百镑的人的话；我们因为自己不想偷雨伞，便忘了水下的人确实是想偷伞的，有时还真的偷了，忘了我们在这里开的玩笑，在水下面就是现实——"

"他们走过去了——莫泽巴赫小姐走过去了。说真的，作为一个德国人，她穿得可真妖艳。哦——！"

"怎么了？"

"海伦刚刚在抬头看威尔科克斯家的公寓。"

"她为什么不能看？"

"抱歉，刚刚打断你了。你刚才说什么现实来着？"

"跟平常一样，我又自说自话了。"玛格丽特回答道，语气中突然透出一点心不在焉。

"那你无论如何要告诉我，你是站在富人这边，还是站在穷人那边？"

"太难回答了。还是问点其他的吧。我是站在贫穷一边，还是站在财富一边？财富啊。财富万岁！"

"财富万岁！"芒特夫人附和道，就像松鼠终于得到了自己的坚果。

"是啊，为了财富。金钱至上嘛！"

"我也这么认为，恐怕我在斯沃尼奇认识的大多数人都这么认为，不过我挺惊讶的，你竟然跟我看法一样。"

"多谢您了，朱莉姨妈。我在高谈阔论，而您都把花弄好了。"

"别客气，亲爱的。我希望你能让我在更多重要的事情上帮你们一把。"

"哦，那太好了。您能跟我去一趟佣工登记处①吗？有个女用人，既没说同意也没说不同意。"

去登记处的路上，她们也抬头看了看威尔科克斯家的公寓。埃薇站在阳台上，"没大没小地瞪着眼看人"，这是芒特夫人的说法。是啊，挺讨厌的，毋庸置疑。海伦是能抵得住一次偶遇的，但是——玛

---

① 可以雇到家政用人的职业介绍所。

格丽特反倒开始没信心了。如果那家人就这么近在咫尺地生活在她眼前，会唤醒那根垂死的神经吗？弗里达·莫泽巴赫还要跟他们再住两个星期，而弗里达又是个嘴碎的人，碎得让人受不了，极有可能会说：“你爱对面那家的某个小伙子，是不是？"这话是有口无心的，但是经常说的话，就可能变成真的了；就像说"英国和德国会打起来"一样，每说一次都会让战争更多一点成真的机会，在两国低级媒体的推波助澜下更容易一触即发。私人情感也有这样的低级媒体在一旁煽动吗？玛格丽特是这么想的，并且担心好心的朱莉姨妈和弗里达就是这样的典型。她们可能会不断八卦，导致海伦旧情复燃，重蹈那个六月的覆辙。旧情复燃——她们却无能为力了；她们无法引导她进入永恒的爱情。她们——她看得一清二楚——是"新闻型"的；而她父亲，虽然不乏缺点且刚愎自用，是"文学型"的，如果还在世的话，他一定会给他女儿以正确的引导。

　　佣工登记处早上已经开门上班了，沿街排满了马车。施莱格尔小姐排队等候着，最终却只能勉强找了个有点狡黠的"临时工"，因为正式的女佣纷纷以她家楼梯太多为由拒绝了她。招人失败让她有点沮丧，虽然她后来忘了这次失败，沮丧的情绪却一直挥之不去。回家的路上，她再次瞥了一眼威尔科克斯家的公寓，然后以主妇的口吻跟海伦说起了那个话题。

　　"海伦，你一定要告诉我，这件事是不是烦到你了？"

　　"什么事？"海伦问道，一边洗手准备吃饭。

　　"威家来了那件事。"

　　"没有，当然没有啊。"

　　"真的？"

　　"真的。"随后她又承认，她有点为威尔科克斯夫人担心；她暗示说，威尔科克斯夫人可能会为往事感怀伤痛，而那家的其他人不会有任何触动。"如果保罗指着我们家说：'那个想要缠上我的女孩就住在那儿。'我是不会在意的，但是她会。"

　　"如果这也让你心烦的话，那我们还是做些安排吧。我们没理由要跟不喜欢我们的人或者我们不喜欢的人住得这么近,反正我们有钱。我们甚至可以离开一段时间。"

"好啊,那我走吧。弗里达刚好邀请我去斯德丁,我新年之后才回来。这样行吗?或者我得远走他乡?说真的,梅格,你怎么变得大惊小怪起来了?"

"哦,我想我是要变成一个老太太了。我原以为我什么都不在乎,但是真的,我——如果你两次爱上同一个男人,我会受不了,"她清了清嗓子,"你知道吗,今天早上朱莉姨妈出其不意问你话的时候,你确实脸红了。要不然我也不会提这事了。"

但是海伦的笑声是真切的,她朝天举起一只沾满肥皂泡的手,发誓说不管何时何地,她无论如何都不会再爱上威尔科克斯家的任何人,哪怕是他们家最远的旁系亲属也不会。

第八章

　　玛格丽特和威尔科克斯夫人之间的友情也许发端于春天的施派尔，它就要迅速升温，并产生奇特的结果。当时，年长的这位太太一边凝视着那座粗鄙的红色大教堂，一边听着她丈夫和海伦的谈话，或许已经在两姐妹中不太起眼的这位身上找到了一种更深的共鸣，一种更靠谱的判断力。她能敏感地捕捉到这些。或许，当初正是她希望邀请施莱格尔姐妹去霍华德庄园做客，而且她内心是特别希望玛格丽特能去的。这当然只是猜测：威尔科克斯夫人并没留下什么明确的线索。可以明确的是，两周之后，就在海伦跟她表姐准备去斯德丁的那天，她造访了威克姆街。

　　"海伦！"莫泽巴赫小姐用一副了不得的语气（她现在跟表妹已经无话不谈了）喊道，"他妈原谅你了！"接着，她想起英格兰的惯例，新来的住户应该在别人造访之后才回访，于是她的语气从敬畏转为不屑，还说威尔科克斯夫人"不像个淑女"[①]。

　　"全家都给烦死了！"玛格丽特怒气冲冲地说，"海伦，别再傻笑转圈儿了，去把行李收拾好。这个女人怎么就不能让我们清静一下呢？"

　　"我真拿梅格没办法，"海伦回嘴道，整个人趴在楼梯上，"她满脑子都是威尔科克斯和博克斯[②]。梅格啊，梅格，我不爱那个年轻人；我不爱那个年轻人，梅格，梅格。还有谁能说得更明白吗？"

　　"确确实实，她的爱已经死掉了。"莫泽巴赫小姐满有把握地说。

　　"确确实实死掉了，弗里达，可是我要去回访的话，还是忍不住

[①] 原文为德语。
[②] "威尔科克斯和博克斯"与当时的一部流行音乐剧《科克斯和博克斯》(Cox and Box)谐音。该剧由英国剧作家F.C.伯南德（Francis Cowley Burnand, 1836—1917）和阿瑟·沙利文（Arthur Sullivan, 1842—1900）改编自J.M.莫顿（John Maddison Morton, 1811—1891）的滑稽剧《博克斯和科克斯》(Box and Cox)。

厌烦威尔科克斯一家啊。"

随后,海伦装出快要流泪的样子,莫泽巴赫小姐觉得特别滑稽,也跟着模仿。"哦,呜呜!呜呜呜!梅格要去回访了,我不能去。为什么呢?因为我要去德呀么德国。"

"你要是想去德国,就快去收拾;要是不去,就代我去回访威尔科克斯家。"

"但是,梅格,梅格,我不爱那个年轻人啊;我不爱那个年轻——哦,天哪,从楼上下来的是谁呀?肯定是我弟弟。哦,真是罪过!"

一个男性——即便是蒂比这样的男性——就足以让这场胡闹停下来。两性之间的隔阂在文明社会正逐渐缩小,不过其程度依然很高,女性方面尤为明显。海伦可以把有关保罗的所有事情都告诉她姐姐,对表姐也能说个大概,但是对弟弟却只字不提。这不是假装正经,因为她现在可以嘻嘻哈哈地谈论"威尔科克斯家的理想",甚至透着一股越来越浓的狠劲儿。这也不是谨小慎微,因为蒂比对于事不关己的消息从来不会多嘴。她是觉得,一个秘密不应该透露给男人的阵营,因为对女人而言再微不足道的事情,到了男人那里就可能举足轻重。于是她住了口,或者应该说,她开始东拉西扯说一些其他的话题,直到姐姐和表姐实在受不了,把她撑上楼去。莫泽巴赫小姐跟在她后面,不过她放慢了脚步,探过栏杆郑重地对玛格丽特说道:"没事的——她不爱那个年轻人——他配不上海伦。"

"是的,我知道;多谢你。"

"我早就觉得应该告诉你。"

"那就更应该谢谢你了。"

"说什么呢?"蒂比问道。谁都没搭理他,于是他走进餐厅去吃埃尔瓦什① 出产的李子蜜饯。

那天晚上,玛格丽特果断采取了行动。屋子里很安静,浓雾像被

---

① 埃尔瓦什是葡萄牙的一座边境旅游小镇,有景点被列入世界文化遗产名录。

赶出门外的幽灵充盈在窗户上——现在已经是十一月了。弗里达和海伦带着所有的行李走了。蒂比身体不太舒服,四仰八叉地躺在火炉旁的沙发上。玛格丽特坐在他旁边,陷入了沉思。她的内心一波未平一波又起,最后,她收摄心神,将万千思绪好好梳理了一遍。讲求实际的人——他转念就知道自己想要什么,通常对其他事情一无所知——会责怪她优柔寡断。但她思考问题的方式就是这样,等到她真的付诸行动,谁都不会再说她犹豫不决了。她当机立断,说干就干,就好像之前根本就没思考过这个问题一样。她写给威尔科克斯夫人的信洋溢着果断力行的天然本色,而她阴郁的思想外衣①是呼在她身上的一口气息,而非一处锈迹,气息擦去,露出的色彩会越发艳丽夺目。

　　亲爱的威尔科克斯夫人:
　　　　我万般无奈之下冒昧给您写这封信。我们最好还是别再见面了。我妹妹和姨妈都曾给您的家庭带去不愉快,而且,就我妹妹而言,引起那些不快的原因可能会再次出现。据我所知,她心里已不再惦记您儿子。但是,如果他们再次碰面,对她或者对您都不公平。所以,我们有缘相识一场,到此也该终结了。
　　　　恐怕您不会认同这点;确实,我知道您不会,因为您还那么好心地来看望我们。只是我直觉上认为应该如此,毫无疑问,这种直觉是错误的。我妹妹无疑会说,这是不对的。我写这封信她并不知情,希望您不要因为我的冒昧而错怪她。
　　　　请相信我。
　　　　　　　　　　此致
　　　　　　　　　　　　　　　　M.J. 施莱格尔

　　玛格丽特去邮局把这封信寄了出去。第二天早上,她收到了下面这份手写的回复:

---

① "果断力行的天然本色"和"阴郁的思想外衣"都出自莎士比亚《哈姆雷特》(Hamlet)第三幕第一场。

亲爱的施莱格尔小姐:

你不应该给我写这样一封信的。我上次拜访就是要告诉你,保罗已经出国了。

露丝·威尔科克斯

玛格丽特面颊开始发烫,她连早饭也吃不下去了,羞愧得坐立不安。海伦告诉过她,说那个年轻人就要离开英格兰,但是其他事情显得更为重要,让她把这事忘了个一干二净。她那些荒唐的焦虑算是石头落了地,取而代之的,是因鲁莽对待威尔科克斯夫人而产生的惴惴不安。鲁莽行为就像口中的苦味,让玛格丽特耿耿于怀,它会毁掉生活。有时鲁莽是必要的,但是对于滥用它的人来说则是灾难。她飞速戴上帽子和披肩,像一个穷妇人,一头扎进了依然在弥漫的浓雾中。她双唇紧闭,手里抓着那封信,就这样穿过街道,走进那栋公寓的大理石门厅,然后绕过门房,直接跑上楼梯,来到了三楼。

她报上了姓名,出乎意料的是,她被直接领进了威尔科克斯夫人的卧室。

"哦,威尔科克斯夫人,我太失礼了,真是惭愧,实在抱歉,我都不知道该说什么好了。"

威尔科克斯夫人凝重地点了点头。她感觉受了伤害,不想装出无所谓的样子。她坐在床上,一张病人用的小桌子架在她的膝盖上,她正在上面写信。早餐盘放在她旁边的一个桌子上。炉火的亮光,从窗户透进来的光线,还有那在她双手周围映出一个颤动的晕圈的烛光,这一切混在一起,营造出一种莫名死寂的氛围。

"我当时知道他十一月要去印度的,可是我忘了。"

"他十七号坐船去尼日利亚了,是在非洲。"

"我是知道的——我知道。我简直荒唐透顶,我真惭愧。"

威尔科克斯夫人没有答话。

"我真的很抱歉,都不知道该说什么好,希望您能原谅我。"

"没关系的,施莱格尔小姐。这么快就过来了,要谢谢你啊。"

"有关系的，"玛格丽特大声说道，"我对您太没礼貌了；我妹妹都不在家，所以就更找不到借口了。"

"是吗？"

"她刚刚去德国了。"

"她也走了。"威尔科克斯夫人喃喃低语道，"是啊，这下肯定安全了——绝对安全了，现在。"

"您也在操心呀！"玛格丽特叫了起来，越来越激动，不等邀请就拿过一把椅子坐了下来，"真是太奇怪了！我能看出来您也在操这个心。您的想法跟我是一样的：海伦不能再见他了。"

"我当时确实认为这样最好。"

"现在为什么不这么想了呢？"

"这个问题太难回答了，"威尔科克斯夫人微笑着说，不悦的表情有所收敛，"我想你在信里说得挺好的——那是一种直觉，有可能是不对的。"

"不会是您儿子还——"

"哦，不是；他经常——我们家保罗年纪还小，你知道的。"

"那是什么原因呢？"

她重复道："是一种可能不太对的直觉。"

"换个思路，他们属于那种可以相恋但不可以生活在一起的类型，这是极有可能的。恐怕十有八九命运和人性是背道而驰的。"

"你这话确实是换了个思路，"威尔科克斯夫人说道，"我当时脑子没你这么有条理。在知道我儿子对你妹妹有意之后，我就是挺警觉的。"

"啊，我一直想问问您的。您是怎么知道的？我姨妈赶去的时候把海伦吓坏了，然后你就站了出来，把事情都处理好了。保罗告诉过您吗？"

"再讨论那个没什么用了。"威尔科克斯夫人稍稍停顿了一下说道。

"威尔科克斯夫人，六月那时候您是不是很生我们的气？我给您写了一封信，但是您没有回复。"

"我是坚决反对租下马西森夫人的公寓的。我知道它在你们家对面。"

"但是现在没事了？"

"我觉得是的。"

"您只是觉得，而不是很确定？我真希望这些乱七八糟的小事情能妥善处理掉。"

"哦，是的，我很确定。"威尔科克斯夫人说道，身体在衣服下面不太自然地扭动着，"我对什么事都好像不太确定，这是我说话的方式。"

"没事，我也很确定。"

这时，女佣进来把那个早餐盘收走，她们的谈话被打断了，等到重新开口，说的都是更家常的话了。

"我得告辞了——您要起床了吧。"

"别啊——请再待一会儿吧——我一天都在床上的。我经常这样。"

"我还以为您是爱早起的人。"

"在霍华德庄园——是的；可是在伦敦起早了也没用。"

"起来没事干？"玛格丽特吃惊地嚷道，"秋季展览有那么多呢，下午还有伊萨伊[①]的演出！更别说还有那么多人了。"

"其实，我是有点累了。先是办婚礼，然后保罗又走了，昨天我该休息却没有休息，而是四处拜访去了。"

"婚礼？"

"是啊；我大儿子查尔斯结婚了。"

"真的啊！"

"我们租下这套公寓主要就是为了这个，同时保罗也可以置办他去非洲的东西。这套公寓是我丈夫堂姐的，她好心让给我们了，所以

[①] 尤金·伊萨伊（Eugene Ysaye, 1858—1931），比利时小提琴家。

婚礼之前我们就可以熟悉一下多莉她们家的人，到现在还不怎么熟悉呢。"

玛格丽特问多莉家人是怎么回事。

"是姓富塞尔的。他们家父亲在印度部队里——已经退休了；哥哥也在部队。母亲已经去世了。"

看来，这些就是海伦某天下午透过窗户看到的那几个"没有下巴、晒得黝黑的男人"了。玛格丽特对威尔科克斯家的财富产生了一点兴趣，她这个窥私的习惯因海伦而起，现在依然存在。她又打听了一些有关多莉·富塞尔小姐的信息，得到的是不温不火、不露声色的答案。威尔科克斯夫人嗓音甜美而富有穿透力，不过却没有什么情感上的变化，听了会让人觉得绘画、音乐和芸芸众生都无足轻重，不分高下。只有一次她的语速加快了——在聊到霍华德庄园的时候。

"查尔斯和艾伯特·富塞尔相识有一段时间了。他们属于同一家俱乐部，都酷爱高尔夫。多莉也喜欢打高尔夫，不过我估计水平不怎么样。他们第一次见面是在一次四人男女混合比赛中。我们都喜欢她，也都挺开心。他们十一号结的婚，就在保罗乘船出发前几天。查尔斯非要他弟弟当伴郎，所以就特意把婚礼放在了十一号。富塞尔夫妇本来希望圣诞之后办，不过他们都很通情达理。那是多莉的相片——在那个双层相框里。"

"威尔科克斯夫人，您真觉得我没打扰您吗？"

"是啊，真的没有。"

"那我就再待会儿。我喜欢这样。"

她们仔细端详着多莉的相片。相片上签着一行字："致亲爱的米姆斯"。威尔科克斯夫人解释说："她和查尔斯商量好了，以后就要这么称呼我。"多莉看上去有点傻气，长着一张三角形的脸，倒是很能吸引健壮男人。她挺漂亮的，玛格丽特将目光由她转向了查尔斯，他的相貌完全是另一种风格。她不禁暗自寻思，是什么力量让这两个人至死不渝地走到了一起。她在心中祝愿他们幸福美满。

"他们去那不勒斯度蜜月了。"

"幸运的一对儿!"

"真不知道查尔斯在意大利怎么样了。"

"他不喜欢旅行吗?"

"他喜欢旅行,可是他真把外国人看透了。他最喜欢在英格兰开车旅行,我想要不是天气太糟,结婚那天就已经开出去了。他父亲送了他一辆汽车作为结婚礼物,现在放在霍华德庄园呢。"

"我想你们那里有个车库吧?"

"是的。我丈夫上个月才建了个小车库,就在房子的西边,离那棵山榆树不远,那一片以前是养马的围场。"

最后这几个字透出一种难以名状的亲切感。

"那匹马到哪儿去了?"玛格丽特停顿了一下问道。

"那匹马?哦,死了,很久以前就死了。"

"那棵山榆树我还记得,海伦说它很壮观。"

"它是赫特福德郡最好看的一棵山榆树。你妹妹跟你说过牙齿的事了吗?"

"没有。"

"哦,这事你可能会感兴趣。那棵树的树干上嵌了几颗猪的牙齿,离地面大概有四英尺的高度,是很久以前乡下人嵌上去的,他们认为这样的话,嚼一块树皮就能治好牙疼。现在这些牙齿几乎被树皮覆盖住了,也没人再理会这棵树。"

"我该去看看。我喜欢民间传说和所有逐渐过时的迷信说法。"

"你觉得如果一个人对这个说法深信不疑的话,树皮真的能治好牙痛吗?"

"当然能治好了。能包治百病呢——曾经是这样的。"

"我确实记得有这样的例子——你知道吗,早在威尔科克斯先生知道它之前,我就住在霍华德庄园了。我出生在那儿。"

她们的对话又转换了话题,此时更像是漫无目的的闲聊。女主人解释说,霍华德庄园是她自己名下的财产,玛格丽特听得津津有味。等一五一十说到富塞尔家族,说到查尔斯对于那不勒斯的焦虑,说到威尔科克斯先生和埃薇在约克郡驾车的行程,玛格丽特有点厌烦了。她受不了这种乏味的感觉,慢慢地心不在焉起来,手里摆弄着那个相框,不小心掉到地上,把多莉的相框玻璃摔碎了,于是连声道歉,并得到了谅解;可是又划伤了手指,女主人自然表达了同情;最后,她说必须要走了——家里还有很多事要做,还要跟蒂比的马术教练面谈。

这时,一个好奇的话题又被抛了出来。

"再见,施莱格尔小姐,再见。谢谢你来看我,我精神好多了。"

"我太高兴了!"

"我——我在怀疑你有没有考虑过你自己。"

"我没考虑过其他的呀。"玛格丽特说道,她的脸红了,但并没有把手从病人的手里抽回来。

"我怀疑。我在海德堡的时候就怀疑。"

"我很确定啊!"

"我都觉得——"

"觉得什么?"玛格丽特问道,因为对方停顿了好长时间——这停顿像炉火的跳跃,像照在手上的灯光的摇曳,像透进窗户的白光的朦胧;是永恒的阴影在变幻中的停顿。

"我差点觉得,你忘了你是个女孩子。"

玛格丽特愣住了,有点不太高兴。"我二十九岁了,"她说道,"总不该大大咧咧,跟个小女孩似的吧。"

威尔科克斯夫人笑了笑。

"您怎么会这么说呢?您的意思是我鲁莽无礼了?"

女主人摇了摇头。"我只是想说,我五十一岁了,对我来说,你们两个都——我在哪本书里读到过来着,我老是没法把话说清楚。"

"哦,我知道了——不够老练。您是说,我并不比海伦强,却总想对她指手画脚。"

"是的,你说对了。就是不够老练这个词。"

"不够老练。"玛格丽特重复了一遍,语气郑重却又有点活泼,

"当然了，我什么都要学习——每件事都要学——跟海伦一样。生活很不容易，到处都是意外。不管怎么说，我也就能理解到这个层次了。要为人谦和，要勇往直前，要献出爱心而不止于同情，要记着那些困苦中的人——呃，可惜我们没法同时做到所有这些，因为它们之间往往是有冲突的。这种时候就要考虑分寸了——要学会把握分寸。不要一开始就考虑分寸问题，只有自命清高的人才会那么做。万不得已的情况下才去考虑分寸，这时候优选项都已无济于事，僵局——天哪，我又开始讲大道理了！"

"的确，你把生活的难处剖析得很到位，"威尔科克斯夫人说道，一边把手抽回到更暗的阴影里，"这正是我自己本来想说的话。"

第九章

　　威尔科克斯夫人对玛格丽特进行了好一番人生教诲，这也无可厚非。而另一方面，玛格丽特表现得异常谦逊，假装自己是个不够老练的人，其实心里一点都不这么认为。她已经当了十多年的家，待人接物可谓得心应手；她已经养大了一个魅力十足的妹妹，还抚养着一个弟弟。不用说，如果经验是可以获得的东西，那么她已经到手了。

　　可是，她为招待威尔科克斯夫人而举办的一次小型午宴却不太成功。这位新朋友跟她邀来作陪的"一两个有趣的人"话不投机，大家客客气气的，气氛却有点不尴不尬。她的品位很简单，文化知识不太丰富，对新英格兰艺术俱乐部①不感兴趣，对新闻和文学的界限也不感兴趣，而这是开场的一个话头。那几个有趣的人在玛格丽特的带领下，兴奋地顺着这个话头叽叽喳喳地聊开了，就像猎人追赶野兔一般。直到吃到快一半的时候，他们才意识到，主客并没有加入追逐的行列。大家没有一个共同的话题。威尔科克斯夫人一辈子都在伺候丈夫和儿子，那几个生人没这方面的经验，年龄也只有她一半大小，自然没什么话可说。高谈阔论让她惴惴不安，扼杀了她那脆弱的想象力；这样的社交活动就像一辆东奔西突的汽车，而她是一束干草，一朵花。她两次感叹天气不好，两次批评大北铁路的列车服务太差劲。他们深表赞同，接着又滔滔不绝地说下去，当她问起海伦的近况，她的女主人却正专注于评价罗森斯坦②而无暇回答。问题又重复了一遍："我希望你妹妹现在在德国一切安好。"玛格丽特这才收住话头，说道："是的，谢谢您；我星期二收到了她的消息。"但是她的内心似乎住着一个喜欢大喊大叫的恶魔，转眼就又把话题岔开了。

---

① 新英格兰艺术俱乐部成立于 1886 年，相较于更早成立的皇家艺术学院，它是一个更进步的艺术团体。
② 威廉·罗森斯坦（William Rothenstein，1872—1945）是新英格兰艺术俱乐部成员，后来成为皇家艺术学院院长。

"只是星期二才收到的消息,因为她们目前住在斯德丁。您认识谁住在斯德丁的吗?"

"从来没有。"威尔科克斯夫人低沉地说道。这时她旁边的那个年轻人——供职于教育司的一个小职员——开始讨论生活在斯德丁的人应该长什么样,斯德丁有没有什么独特的地方?玛格丽特一把抢过话头。

"在斯德丁,人们从悬空的货栈往船上抛东西。起码我们家表兄弟姐妹就这么干,不过他们不是特别有钱。那个城镇没什么意思,但是有一座会转动眼珠的大钟,还有奥德河的景致,确实很有特色。那条河,或者说那些河流——好像有几十条呢——一片湛蓝,它们穿过的平原则是一片碧绿。"

"确实!听起来好像是最美的风景了,施莱格尔小姐。"

"我也这么说来着,但是海伦不这样看,她非要把事情复杂化,说那条河像音乐。奥德河的河道就是音乐本身,让她忍不住联想到一首交响诗。如果我没记错的话,栈桥那一段是 B 小调,但再往下游去就变得特别复杂了,有一个地方几个调式混在一起,表现出一个拖拖沓沓的主题,代表泥泞的河岸,还有一个主题代表可以通航的运河,流入波罗的海的部分是升 C 大调,要非常轻柔地奏出。"

"那些悬空的货栈对此有什么看法呢?"那个男士笑着问道。

"它们可重视了。"玛格丽特回答道,然后出乎意料地话锋一转,岔向了一个新话题,"我觉得把奥德河比作音乐,这太矫情了,你也是这么看的。但是斯德丁的悬空货栈对待美的态度是严肃的,我们就不同了,一般的英格兰人都是这样,而且还瞧不起那些认真对待美的人。别再说'德国人没有品位',不然我可要尖叫抗议了。他们是没有,但是——但是——好一个'但是'——他们对待诗歌是认真的,他们对待诗歌确实是认真的。"

"那样有什么好处吗?"

"有啊,有啊。德国人总是特别留意美的东西。他们也许会因为愚蠢而与美失之交臂,或者曲解了美,但他们在生活中不断追求美,我相信他们总有得偿所愿的那一天。在海德堡的时候，我碰到过一个胖胖的兽医，他在反复吟诵一首煽情的诗歌，几乎泣不成声。我差点憋不住想笑出来——我从来不背诵诗歌，无论是好是坏，也记不住片言只语来感动自己。当我听到普通英格兰岛民自以为是地瞧不起条顿民族的作品时——不管是伯克林①还是我提到的那个兽医——我就热血沸腾。我是半个德国人，所以也算是爱国情怀的表现吧。'哦，伯克林，'他们说，'他拼了命地追求美，刻意把众多神灵融进自然风景画，太扎眼了。'伯克林当然是拼了命的，因为他有所追求——追求美和其他流动于世间的无形的馈赠。所以他的风景画并不成功，而利德②的画作是成功的。"

"我不敢苟同。您呢？"他一边说着，一边转向威尔科克斯夫人。

她回答道："我认为施莱格尔小姐不管说什么都很精彩。"热火朝天的聊天一下子降了温。

"哦，威尔科克斯夫人，说话好听点嘛。'说什么都很精彩'，这话听着太敷衍了。"

"我不觉得是敷衍啊。你最后说的那些话我觉得挺有意思。一般来说，大家好像不大喜欢德国。我早就想听听另一方的看法。"

"另一方？这么说您是持反对意见喽。那好啊！说说您这一方的看法吧。"

"我哪一方都不是。但我丈夫"——她的声音柔和了下来，气氛更加冷淡了——"对欧洲大陆缺乏信心，我们家孩子们也都随他。"

"基于什么理由呢？他们觉得大陆情况很糟糕吗？"

威尔科克斯夫人不知道答案；她很少关注什么理由。她并不聪明，甚至也不够机警，但是奇怪的是，她依然给人一种出众的感觉。玛格丽特天马行空地跟朋友们大谈"思想"和"艺术"，心下却明白，威尔科克斯夫人的品性超越了他们，使得他们的言行一下子就相形见

---

① 阿诺德·伯克林（Arnold Böcklin, 1827—1901），瑞士裔德国画家。
② 本杰明·威廉姆斯·利德（Benjamin Williams Leader, 1831—1923），英国著名风景画家。

细了。威尔科克斯夫人为人和善，甚至都不对人评头论足；她亲切可爱，开口从来不说一句尖酸刻薄的话。可是，她和现实生活是脱节的，两者之间总有一个显得模糊不清。吃午饭的时候，她似乎比平时更加脱节，更加脱离现实生活，接近另一种或许更有意义的生活。

"不过您得承认，大陆——说起'大陆'似乎有点犯傻，但是大陆就是大陆，没有哪一个部分像英格兰。英格兰是独特的。请再吃个果冻吧。我是想说，大陆不管好歹，对各种思想都感兴趣，它的文学和艺术用某种我们可能称之为'无形的荒诞'的东西来表现这些思想，即便在颓废和矫情的作品中都有所体现。在英格兰，人们有更多的行动自由，但是想要思想自由的话，就去官僚的普鲁士吧。那里的人们恭恭敬敬地讨论着一些重要的问题，而身处此地的我们太自以为是了，不屑去触碰这些问题。"

"我不想去普鲁士，"威尔科克斯夫人说道，"连你们说的那些有趣的景致都不想看。我年纪大了，不会恭恭敬敬地讨论问题。在霍华德庄园我们从来不讨论任何东西。"

"那你们应该讨论啊！"玛格丽特说，"讨论让一个家庭充满活力，它不能只靠砖头和灰浆支撑啊。"

"没有砖头和灰浆就站不住了。"威尔科克斯夫人说，出人意料地开了窍，领会了大家的思想，第一次也是最后一次，在那几个有趣的人内心唤起了微弱的希望，"没有砖头和灰浆就站不住了，我有时在想——但是我不指望你们这代人会同意我的看法，因为就连我女儿都不认同。"

"别管我们或者她了，尽管说吧！"

"我有时觉得，让男人去采取行动或者讨论问题，这样更明智。"

短暂的沉默。

"是要承认，反对普选权的意见非常强烈。"对面一个女孩说道，她身体前倾，一边捏碎手中的面包。

"是吗？我从来不参与任何争论。我自己没有投票权，觉得挺庆幸的。"

"不过我们不是在说投票权，是吧？"玛格丽特补充道，"我们的分歧是更广泛层面的，是吧，威尔科克斯夫人？女性是否应该停留在历史之初的那种状态，或者，既然男性已经前进了那么远，现在的女性是不是也可以往前走一点。我觉得可以，甚至可以来一次生物学上的变化。"

"我不知道，我不知道。"

"我必须要回到我那个悬空货栈了，"那个男士说道，"他们现在管得越来越严了，真不像话。"

威尔科克斯夫人也站了起来。

"哦，上楼坐会儿吧。奎斯特德要弹琴给大家听。您喜欢麦克道尔①吗？您对他的曲子只有两个主音怎么看？如果您真的要走了，我送您出去。您咖啡都不喝了吗？"

她们离开餐厅，随手带上了门。威尔科克斯夫人一边扣上衣一边说道："你们在伦敦的生活可真有意思啊！"

"不，哪有啊，"玛格丽特说道，语气中突然有了一丝反感，"我们活得像一群聒噪的猴子。威尔科克斯夫人——真的——我们内心深处也是平静稳重的，真的是这样。我所有的朋友也是。这顿饭您不太喜欢，也不用装样子了。不过，别往心里去，下次再来，就您一个人，或者喊我去您家里。"

"我已经习惯了年轻人的生活方式，"威尔科克斯夫人说，她每说一个字，那些已知事物的轮廓就模糊一分，"我在家里经常听他们聊天，因为我们跟你们一样，也有许多迎来送往。我们家的聊天更多的是关于体育和政治，但是——这顿饭我吃得很好，施莱格尔小姐，亲爱的，我没装样子，真希望能更多参与到你们中间。不过，一方面我今天身体不太舒服，另一方面，你们年轻人话题转换太快了，把我都转晕了。查尔斯就是这样，多莉也差不多。不过，年老也好，年轻也罢，我们都在同一条船上。我一直都记着呢。"

---

① 爱德华·麦克道尔（Edward MacDowell, 1861—1908），美国作曲家。

她们沉默了一会儿，随后握手告别，彼此心中又生出了一股新的情感。玛格丽特回到餐厅，大家谈话一下子停了下来：她的朋友们刚刚在谈论她的新朋友，他们看不上她这个无趣的人。

第十章

几天过去了。

威尔科克斯夫人是那种先跟你套个近乎，然后又抽身走开的人吗？这种让人扫兴的人还是很多的。他们激起我们的兴趣和情感，让我们一门心思围着他们打转，然后他们又抽身而去。如果牵扯了生理上的激情，这样的行为就有个确切的名称——调情——如果这种行为玩过了头，是要受法律制裁的。但是没有哪部法律——甚至没有公共舆论——会惩罚那些要弄友情的人，尽管他们造成的隐痛、给人带来的误入歧途、精疲力竭的感觉同样无法忍受。她是这样的人吗？

玛格丽特起初有这样的担心，因为以伦敦人的急性子，她想立刻把每件事都作个了断。她不相信真正的成长需要蛰伏期。她很想交威尔科克斯夫人这个朋友，急切地要完成仪式性的环节，就好像签字笔都已经拿在了手上。加之家里其他人都不在身边，似乎机会难得，她显得越发急迫了。但是那个年长的女士却不急。她不想迎合威克姆街那一套，也不想再提海伦和保罗的事，而玛格丽特则会把它作为捷径加以利用。她不赶时间，或许等着时间来赶她的趟儿，等到时机成熟，一切已然就绪。

这个时机随着一条口信的到来而出现了：施莱格尔小姐要不要一起去购物？圣诞临近，威尔科克斯夫人觉得在准备礼物上有点拖沓了。她在床上又多躺了些时日，必须把时间补回来。玛格丽特接受了邀请，在一个阴沉的上午，十一点钟的时候，她们坐着一辆布鲁厄姆车[①]出发了。

"首先，"玛格丽特说道，"我们要列个单子，然后在名字边上打钩。我姨妈一直就是这么做的，这场大雾随时都可能变浓。您有没有

---

① 一种由单匹马拉的四轮箱式马车。

什么想法?"

"我本来想着我们可以去哈罗德百货公司或者秣市商场,"威尔科克斯夫人说,她的情绪颇为低落,"那儿肯定什么都能买到。我不太喜欢逛街,那些嘈杂的声音让人头晕。你姨妈做得很对——是该列个单子。那就拿着我的笔记本,把你自己的名字写在最上面。"

"哇,太好了!"玛格丽特说,一边记下了自己的名字,"第一个就是我,您太好了!"但是她不想接受贵重的礼物。她们之间只是萍水相逢,还没到深交的地步,她推测威尔科克斯家的人不会高兴把钱花到外人身上,小户人家倒是乐意。她不想被人看成第二个海伦,无法捕获年轻人的心就往回捞礼物;她也不想成为第二个朱莉姨妈,像她那样送上门去让查尔斯侮辱。适度收敛就是最好的态度,于是她又说道:"我其实并不是真的想要圣诞礼物,其实,我最好不要。"

"为什么?"

"因为我对圣诞节的想法有点奇怪,因为钱能买到的我都有了。我想要更多的朋友,而不是更多的东西。"

"施莱格尔小姐,我想送你一样东西,不枉相识一场,也算是纪念我这寂寞的两周中你的友好相待。碰巧我一个人在家,有你之后我就不再胡思乱想了。我特别容易胡思乱想。"

"如果是那样的话,"玛格丽特说,"如果我碰巧对您还有点用处——这我还真不知道——您可没法用有形的东西回报我。"

"我想是的,但送点东西也是人之常情嘛。也许逛着逛着我就想到可以送什么了。"

她的名字留在名单的开头,但是边上什么都没写。她们坐着车一家家店铺看过去。空气白茫茫的一片,她们下车的时候,吸进口中的空气冰如硬币。她们时不时地穿过一团灰蒙蒙的浓雾。威尔科克斯夫人那天早上精神不佳,都是由玛格丽特决定给这个小姑娘买个玩具小马,给那个小姑娘买个布娃娃,给堂区牧师的夫人买个铜制暖盘。"我们总是直接给用人一些钱。""是吗,你们这样啊。倒也是,那样省事多了。"玛格丽特回应道,心中却感受到无形力量施加到有形世界的怪异影响，分明看到有钱币和玩具从伯利恒那个被遗忘的马槽里奔涌而出，到处弥漫着粗俗的气息。酒馆门口，除了平日反对禁酒改革的告示之外，还在招徕人们"加入圣诞呆鹅俱乐部"——依据缴款数额，可以获得一到两瓶杜松子酒或其他什么的。一张海报上，一个穿着紧身衣的女人在预报圣诞上演的童话剧，红色小精灵那年再度流行起来，在圣诞卡片上随处可见。玛格丽特并非病态的理想主义者，她不希望这一连串的商业行为和自我推销遭到遏制，它不过是一年一度让她感受惊奇的时节罢了。在这些犹豫不决的顾客和疲惫不堪的店员中，又有多少人意识到，是一次神圣的事件①让他们聚到了一起？她意识到了，不过她是置身于事外的。她不是一般意义上的基督徒，她不相信上帝曾经作为一个年轻的手艺人在普罗大众中劳作。这些人，或者说他们中的大多数，是相信这点的，追问之下，他们还会言之凿凿以证其有。但是，他们信仰的具体体现就是摄政街或者德鲁里巷②，就是把一块泥巴换了个地方，就是花了点小钱，做了点吃的，吃了也就忘了。这是不够的。但是在公众生活中，该由谁去充分展现那无形的力量呢？唯有私人生活才是映照无限的镜子；人际交往，唯有人际交往，才能为了解日常视线之外的人性提供蛛丝马迹。

"不，总的来说我是喜欢圣诞节的，"她说道，"过节方式虽然繁琐，但它确实在追求平和友善。但是，唉，一年比一年繁琐了。"

"是吗？我只习惯乡下的圣诞节。"

"我们一般在伦敦过圣诞，兴致勃勃地玩那些花样——在大教堂听颂歌，准备繁琐的午餐，给女佣们准备繁琐的晚餐，然后布置圣诞树，请穷人的小孩一起跳舞，海伦就在边上唱歌。客厅刚好比较适合这些活动。我们把圣诞树放在梳妆间里，蜡烛点亮的时候，拉上帘子，后面的镜子让它看上去非常漂亮。我希望下一处房子里也有一个梳妆间。当然，树要特别小才行，礼物也不能挂上面。不行，礼物要

---

① 指耶稣诞生于伯利恒的马槽这件事。
② 摄政街是英国伦敦西区的一条商业街，以高档服装店著称。德鲁里巷同样位于伦敦西区，自十七、十八世纪起即以戏院云集而闻名。

放在棕色皱纹纸做的假山上面。"

"施莱格尔小姐，你刚才提到'下一处房子'，就是说你们要离开威克姆街了？"

"是啊，再过两三年吧，等租约到期，我们就必须搬家了。"

"你们在那儿住多久了？"

"我们打小就一直住那儿。"

"要离开的话，你们会很难过的吧？"

"我想会的。我们现在还体会不到。我父亲——"她住了口，因为她们已经来到秣市商场的文具部，威尔科克斯夫人想订购一些私人贺卡。

"可能的话，来点有特色的。"她有气无力地说道。在柜台前，她看到一个朋友也在置办礼物，就和她不咸不淡地聊了起来，浪费了不少时间。"我丈夫跟女儿开车兜风去了。""伯莎也去了吗？哦，想不到，真巧啊！"玛格丽特虽然算不上能干，和眼前的同伴相比还是比较突出的。她们在聊天的时候，她把那些贺卡样品都浏览了一遍，挑出一张拿给威尔科克斯夫人过目。威尔科克斯夫人很高兴——贺卡设计新颖，贺词也很温馨；她想订购一百张这样的，心里说不出的感激。可是，就在店员要填写订单的时候，她却说道："我说，还是等等吧。我想了想，还是再等等。时间还有的是，对吧，那样我还可以听听埃薇的意见。"

她们绕来绕去，回到了马车边上。上车之后，她说道："你们不能续签吗？"

"您说什么？"玛格丽特问。

"我是说租约。"

"哦，租约啊！您不会一直在想这个吧？您真是太好了！"

"总会有办法的。"

"不行，价钱涨得太厉害了。他们准备把威克姆街都拆了，重建你们那样的公寓。"

"真可恶！"

"地主是很可恶的!"

然后,她激动地说道:"太过分了,施莱格尔小姐;这是不对的。没想到这事摊你们头上了,我打心眼里深表同情。被迫离开自己的家,离开你父亲留下来的家——这种事情不应该发生,简直比死掉还糟糕嘛。要是我,还不如死了呢——哦,可怜的姑娘们!要是连老死在生养自己的房子里都做不到,他们所谓的文明还算文明吗?亲爱的,我真难过——"

玛格丽特不知道说什么才好。威尔科克斯夫人被购物累得够呛,有点歇斯底里了。

"有一次霍华德庄园也差点被推倒,真那样的话会要了我的命的。"

"霍华德庄园跟我们的房子肯定大不一样。我们虽然喜欢自己的房子,但是它并没有什么独特的地方。您见到过的,就是伦敦一所普通的房子,我们再找一处很容易的。"

"你想得倒简单。"

"看来我又无知了!"玛格丽特说道,小心翼翼地要岔开话题,"您要那么说,我就不知道说什么好了,威尔科克斯夫人。我倒是希望能像您看我那样看我自己——看穿了就是一条等着上火烤的鱼①。涉世不深。很有魅力——就我这个年龄而言,算是非常博学了,但是没有能力——"

威尔科克斯夫人不愿罢休。"现在就跟我去霍华德庄园,"她说道,语气越发激动了,"我想让你现在就去看看。你从来没见过它。我想听听你怎么评价,你的看法总是很独到。"

玛格丽特看了一眼死气沉沉的天空,又看了看同伴疲倦的脸庞。"过段时间我倒是很想去看看,"她继续说道,"但是现在天气太差了,不适合出行,等我们缓过劲来再动身吧。那房子不是也关起来了吗?"

威尔科克斯夫人没有搭腔,看上去不太高兴。

---

① 德国谚语,意为年轻姑娘。

"我改天去可以吗?"

威尔科克斯夫人身子朝前倾过去,敲了敲车玻璃。"请回威克姆街!"她对车夫吩咐道。玛格丽特被冷落在一边。

"施莱格尔小姐,万分感谢你的帮助。"

"别客气。"

"不用再烦礼物的事了,真轻松了一大截——特别是圣诞贺卡。我真佩服你的眼光。"

这次轮到玛格丽特没搭腔了,她也不太高兴。

"我丈夫和埃薇后天回来,因此我才拉你出来购物。我待在城里主要就是为了买东西,但是什么都没买成,现在他写信来说他们必须缩短行程了,天气太糟糕,抓违章的警察也太差劲——简直跟萨里的警察一样差劲。我们家的司机开车已经够小心了,却被当成乱开车的人对待,我丈夫尤其受不了这个。"

"为什么?"

"呃,本来他——他就不是一个乱开车的人。"

"我估计他是超速了。他要跟那些低等动物一起遭罪了。"

威尔科克斯夫人沉默不语。在越来越尴尬的气氛中,她们向家的方向驶去。城市的面貌有点狰狞,越来越狭窄的街道就像矿下坑道一般逼仄。浓雾并没影响生意,因为它悬在上空,商铺那灯火通明的橱窗前挤满了顾客。情绪的低落让内心感受到愈发悲哀的黑暗,反过来又让情绪愈发低落。玛格丽特好几次要开口,但是嗓子眼好像被什么东西堵住了一样。她有点兴味索然,对于圣诞节也越来越觉得无所谓。平和?圣诞节也许会带来别的礼物,但是对于哪个伦敦人来说,它是平和的呢?寻求刺激、大肆铺张已经毁掉了神的福佑。友善?在如潮的购物者中,她可曾见过一例善举?她自己有过善举?她没有接受这次邀请,只是因为觉得有点怪异,有点天马行空——她与生俱来的权利就是培养天马行空的想象力!还不如接受邀请,让自己在旅途中受点累呢,总比冰冷地说句"我改天去可以吗?"要好。她无所谓的态度不复存在了。不会再有"改天"了,这个难以捉摸的女人再也不会向她发出邀请。

　　她们在公寓大楼前分了手。在一番常规的客套之后，威尔科克斯夫人走了进去，玛格丽特看着那个高挑孤独的身影掠过大厅，走向电梯。电梯玻璃门关上的时候，她有了一种被囚禁的感觉。漂亮的头部埋在暖手筒里，首先消失了，随后拖曳的长裙也消失了。一个难以描述的稀有女人像玻璃瓶中的标本一样往天空升去。那是什么样的天空啊——一个地狱般的天穹，漆黑一片，还有煤灰往下掉落。

　　吃午饭的时候，她弟弟看她不想说话，偏偏不断地找话说。蒂比本性并不坏，但是从小就会莫名其妙做出一些不受待见、出人意料的事情。眼下，他把他偶尔光顾的走读学校的情况拉拉杂杂地向她讲述了一遍。讲述得挺有意思，她也曾经追问他相关情况，可是她现在听不进去，因为她的心思在看不见的东西上面。她感觉得到，威尔科克斯夫人虽是贤妻良母，但她在生活中只有一样热爱的东西——她的房子。当她邀请朋友去跟她分享这份热爱的时候，她是郑重其事的。回答"改天"就是傻子的回答。"改天"可以去看砖头灰浆，但绝不适合被无限神圣化的霍华德庄园。她自己倒并不太好奇。夏天的时候，她已经听够了关于它的描述。九扇窗户、葡萄藤和山榆树并不能给她带来愉快的联想，她宁可花一个下午去听场音乐会。但是想象力占据了上风。她弟弟还在滔滔不绝时，她就决定无论如何也要去一趟了，而且要让威尔科克斯夫人一起去。午饭过后，她移步去了对面的公寓。

　　威尔科克斯夫人刚刚离开，晚上不回来了。

　　玛格丽特说了声没关系，便急匆匆地下楼，坐了一辆出租马车赶往国王十字车站。她坚信这次的冒险之举很重要，尽管她有点茫然，说不清这样做的原因，不过应该有逃离禁锢的因素在里面。虽然不知道火车出发的时间，她的双眼却紧盯着圣潘克拉斯车站大钟的方向。

　　终于，国王十字车站的时钟犹如地狱般天空中的第二轮月亮，跳入了眼帘，她租的车在车站前靠边停了下来。五分钟后有一班去希尔顿的火车。在焦躁不安中，她买了一张单程车票。就在这时，一个低沉而欣喜的声音向她打招呼，还表示了感谢。

"如果还可以的话，我愿意来。"玛格丽特说道，有点紧张地笑了起来。

"你也要留下来过夜哦，亲爱的。我的房子早上最漂亮。你要留下来，只有在日出的时候，我才可以带你好好看看我的草地。这些雾气"——她指向车站的屋顶——"不会扩散得太远。我敢说，在赫特福德，他们正在晒太阳呢，加入他们的行列，你永远不会后悔。"

"我永远不会后悔跟您一起。"

"我也一样。"

她们向长长的站台走去。火车停在站台的尽头，将黑暗挡在外侧。她们永远都走不到那儿了，因为就在想象力发挥到极致之前，传来"妈妈，妈妈"的叫喊声，一个眉毛很浓的女孩从卫生间冲了出来，抓住了威尔科克斯夫人的胳膊。

"埃薇！"她惊叫道，"埃薇，我的乖宝贝儿——"

那女孩喊道："爸爸！喂！看看这是谁。"

"埃薇，我的心肝，你怎么不在约克郡呢？"

"不在——汽车坏了——改变了计划——爸爸来了。"

"哎呀，露丝！"威尔科克斯先生叫着，来到她们身边，"我的天哪，你在这儿干什么，露丝？"

威尔科克斯夫人平静了下来。

"哦，亲爱的亨利！——真是甜蜜的意外呀——还是让我来介绍——不过我想你是认识施莱格尔小姐的。"

"哦，是的。"他答道，却没有表现出多少兴趣，"你自己怎么样，露丝？"

"身体好得很啊。"她开心地回答。

"我们也很好，我们的车也一样，跑起来呱呱叫，一路开到了里彭，但是在那里碰到一辆翻倒的马车，被一个愚蠢的车夫——"

"施莱格尔小姐，我们的远足只能改天了。"

"我刚才在说，那个愚蠢的车夫，连警察自己都承认——"

"改天吧,威尔科克斯夫人。没问题。"

"——但是我们已经投了第三方责任险,所以也没什么大事——"

"——马车和汽车几乎拦腰相撞——"

快乐的一家人高声谈笑着。玛格丽特被冷落在一边,谁也没理会她。威尔科克斯夫人在她丈夫和女儿的簇拥下走出国王十字车站,夹在中间听他们说话。

第十一章

　　葬礼结束了。那些马车碾过松软的泥土纷纷驶去，只有一些穷人还待在那儿。他们走近新挖的墓穴，最后一次看看那具快被一锹锹泥土覆盖的棺木。这是他们的时刻。他们中大多是女人，跟死去的那个女人生活在同一个地区，按照威尔科克斯先生的吩咐，已经给他们穿上了黑色的外衣。也有一些人纯粹是来看热闹的。他们因为一场突如其来的死亡而哗然，三三两两地站在那儿，或者在坟茔之间走动，就像一滴一滴的墨汁。他们其中一个人的儿子——一个伐木工——高高地盘踞在他们头顶上，在给教堂墓地里的榆树修剪枝桠。他坐在那儿，可以看见希尔顿村沿着北方大道一路排开，绵延出去；远处橘红色的落日在几朵灰色的云块下向他眨着眼睛；教堂，林场，以及身后宁静的田野村舍，也可以尽收眼底。不过，他嘴里也在滔滔不绝、绘声绘色地对葬礼评头论足。看着棺木一点点靠近，他要把自己的全部感受告诉站在下面的母亲：他不能丢下手头的活儿，却又不愿再干下去；他差点从树上滑下来，为此很恼火；秃鼻乌鸦呱呱地叫过，难怪呢——似乎乌鸦也知道了。他母亲嚷嚷着说自己早有预感——她看威尔科克斯夫人面色不大对劲已经有一阵子了。也有人说，是伦敦之行惹的祸。她是个心地善良的女人，她祖母也是这样——一个更加朴素却非常和善的人。唉，老派的人慢慢地都没了！威尔科克斯先生呢，他也是个好人。他们翻来覆去地谈论着这个话题，虽然乏味，却依然兴致勃勃。富人的葬礼于他们而言，就像有文化的人眼中阿尔克提斯或者奥菲利娅①的葬礼，是一门艺术，虽然远离生活，却提升了生命的价值，而他们热切地参与其中了。

---

① 阿尔克提斯是古希腊神话中的人物，为拯救丈夫而自杀，欧里庇得斯据此创作了一部剧。奥菲利娅也是自杀的，她的葬礼是莎士比亚悲剧《哈姆雷特》的高潮部分。

那些掘墓人心下涌动着一股不满的情绪——他们讨厌查尔斯；此时此刻不该说这种事情，但是他们就是不喜欢查尔斯·威尔科克斯——掘墓人完成了他们的工作，把花圈和十字架堆放在坟墓上面。夕阳照在希尔顿的上空：傍晚灰色的云带泛出些许微红，一道血色穿缝而过。前来哀悼的人相互倾诉着悲伤，他们穿过停枢门，穿过通往镇上的一条条栗树林荫道。年轻的伐木工继续逗留了一会儿，他在树枝上保持着平衡，有节奏地晃悠着，下面是一片宁静。终于，一根枝桠从锯子下面坠落了下去。他哼哧哼哧地下了树，思绪也不再盯着死亡，而是转向了爱情，因为他正春心萌动。经过那座新坟时，他停了下来，目光落在了一束黄色的菊花上面。"他们不应该在葬礼上用彩色的花啊。"他暗想。拖着双腿刚走出几步，他又停了下来，朝暮色中瞄了一眼，便返回去从那束菊花中揪出一朵，藏在了口袋里。

他离开之后，剩下的是一片死寂。墓地边上的小屋空荡荡的，附近什么房子都没有。时间一个小时一个小时地过去，墓地的景象没有丝毫变化，却再没有人旁观。云朵从西边飘过来，从墓地上空掠过；教堂就像一艘轮船，船头高昂，满载着乘客，驶向无限永恒。黎明将近，空气越发寒冷，天空越发清明，在坚硬而闪着点点亮光的地表下，长眠着那死去的人们。那个伐木工在一夜欢愉之后又回来了，他心里想："他们放了百合，还放了菊花，真可惜没有全部拿走。"

在霍华德庄园里，他们正准备用早餐。查尔斯和埃薇坐在餐厅里，跟查尔斯太太在一起。他们的父亲谁也不想见，就在楼上用餐。他饱受折磨，痛苦如痉挛一般时时袭来，一如身体上的疼痛。即便准备吃东西的时候，他的双眼也是满含泪水，终于放下了面包块，连尝都不愿尝一口。

他想起了妻子过去三十年来一贯的好处，并非什么具体的事情——不是恋爱时的缠绵，也不是新婚时的激情——而是她始终如一的贤淑，在他看来，那是一个女人最高贵的品格。有太多的女人喜怒无常，要么感情用事，要么无理取闹。他的妻子却不是这样的。年复一年，无论冬夏，无论初为人妻或是已为人母，她都保持本色，所以他对她总是特别放心。她的温柔！她的纯真！她无比纯洁的天性是上帝的恩赐。露丝跟她花园里的花朵或者田野里的野草一样，对人世间的邪恶与奸诈一无所知。她对生意的看法是——"亨利，为什么有些人钱都够用了还想着赚更多的钱？"她对政治的看法是——"我敢肯定，如果不同国家的母亲们能够在战场上相见，就不会有更多的战争了。"她对宗教的看法是——啊，这曾经是一朵云，不过已经飘走了。她来自教友会家庭，而他和他的家人曾经是异见者①，现在都成了英格兰圣公会的成员。起初，教区牧师的布道让她有点反感，她曾表达过对"更加深入内心的光芒"的渴望，还说"主要是为了孩子（查尔斯）而不是为我自己"。深入内心的光芒想必已经照进了她的内心，因为他此后多少年都没听到过任何抱怨。他们和和气气共同抚养了三个子女，从来没有红过脸。

现在她长眠于地下了。她走了，带着一丝神秘走了，这跟她的一贯作风大相径庭，让人越发难以承受。"为什么不告诉我你已经知道自己的病情呢？"他呜咽道，而她用微弱的声音回答："我不想说，亨利——我也许错了——谁都讨厌疾病啊。"噩耗是一个不认识的医生告诉他的，他离开伦敦期间，她去咨询了这个医生。这一切公平吗？还没来得及说清楚，她就去世了。这是她的错，而且——泪水从他的眼里夺眶而出——这个过错是多么微不足道啊！这是她过去三十年来第一次欺骗他。

他站起身，望向窗外，因为埃薇拿着信件过来了，他无法直视任何人的眼睛。啊，是啊——她是个好女人——她一直都很稳重，这个词是他精心选择的。对他来说，"稳重"包含了一切褒奖。

他凝视着冬日的花园，从外表看，他自己也是一个稳重的男人。他的脸庞不像他儿子那么方正，下巴虽然足够坚毅，但是有点后缩，双唇被胡须挡住了，轮廓不清，但是从外貌看不出任何软弱的迹象。他的双眼虽然也能传递出善意和友好，虽然此刻因流泪正发红，却仍

---

① 拒绝信奉英国国教的新教徒。

能从中看出其主人倔强的性格。他的前额也跟查尔斯的一样,又高又平,黝黑发亮,跟太阳穴和脑壳儿突兀地融为一体,就像一个堡垒,保护自己的头颅不受外界伤害。有时它又像一道屏障,他就待在后面,快快乐乐安然无恙地躲避了五十年。

"邮件来了,爸爸。"埃薇局促地说道。

"谢谢,放那儿吧。"

"早饭还好吧?"

"是的,谢谢。"

这个女孩拘束地看了看他,又看了看早餐,不知道怎么办才好。

"查尔斯问您要不要《泰晤士报》?"

"不用了,我待会儿再看。"

"爸爸,您想要什么就按铃吧,好吗?"

"我什么都不需要。"

她把信件从广告宣传单中分拣了出来,然后回到了餐厅。

"爸爸什么都没吃。"她说道,在茶壶后面坐了下来,眉头紧蹙。

查尔斯没有答话,但是过了一会儿,他快步跑上了楼,打开门说道:"爸爸,您听我说,您一定要吃点东西。"他停了会儿,不见父亲回应,便又偷偷地下了楼。"我估计他要先看那些信件,"他悻悻地说道,"我敢肯定,他待会儿就会接着吃早餐。"然后,他拿起了《泰晤士报》,一时间鸦雀无声,只剩下杯子碰到碟子和刀叉碰到盘子的声音。

可怜的查尔斯太太坐在沉默的两个人之间,一系列的事情让她有点心慌,还有点厌烦。她知道自己是个不入眼的可怜虫。一封电报将她从那不勒斯拽回到那个她知之甚少的女人的灵床边,丈夫的一句话让她迅速进入哀悼状态。虽然也希望能发自内心地悲痛,但是她觉得既然威尔科克斯夫人注定要死,倒不如死在婚礼前面,那样的话,就不用指望她做什么了。她把吐司掰碎,却又紧张得不敢要黄油,就那么一动不动地待着,暗自庆幸她公公是在楼上用早餐。

终于,查尔斯开口了。"他们昨天根本用不着修剪那些榆树。"他对妹妹说道。

"确实用不着。"

"我要把这事记下来,"他接着说道,"很奇怪,牧师竟然允许了。"

"也许这事不归牧师管。"

"那归谁管呢?"

"庄园的主人。"

"不可能。"

"多莉,要黄油吗?"

"谢谢你,埃薇宝贝儿。查尔斯——"

"怎么了,亲爱的?"

"我不知道榆树也能修剪,我原以为只有柳树可以修剪。"

"哦,不是的,榆树可以修剪的。"

"那么墓地的那些榆树为什么不应该修剪呢?"查尔斯皱了皱眉头,又转向他妹妹。

"还有一件事,我得跟乔克利说说。"

"对,是该说说;你要跟乔克利好好说说。"

"他说那些人不归他管也没用的,他要负这个责。"

"是的,没错。"

兄妹俩并非冷漠无情。他们这样说,一方面是要让乔克利按规矩办事——这个要求本身无可厚非——另一方面,他们尽量在生活中避免个人情感。威尔科克斯家所有人都这样。对他们而言,个人情感没那么重要。或者,就像海伦推想的那样:他们知道其重要性,但却敬而远之。人们可以看到隐藏在背后的恐惧和空虚。他们并非无情无义,他们离开早餐桌的时候,内心是悲痛的。他们的母亲以前从来不到餐厅来吃早餐,在其他房间,特别是在花园里,他们最能体会她的离去带来的失落感。查尔斯出门到车库去,每走一步都让他想起那个疼爱他的女人,那个无人可以替代的女人。她生性保守,他为此费尽心思与之"斗争"!她不喜欢变革,可是当变革达成,她又是那么义无反顾地接受下来！他和他父亲——他们费了多少事才建了这个车库啊！他们费了好大劲才说服她松了口，答应把围场改成车库——她对那块围场情有独钟，其程度甚至超过对花园的喜爱！那架葡萄藤呢——在葡萄藤上，她遂了自己的心愿，它那还没结果实的枝条依然覆盖在南墙上。埃薇站在那里跟厨子说话，也涌起了对母亲无尽的思念。虽然她可以承担起母亲室内的家务活，就像男人们可以接手室外的活计一样，可是她觉得，某个特有的东西已经从她的生命里消失了。他们的悲伤虽然不像他们父亲的那样强烈，却也是发自内心深处的，毕竟妻子可以取代，而母亲则永无可能。

查尔斯准备回去上班，因为在霍华德庄园也没什么事可做。他母亲遗嘱的内容他们早就知道了，没有遗产，没有养老金，没有去世之后还要折腾人以继续彰显死者影响力的烦心事。她信任自己的丈夫，毫无保留地把一切都留给了他。她是个颇为清贫的女人——这房子是她全部的嫁妆，总有一天要归到查尔斯名下。她的水彩画威尔科克斯先生准备留给保罗，而埃薇则得到珠宝和饰带。她就这么轻易地从生活中溜走了！查尔斯认为这种态度值得赞赏，不过他自己不打算效仿，而在玛格丽特看来，其中体现的是对世俗名利超乎常理的淡漠。这是一种犬儒主义——不是那种只会谩骂嘲讽的、肤浅的犬儒主义，它与彬彬有礼、温文尔雅并行不悖——威尔科克斯夫人的遗嘱就是这样的腔调。她不想惹恼谁，这点做到了，她就可以安眠于地下了。

没有了，没有什么事情是需要查尔斯去等待的了。他不能继续去度蜜月，所以会去伦敦上班——无所事事地晃悠让他痛苦异常。他和多莉会住进那套家具齐全的公寓，他父亲则跟埃薇在乡下静养。他同时可以照看一下自己的那套小房子。房子位于萨里郊区，目前正在粉刷和装潢，他希望圣诞节之后不久就可以住进去。是的，他午饭之后就要开着新车上伦敦去，从城里过来参加葬礼的用人则坐火车回去。

他在车库碰到了父亲的司机，说了声"早"，却没有看一眼这个人的脸，便弯下身子察看汽车，接着说道："喂！我的新车有人开过了！"

"是吗，先生？"

"是，"查尔斯涨红了脸说道，"谁开过了也没有好好擦干净，车轴上还有泥巴呢。把它弄掉。"

那个人一声不响地去拿抹布。他是个相貌奇丑的司机——倒不是这点损害了查尔斯对他的印象，因为查尔斯认为男人有魅力不是好事，他们刚开始雇用的那个意大利小伙子很快就被打发走了，就因为他长得健硕。

"查尔斯——"他的新娘踩着白霜紧追了过来，她就像一根优雅的黑色柱子，娇小的面庞和精致的孝帽构成了柱头。

"等会儿，我在忙着呢。克兰，那么你觉得谁开过它？"

"不知道，真的，先生。我回来之后没有人开过它，不过，当然，我有两个星期不在这儿，当时开着另一辆车在约克郡呢。"

泥巴很容易就清理掉了。

"查尔斯，你父亲下楼了。发生了什么事情？他要你立刻回屋里去。哦，查尔斯！"

"等会儿，亲爱的，等一会儿。你不在的时候谁有车库的钥匙，克兰？"

"园丁，先生。"

"你的意思是要告诉我，老彭尼会开车。"

"不是，先生；没有人把车开出去，先生。"

"那你怎么解释车轴上的泥巴？"

"我没法解释，当然，那段时间我在约克郡呢。现在烂泥没有了，先生。"

查尔斯非常恼火。这家伙把他当傻瓜呢，要不是心情太沉重，他早就把他的事告诉父亲了。可是，这个早晨不适合抱怨。他吩咐司机午饭后把车准备好，然后和妻子一道往回走，她一直毫无头绪地说着一封信和一个施莱格尔小姐的事。

"多莉，现在你可以说了。施莱格尔小姐？她想要什么？"

别人写信过来，查尔斯总会问他们想要什么？"想要"对他来说是行动的唯一理由。这次他问对了,因为他妻子回答:"她想要霍华德庄园。"

"霍华德庄园?喂,克兰,可别忘了带上斯特普尼轮胎①。"

"不会的,先生。"

"反正别忘了,因为我——来吧,小姐。"等到走出司机的视线,他用胳膊绕过她的腰,把她搂向自己。十分的柔情和五分的注意力——这是他在他们幸福的婚姻生活中所给予她的全部。

"但是你都没听我说话,查尔斯——"

"怎么了?"

"我一直在跟你说——霍华德庄园,施莱格尔小姐得到它了。"

"得到什么?"查尔斯问道,松开了他的手,"你在说什么鸟东西?"

"喂,查尔斯,你答应过不说那些难听的——"

"听着,我现在没心情听你的蠢话,今天早上也不是听这种话的时候。"

"我跟你说——我一直在跟你说——施莱格尔小姐——她得到它了——你母亲把它留给她的——你们都要搬出去!"

"霍华德庄园?"

"霍华德庄园!"她模仿着他的腔调尖叫道,正在此时,埃薇从灌木丛那边冲了过来。

"多莉,马上回去!我爸爸很生你的气了。查尔斯"——她来了个急刹车——"马上去见爸爸。他收到了一封可怕的来信。"

查尔斯冲了出去,但是随即又慢了下来,步履沉重地走过那条石子路。那房子就在眼前——九扇窗户,还有没结果实的葡萄藤。他吼了声:"又是施莱格尔!"似乎是为了终结这场混乱,多莉说道:"哦,不是的,是疗养院的护士长写来的,不是她。"

"你们三个都进来!"他父亲叫道,不再是有气无力的样子,"多

---

① "一种汽车备胎,由充好气的轮胎和无辐金属轮圈构成,可临时替代扎破的轮胎"(《简明牛津词典》)。

莉，你为什么不听我的话？"

"哦，威尔科克斯先生——"

"我让你不要到车库那边去的。我听到你在院子里就嚷嚷开了。我不许你那样。进来。"

他变了个人似的站在门口，手里拿着信件。

"你们都进餐厅去。我们不能当着用人的面讨论家事。过来，查尔斯，拿去；读读这些信，看你有什么想法。"

查尔斯拿过两封信，一边跟着他们走，一边看了起来。第一封是护士长写的附函。威尔科克斯夫人希望她在葬礼结束后把随附的信转寄过来。随附的那封信是他母亲自己写的。她写道："致我的丈夫：我要让施莱格尔（玛格丽特）小姐继承霍华德庄园。"

"我们是不是该谈谈这件事？"他说道，语气平静得可怕。

"当然了。我刚刚正要去找您，多莉就——"

"呃，我们坐下来吧。"

"过来吧，埃薇，不要浪费时间，坐下吧。"

他们一言不发地在餐桌边坐了下来。昨天发生的那些事情——当然，还有今天早晨的事情——突然退回到遥远的过去，让他们觉得好像都不曾经历过。听得见的是粗重的呼吸声。他们在努力平复自己的情绪。查尔斯为了让大家再镇定一点，把那封随附的信大声读了出来："这是母亲亲手写的短笺，信封上写明寄给父亲，信封是密封的。里面写着：'我要让施莱格尔（玛格丽特）小姐继承霍华德庄园。'没有日期，没有签名。通过养老院的护士长转寄过来的。现在，问题是——"

多莉打断了他。"但是我觉得这短笺是不合法的。房子的事情应该由律师来处理才对啊，查尔斯，肯定的。"

她丈夫狠狠地咬了咬牙关，两侧耳朵前面都凸起了小疙瘩——暗示她还没有学会尊重别人，而她还在问可不可以让她看看那封短笺。查尔斯看了看父亲，征求他的许可，他父亲心不在焉地说："给她吧。"她一把抓过信，立刻就尖叫起来："哟，只是用铅笔写的啊！

我就说嘛，铅笔写的不算数。"

"我们知道它没有法律上的约束力，多莉，"威尔科克斯先生说道，一副居高临下的语气，"我们知道这点。从法律上讲，我完全可以把它撕了扔进火炉里去。当然，亲爱的，我们是把你当成这个家的一分子的，但是你不懂的事情就最好不要瞎掺和。"

查尔斯对父亲和妻子都很恼火，他接着说道："问题是——"他把餐桌上的盘子刀叉清理出一块空处，以便可以在桌布上画图案。"问题是，施莱格尔小姐是否趁我们不在的那两周，是否不正当地——"他没再说下去。

"我觉得不会。"他父亲说道，他的品性比他儿子要高尚一些。

"不会什么？"

"她不会——不会在这件事上施加不当影响。不会的，我认为问题在于——病人写信时的状态是怎么样的。"

"我的好父亲啊，如果你愿意，可以去咨询专家，但是我不承认它是我母亲写的。"

"可你刚才还说是啊！"多莉嚷道。

"别管我说没说过，"他怒不可遏地说道，"闭上你的嘴。"

可怜的小妇人听了这话脸色红了起来，从口袋里掏出手帕，流下了几滴眼泪。谁都没注意她。埃薇像个愤怒的小男孩，阴沉着脸。两个男人渐渐摆出了出席委员会的架势，他们在委员会工作的时候都能展现最出色的一面。他们处理事务的时候不会犯主次不分的错误，而是会一项一项地处理，分得清清楚楚。首先摆在眼前的是笔迹问题，对此他们充分利用了训练有素的脑子。稍作辩解之后，查尔斯承认笔迹是真的，然后他们接着讨论下一项。这是避免情绪激动的最佳方法，或许也是唯一的方法。他们都是凡夫俗子，如果通盘考虑那封短笺，他们可能会备感痛苦，甚至发疯。一项一项地考虑，情感因素就会被最小化，一切就能顺利推进。时钟嘀嗒嘀嗒地响着，炉子里的炭火越来越旺，跟从窗户照进来的白色光线交相辉映。不知不觉中，已是阳光普照，树干那异常清晰的影子印在白霜覆盖的草地上，就像一道道紫色的沟渠。这是一个阳光灿烂的冬日早晨。埃薇的猎狐犬以前一直以为是白色的,现在看去却只是一只脏兮兮的灰狗了,而它周围则是一尘不染的纯白。它自己现出了原形,而它在追逐的乌鸫却闪耀着神秘的黑色光亮,因为生活中所有惯常的色彩都发生了改变。屋内,时钟响亮而沉稳地敲了十下,其他的钟也应和着响起,这场讨论接近了尾声。

没必要继续听他们的讨论了。此时此刻,评论员①应该站出来说几句话。威尔科克斯一家应该把他们的房子拱手让给玛格丽特吗?我认为不应该。这个诉求是站不住脚的,也没有法律效力;它是病中写下的,而且还受到了突如其来的友情的左右;它与女死者过去的意图相左,有违她的本性,至少在他们看来是这样。对他们来说,霍华德庄园就是一处房屋:他们不知道,于她而言它是一种精神,她要为它找一个继承人。而且——在这种种谜团中再往前迈进一步来看——他们所做的决定难道不比设想的更明智吗?精神上的财富竟然能赠与他人,这可信吗?灵魂会有子孙后代吗?一棵山榆树,一架葡萄藤,一把沾着露水的干草——对于这些东西的情感可以传递给没有血缘关系的人吗?不能;威尔科克斯一家无可指责。这个问题太宏大了,他们甚至都不知道有问题存在。不;他们一番合计之后把那封信撕掉并扔进餐厅的火炉,这再自然不过了,也合乎情理。道义上崇尚实用的人绝对会认为他们无可厚非,那些希望一探究竟的人大体上也会认同他们的做法,因为有件事是客观存在的:他们确实忽略了一个人的诉求,死去的女人要他们如此这般,而他们的回答却是"我们不会照办"。

这件事让他们痛苦之极。悲伤涌进大脑,搅得他们不得安宁。昨天他们还在哀悼:"她是慈爱的母亲,忠诚的妻子,我们不在的时候,她没把自己的健康当回事,就这么去世了。"今天他们在想:"她不像我们以为的那样实诚慈爱。"对于更加深入内心的光芒的渴望终于得

---

① 指作者本人。

到了表现的机会，无形的力量对有形事物产生了影响，而他们唯一能说出来的话就是"背叛"。威尔科克斯夫人背叛了家庭，背叛了产权法，也背叛了她亲手写下的文字。她指望如何将霍华德庄园转到施莱格尔小姐名下呢？从法律上看，这房子属于她的丈夫，他会作为礼物免费送给她吗？这个叫施莱格尔的小姐会从房子终身获益呢，还是会完全拥有它？他们本以为，有朝一日霍华德庄园的一切都会是他们的，因此修建了车库，还进行了其他修缮，这些能得到补偿吗？背叛！荒唐的背叛！当我们认为死者既不忠又荒唐的时候，我们已经渐渐能够接受他们的离去了。那封用铅笔写就、再由护士长转寄的短笺既无情又草率，而且立刻削弱了大家对写信的那个女人的评价。

"啊，行了，"威尔科克斯先生从桌边站起来说道，"我觉得这事不大可能。"

"母亲肯定不是这个意思。"埃薇说道，依然皱着眉头。

"不是的，闺女，当然不是。"

"而且母亲那么在意先人——她不大可能把什么东西送给一个不知珍惜的外人。"

"整个事情不像她的风格，"他断言道，"如果施莱格尔小姐比较穷，想要一处房子，我倒还能理解。但是她有自己的房子，为什么还要再弄一处呢？她要霍华德庄园一点用处都没有。"

"时间可以证明。"查尔斯低声说。

"怎么证明？"他妹妹问道。

"或许她知道——母亲可能告诉她了。她去过疗养院两三次，也许就是在等待时机呢。"

"这个女人太可怕了！"缓过劲来的多莉大声说道，"哎呀，她现在可能正往这儿来，要把我们撵出去呢！"

查尔斯没给她好声气。"我倒希望她来呢，"他恶狠狠地说道，"看我到时怎么对付她。"

"我也可以对付。"他父亲接过了话头，觉得自己没被当回事。查尔斯还是不错的，在葬礼安排上能领会他的意思，还叮嘱他吃早餐，但是这孩子随着年龄增大,变得有点自作主张了,急吼吼地要坐上主席的位子。"要是她来了,我可以应付,但是她不会来的。你们对待施莱格尔小姐都有点过分了。"

"保罗那事可够龌龊的。"

"我不想再提保罗那件事,查尔斯,我当时就说过了。而且,它跟这件事毫不相干。在这糟糕的一周里,玛格丽特·施莱格尔指手画脚的,让人讨厌,我们大家都受够了她。但是从内心来说,我觉得她是个诚实的人。她没有跟护士长串通一气,这点我绝对有把握。她跟医生也没有,这点我同样有把握。她没有向我们隐瞒什么,因为到那天下午为止,她跟我们一样被蒙在鼓里。她跟我们一样,都被骗了——"他停了片刻,"查尔斯,你知道吗,你那可怜的母亲当时非常痛苦,却把我们都支开了。要是我们早知道,保罗就不该离开英格兰,你不该去意大利,而我跟埃薇也不该去约克郡。呃,施莱格尔小姐的处境同样是阴差阳错的结果。总而言之,她在这件事情上的表现并不算恶劣。"

埃薇说道:"但是那些菊花——"

"竟然还来参加葬礼——"多莉应和道。

"她为什么不能来?她有权利来,而且她远远地站在后面那些希尔顿村的女人中间。至于那些花——我们当然不应该送那样的花,但是在她看来也许没什么不妥,埃薇,你们都知道的,这可能是德国的习俗。"

"哦,我忘了她不是英格兰人,"埃薇大声说道,"那倒能说得通了。"

"她是一个世界主义者,"查尔斯说,看了看他的手表,"我承认,我很讨厌世界主义者。毫无疑问,这是我的错。我受不了他们,德国的世界主义者尤其讨厌。我看就这些事情了吧?我要赶快下去找乔克利。骑自行车就可以了。还有,顺便说一下,我希望您什么时候跟克兰说说,他肯定把我的新车开出去过了。"

"他把车弄坏了吗?"

"没有。"

"那样的话就算了吧。不值得为这事吵上一架。"

查尔斯和他父亲有时会话不投机,但是他们分开的时候总会对彼此多出一分敬意。每当需要通过远航来摆脱情感的羁绊,他们都希望有对方这个果敢的伙伴在身边。就这样,尤利西斯的水手们先用羊毛把对方的耳朵堵上,成功地驶过海妖塞壬的地盘。①

---

① 尤利西斯是罗马神话中的英雄,对应希腊神话中的奥德修斯。塞壬是希腊神话中人面鸟身或人面鱼身的海妖,拥有天籁般的歌喉,常用歌声诱惑过路的航海者而使航船触礁沉没,船员则成为塞壬的腹中餐。尤利西斯带领部下经过海妖的领地时,让大家提前把耳朵堵住,挡住了塞壬的诱惑,从而免遭劫难。

第十二章

查尔斯根本用不着焦虑。施莱格尔小姐从来就没听说过他母亲那个奇怪的要求。多年以后她才会听说这件事,到那时,她的生活已经完全变了样,而那个要求将成为她构建新生活的基石①。目前,她的心思专注在其他事情上,而且即便当时听到那个要求,她也会断然拒绝,觉得那只是病人的胡思乱想而已。

她现在正第二次摆脱与威尔科克斯这家人的关系。保罗和他母亲就如同涟漪和巨浪,分别涌入她的生活,又如潮水般永远退去。涟漪过后,了无痕迹;而巨浪则把未知世界的各种残片带到她的脚下。她是个好奇的探索者,在海边驻足停留了一会儿,看着最后一波大潮退去。大海默而不语,却也透露了些许信息。她的朋友在痛苦中消失了,但是她坚信,这个朋友并非在屈辱中逝去。她的退缩在暗示了疾病和痛苦之外,还隐含了其他什么。有些人眼含泪水离开我们,有些人则以一种疯狂的冷淡告别生活;威尔科克斯夫人选择了极少数人才能追求的中间道路。她很好地把握了分寸。她把自己内心的隐痛向朋友们透露了一些,却没有多说;她关上了心扉,但没有完全关死。如果死亡也有什么规则的话,我们就应该这样死去——既不充当牺牲品,也不做狂热者,而是像一个水手,坦然离开海岸,然后用同样的心态迎接即将驶入的大海。

最后的遗言——不管是什么内容——肯定不是在希尔顿的墓地里说的。她并非死在那里。葬礼不代表死亡,正如洗礼不等于出生,婚礼无关乎厮守。这三个蹩脚的仪式有时来得太晚,有时来得太早,通过它们,社会记录下人类匆忙的成长过程。在玛格丽特看来,威尔科

---

① 此处"基石"的原文 headstone of the corner 语出《圣经·诗篇》第 118 篇第 22 行,喻指本来被拒绝的事物却成为后续发展的关键。

克斯夫人摆脱了这些形式。她依照自己的方式轻轻巧巧地走出了生活，那具沉重的棺木内，装载的是真正意义上的尘土，伴随着仪式徐徐降落在大地的尘土上，那些菊花在黎明到来前想必就被霜冻摧残了，实在是一种不折不扣的浪费。玛格丽特曾经说她"喜欢那些迷信的说法"。这话并不准确。很少有哪个女人像她那么认真地去突破层层包裹，努力探究肉体与灵魂的真相。威尔科克斯夫人的死亡为她在这方面提供了帮助。人是什么样的存在，他追求的到底是什么？她对此看得比以前更清楚了一点，更加真实的人际关系随之隐现。或许，最后的遗言就是希望——甚至也是坟墓外面的人的希望。

　　与此同时，她可以关注一下还活着的那些人。尽管还要操心跟圣诞节有关的事情，尽管还要操心弟弟，威尔科克斯一家仍然在她的思绪中占去不小的分量。过去的一周，她对他们有了充分的了解。他们和她不是"一路人"，他们往往多疑、愚蠢，而且能力不足，不如她那么优秀；但是，跟他们的碰撞却刺激了她，让她产生了一种近乎喜欢的兴趣，甚至对查尔斯也是如此。她渴望去保护他们，经常感觉他们也会保护她，在某些方面比她优秀。一旦越过情感的礁石，他们对于该做什么，该派谁去做，都一清二楚了；他们对一切都了如指掌，他们不乏勇气和毅力，而她是特别看重勇气的。他们过着一种她无法企及的生活——一种充满"电报与愤怒"的外部生活，就像火药桶，一点即燃，海伦和保罗六月份曾将它引爆，而一两周前又再次爆发。于玛格丽特而言，这样的生活要作为一种真正的力量存在。她无法像海伦和蒂比那样，对它故作轻视状。这种生活培养了人们干净利落、当机立断和令行禁止的优点，无疑这些都只是二流的优点，但正是它们构建了我们的文明。它们也塑造了性格；玛格丽特没法怀疑这点：它们防止了灵魂的堕落。这个世界是由形形色色的人组成的，施莱格尔家又怎么敢轻视威尔科克斯家呢？

　　"不要老是想着无形力量优于有形世界，"她写信给海伦说，"这点没错，但是老想着这个就太守旧了。我们要做的不是将两者对立起来，而是要调和它们。"

海伦回信说，她无意去多想这么枯燥的话题。她姐姐把她当成什么人了？天气晴好，她和莫泽巴赫一家人去波美拉尼亚唯一的山上滑了平底雪橇。挺好玩的，但是太拥挤了，因为波美拉尼亚的其他人也都去那儿了。海伦喜欢乡下，她的信洋溢着活力与诗意。她讲到那里静谧而肃穆的风景，讲到白雪皑皑的田野和蹦蹦跳跳的鹿群；讲到那条河流以及流入波罗的海的奇特的河口；讲到只有三百英尺①高的奥得贝格山，从山上轻轻一滑，很快就回到波美拉尼亚平原上了，可是奥得贝格确实是山脉，松林、溪流和美景一应俱全。"重要的不在于大小，而在于布局。"在另一段中，她提到威尔科克斯夫人的事，表达了哀悼之情，但是这个消息并没有触动她。她还没有意识到，死亡的附属品在某种意义上比死亡本身更让人难忘：心存芥蒂、相互指责的氛围，在这样的氛围中，一个躯体因为身受痛苦而越来越显眼；这个躯体在希尔顿墓地的终结；某些东西的残存暗示了希望的延续，在平常喜乐的映衬下显得格外醒目——所有这些海伦都理解不了，她只觉得一位和蔼可亲的女子不复存在了。她回到了威克姆街，心里装的都是自己的事——又有人向她求婚了——而玛格丽特在犹豫了片刻之后，觉得事情这样也挺开心。

　　这次求婚并不是什么正儿八经的求婚，而是莫泽巴赫小姐的杰作。她有个宏大的爱国构想，就是通过婚姻将她的表姐妹拉回到自己的祖国。英格兰派保罗·威尔科克斯出战，结果输了；德意志则派出了某某林务官先生②——海伦都记不起他的名字了。林务官先生住在一片森林里，他曾经站在奥得贝格山的山顶上把自己的房子指给海伦看，确切地说，是指出他房子所在的一片楔形松树林。她惊叹道："哦，真好看！那个地方正适合我！"到了晚上，弗里达出现在她的卧室。"我给你带来个口信，亲爱的海伦。"然后吧啦吧啦说了一大堆，当海伦笑着拒绝的时候，她倒是很通情达理；也能理解——森林里太

---

①　一英尺≈0.305米。
②　管理森林工作的主管。

孤单，太潮湿了——深有同感，但是林务官先生坚信他一定能让这种情况逆转。德意志输了，不过却输得很有风度；她觉得自己手里有世界上最优秀的男人，所以迟早会赢的。"估计将来也会给蒂比找一个，"海伦说道，"我说蒂比，考虑一下吧；弗里达给你物色了一个小女孩，梳着两根辫子，穿着白色的毛料长筒袜，但是袜底是粉红色的，就好像那个小姑娘在草莓上踩过似的。我说得太多了，头有点疼。现在该你说了。"

蒂比正乐意开口。他也有一大堆自己的事，因为他刚刚去申请了牛津大学的奖学金。学生都离校了，那些申请人入住各个学院，然后在大厅用餐。蒂比对美好的东西特别敏感，这次经历很新鲜，他绘声绘色地讲起了牛津之行。这座庄严而淳朴的大学富于西部郡县的特色，也为之服务了千余年，立刻就迎合了这个男孩的品位；这是他能够理解的东西，而且因为校园里空荡无人，他理解得更加透彻。牛津就是牛津；它不像剑桥那样，仅仅是一个收纳年轻人的大容器。或许，牛津是希望它的学子们喜爱这所学校，而不是喜爱彼此；不管怎么说，它给蒂比留下的就是这个印象。他的姐姐们把他送去那里，是想着他可能会交到朋友，因为她们知道他所受的教育有点畸形，把他跟其他男性隔离开了。他没有交到朋友。他的牛津依然是空荡荡的牛津，他在生活中记住的不是灿烂的光芒，只有对色彩的搭配。

玛格丽特很高兴听到弟弟妹妹谈天，他们一般情况下是不太投机的。她听了一会儿他们的谈话，觉得自己像个慈祥的老人。突然，她想起了什么，便打断了他们：

"海伦，我跟你说过威尔科克斯夫人那件事了吧？挺难过的。"

"是啊。"

"我跟她儿子通过信了。他在清理财产，写信来问我，他母亲是不是想过要给我什么东西。我觉得他人不错，毕竟我认识他母亲时间很短。我说她曾经说过要送我一个圣诞礼物，但是后来我们都忘了。"

"我希望他能领会你的意思。"

"是的——不过后来她丈夫写了封信,感谢我对她友好相待,还把她的银质香料嗅盒①送给了我。这也太大方了,是不是?我对他的好感一下子就增加了许多。他希望我们相识一场,不要就此断了联系,而且希望你和我将来能去跟埃薇一起住段日子。我喜欢威尔科克斯先生。他又开始工作了——是橡胶——那是一桩大生意。我推测他是要大干一场。查尔斯也参与了。查尔斯结婚了——是个漂亮的小美人儿,不过她好像不太聪明。他们住进了那套公寓,不过现在搬到他们自己的房子里去了。"

　　海伦礼貌性地停顿了一下,接着讲述斯德丁的事情。一切变化得真快啊!六月份的时候她还深陷危机之中,即便到了十一月,她还会脸红、不自然,现在是一月份,整个事情她都已经淡忘了。回顾过去的六个月,玛格丽特认识到我们日常生活的混乱本质,它与历史学家们构建的井然有序是大不相同的。现实生活中到处是错误的线索和不知指向何处的路标。我们极尽所能,鼓足勇气去面对从未到来的危机。最成功的生涯必定要浪费足以撼动山岳的力量,最不成功的人生并不属于那些毫无准备的人,而是属于那些早有准备却从无机会展示的人。对于这样的悲剧,我们民族的道德体系保持了恰如其分的沉默。它认为,为预防危险而作准备,这本身是件好事,人就和国家一样,最好能够全副武装地应对生活中的艰难险阻。除了希腊人,很少有人关注有备却无用这样的悲剧。生活确实危险重重,但并非以道德教导我们的方式呈现。它确实难以驾驭,但其本质不是一场战斗。生活难以驾驭,因为它是一部传奇,其本质是浪漫的美。

　　玛格丽特希望未来少些谨小慎微,不要像过去那样处处提防了。

---

① 装嗅盐的小装饰瓶。

第十三章

　　两年多过去了,施莱格尔家继续不紧不慢地过着知性而不苟且的生活,依然在伦敦的灰色大潮中从容游弋。音乐会和戏剧一场接着一场,金钱兜兜转转,声名起起落落;作为他们生活的写照,这个城市本身也在不断变迁,其边缘如同蔓延开去的浅滩,冲击着萨里的山丘,漫过赫特福德的田野。这个著名的大楼拔地而起,那个建筑则难逃拆除的厄运。今天改造了白厅街①,明天就要轮到摄政街了。月复一月,路上的汽油味儿越来越浓烈,街道越来越难通过,人们越来越难听懂对方在说什么,呼吸越来越困难,蓝天越来越少见。大自然在退化:仲夏时节,叶子就开始飘落了;阳光无力地穿过晦暗的烟尘,模糊得让人咋舌。

　　对伦敦说三道四不再是什么时髦的事情了。把大地作为艺术崇拜的日子已经一去不返,不久的将来,文学创作可能会无视乡村,转而向城市去寻求灵感。这样的异动是可以理解的。大众已经听腻了潘神和自然力②的故事——那些似乎都属于维多利亚时代,而伦敦是属于乔治王朝时代的——那些真正心怀大地的人也许要等很久,才能看到时尚的钟摆再次荡回她那一端。伦敦自然是令人着迷的。我们可以把它想象成一大片颤动的灰色物质,具有智慧却漫无目的,有情绪却无爱心;也可以把它想象成一个精灵,还没来得及记录在册,就已经幻化而去;还可以把它想象成一颗心,确乎在跳动,却没有人性的脉搏。它凌驾一切,高高在上:大自然虽然残酷无比,却比这都市的人群更亲近我们。朋友会自我表达,大地无需解释——我们来自大地母

---

① 白厅街是伦敦市内的一条街,连接议会大厦和唐宁街,附近有国防部、外交部、内政部、海军部等一些英国政府机关,因此人们用白厅作为英国行政部门的代称。
② 潘神又称牧神,是希腊神话中司羊群和牧羊人的神,相貌为人身羊腿,头上长角。自然力(the elemental forces)指古希腊人信奉的构成自然之土、水、气、火这四大元素的力量。

亲，也必将回归她的怀抱。这个城市在清晨吸入新鲜的空气，又在傍晚呼出废气，吸与呼、晨与昏之间，谁又能看透威斯敏斯特桥路或者利物浦街这类通衢大道的变化呢？我们奋力冲破浓雾，越过繁星，在宇宙的混沌空间搜寻，只为给这个怪兽正名，在那里烙上人脸的印迹。伦敦为宗教提供了机遇——不是神学家们的正统宗教，而是原始的、万物共情的宗教。是的，如果天上有个和我们同类的人——不是那种自以为是或多愁善感的人——在顾念着我们，那么这种永不停歇的流变还是可以忍受的。

伦敦人只有在这个城市要将他从安身的地方扫地出门时才能理解它，而玛格丽特也是在威克姆街的租约到期的时候才看清这个城市。她一直都清楚，租约总会到期的，但是直到只剩下九个月的时候，她才有了迫切的感受。随后，这房子突然就充满了感伤的气氛。它见证了太多的欢声笑语，为什么要推倒呢？在城市的街道上，她第一次留意到那些建筑是匆忙的，居民口中的语言也是匆忙的——词汇短促，句子杂乱，表示赞同或厌恶的措辞也很简略。每个月，事物的发展都比前一个月更加活跃，但是目的何在呢？人口依然在增长，但是出生的人素质如何呢？拥有威克姆街终身保有权的那个百万富翁想要在这里建起豪华公寓——对这块本来就颤抖不已的果冻[1]，他又有什么权利搅起这么大的波澜？他不是傻瓜——她曾经听他透露过对社会主义的看法——但是如果他坚持耍小聪明，就永远不可能有真正的洞见，可以想见，大部分富豪都是这个德性。这样的人有什么权利——但是玛格丽特控制了自己的情绪。那样想下去是要发疯的。[2] 好在她也有点儿钱，可以买一处新房子。

蒂比目前在牛津大学上二年级，放假回来过复活节，玛格丽特趁机跟他好好地谈了一次。他究竟知不知道自己想要去哪儿生活？蒂比

---

[1] "颤抖的果冻"这个形象化自英语惯用语"像果冻一样颤抖"（quiver like a jelly），表示紧张、恐惧的状态，此处代指喧嚣不安的伦敦。
[2] 这句话套用了莎士比亚《李尔王》(King Lear) 第一幕第四场中的一句台词。（原注有误，应为第三幕第四场。）

其实是知道的,但是他并不自知。他究竟知不知道自己想要做什么?他同样不确定,但是追问之下,他说他宁可不从事任何职业。玛格丽特并没有吃惊,而是继续做了几分钟的针线活儿,然后才回应道:

"我刚刚想到了维斯先生。他给我的印象好像一直都不太开心。"

"是——咩。"蒂比说道,然后嘴巴张开,奇怪地颤抖着,似乎他也想到了维斯先生,把他上上下下里里外外看了个遍,又将他掂量掂量,归了个类,看他对当前讨论的话题没什么影响,就扔到一边去了。蒂比那羊叫似的一声让海伦无比恼火。但是她现在正在楼下餐厅里准备一个有关政治经济的发言,慷慨激昂的声音不时从地板下传来。

"但是维斯先生一副病怏怏的样子,挺可怜的,你不觉得吗?还有盖伊,也够可怜的。而且"——话题转向一般人——"每个人最好都要有份固定的工作。"

哼哼唧唧。

"我还是这句话,"她笑着继续说,"我不是对你说教,我真就这么想的。我觉得,男人上个世纪形成了对于工作的内在需求,我希望它不要被扼杀掉。这是一种全新的需求,随之而来会有很多不好的东西,但它本身是好的,而且我希望,对于女性而言,'不工作'很快也会变得不可思议,就像一百年前'不结婚'给人的感觉一样。"

"对于你提到的这种深层次需求,我没有体会。"蒂比一板一眼地说道。

"那就等你有体会的时候再说吧。我不会在你身边唠叨,慢慢来吧。不过你真要想想,你最喜欢的那些人过的是什么样的生活,他们是怎么安排的。"

"我最喜欢盖伊和维斯先生。"蒂比有气无力地说道,身体在椅子上使劲朝后仰去,膝盖到喉咙成了一条直线。

"不要因为我没用传统的观点就以为我是在说着玩,赚钱啦、开拓新领域啦,等等,所有这些都是空话。"她继续做着针线活儿,"我只是你姐姐,管不了你,也不想管。只想把我认为是对的东西说给你听。你看"——她把最近戴起来的夹鼻眼镜摘了下来——"再过几年，我们基本上就属于同一年龄层的人了，我还要你帮我呢。男人比女人可靠多了。"

"你既然有这样的幻想，为什么不结婚？"

"我有时候倒是想，要是有机会我就结婚。"

"没人追你吗？"

"只有几个傻瓜。"

"有人追海伦吗？"

"可多了。"

"跟我讲讲他们吧。"

"不行。"

"那跟我讲讲你那些傻瓜吧。"

"他们都是无所事事的男人，"他姐姐说道，觉得自己理当强调一下这点，"所以你要引以为戒，必须得工作，哪怕装着在工作也行，我就是这样。你要是想拯救你的灵魂和身体，那就工作，工作，工作。小伙子，它真的是一种必需品。看看威尔科克斯家，看看彭布罗克先生吧。他们虽然脾气不好，缺乏理解力，但是和那些条件更好的人比起来，却更让我舒心，我想原因就在于他们是在稳定踏实地工作。"

"别跟我提什么威尔科克斯家了。"他抱怨起来。

"我偏要提。他们是正派人。"

"哦，天啊，梅格！"他抗议道，突然气呼呼地坐直了身体，警觉了起来。虽然有各种毛病，蒂比还是有真性情的。

"嗯，他们几乎就是你能想象得到的那种正派人。"

"不，不——哦，不！"

"我想起了那个小儿子，我曾经把他归入傻瓜一类人，他病得很重，从尼日利亚回来了，可是现在又去那儿，去履行自己的职责去了，埃薇·威尔科克斯告诉我的。"

"'职责'总会引发一次哼哼唧唧。"

"他追求的不是钱,他要的是工作,虽然这份工作环境特别恶劣——穷乡僻壤,土著刁民,每时每刻还得为饮水粮食操心。一个民族能出这样的人,是非常值得自豪的,难怪英格兰成了一个帝国。"

"帝国!"

"结果如何我管不了,"玛格丽特有点忧伤地说道,"对我来说太难把握了。我只能看看那些人。到目前为止,帝国让我厌烦,但是建立起帝国的英勇气概我还是比较欣赏的。伦敦让我厌烦,但是成千上万杰出的人们在辛勤劳动,把伦敦变成——"

"现在这个样子。"他讥笑道。

"现在这个样子,真不幸哦。我想要行动却不要文明,多自相矛盾啊!可是我估计,这就是我们在天堂里要找到的东西。"

"而我,"蒂比说道,"想要文明却不要行动,我估计,这是我们在另一个世界要找到的东西。"

"你要想那样的话,不用大老远去另一个世界找了,蒂比仔,你在牛津就可以找到。"

"愚蠢——"

"要说我愚蠢,那就回到找房子的事情上来吧。要是你喜欢,我住在牛津都可以——北牛津。我哪儿都可以住,除了伯恩茅斯、托基和切尔滕纳姆,哦对了,还有伊尔弗勒科姆、斯沃尼奇、滕布里奇韦尔斯、瑟比顿和贝德福德。这些地方坚决不去。"

"那就住伦敦好了。"

"我同意啊,但是海伦想离开伦敦。不过,只要我们都出一份力,劲往一处使,在乡下有一套房子,在城里也有一套公寓,这也不是不可能的。只是当然——哦,人唠叨起来总是没个完。想想吧,想想那些真正的穷人。他们是怎么生活的?不到世界各地走走,我会受不了的。"

就在她说话的时候,门被推开了,海伦极其兴奋地冲了进来。

"哦,亲爱的,你们猜怎么着?你们绝对想不到,刚才有个女人来找我要她丈夫。她的什么?"(海伦喜欢自问自答。)"对,她的丈夫,真的是这样哦。"

"跟布拉克内尔没什么关系吧?"玛格丽特叫了起来,她最近找了个叫这名字的无业人员,来擦洗刀具和靴子。

"我提了布拉克内尔,但他不是要找的人。蒂比也不是。(开心点,蒂比!)是一个我们不认识的人。我说:'找找吧,这位大姐;好好四处找找,桌子底下看看,烟囱里捅捅,椅套里翻翻。老公?老公?'哦,她穿得可真艳丽,像个枝形吊灯叮叮当当的。"

"我说,海伦,到底怎么回事?"

"不是说了么。我正在练习发言呢,安妮像个傻子似地开了门,把一个女的带到我面前,我的嘴还张着呢。然后我们就开始了——客客气气的。'我要找我丈夫,我有理由相信那东西就在这儿。'不——这么说太不地道了,她说的是'家伙',不是'东西'。她的措辞很恰当,于是我说:'请问叫什么?'她说:'叫阿兰,小姐。'就是这样喽。"

"阿兰?"

"阿兰或者阿伦,我们元音发不好,叫兰诺林吧。"

"可这也太——"

"我说:'尊敬的兰诺林夫人,看来我们之间产生了严重的误会。虽然我长得漂亮,可我的端庄更胜过美貌,兰诺林先生根本从来就没和我对过眼。'"

"估计你玩开心了吧。"蒂比说。

"当然了,"海伦尖叫道,"非常开心的一次经历啊。哦,兰诺林夫人真可爱——她寻丈夫就像在找一把伞似的。她周六下午把他错放在什么地方了——很长时间也没觉得不方便,但是到了晚上和今天上午,她越来越放心不下,早餐都食不知味了——是的,午餐也是这样,所以她就溜达到威克姆街二号,觉得在这里最有可能找到丢失的东西。"

"但是到底怎么——"

"不要一开口就到底怎么怎么。'我清楚得很,'她一遍遍地重复,也不算没礼貌,就是太没劲了。我问她清楚什么,但是她没回答。有些人知道别人知道的事情,有些人则不知道,如果他们不知道,那其他人最好要小心点了。哎呀,她脑子真不太好使!她的脸长得像蚕宝宝,浑身散发着餐厅里香根草的气味。我们愉快地聊了会儿丈夫的话题,我也在想她丈夫可能去了哪里,还建议她去报警。她谢了我。我们一致认为,兰诺林先生是个调皮捣蛋的人,不应该这么装腔作势。但是我觉得她最后开始怀疑我了。说好了,我要写信跟朱莉姨妈说说这事。听着,梅格,我先说的——由我来写。"

"你写就你写吧,"玛格丽特低声说道,放下了手中的活计,"我不觉得这事有那么好笑,海伦。它说明某个地方的某座可怕的火山正冒烟呢,是不是?"

"我不这么看——她并不是真的在乎。这个活宝不会闹出什么悲剧来。"

"可她丈夫可能会啊。"玛格丽特说,朝着窗户走了过去。

"哦,不会的,不大可能。能闹出悲剧的人是不会娶兰诺林太太的。"

"她漂亮吗?"

"她身材可能好看过。"

对面的公寓——他们唯一可见的景致——像一幅华丽的窗帘隔在玛格丽特和乱糟糟的伦敦之间。想起找房子的事情,她的思绪忧伤起来。威克姆街一直以来都那么安详。她莫名其妙地担心起来,觉得她们这几个人也许会陷入混乱肮脏之中,更有可能接触到这样的插曲。

"我和蒂比刚刚又在考虑明年九月份要住哪儿去。"她最后说道。

"蒂比最好还是先考虑一下要干什么吧。"海伦不以为然地说道;那个话题重新开启,不过有点儿话不投机了。下午茶端了上来,海伦喝过茶继续准备她的发言,玛格丽特也在准备一份发言,因为她们第二天要去参加一个讨论会。不过她有些心神不宁。兰诺林夫人如同一股淡淡的气味,又像精灵的脚步,从深渊里升腾而起,诉说着一种爱与恨都已残破的人生。

第十四章

就像众多谜团一样，这个谜团最终有了解释。第二天，就在他们穿戴整齐准备出去吃晚饭时，一个叫巴斯特的先生来访。他是一名职员，受雇于波菲利昂火险公司，这些信息来自他的名片。他是"为昨天那个女士"而来，这个信息来自安妮，她已经把他领进餐厅了。

"打起精神吧，小伙伴们！"海伦喊道，"兰诺林先生来啦。"

连蒂比都来了兴趣。三个人赶忙下了楼，却发现来者并非想象中的放荡浪子，而是一个老成乏味的年轻人，两撇胡子往下垂着，是伦敦随处可见的那种，他的眼神是忧郁的，在这个城市的大街小巷，常有这种怨愤的眼神出没。我们大概可以猜到，他是那种被文明进程吸引到城里的牧羊人或农夫的子孙，现在已经是第三代了；千千万万这样的人失去了靠体力谋生的生活，却又没能实现精神上的自足。他的身上依稀可见健硕的痕迹，淳朴的面容却已不见了踪影。玛格丽特注意到，原本他的脊背可能是挺拔的，他的胸膛可能是宽阔的。她不禁暗想，为了一袭华衣和几个念头而放弃身为动物的辉煌，这样做值得吗？对她而言，文化的作用已经显现，但是在过去的几周里，她对文化能否教化大多数人产生了怀疑，横亘在自然人与哲理人之间的鸿沟越来越大，难以逾越，众多好男儿在跨越这道鸿沟时都毁于其中。她对这种人再熟悉不过了——志向模糊，思想不端，读书只看皮毛。她对他开口打招呼的语气也了然于胸，只是没有料到，竟然看到了她自己的名片。

"你不记得给过我这个了吗，施莱格尔小姐？"他熟络地说道，却又显得不太自在。

"不记得了；我只能说不记得了。"

"呃，不过，事实就是这样。"

"我们在哪儿见过面的，巴斯特先生？这会儿我记不起来了。"

"是在女王音乐厅的一场音乐会上,我一说你就想起来了,"他有点自以为是地补充道,"那场音乐会的曲目包括贝多芬的《第五交响曲》。"

"几乎每次演奏第五交响曲我们都去听,所以我不确定——海伦,你记得吗?"

"是有只浅黄色的猫在栏杆上走动的那次吗?"

他觉得不是。

"那我就不记得了。我对贝多芬的曲子特别有印象的就是那次了。"

"冒昧说一句,你当时还拿走了我的雨伞,当然,不是故意的。"

"很有可能,"海伦笑道,"因为我偷雨伞的次数甚至比听贝多芬还多。你拿回去了吗?"

"是的,谢谢你,施莱格尔小姐。"

"误会是因我的名片而起,是吗?"玛格丽特插话问道。

"是的,误会是因为——那确实是个误会。"

"昨天来访的那位女士以为你也来了,所以她可以在这里找到你?"她继续紧追不舍,因为他虽说要解释清楚,却给不出任何说法。

"是的,也造访了——一场误会。"

"那为什么——?"海伦开口了,但是玛格丽特把一只手搭在她胳膊上。

"我对我妻子说,"他语速更快地继续道,"我对巴斯特夫人说:'我要拜访几个朋友。'巴斯特夫人对我说:'那就去吧。'可是我离开后,她有重要的事情找我,因为这张名片,就以为我来这儿了,所以来寻我。对于我们可能无心给你们造成的不便,我深表歉意,也代她表示歉意。"

"没什么不便的,"海伦说道,"但是我还是不明白。"

巴斯特先生有点闪烁其词起来。他又解释了一遍,但显然是在撒谎,海伦觉得不应该就这么放过他,她有着年轻人的刻薄。她不理会姐姐手上的用力暗示,说道:"我还是不明白。你说你是什么时候来拜访的?"

"拜访?什么拜访?"他睁大眼睛问道,似乎她问的是个愚蠢的问题,这是那些身陷窘境的人最爱用的伎俩。

"今天下午的拜访啊。"

"当然是下午了!"他回答道,然后打量了一下蒂比,看看这个机智的回答有什么反应。但是蒂比本身就精于此道,他不留情面地问道:"周六下午还是周日下午?"

"周——周六。"

"是嘛!"海伦说道,"周日你妻子来这儿的时候,你还在拜访,这次拜访可真够长的。"

"我觉得这么说不公平。"巴斯特先生说道,脸色涨得通红,样子还挺好看。他的眼神中透着反抗。"我知道你的意思,但事实不是这样。"

"哦,那就别让我们费神了。"玛格丽特说,从深渊升腾起来的气味再次让她难受。

"是别的事情,"他坚决地说道,精心呈现的做派开始崩溃了,"我是在别的地方,跟你们想的不一样,爱信不信!"

"谢谢你过来把事情说清楚,"她说道,"剩下的自然就跟我们无关了。"

"是的,但是我想——我本来想——你读过《理查·弗维莱尔的苦难》[①]吗?"

玛格丽特点了点头。

"那是一本好书。我本想回归大地,就像结局部分的理查德那样,你们看不出来吗?还有,你们看过史蒂文森的《奥托王子》[②]吗?"

海伦和蒂比轻轻地哼了一下。

"那也是一本好书,在那本书中你能回归大地。我本想——"他

---

① 英国维多利亚时代的小说家乔治·梅瑞狄斯发表于1859年的一部小说,其同名主人公在森林里穿行了一夜。
② 指的是苏格兰小说家、诗人罗伯特·路易斯·史蒂文森(Robert Louis Stevenson, 1850—1894)。

咬文嚼字地说道。随后，透过他那云山雾罩的文化气息，一个坚如卵石的事实呈现了出来。"我整个周六晚上都在走路，"伦纳德说道，"我在行走。"一丝认同感掠过姐妹俩的内心。但是，文化的话题卷土重来，他问她们是否读过爱·维·卢卡斯的《开阔的路》。①

海伦说道："毋庸置疑这又是一本好书，不过我倒想听听你的路。"

"哦，我在行走。"

"多远？"

"我不知道，也不知道走了多久。天太暗了，我看不清手表。"

"冒昧问一下，你是一个人在走路吗？"

"是的，"他回答，一边挺直了身子，"不过我们在办公室里就在谈论这件事了。最近办公室里经常说这些事情。那些同事说北极星可以导航，我在天体图上查过了，但是一出门，所有一切都乱套了。"

"不要跟我们说北极星了，"海伦打断了他，兴趣开始浓烈起来，"这个我还是略有所知的，它转呀转呀，而你也跟着转。"

"呃，我根本看不见它，先是因为街灯，后来是因为那些树，快天亮的时候，天色又阴下来了。"

蒂比不想冲淡他的喜剧气氛，便偷偷溜出了房间。他知道这家伙永远都不可能扯出诗意，也不想听他费劲了。玛格丽特和海伦留了下来。弟弟给她们的影响超乎她们的认知，他不在的时候，她们更容易情绪高涨。

"你是从哪儿开始的？"玛格丽特大声问道，"快好好给我们说说。"

"我坐上了去温布尔顿的地铁。走出办公室的时候，我对自己说：'我总得出去走一次，如果现在不去，将来再也没机会了。'我在温布尔顿简单吃了晚饭，然后——"

"但是那边的乡下不怎么样吧？"

---

① 爱德华·维拉尔·卢卡斯（Edward Verrall Lucas, 1868—1938），英国编辑、作家、诗人，《开阔的路》（*The Open Road*）他的一部作品集。

"几个小时都有煤气灯。不过,整个夜晚都是我的,出去走走真好。很快,我就走进树林里了。"

"是吧,接着说。"海伦说道。

"你们都想不到,天色黑暗的时候崎岖不平的地面可难走了。"

"你真的离开大路了吗?"

"哦,是啊。我一直都想着离开大路,不过最糟糕的是,要找到自己的路更难。"

"巴斯特先生,你天生就是个冒险家,"玛格丽特笑着说,"连职业探险家都没有谁会尝试你的做法。你这次徒步没把脖子摔断,真算是奇迹了。那你妻子到底怎么说?"

"职业探险家绝不会不带灯具和罗盘就走,"海伦说,"而且,他们不可能徒步,那样会让他们疲乏的。接着说。"

"我觉得自己像罗伯特·路易斯·史蒂文森,你们或许还记得,在他那本《少男少女》中——"①

"是的,但是树林呢,这些可是树林啊。你是怎么走出去的?"

"我挣扎着穿过一片树林,发现另一侧有条上坡路。我还以为那是北部丘陵呢,因为那条路通向远处的草地了。然后我就进入了另一片树林,到处是荆豆灌木丛,太可怕了,我真希望自己没来过。不过,突然之间有了亮光——当时我似乎正走在一棵树下面。后来我找到了一条路,通往下面的火车站,就坐上了第一班火车,回到了伦敦。"

"可黎明不是很美妙吗?"海伦问道。

他带着令人难忘的坦诚回答:"不。"这个字再次像一颗卵石扔了过来,将他谈话中原本看似不光彩、文绉绉的东西全部打翻在地,将让人厌烦的史蒂文森、"大地之恋"以及他那顶丝质高顶礼帽打翻在地。在这两个女人面前,伦纳德终于展现了自我,他开始滔滔不绝、眉飞色舞地说了起来,那种气势连他自己都不曾想到。

---

① 史蒂文森的《少男少女》(*Virginibus puerisque*,1881)中有一章题为"徒步旅行"。

"黎明只是一片灰色，没什么好提的——"

"就是灰色的黄昏倒转了过来。我知道。"

"——我累得够呛，没心思抬头看天空，而且还很冷。我很高兴做了这件事，但是当时我真烦得没法说。同时——信不信由你们——我也饿得不行了。在温布尔顿吃的那顿晚饭——我本指望它能像其他晚餐一样让我支撑一个晚上，没想到徒步行走带来的差异这么大。唉，人走夜路的时候，恨不得把早餐、午餐和茶点都吃了，而我除了一包忍冬牌香烟之外，什么都没有。天哪，我感觉糟透了！回头看看，真算不上你们所谓的享受，更像是一种坚持。我确实坚持下来了，我——我是下定了决心。哦，去他的吧！有什么好处——我是说，一直待在屋子里有什么好处呢？一个人日复一日地循规蹈矩，忙忙碌碌，总有一天会忘了还有其他的活法。你总得出去一次，见识外面的世界，哪怕那儿没什么奇特的东西。"

"我觉得你是应该出去走走。"海伦坐在桌子的边缘说道。

听到女士的声音，他又收起了坦诚，说道："真奇怪，这一切竟然都是因为阅读了理查德·杰弗里斯①的作品。"

"抱歉，巴斯特先生，你错了，不是这么回事，这一切是因为一些更伟大的东西。"

但是她无法阻止他继续说下去。杰弗里斯之后紧接着是博罗②——博罗，梭罗③，啰里啰嗦。最后是史蒂文森，在点了一大堆书籍之后，激情终于过去了。对于这些伟大的名字，没有不敬的意思。错在于我们，而不在他们。他们希望我们把他们当作路标，如果我们因为自身的孱弱而错把路标当成了目的地，也不能怪罪他们。伦纳德已经抵达了目的地。当夜幕笼罩着萨里的一切，那些温馨的别墅再次进入永夜时，他造访这里的郊野。每隔十二个小时，黑夜的奇迹就会

---

① 理查德·杰弗里斯（Richard Jefferies, 1848—1887），英国自然主义者，创作了多部农村题材的作品。
② 乔治·亨利·博罗（George Henry Borrow, 1803—1881），英国游记作家。本段结尾处提到的他对巨石阵的描写出自其《拉文格罗》（*Lavengro*）第 60 章。
③ 亨利·戴维·梭罗（Henry David Thoreau, 1817—1862），美国作家、哲学家，超验主义代表人物。

发生一次，但是他不辞辛劳亲自去领略了一番。在他狭小局促的内心深处，蕴藏着比杰弗里斯的作品更重要的东西——就是激发杰弗里斯去创作的那种精神；尽管他的黎明一片混沌单调，却是永恒日出的一部分，照亮了乔治·博罗笔下的巨石阵。

"那么你们不会觉得我很愚蠢吧？"他问道，那个天真温顺、自然本性的男孩又回来了。

"天哪，不会的！"玛格丽特回答道。

"要是我们这么想，老天也不会放过我们的！"海伦回答道。

"你们那么说，我很开心。可我妻子永远都不会理解——哪怕我解释好多天，她还是不理解。"

"不，那不是愚蠢！"海伦大声说道，她的眼睛闪烁着亮光，"你是拓展了自己的边界，我觉得你很了不起。"

"你不像我们一样只是满足于梦想。"

"虽然我们也出去走过——"

"我要给你看看楼上的一幅画——"

这时门铃响了。马车来接她们去参加晚上的派对。

"哦，烦人，真讨厌——我忘了我们要出去用餐的；不过，你一定要再来啊，来聊聊天。"

"是啊，你一定——要来。"玛格丽特也附和道。

伦纳德异常激动地回应道："不了，我就不来了。就这样更好。"

"为什么更好？"玛格丽特问道。

"不了，最好不要冒险见第二次面了。我会把跟你们的这次谈话作为我一生中最珍贵的东西，时时回味。真的，我心里就是这么想的。这次谈话是不可复制的，对我来说真的很好了，我们最好到此为止吧。"

"这样的人生态度太悲观了，真的。"

"事情往往会弄巧成拙的。"

"我知道，"海伦脱口而出道，"但是人不会啊。"

这个说法他并不理解。他徒劳地继续着，真实的想象中混杂着虚无的幻想。他说得没错，但也算不上正确，一种格格不入的调子突兀地显现出来。他们感觉到，稍微拧一拧，乐器就合拍了，再稍微紧一紧，就永远都没声儿了。他向两位女士表达了万分谢意，但是再也不会造访了。气氛有点尴尬，随后海伦说道："那就走吧，也许你最清楚；不过一定不要忘了，你比杰弗里斯更优秀。"他就这么走了。她们的马车在转角的地方赶上了他，擦身而过的时候，车上的人挥手致意，然后，马车载着才华横溢的客人消失在夜色中。

此刻的伦敦华灯初上。主干道上的电灯嘶嘶作响，发出刺眼的亮光，支路街巷上的煤气灯闪烁着淡黄或淡绿的微光。天空像是春天那一片火红的战场，但是伦敦毫无畏惧，她的烟雾冲淡了天空绚丽的色彩，悬在牛津街上空的云层就像精心描绘过的天花板，起到装饰作用，却不会让人分心。伦敦从来都无缘结识更加纯净的空气大军。伦纳德匆忙穿行在她五颜六色的通道里，完全成为这幅图卷的一部分。他的生活是灰色的，为了给它增添一点亮色，他划出了几个角落，留下了一点浪漫的空间。施莱格尔姐妹——或者，更准确地说，他与她们的交谈——就是要填补这样的角落，这也绝不是他第一次跟陌生人亲切交谈。这个习惯像是一种放纵，一种发泄，是一种最不堪的发泄，是出于无法克制的本能。在担惊受怕中，他只有把心声倾诉给没怎么见过的人，才能打消他的疑虑，不再谨小慎微。这个习惯给他带来了诸多恐惧，也带来了些许愉快的回忆。或许，他最深刻的幸福体会来自一次去剑桥的火车之旅，当时一个温文尔雅的大学生主动跟他说话，他们聊了起来，伦纳德慢慢地不再拘谨，说了一些自己的家庭烦恼，其余的则稍微提了一下。那个大学生觉得他们可以交个朋友，邀请他"餐后喝咖啡"，他接受了邀请，但是后来又胆怯了，待在他寄宿的廉价旅馆里，没敢有任何动静。他不想让浪漫奇遇跟波菲利昂公司产生冲突，更不想跟雅基产生冲突，生活美满幸福的人是不太能理解这点的。对于施莱格尔姐妹和那个大学生来说，他是个有趣的人，值得更多交往。但是，对他来说，她们是浪漫国度的子民，只能待在他给她们划定的角落里，就像图画，是不能逾越画框的。

　　他围绕玛格丽特的名片所作出的举动是很典型的。他的婚姻算不上是个悲剧。只要没有钱，没有暴力倾向，悲剧就不会发生。他离不开妻子，也不想动手打她。任性刁蛮，邋里邋遢，这些够他受的了。就在这时，"那张名片"介入了进来。伦纳德虽然遮遮掩掩的，却疏于整理，把名片随手乱放。雅基看到了，于是开始了追问。"那张名片是怎么回事，嗯？""是的，难道你不想知道那张名片是怎么回事吗？""阿伦，施莱格尔小姐是谁？"这样的对话时有发生。几个月过去了，那张名片一再被提起，有时是当玩笑说，有时则承载着委屈，弄得越来越脏了。它跟着他们从卡梅利亚路搬到了塔尔斯山，还经常被拿给第三方看。几英寸①见方的一张纸片而已，却成为伦纳德和妻子灵魂争斗的战场。他为什么不说"一位女士拿走了我的雨伞，另一位把这张名片给了我，好让我打电话去取回雨伞"呢？因为雅基不相信他吗？部分是这个原因，但主要是因为他生性多愁善感。那张名片不会生出什么情感，但是它象征着有文化的生活，雅基绝不能毁了它。夜深人静的时候，他会自言自语："嗯，不管怎么说，她不知道名片的底细。行啊，就让她不知道吧！"

　　可怜的雅基！她不是一个坏女人，还要承受太多的负累。她得出了自己的结论——她也只能得出一个结论——待时机成熟，她就依照这个结论行事。整个周五伦纳德都不跟她说话，而且晚上一直在看星星。到了周六，他跟往常一样进了城，但是周六晚上没有回来，周日早上也没回来，周日下午依然不见踪影。她越等越不耐烦，尽管现在已经不喜欢与人交往，也怕见其他女性，她还是去了威克姆街。她不在的时候伦纳德回来了。那张名片，那张要命的名片从罗斯金的书页里消失了，他猜到了原委。

　　"哟呵？"他大叫了一声，哈哈大笑着迎接她的归来，"我知道你去哪儿了，但是你不知道我去哪儿了。"

---

① 一英寸≈25.4毫米。

雅基叹了口气，说道："阿伦，我真觉得你要解释一下。"随后就恢复了日常居家的神态。

此时此刻，要作出解释不太容易，而且伦纳德太愚蠢了，或者可以说，这个小伙子太明智了，不会想着去解释。他的沉默并不全是生意场造就的低劣产物，不是那种埋在《每日电讯报》后面、装模作样无中生有的沉默。探险者也是沉默不语的，而对于一个小职员来说，在黑夜里行走几个小时就是一种探险了。如果你曾经在南非草原上过夜，身边放着来复枪，体味过十足的冒险刺激，你可以嘲笑他。如果你认为探险是犯傻行为，你也可以嘲笑他。但是，如果你发现伦纳德是那样一个害羞的人，如果你发现是施莱格尔姐妹而不是雅基在聆听他关于黎明的描述，你就会感到惊讶了。

施莱格尔姐妹没有把他当成傻瓜，这让他万分欣喜，久久不能平静。一想起她们，他就精神焕发。在暮色渐浓的天空下，他一路神清气爽地往家走去。财富的隔阂莫名其妙地消除了，取而代之的是一种对美好世界的认同，这种感觉他难以言表。"我的信念，"神秘主义者说，"只要有一个人相信，就会永存。"① 他们一致认为，在日常的单调灰色之外，人生还有某种东西。他摘下高顶礼帽，拿在手里若有所思地抚摸着。他以前一直认为，那些未知的东西就是书籍、文学、妙谈和文化。通过学习，人就可以提升自己，在这个世界出人头地。但是那次短暂的交流让他突然有所领悟。所谓的"某种东西"难道就是在郊区的山野里摸黑行走吗？

他猛然发觉，自己是光着头走在摄政街上。伦敦一下子又回到了眼前。此刻，周围并没有多少人，但是所有从他身旁走过的人都用敌意的眼光看着他，而且因为这种打量是不自觉而为之，便显得愈发突出。他戴上了帽子。帽子太大了，他的脑袋就像布丁放进洗脸盆似的

---

① 据保罗·B.阿姆斯特朗（Paul B. Armstrong, 1949—　）考证，该引文出自德国诗人诺瓦利斯（Novalis, 1772—1801）的诗句，波兰裔英国小说家约瑟夫·康拉德（Joseph Conrad, 1857—1924）曾将其用作小说《吉姆老爷》（*Lord Jim*, 1900）的卷首语，福斯特可能是从这里看到的。《吉姆老爷》卷首语中所引原文是"任何信念"（any conviction）而非"我的信念"（my conviction）。

消失在里面，在弯曲的帽檐挤压下，两只耳朵向外张开。他把帽子往后戴了戴，这样就把脸拉长了许多，把眼睛和胡须之间的距离也显露了出来。如此一来，他避开了那些苛责的眼神。他在人行道上连蹦带跳地走着，一颗心在胸膛里怦怦跳动，谁也没觉得不妥。

第十五章

　　姐妹俩出去参加晚宴，总是充满各种刺激。一旦她们对同一个话题都有说不完的话，那晚宴就成她们的天下了。今天这个有点特殊，参加的都是女士，比任何宴会都更热闹，只有在一番交锋之后才能平息下来。海伦坐在桌子的一端，玛格丽特坐在另一端，她们满口都在谈论巴斯特先生，其他人谁都不提。等到上开胃菜的时候，她们各自的一言堂发生了碰撞，搅和在一起，成了大家共同的话题。这还不算完。晚宴是个名副其实的非正式座谈会，随后在客厅喝咖啡的时候，有人宣读了一篇论文，引得大家一片哄笑，不过多少也对普遍关注的话题有所思考。论文宣读之后进行了一场辩论，巴斯特先生在辩论中也出现了，一会儿被引为文明的亮点，一会儿又被当成文明的污点，依发言者的性情而变。论文的主题是"我该如何处置我的财产？"，宣读者佯称自己是个行将就木的百万富婆，打算把她的遗产捐赠给当地艺术馆的基金会，但也愿意听听其他方面的主张。各方角色都是提前指派好的，有些发言还挺有意思。晚宴的女主人扮演的是不肖的"富翁长子"这个角色，她恳求即将过世的母亲，不要让这么大一笔家产流出家门，给社会添乱。钱财是辛辛苦苦积攒起来的，子女有权从父辈的自我牺牲中获得好处，"巴斯特先生"有什么权利从中获益？国家艺术馆对他这样的人已经够好的了。财产攸关方发表了观点——那自然是不受待见的观点——之后，各路慈善家纷纷登场。为了"巴斯特先生"，必须做一些事情：他的条件必须在不影响其独立性的前提下得到改善；必须给他提供免费图书馆，或者免费网球场；必须为他支付房租，而且还不能让他知道有人给他支付了；必须让他觉得，加入国防义勇军是值得的；必须强行将他和他那无趣的妻子分开，并给予她金钱补偿；必须给他分派一颗"双子星"，即某位有闲阶级的成员，可以时时监督他（海伦哼了一声）；必须给他食物或者衣服，两者二选一，外加一张去威尼斯的三等返程票，到了那里之后就不再提供吃穿。简而言之，除了钱，什么都可以给他。

此时，玛格丽特插话了。

"秩序，保持秩序，施莱格尔小姐！"论文宣读者说道，"据我所知，你现在是站在历史遗址与自然景观保护协会的立场上向我提出建议，我不能让你说出超越职责范围的话。你一插话，我这可怜的脑袋就天旋地转了，想必你忘了，我可是重病缠身呢。"

"你只要听听我的看法，脑袋就不会天旋地转了，"玛格丽特说道，"为什么不直接把钱给他？你每年可是有三万镑啊。"

"我有三万？我以为我有一百万呢。"

"一百万不是你的本金吗？哎呀，我们应该先把这个说清楚的。不过，这也不打紧。不管你有多少，我都要你给穷人每年三百镑，能给多少人是多少人。"

"但是那样就把他们变成乞丐了。"一个热心的姑娘说道，她喜欢施莱格尔姐妹，不过觉得她们有时不太重视精神层面的东西。

"只要你给的钱多就不会了。一大笔意外之财不会把他们变成乞丐，如果只是小恩小惠，还分给太多的人，那样才会贻害无穷。金钱可以起到教育作用，比它买到的东西作用更大。"有人对此提出反对意见。"一定程度上是这样。"玛格丽特补充道，但是反对声依旧，"好吧，最文明的事难道不就是指一个人学会合理支配收入吗？"

"你那些巴斯特先生们恰恰做不到这点。"

"给他们一次机会嘛，给他们钱，不要给他们发诗集啦、书本啦、火车票这类东西，弄得他们跟小孩似的。给他们金钱，让他们自己去买这些东西。等你们的社会主义到来时，情况也许就不同了，那时我们可能要从商品而不是现金角度考虑问题。只要它还没来，那就给人家现金，因为现金就是文明的经线，不管纬线是什么。想象力应该发挥在金钱上面，让它积极发挥作用，因为它是——是这世上第二重要的东西。对于金钱，人们总是含糊其辞，避而不谈，很少有清晰的思考——哦，当然，还有政治经济学，但是我们很少真思考自己的个人收入,很少承认思想独立十有八九是经济独立的结果。金钱:给巴斯特先生金钱,不要烦他的理想是什么,他自己会处理的。"

她把身体往后一靠,俱乐部里那些较真的成员开始对她的说法表示不解。女性思维在日常生活中虽然极其现实,却无法容忍自己的理想在谈话中被轻视,于是她们责问施莱格尔小姐,她怎么会说出这么可怕的话来,如果巴斯特先生得到了整个世界,却失去了自己的灵魂,那对他又有什么好处?她回答说,什么好处都没有,但是他只有先从这世界得到点什么,才能得到自己的灵魂。对此她们回应说,不,她们不相信,于是她承认,从上天的视角来看,一个操劳过度的小职员是有可能拯救自己的灵魂的,因为他的劳累算是一种行动,但是她不承认他会探寻这个世界的精神源泉,不承认他能体会那些罕有的肉体乐趣,或者能利落而热情地与同事交往。其他人对社会架构进行了批评——财产啦,利息啦,等等;她只关注少数人,看看在当前条件下,怎样才能让他们更加幸福。想着造福全人类是没用的:为此作出的各种各样的尝试就像一张张薄膜,铺开覆盖在广袤的大地上,结果是带来一片灰暗。帮助一个人,或者像眼前这个例子,帮助几个人,就是她最大胆的奢望了。

玛格丽特夹在理想主义者和政治经济学家们之间,备受煎熬。她们在其他方面看法各异,却一致跟她唱反调,同意把富婆财产的管理权掌握在她们自己手里。那个热心的姑娘提出了一个"个人监督与互助"计划,其作用是改造穷人,直到他们变得跟不太穷困的那些人一模一样。女主人不失时机地发表了见解,说她作为长子,理所应当是富婆的继承人之一。玛格丽特勉强认同了这个诉求,海伦又随即提出了另一个诉求,说她给富婆当用人都四十多年了,吃得倒挺多,但是薪水少得可怜,对她这个又胖又穷的人,就不能做点什么吗?富婆随后宣读了她的临终遗嘱,声明把全部财产都留给财政大臣。然后她就死掉了。在这场讨论中,严肃的环节比嬉笑的部分更有价值——在男人的辩论中,相反的情况是不是更普遍呢?——但是聚会还是在闹腾中结束了,十几个开心的女人各自打道回府。

海伦和玛格丽特陪着那个热心姑娘一直走到巴特西桥车站,一路上还在争论不休。那姑娘走后,她们一下子如释重负,觉得夜色真美。她们转过身,朝奥克利街方向走去。街灯和悬铃木沿着大堤一溜排开,透出一种庄严的气势,这在英格兰城市是很少见的。路边的椅子大都空着,偶尔可见穿着晚礼服的绅士零星地坐在上面,他们从后面的房子溜达出来,呼吸新鲜空气,倾听涨潮的低语。切尔西大堤有股欧洲大陆的风味。这是一片适得其所的开阔地带,德国随处可见这样的地方。玛格丽特和海伦坐了下来,身后的城市就像一个硕大的剧场,剧场里上演着永不休止的三部曲,她们自己则是心满意足的观众,不在乎错过第二幕的一小部分。

"冷吗?"

"不冷。"

"累不累?"

"没关系。"

那个热心姑娘乘坐的火车轰隆隆地从桥上驶了过去。

"我说,海伦——"

"怎么了?"

"我们真要管巴斯特先生的事吗?"

"我不知道。"

"我想我们不要了吧。"

"随你的便。"

"我觉得这样不好,除非你真想去了解别人。这次讨论让我想明白了。我们跟他处得不错,挺开心的,但是得想想理性的交往。我们不能玩弄友谊。不,这样不好。"

"还有那个兰诺林夫人,"海伦打了个哈欠说道,"太无趣了。"

"没错,说不定还不止无趣呢。"

"我倒是想知道,他是怎么拿到你的名片的。"

"但是他说过——跟什么音乐会和雨伞有关——"

"后来名片就被他妻子看到了——"

"海伦，回去睡觉吧。"

"不，再待会儿吧，真漂亮。你跟我说说；哦，对了，你说金钱是世界的经线？"

"是的。"

"那么纬线是什么呢？"

"那要看个人的选择了，"玛格丽特说道，"那是金钱以外的东西——其他的就说不上来了。"

"是在晚上行走？"

"也许吧。"

"对于蒂比来说是上牛津？"

"好像是。"

"对你来说呢？"

"我们不得不离开威克姆街了，所以我开始觉得它就是纬线。对于威尔科克斯夫人来说，肯定就是霍华德庄园了。"

对于自己的名字，人们在很远的地方就能听到。威尔科克斯先生正跟朋友坐在好几个座椅之外的地方，他听到了自己的名字，就站了起来，朝着说话者的方向踱了过去。

"居所居然比人还重要，想来真是让人伤心。"玛格丽特接着说道。

"为什么呢，梅格？居所往往比人可爱多了。我倒宁可想想波美拉尼亚那个林务官的房子，也不愿去想住在里面的那个肥胖的林务官。"

"我相信我们会越来越不重视人了，海伦。我们认识的人越多，就越容易替换掉他们。这是伦敦所受的一个诅咒。我现在把大部分心思放在了居所上，真希望结束这种生活状态。"

这时，威尔科克斯来到了她们身边。他们上次见面已经是几周前了。

"你们好吗？"他大声喊道，"我就觉得听着声音很熟悉嘛。你们俩在这儿干什么？"

他的语气中透着关怀，言外之意是说，在没有男伴的情况下，不应该出来坐在切尔西大堤上。海伦有点不悦，但玛格丽特不以为忤，觉得这是绅士做派。

"好久不见了，威尔科克斯先生。不过我倒是在地铁里碰到埃薇了，就在不久前。你儿子有好消息了吧。"

"保罗吗？"威尔科克斯先生说道，一边把香烟掐灭了，在她们中间坐了下来，"噢，保罗还好。我们收到了马德拉那边的来信，他现在应该已经复工了。"

"呃——"海伦说道，说不清道不明的原因让她激灵了一下。

"对不起，你说什么？"

"尼日利亚的气候不是很可怕吗？"

"总得有人去的，"他淡淡地说，"只有做好牺牲的准备，英格兰才能把海外的生意做下去。我们只有在西非站稳了脚跟，德国——否则会出现极其复杂的局面。① 还是跟我说说你们的情况吧。"

"哦，我们今天晚上特别有意思，"海伦嚷嚷道，她总是有点人来疯，"我们属于一个俱乐部，大家读读论文什么的，我跟玛格丽特——参加的都是女士，过后还有个讨论。今晚的主题是人死后的财产处置问题——是留给家人还是给穷人，如果给穷人，又该怎么操作——哦，太有意思了。"

这个生意人笑了笑。自从妻子去世，他的收入几乎翻了一倍。他终于成为举足轻重的人物，在公司各种宣传册上，看到他的名字就让人吃了颗定心丸；生活待他真是不薄。他聆听着泰晤士河里涌向内陆的海潮声，整个世界似乎都尽在掌握。对于姐妹俩来说，这景象妙不可言，对他来说却没什么神秘的。通过参股特丁顿的水闸，他帮着缩短了泰晤士河漫长的潮谷，而且，如果他和其他资本家觉得有必要，将来还会把它进一步缩短。他刚刚享用了一顿美餐，此刻又有两位温柔知性的女士相伴左右，他感觉自己的人生已经志得意满了，如果还

---

① 德国在西非有殖民利益。威尔科克斯先生话说了一半就打住了，因为他记起玛格丽特有部分德国血统。

有什么不知道的事情，那一定是不值得去探究的。

"听起来是个很有创意的娱乐活动嘛！"他赞叹说，开心地大笑了起来，"我希望埃薇也可以参加那样的活动，但是她没时间，她喜欢上饲养阿伯丁㹴了——那是一种活泼的小狗。"

"我倒希望我们也能那样，真的。"

"你看，我们装模作样地追求上进，"海伦说话有点刺耳，因为威尔科克斯家族的魅力已经不复存在了，对于过往，她有着痛苦的记忆，要是换作当初，他刚刚说过的话一定会让她深以为然，"每隔一周去花一个晚上进行辩论，我们以为这样打发时间挺不错的，但是就像我姐姐说的，也许还不如养狗呢。"

"绝不是这样。我不同意你姐姐的说法。辩论可以锻炼反应能力，其他的什么都比不了。我经常在想，要是年轻时多参加这种活动该多好，肯定能让我受益无穷。"

"反应能力——？"

"是的，论辩时的反应能力。我经常在跟人争辩时落下风，就是因为对方有口若悬河的能力，而我没有。嗯，我相信这些讨论大有裨益。"

这种居高临下的语气出自一个年纪足以做她们父亲的男人之口，玛格丽特觉得再正常不过了。她总认为威尔科克斯先生有种特别的魅力。他悲伤或激动时的失态让她心痛，但现在听着他说话，看着他棕色的浓须和高高的额头朝天拔起，还是很舒心的。但是海伦有点愠怒。她暗示说，她们辩论的目的是追求"真理"。

"是啊，你们讨论什么主题没多大关系。"他说道。

玛格丽特笑笑着说："但是现在这样比辩论本身好多了。"海伦恢复了常态，也笑了起来。"算了，我不想再聊这个了，"她说道，"我要把我们一个个案说给威尔科克斯先生听听。"

"是关于巴斯特先生吗？好啊，说吧。他对个案应该会更宽容点。"

"可是，威尔科克斯先生，还是先把烟点上吧。是这样的，我们最近碰到了一个年轻人,一看就知道很穷,看上去挺有意——"

"他是做什么的?"

"职员。"

"什么单位?"

"你记得吗,玛格丽特?"

"波菲利昂火险公司。"

"哦,对了;就是那个公司的好心人给朱莉姨妈送了一块新炉边地毯。他看上去挺有意思,在某些方面非常有意思,谁见了都愿意帮他一把。他娶了一个妻子,可是似乎不大中意。他喜欢读书,还喜欢算得上是冒险的那种活动,如果他有机会——但是他太穷了。他的日常开销都花在衣装和一些无意义的东西上面。你都会担心,他所处的环境太恶劣,会让他沉沦下去。哦,我们辩论的时候把他牵扯进来了。他不是辩论主题,但是似乎有点关系。假设一个百万富翁死了,希望把钱留下来帮助这样一个人。他该得到怎样的帮助呢?直接每年给他三百镑吗?这是玛格丽特的计划。她们大多数人认为这样会把他变成乞丐。应该给他以及像他一样的人提供免费图书馆吗?我说的是'不应该!'。他不需要读更多的书,而是要用正确的方法读书。我的建议是,每年给他提供一点东西,让他度个暑假,不过还有他的妻子,而她们说,她也应该去。怎么做都好像不太妥当!对此你有什么看法?想象一下,你就是一个百万富翁,想要帮助穷人,你会怎么做?"

威尔科克斯先生的财富并不比提到的标准低多少,他开怀大笑起来。"我亲爱的施莱格尔小姐,你们女性都无法涉足的领域,我是不会闯进去的。既然已经提出那么多优秀的计划,我就不画蛇添足了。我唯一的建议是:让你们的那位年轻朋友尽快离开波菲利昂火险公司。"

"为什么?"玛格丽特问道。

他压低了嗓音说道:"这话是朋友之间才能说的。那家公司圣诞之前就会转手,它要倒闭了。"他想着她没理解,便补充了一句。

"天哪，海伦，你听听。他到时候要另找工作了。"

"到时候？让他在船沉没前就赶快下船吧。让他现在就找份工作。"

"不用再等等，核实一下？"

"肯定的。"

"为什么呢？"

他又是一阵爽朗的笑声，然后低声说道："应聘的时候，有工作的人自然比没有工作的人更有机会，更有优势，让人看起来还有点价值。我自己知道（这么一说就让你们接触到国家机密了），这一点对用人单位影响很大。恐怕这就是人性吧。"

"我没想到过这个。"玛格丽特喃喃低语，而海伦说道："我们的人性似乎恰恰相反。我们是因为一些人失业了才雇用他们，比如说擦鞋工。"

"那他鞋子擦得怎么样？"

"不怎么样。"玛格丽特坦言。

"这就是了！"

"那你真的建议我们去告诉这个年轻人——？"

"我什么都没建议，"他打断了话头，上上下下打量着大堤，防止自己不谨慎说出来的话被人偷听到，"我不该说这些的——不过碰巧知道了，多多少少了解点内情。波菲利昂是家很糟糕很糟糕的公司——对了，可别说是我说的。它都没加入塔里夫联盟①。"

"我肯定不会说的。其实我都不知道这话什么意思。"

"我原以为保险公司永远都不会倒闭呢，"海伦说出了她的想法，"其他公司不会来拉它们一把吗？"

"你想到的是分保保险，"威尔科克斯先生温和地说道，"波菲利昂的弱点正在于此。它一直在低价抢生意，被一连串的小火灾打击得够呛，而且还没能进行分保。那些上市公司恐怕不会出于爱心而去相

---

① 一个保险公司协会。

互救助。"

"我想这就是'人性'吧。"海伦套用了他的话,他大笑着表示同意。玛格丽特说,在目前情况下,她估计包括小职员在内的所有人都很难找到工作,他回答说:"是的,极其困难。"随后他站起身,准备跟朋友会合。他通过自己公司就能了解到——很少有空缺,偶尔有,也会引来数百求职者应聘;而目前根本就没有空缺。

"霍华德庄园现在怎么样了?"玛格丽特问道,她想在分别前转换一下话题。威尔科克斯先生下意识地觉得,别人想打他的主意了。

"租出去了。"

"是吗,你就这么在文人汇集的切尔西四处游荡,无家可归吗?命运的安排可真奇怪!"

"不是的,那地方是空屋出租的,我们搬走了。"

"哦,我还以为你们都在那里常住呢。埃薇从来没告诉我。"

"你遇到埃薇的时候,事情肯定还没定下来。我们一周前才搬的家。保罗很留恋那个老地方,我们就先没动,让他在那里度完了假期;不过,那地方确实太小了,还有一大堆的缺点。我忘了你上去过没有?"

"要说那个房子,从来没有。"

"嗯,霍华德庄园是那种农场改造而来的,随便你在上面花多少钱,都没什么改观。我们在那些山榆树乱七八糟的树根中间凑合着建了个车库,去年我们又在草地上圈出一块地,想要造个假山园林。埃薇对高山植物挺痴迷的,但就是弄不起来——不行,就是不行。你还记得吧,你妹妹或许还记得,农场里那些讨厌的珍珠鸡,还有那道树篱,那个老太婆总也修剪不好,底下全都稀稀拉拉的。至于屋内呢,那些大梁——还有那道穿过门洞的楼梯——倒是挺古雅的,但并不适宜居住。"他从大堤上的矮墙向远处看去,显得很开心,"满潮了。位置也不好,那一带慢慢变成了伦敦的郊区。依我看,要么住伦敦城里,要么住远点儿;所以我们在迪西街租了一处房子,靠近斯隆街,又在什罗普郡那边租了一处地方——奥尼顿农庄。听说过奥尼顿吗?

一定要来看看我们——从哪儿去都方便，一路通往威尔士。"

"变化真大！"玛格丽特说道。但是变化的是她的声音，已经变得伤感异常了。"我真想象不出来，没有了你们，霍华德庄园和希尔顿村会是什么样子。"

"希尔顿还有人在啊。"他回答道，"查尔斯还在那儿。"

"还在吗？"玛格丽特说道，她和查尔斯夫妇没有什么来往，"可是我以为他还在埃普瑟姆呢。他们那个圣诞节——某个圣诞节——在那装修的。一切都改变了！我过去经常在我们家窗前欣赏查尔斯太太。那不就是在埃普瑟姆吗？"

"是的，他们十八个月之前搬走了。查尔斯，这个好儿子"——他的声音低沉了下来——"他认为我就该孤独终老呢。我不想让他搬走，但他偏要走，在希尔顿的另一头租了一处房子，就在六峰山的山脚下。他也有辆车。他们全家都在那儿，一大家子——他们夫妻俩加上两个孩子——快活得很呢。"

"我处理别人家的事比他们自己处理可在行多了，"玛格丽特跟他握手的时候说道，"你搬出霍华德庄园的时候，要是我的话，就把查尔斯·威尔科克斯先生安排进去，这么独特的地方，应该留给自家人。"

"是这个道理，"他回答道，"我还没把它卖掉呢，也不准备卖。"

"不要卖掉；不过你们都不在那儿了。"

"哦，租我们房子的人挺不错的——哈马尔·布赖斯，他身体一直不好。如果查尔斯什么时候想要了——不过他不会要的，多莉也离不开现代生活的各种便利。不，我们都不赞成住在霍华德庄园。从某种意义上说，我们都喜欢它，但是现在我们觉得它有点不尴不尬，人总得图一样嘛。"

"而有些人运气好啊，两样兼得了。威尔科克斯先生，你是值得自豪的，我要祝贺你！"

"我也祝贺你。"海伦说道。

"一定要提醒埃薇来看我们啊——威克姆街二号。我们在那儿也不会住太久了。"

"你们也要搬了吗？"

"九月份。"玛格丽特叹了口气。

"大家都在变动！再见了。"

潮水开始回落了。玛格丽特靠在矮墙上，哀伤地看着潮水。威尔科克斯先生已经忘了他的妻子，海伦也忘了她的情人；她自己或许也在遗忘。大家都在变动。人心都在变化的时候，还值得留恋过去吗？

海伦的话将她从沉思中唤醒："威尔科克斯先生已经变成一个俗不可耐的成功人士了！我现在真讨厌他。不过，他倒是跟我们说了波菲利昂的事情。我们一到家就给巴斯特先生写封信吧，让他马上离开那家公司。"

"行，对的，这事值得做。我们就这么办。"

"我们请他喝茶吧。"

第十六章

伦纳德接受了邀请，下周六来喝茶。但是他想得没错：这次造访最终显然是搞砸了。

"要加糖吗？"玛格丽特问道。

"来点蛋糕吗？"海伦问道，"来块大蛋糕还是小点心？恐怕你会觉得我的信有点奇怪，不过我们会解释清楚的——我们不难相处，真的——也不矫情，真的。我们就是话有点多，仅此而已。"

做一只女人的哈巴狗，伦纳德并不擅长。他不是意大利人，更不是法国人，在那些人的血液里，流淌着插科打诨、妙语应对的天性。他的智力停留在伦敦佬的水平，难以窥得奇思妙想的门径。他故作诙谐地说了一句："女士说得越多越好啊。"让海伦一时语塞。

"哦，是啊。"她说道。

"女士们能照亮——"

"是的，我知道。小可爱们就是日常的阳光嘛。我给你一个盘子吧。"

"你觉得你的工作怎么样？"玛格丽特插话道。

他也一下子不知道说什么好了。他不想让这些女人窥探他的工作。她们追求浪漫，他终于闯进来的这间屋子也是浪漫的，那墙上挂着人们洗澡的奇怪画作呢，就连这些茶杯都是浪漫的，精致的杯沿上还饰有野草莓的图案。但是他不想把浪漫跟他的生活搅和在一起，否则会有大麻烦。

"哦，好得很啊。"他回答。

"你们公司叫波菲利昂，是吧？"

"是啊，没错。"他已经相当不悦了，"真好笑，消息传得太快了。"

"有什么好笑的？"海伦问道，她还没跟上他的思路，"你的名片上清清楚楚写着的呀,而且我们给你的信就是寄到那儿的,你还用盖了公司印章的纸回的信——"

"你觉得波菲利昂是一家大公司吗?"玛格丽特继续探问。

"那要看你所谓的大是指什么。"

"我说的大,是指运行稳定、机构健全,能给员工提供一份不错的事业。"

"我说不准——有人会这么说,有人会那么说。"这个"员工"不太自在地说道。"对我来说——"他摇了摇头,"我对听到的说法要打个对折,甚至一半都不信,这样保险点。我经常发现,聪明人往往栽大跟头。呃,小心为妙啊。"

他喝了口咖啡,抹了抹。他蓄的是迟早要扎到茶杯里的那种胡须——显然是麻烦多于实用,而且还不时髦。

"我深有同感,正因为如此,我才想了解一下:这是一家运行稳定、机构健全的公司吗?"

伦纳德不知道。他只了解自己的一亩三分地,其他的一概不知。他不想坦承自己知道或不知道,在当前形势下,再晃晃脑袋似乎是最保险的做法。他跟英国大众一样,对他而言,波菲利昂就是广告中的那个波菲利昂——一个古典风格的巨人①,他一只手拿着燃烧的火把,另一只手指向圣保罗大教堂和温莎城堡,下面写着巨额的钱数,然后让你自己得出结论。这个巨人让伦纳德做算术、写信,跟新客户解释条条框框,再去跟老客户重复这些条条框框。巨人的道德观念是不太靠谱的——这点大家都知道。他会大张旗鼓地迅速赔偿芒特夫人的炉边地毯,也会悄无声息地拒绝承担大笔索赔,然后一场接一场地打官司。可是他真正的战斗力、他的家底、他和商业神殿里的其他成员之间的关系——这一切对普罗大众来说,就像宙斯的风流韵事,难以捉摸。众神法力无边,我们却知之甚少。只有等到他们堕落的那一天,才会看到一道强光从天庭划过。

---

① 波菲利昂是古希腊神话中一个巨人的名字。

"我们听说波菲利昂情况不妙，"海伦脱口说道，"我们想告诉你；所以我们写了信。"

"我们一个朋友认定这家公司的分保保险金额不足。"玛格丽特说道。

伦纳德这才听出了头绪。他必须要夸夸波菲利昂了。

"你们可以告诉那位朋友，"他说道，"他大错特错了。"

"哦，那太好了！"

这个年轻人脸有点红。在他的圈子里，但凡出错就是致命的。施莱格尔姐妹对出不出错无所谓，她们对于受人误导感到由衷的高兴。对她们而言，就没有什么东西是致命的，除非出于恶意。

"可以说是错了吧。"他又加了一句。

"'可以说'是什么意思？"

"我的意思是他不完全正确。"

不过这话出了个漏洞。"那他说的有部分是正确的喽。"姐姐快如闪电地说道。

伦纳德回应说，要是较真的话，每个人都有正确的一面。

"巴斯特先生，我不懂生意，可以说我的问题问得有点愚蠢，可是你告诉我，一家公司的'正确'与'错误'由什么来决定？"

伦纳德叹着气往后坐了坐。

"我们的朋友也是个生意人，他说得很肯定，在圣诞之前——"

"还建议你赶快抽身，"海伦直奔主题道，"可是我不明白，他怎么比你知道得还清楚呢。"

伦纳德搓了搓手。他很想说自己对此一无所知，但是接受过的商业训练对他的影响太深刻了。他也不能说公司运营不良，因为那样会露马脚；说公司运营良好也不行，因为那样同样会露马脚。他打算折衷一下，说介于两者之间，往哪个方向发展的可能性都很大，可是在四只眼睛的真诚注视之下，他崩溃了。他到现在都还分不清姐妹俩呢。其中一个更漂亮、更活泼一些，但是"施莱格尔小姐"依然是一尊多面的印度神灵，挥动的手臂和相互矛盾的话语都出自同一个大脑。

"我们只能等着瞧,"他说着又补充道,"正如易卜生①所说,'事情该发生总要发生的'。"他急切地想要谈谈书籍,充分享受他的浪漫时光。时间一分一秒地溜走,而这两位女士作为外行却在讨论分保的话题,要么就是夸那位不知道名字的朋友。伦纳德越来越不耐烦了——也许是正常反应。他含糊其辞地表示,他不是那种介意别人谈论自己私事的人,但是她们没有领会他的言外之意。男人或许更圆滑,而女人在其他方面再怎么八面玲珑,此时却笨拙异常了。她们不明白,我们为什么要把自己的收入和前途遮掩起来。"你到底有多少钱,到明年六月你预计能挣多少钱?"女人就是这样,按照她们的理论,避而不谈金钱是荒谬的,如果每个人都坦白交代他立足其上的金岛有多大,坦白交代那根他们据以编织人生的经线有多长(纬线是金钱以外的东西),生活就更加真实了。还有什么比这更好的模式呢?

随着宝贵时间一分一秒地流逝,雅基和邋遢的现实越来越逼近了。终于,他再也受不了了,便打断她们的谈话,热切地把那些书名背诵了一遍。听到玛格丽特说"原来你喜欢卡莱尔②啊",他的内心涌起一阵惊喜。就在此时,大门打开了,"威尔科克斯先生和威尔科克斯小姐"走了进来,两只蹦蹦跳跳的小狗在前面领路。

"哦,小可爱!哦,埃薇,真是太可爱了!"海伦尖叫道,一下子趴在了地上。

"我们带这两个小家伙出来遛遛。"威尔科克斯先生说道。

"我自己养的。"

"哦,是啊!巴斯特先生,过来跟狗狗玩啊。"

"我现在要走了。"伦纳德悻悻地说道。

"但是先跟小狗玩一会儿嘛。"

"这是亚哈,那是耶洗别③。"埃薇说道,她跟某些人一样,喜欢

---

① 亨利克·易卜生(Henrik Ibsen, 1828—1906),挪威戏剧家,欧洲近代戏剧的创始人。
② 托马斯·卡莱尔(Thomas Carlyle, 1795—1881),苏格兰评论家、讽刺作家、历史学家。
③ 亚哈与耶洗别出自《旧约·列王纪上》,两人作恶多端,死后遭狗噬尸舔血。

用《旧约》里那些小人物的名字给动物命名。

"我要走了。"

海伦一心扑在小狗身上,没有注意他。

"威尔科克斯先生,巴斯——你真要走了吗?再见!"

"再来啊。"海伦趴在地上说道。

这下伦纳德火了。他为什么要再来?有什么好处?他恨恨地说道:"不了,我不会再来了;我就知道不会有好结果。"

换作其他人,多半就让他走了,然后感叹一句:"这是个小错误。我们本想了解另一个阶层的人——根本不可能。"可是施莱格尔姐妹从来不游戏人生,她们既然把他当朋友相处,就愿意承受其后果。海伦反驳道:"我觉得这话说得太没礼貌了。你那样冲我发火,想要干什么?"客厅里就这么突然爆发出一阵火药味十足的争吵。

"你问我为什么冲你发火?"

"是啊。"

"你们让我到这儿来是想干什么?"

"想帮你啊,你这个傻瓜!"海伦叫道,"别跟我嚷嚷。"

"我不需要你们的恩惠,我不想喝你们的茶。我本来很开心的,你们干吗要扰乱我的生活?"他转向威尔科克斯先生,"我要让这位先生评评理。我来问您,先生,我就该被人套话吗?"

威尔科克斯先生转向玛格丽特,举手投足间都透着他驾轻就熟的幽默感。"我们来得不是时候吧,施莱格尔小姐?我们能帮上忙吗?或者走开为妙?"

但是玛格丽特没有理他。

"先生,我服务于一家业内领先的保险公司,收到了一封姑且称为邀请信的东西,是这两位——女士写的,"(他故意把"这两位"拉得很长)"我来了,却要被套话。我问您,这公平吗?"

"相当不公平。"威尔科克斯先生说道,他的话让埃薇倒抽了一口气,因为她知道父亲要发威了。

"看看,你们听到了吧?太不公平了,这位先生说的。看看!不喜欢这样——"指向玛格丽特,"你没法否认。"他的嗓门提高了,开始进入跟雅基吵架时的节奏。"可是只要我还有点用,就是另一回事了。'哦对了,去把他叫来,好好盘问他,从他脑子里套出点东西。'哦,对了,我跟你们交个底吧,我这个人不爱说话,我遵纪守法,我不想惹不自在;但是我——我——"

"你,"玛格丽特说道,"你——你——"

埃薇像是听到了一次绝妙的应答,大笑了起来。

"你是那个想跟着北极星行走的人。"

笑得更厉害了。

"你看到了日出。"

笑声。

"你曾经努力摆脱让我们所有人都快窒息的浓雾——摆脱书本、房子去寻找真理。你曾经去寻找真正的家园。"

"我没看出这之间有什么关系。"伦纳德说道,有点恼羞成怒了。

"我也没看出来。"片刻停顿,"上周日你是那样的——今天你就成这样了。巴斯特先生!我跟妹妹聊过你。我们本想帮你一把,我们以为你可能也会帮我们。我们把你请来,不是大发善心——我们烦那个——而是希望上周日跟其他日子之间有点关联。如果你说的那些星星啦、树木啦、日出啦、清风啦,都进入不了我们的日常生活,那它们有什么用呢?我们觉得,它们从来没有进入我们的生活,但是进入了你的生活——难道我们不应该与日常生活的灰暗琐碎,与低俗的享乐,与无端猜忌作斗争吗?我通过铭记友谊来进行斗争,我认识的其他一些人通过记住某个地方来进行斗争——某个钟爱的地方或树木——我们觉得你就是这样的人。"

"当然,如果有什么误会的话,"伦纳德嗫嚅道,"我离开就是了。但是请让我申明一下——"他顿了顿,亚哈和耶洗别在他脚上跳腾,让他显得很狼狈。"你们在从我脑子里套取官方信息——我可以证明这点——我——"他擤了擤鼻子,离他们而去。

"我可以做点什么了吗?"威尔科克斯先生转向玛格丽特说道,

"我可以跟他在正厅里私下聊聊吗?"

"海伦,去追上他——想办法——想一切办法——让这个蠢蛋明白过来。"

海伦犹豫不决。

"但是,说真的——"她们的客人说道,"她非得去吗?"

她立刻去了。

他接上了刚才的话题。"我本来想插嘴的,但是我觉得你们自己可以把他打发掉——我就没掺和了。你做得很好,施莱格尔小姐——真的很好。我是说真的,没几个女人能对付得了他。"

"哦,是啊。"玛格丽特心神不宁地说道。

"我真佩服你,用那些滔滔不绝的话把他轰晕了。"埃薇叫道。

"是啊,确实,"她父亲呵呵笑道,"特别是'低俗的享乐'那部分——嗯,说得好!"

"实在抱歉,"玛格丽特恢复了平静,"他其实是个不错的人,我不知道怎么就惹毛他了。这事太对不住你们了。"

"哦,我没事。"随后他调整了一下情绪,问能否以一个老朋友的身份说几句,在得到许可之后,他说道:"你们是不是该更谨慎点?"

玛格丽特笑了,不过她的心思还游离在海伦那边。"你知道吗?这都是你的错。"她说道,"是你的责任。"

"我?"

"这个年轻人就是我们要提醒他小心波菲利昂的那个。我们提醒他,可是——你看!"

威尔科克斯先生有点不悦。"我认为这样推断不公平。"他说道。

"显然不公平,"玛格丽特说道,"我是在想,事情怎么会弄得一团糟的。主要是我们的错——你没错,他也没错。"

"他也没错?"

"是的。"

"施莱格尔小姐,你太善良了。"

"是啊,真的是。"埃薇点了点头,又有点不屑。

"你对人太好了，他们就会欺负你。我了解这个世界，了解他那种人，我一进来就发现你对待他的方式不太合适。那种人你要保持距离，否则他们会忘了自己的身份。挺可悲的，却是事实。他们跟我们不是一类人，我们必须正视这个事实。"

"是——啊。"

"必须承认，如果他是个绅士，根本就不会闹出这么大动静。"

"我完全接受，"玛格丽特说道，一边在房间里来回走动着，"如果是个绅士，有了疑虑也会放在心里的。"

威尔科克斯先生注视着她，内心有种隐隐的不安。

"他怀疑你们什么呢？"

"怀疑骗他的钱吧？"

"岂有此理！你们从他那儿能得到什么好处？"

"就是。怎么可能呢！纯粹是可怕的无端猜忌。稍有思想或者稍有善意，就会把这种猜忌扔得一干二净。都是因为没来由的恐惧，才把这种人变得不可理喻。"

"话说回来，你们应该更谨慎点的，施莱格尔小姐。应该吩咐你们家用人，不要让这种人进来。"

她转向他，坦诚地说道："我来解释一下，我们为什么喜欢这个人，为什么要再见他。"

"你这话说得真奇巧，我怎么也不信你会喜欢他。"

"我真的喜欢他。首先，因为他注重身体上的冒险，就像你一样。对吧，你开车兜风，出去打猎；他喜欢出去野营。其次，他关注冒险过程中某种特别的东西。简单地说，这种特别的东西就是诗意——"

"哦，他是那种作家型的喽。"

"不——噢，不是的！我是说，他可能是这样的人，但是写出来的估计也是恶心人的东西。他的脑子里装的都是书籍、文化的皮毛——很可怕；我们想让他把脑子清洗一下，回到现实中来。我们想告诉他，怎么才能活得自在。我说过，朋友或者乡村，某个"——她犹豫了一下——"要通过某个非常亲密的人，或是某个钟爱的地方，去淡化生活的灰暗色调,去认清生活的灰暗本质。可能的话,人们应该两样都具备。"

她的话有一部分从威尔科克斯先生的耳边飘走,他也就任其飘走了。其他的话他听进去了,还用异常清晰的思路进行了批判。

"你的错误就在于此,这也是一个极为常见的错误。这个浑小子有他自己的生活,你有什么权利判定他的生活是不成功的,或者如你所说,是'灰暗的'?"

"因为——"

"先等一下。你根本不了解他。他或许有他自己的快乐和兴趣——妻子,孩子,温馨的小家。我们这些讲求实际的人"——他微微一笑——"比你们这帮知识分子更有包容心。我们自己生活,也让别人生活,相信在其他地方,事情也在有条不紊地发展推进,要相信普通百姓能管好自己的一摊子事。我很同意——我打量我自己办公室里那些职员的面孔,看到他们面无表情,但是我不知道那些面孔背后是怎么回事。伦敦也是这个样子。我听到过你抱怨伦敦的不是,施莱格尔小姐,说来有点滑稽,我当时挺生气的。你对伦敦了解多少?你只是看到了文明的表面现象。我不是说你啊,但是很多时候,是人的态度导致了病态心理,导致不满情绪,催生了社会主义。"

她承认,他的观点虽然破坏了想象力,却很有道理。他的话让她追求诗意抑或是展现同情心的前哨坍塌了,于是她撤退到她所谓的"第二线"——来谈谈眼前个案的具体情况。

"他妻子是个乏味的老女人,"她淡淡地说道,"上周六他一晚上都没回家,因为他想一个人待着,而她以为他跟我们在一起。"

"跟你们?"

"是啊,"埃薇嗤嗤地笑着说,"他没有你以为的温馨的家,他需要在外面找点乐趣。"

"下流的年轻人!"这个女孩叫道。

"下流?"玛格丽特说道,她憎恶下流甚于原罪,"威尔科克斯小姐,等你结婚了,你不想在外面找点乐趣吗?"

"他显然已经找到了。"威尔科克斯先生狡黠地插了一句。

"是啊,肯定的,爸爸。"

"他是在萨里漫步,如果这就是你们所谓的乐趣的话。"玛格丽特一边说着,一边生气地走开了。

"哦,真的啊!"

"威尔科克斯小姐,他确实在漫步!"

"嗨-嗨-嗨-嗨!"威尔科克斯先生觉得这一出挺有意思,虽然有伤风化。换了其他大多数女士,他都不会谈论这件事,但是他觉得玛格丽特是个新女性,她的名声还是信得过的。

"他是这么说的,这种事情他不会撒谎。"

他们两个都笑了起来。

"这就是我跟你们不一样的地方。男人会对他们的地位和前途撒谎,但是对那种事情却不会。"

他摇了摇头。"抱歉,施莱格尔小姐,这种人我了解。"

"我早说过了——他不是某一类人。他注重冒险,这无可厚非。他坚信,我们自以为是的生活方式并不是全部。他为人粗鄙,歇斯底里,还书呆子气,但不要以为这些可以涵盖他的一切,他身上也有男人气概。对,我想说的就是这个,他是个真正的男人。"

在她说话的时候,他们的目光相遇了,似乎威尔科克斯先生的防线崩溃了。她重又看到了他身上的男子气概。不经意间,她已经触动了他的情感。一个女人和两个男人——他们构成了性关系上的魔力三角,这个男人的醋意被挑动起来,担心女人被另一个男人俘获。禁欲主义者说,爱欲让我们与动物之间可耻的亲缘关系一览无余。尽管如此,还是可以忍受的;醋意是真正可耻的。是醋意,而不是爱欲,把我们跟农家宅院不堪地联结到一起,让我们想到两只愤怒的公鸡和一只自鸣得意的母鸡。玛格丽特打碎了自鸣得意的形象,因为她受过文明的洗礼。威尔科克斯先生缺乏文明的熏陶,在重建起防线之后很久,依然怒气难消,再次向世界呈现了一座堡垒。

"施莱格尔小姐,你们姐妹俩都是招人疼的女孩儿,但是在这个无情的世界，你们真的必须多加小心。你弟弟怎么说？"

"我忘了。"

"他总该有点看法吧？"

"他笑笑而已，如果我没记错的话。"

"他很聪明，是吧？"埃薇问道，她在牛津见过蒂比，很不喜欢他。

"是的，很聪明——奇怪，海伦在干什么呢？"

"她太年轻了，处理不好这种事的。"威尔科克斯先生说道。

玛格丽特走到楼梯间，她没听到什么声音，巴斯特先生的高顶礼帽不在正厅了。

"海伦！"她喊道。

"嗳！"书房里传来了回应。

"你在里面吗？"

"是啊——他走了有一会儿了。"

玛格丽特走向她。"哎，你一个人在这儿啊。"她说道。

"是啊——没事的，梅格。可怜的、可怜的家伙——"

"先回去招呼威尔科克斯父女吧，后面再跟我说——威先生挺关心的，还有点激动呢。"

"哦，我没耐心应付他。我讨厌他。可怜又可亲的巴斯特先生啊！他本想谈论文学的，而我们要谈生意上的事。真是个糊涂蛋，却又值得拉一把。我特别喜欢他。"

"很好，"玛格丽特说道，吻了她一下，"现在还是去客厅吧，不要跟威尔科克斯父女说起他了。这些事都别放心上。"

海伦出来了，开开心心的举动让她们的客人觉得——这只母鸡毕竟是没心没肺的。

"他带着我的祝福走了，"她嚷嚷道，"现在我要逗狗狗了。"

他们开车离去，威尔科克斯先生对女儿说："我真挺在意那两个姑娘的行为处事。她们要说有多聪明就有多聪明，但是不切实际——天哪！要不了多久，她们就会出纰漏。她们那样的女孩就不应该单独在伦敦生活。结婚之前,她们应该有人照看。我们要多来看看——总比没有人来强。你喜欢她们,是吧,埃薇?"

埃薇回答道:"海伦倒没什么,可我受不了龅牙的那个。而且,我不觉得她们还是女孩子。"

埃薇出落得十分标致。她眼睛黑黑的,全身洋溢着太阳晒出来的青春气息,体型健美,嘴唇丰满,堪为威尔科克斯家族女性美的最佳体现。眼下,狗狗和父亲是她唯一的心中所爱,但是婚姻之网正在为她铺开,几天后,她就被一位珀西·卡希尔先生吸引住了,那是查尔斯太太的一个叔叔,他也为埃薇倾心。

第十七章

　　在资产时代，即便是资产的拥有者也要经受痛苦的时刻。搬迁在即，家具成了头疼的东西。玛格丽特近来经常彻夜难眠，思考着在即将到来的九月，他们和那些家当到底该安放在何处。椅子、桌子、图画、书籍，这些都是一代代轰隆隆传下来的，必须轰隆隆地传下去，就像传送带上的垃圾，她想做的是推上最后一把，把它倾倒进大海里去。但是这里面有他们父亲的藏书——他们从来没有阅读过，但这些书是父亲的，必须留下来。还有个镶有大理石台面的梳妆柜——他们的母亲特别珍视，而他们记不得背后的缘由了。屋子里的每个把手和垫子都凝聚着某种情感，这种情感有时是个人的，但更多是对逝者淡淡的虔敬，是坟墓前丧礼仪式的延续。

　　如果你细心一想，会觉得有点荒谬；海伦和蒂比就想过了；玛格丽特则忙着联系房产中介。封建时期，土地所有权给人带来了尊贵的身份，而在当今时代，动产所有权再次让我们沦为游民。我们正回到行李当先的文明形态，未来的历史学家会注意到，中产阶级在不断积聚财富，却无法在地球上扎根，并由此窥见他们想象力匮乏的秘密所在。失去威克姆街的房子之后，施莱格尔姐弟当然境况更为窘迫。这个地方曾经给他们的生活带来调剂，几乎成了他们推心置腹的伴侣。这块地产的主人在精神上也并没有富裕起来。他在这里建起公寓楼，他的汽车一辆比一辆快，他对社会主义的揭露越来越尖锐。但是他泼掉了岁月提炼出来的精华，要将其还给这个社会，他已经是回天乏术了。

　　玛格丽特越来越沮丧；她急着找到房子安顿下来，然后才能出伦敦城去看望芒特夫人。那是一年一次的惯例。她喜欢这个探访，希望有个平和的心境去完成它。斯沃尼奇虽然有点单调，却很安稳，今年她比以往更渴望去呼吸那里的新鲜空气，去领略守在它北边的丘陵美景。但是伦敦让她难以成行；置身其中，她无法专注。伦敦给人以刺激，却无法持久；玛格丽特四处奔波找房子，却又不知道要找的是什么样的房子，只是在为过去的种种刺激经验偿还欠债。她甚至无法摆脱文化活动的诱惑，时间都浪费在"错过就是罪过"的音乐会上，浪费在永远都无法拒绝的宴请上。最终，她绝望了，决心哪儿也不去，待在家里谁也不见，直到找到房子为止，可是不到半小时，这个决心就破碎了。

她曾经半开玩笑地感叹，长这么大还没去过河岸街的辛普森饭店呢。眼下，威尔科克斯小姐就送来了一封信，邀请她去那里吃午饭。卡希尔先生要来，他们三个人可以畅聊一番，或许，末了还可以去趟演艺剧场①。玛格丽特对埃薇没什么特别的好感，也不想去见她的未婚夫，同时她很奇怪，海伦对辛普森饭店的兴趣远比她强烈，却没有受到邀请。不过邀请信亲密的语气打动了她。她必须更深刻地了解埃薇·威尔科克斯，于是她接受了邀请，说"那一定要去啊"。

可是，当她看见埃薇在饭店门口，像个女运动员似的瞪着眼睛不知道在看什么时，她有点失望了。威尔科克斯小姐自从订婚之后就出现了显著的变化。她的语气更生硬了，举止也更大大咧咧，动不动就对那些无知的雏儿表现出居高临下的样子。玛格丽特真够傻的，竟然为此感到难过。独自神伤之际，她不仅看到房子和家具，还看到生活之舟载着埃薇和卡希尔先生这些人从眼前滑过。

在某些时刻，即便德才兼备，我们依然会有无力之感，来到河岸街辛普森饭店的她就碰上了这样的时刻。她走上铺着厚厚地毯的狭窄楼梯，走进用餐的房间，看到羊排用小车推到热切期待的牧师面前，心下涌起一阵强烈的、也许并不准确的无可奈何，只愿从来没有离开她的一方天地，在那里，艺术和文学是唯一主题，也没有人结婚或稳定维系订婚状态。这时，一个小小的意外出现了。这种场合也许少不了当父亲的——是的，父亲来了。她开心一笑，走过去跟他打招呼，

---

① 一种剧院，可能提供轻音乐演出节目。

孤独感旋即烟消云散了。

"我想我得空还是过来一下吧,"他说道,"埃薇跟我说了她的小计划,所以我就溜过来把桌子订好了。桌子总是要先订好的。埃薇,你就别假惺惺地要坐你老爸旁边了,因为你根本就不想。施莱格尔小姐,坐到我这边来吧,算是可怜可怜我。天哪,你好像很累啊!还在操心你那些年轻的小职员吗?"

"没有,在操心房子呢,"玛格丽特说道,侧身从他身边进了包厢,"我饿了,不是累;我要大吃一顿。"

"那好啊。你想吃什么?"

"鱼肉馅饼。"她扫了一眼菜单说道。

"鱼肉馅饼!没想到来辛普森就是为吃鱼肉馅饼,这里可不是吃那个的地方。"

"那就帮我要点什么吧。"玛格丽特说道,一边脱下手套。她的情绪在好转,他提到了伦纳德·巴斯特,这让她感到了莫名的暖意。

"羊排吧,"他斟酌了好一会儿之后说道,"再喝点苹果酒,这些才比较合适。我喜欢这个地方,偶尔来一次,大家说说笑笑。这里是纯正的古典英格兰风格,你觉得呢?"

"是的。"玛格丽特回答,其实心里并不认同。菜点过了,烤肉被送了上来,剔骨厨师按照威尔科克斯先生的要求,把美味多汁的羊肉切下来,堆满了他们的盘子。卡希尔先生非要点一份西冷牛扒,但是后来承认点错了。很快,他和埃薇就开始了"不,我没有做过;做过,你就是做过"这种套路化的打情骂俏,虽然当事人对于这样的对话兴致勃勃,别人却不想听,也不值得去听。

"要给剔骨厨师小费,这是一条黄金法则。随时给小费,这是我的座右铭。"

"也许这么做真的让生活更有人情味吧。"

"那样伙计们就记住你了。特别是在东方,要是你给了小费,他们从年头到年尾都记着你。"

"你去过东方吗?"

"哦，去过希腊和黎凡特①。我以前经常去塞浦路斯参加一些活动，做点生意；那边有个军方性质的社团。只要适当给出几个皮亚斯特②，就能让他们对你记忆犹新。但是，你当然会觉得这么做不太地道。你们那个研讨会怎么样了？最近有没有什么新的乌托邦理论？"

"没有，我一直在找房子，威尔科克斯先生，我跟你说过的。你有什么房源吗？"

"恐怕没有。"

"唉，你要是连帮两个可怜的女人找一处房子都做不到，那讲求实际还有什么意义？我们只要一个小房子，房间大点，这样的房子有很多的。"

"埃薇，你听这话说得！施莱格尔小姐想让我为她改行做房产中介呢！"

"怎么了，爸爸？"

"我九月份需要一处房子，总得有人找到这个房子啊，我找不到。"

"珀西，你有什么信息吗？"

"我无能为力啊。"卡希尔先生说道。

"你什么人哪！一点用都没有！"

"一点用都没有。瞧她说的！一点用都没有。哦，别这样！"

"哼，你就是没用。施莱格尔小姐，他有用吗？"

他们的爱情急流将几滴水珠溅到了玛格丽特身上，然后又循着自己的河道奔腾而去了。现在的她能够感同身受了，因为一点舒心的感觉就让她恢复了温柔的本性。畅谈也好，沉默也罢，都同样让她心情愉悦。就在威尔科克斯先生了解准备点的奶酪时，她的双眼把饭店好好打量了一番，不由得感叹它恰到好处地再现了我们浓厚的历史。虽然并不比吉卜林的作品更具古英格兰风味，它选取的怀旧素材实在太

---

① 指从土耳其至埃及的地中海东岸地区。
② 货币单位。

巧妙了，让她也没法挑剔；它为了帝国大业正在滋养的那两位客人很像帕森·亚当斯或者汤姆·琼斯①。他们断断续续的谈话听起来颇为刺耳。"你说得对！我今晚就发电报去乌干达。"说话声从后面的桌子传来。"他们的皇帝想要打仗，好啊，那就打吧。"一个牧师发表着意见。面对这不协调的一幕，她不禁笑了起来。"下一次，"她对威尔科克斯先生说道，"你跟我去尤斯塔斯·迈尔斯饭店②用午餐吧。"

"那好啊。"

"好什么呀，你会很烦那个地方的，"她一边说，一边把杯子推过去，让他再加点苹果酒，"那儿全都是蛋白质啦，身体滋养啦，这一类的东西。有人会走过来跟你搭话说，您头上的光轮真漂亮啊。"

"有个什么？"

"没听说过光轮吗？哦，你真够幸福的！我为了擦亮我的光轮要耗费好几个小时呢。灵界也没听说过吧？"

他倒是听说过灵界，还对它进行过批判。

"就是这种东西。幸运的是，那次是海伦的光轮，不是我的。她不得不客客气气地应付人家，我就坐在边上，用手帕捂住嘴巴，直到那个人离开。"

"你们两个姑娘似乎总能碰上有趣的事情。从来没人问过我的——你说的那个什么来着？也许我根本就没有。"

"你肯定有，不过可能色彩太可怕了，没人敢提起。"

"不过，你告诉我，施莱格尔小姐，你真的相信超自然的那些东西吗？"

"这个问题太难回答了。"

"为什么呢？你要格吕耶尔还是斯蒂尔顿③？"

"格吕耶尔吧。"

---

① 英国 18 世纪小说家亨利·菲尔丁（Henry Fielding, 1707—1754）的小说《约瑟夫·安德鲁斯》（*Joseph Andrews*）和《汤姆·琼斯》（*Tom Jones*）中的角色。
② 据奥利弗·斯塔利布拉斯（Oliver Stallybrass, 1925—1978）的说法，尤斯塔斯·迈尔斯（Eustace Miles, 1868—1948）著有多本有关健康与饮食的书籍，曾在查令十字街附近经营一家健康饮食饭店。
③ 格吕耶尔是产自瑞士的奶酪，斯蒂尔顿是产自英国的奶酪。

"斯蒂尔顿更好些。"

"那就斯蒂尔顿吧。因为，虽然我不相信光轮，觉得通神论只是一种折衷的看法——"

"——可是其中也许还是有可取的地方。"他皱着眉头接过话头。

"也不见得。我可能在错误的方向上卡在半道了。我解释不清楚。所有这些时髦的东西我都不信，可是我又不想说我不信。"

他似乎不太满意，于是说道："所以你不会斩钉截铁地告诉我，说你不相信魂魄之类的说法？"

"我可以这么说啊，"玛格丽特说道，她很奇怪这点对他来说竟然那么重要，"真的，我会的。刚才我说擦亮光轮，只是说着玩的。可是你为什么这么较真呢？"

"我不知道。"

"得了吧，威尔科克斯先生，你知道的。"

"是的，我是的"——"不，你不是"对面突然传来情侣打情骂俏的对话。玛格丽特沉默了片刻，然后转换了话题。

"你的房子怎么样了？"

"跟你上次光临的时候没什么两样。"

"我不是说迪西街。当然是问霍华德庄园了。"

"为什么说'当然'呢？"

"你就不能把租客弄走，把它租给我们吗？我们都快疯了。"

"让我想想。我倒希望能帮你们，不过我以为你们要住城里的。给你一点建议吧：先锁定区域，再锁定价格，然后就不要改变主意了。我就是这么找到迪西街和奥尼顿的房子的。我对自己说，'我就要住这儿'，然后就住下来了，奥尼顿可是千里挑一的好地方。"

"可是我确实摇摆不定。男士们似乎能催眠房子——用眼睛瞪住它们，它们就战战兢兢地走过来了。女人做不到啊。是房子在催眠我，我控制不了这些调皮鬼。房子是有生命的。不是吗？"

"我听不懂你在说什么。"他说道，然后又补充了一句，"你跟你那个小职员不也是这么说话的吗？"

"是吗？——我是说，我或多或少确实会这么说。我对所有人都用一样的方式说话——或者争取这样。"

"是的，我知道。那你觉得他能理解多少？"

"那是他的事。我不会因为对象不同而改变说话方式。人们当然能找到一个看似完美的沟通媒介，但它并不是真实的存在，就像金钱不等于食物一样。这里面没有养分，你把它传递给下层阶级，而他们把它返回给你，这就是你所谓的'社会交往'或者'共同努力'，其实不过是一起装腔作势而已。我们在切尔西的朋友看不清这一点，他们认为应该尽一切可能把话说得明白，甚至牺牲——"

"下层阶级，"威尔科克斯先生打断了她，像是用手生生捂住了她的嘴巴，"看来，你也承认有贫富之分啊。这点很重要。"

玛格丽特无言以对。他是愚蠢之极呢，还是比她本人更了解她？

"你必须得承认，如果财富平均分配了，要不了几年，依然会有贫富分化。努力工作的人会爬上顶层，好逸恶劳的人会跌到底层。"

"这点谁都承认。"

"你那些社会主义者就不会。"

"我的社会主义者会承认，而你所谓的社会主义者可能不会；但是我严重怀疑你那些根本就不是真正的社会主义者，而是你们制造出来自娱自乐的九柱戏木柱子。我真难以想象，一个活生生的人那么轻松就被击倒了。"

如果她不是女人，这话早就让他发火了。但女人是什么话都可以说的——这是他的神圣信条——所以他只是笑着反驳："我无所谓，反正你也不得不承认上面那两点，我对此深表认同。"

他们吃完了午餐，玛格丽特推说有事不能去演艺剧场，就告辞了。埃薇几乎没跟她打照面，让她怀疑这次聚会其实就是她父亲安排的。他和她从各自的家庭跨出来，进入更亲密的交往阶段。他们的交往早就开始了。她是他妻子的朋友，正因为如此，他把那个银质香料嗅盒送给她作纪念。他一片好心送给她那个嗅盒，而且相比较海伦而言，他一直更在意她——这有别于大多数男人。但是这种关系的发展近来可谓突飞猛进，他们一周之内的进展超过了过去的两年，并且开始真正了解彼此。

她记着他答应过要去尤斯塔斯·迈尔斯饭店体验一下，于是，等到可以叫上蒂比作陪之后，她立刻向他发出了邀请。他来了，客客气气地品尝了那些滋养身体的菜肴。

第二天早上，施莱格尔一家动身去了斯沃尼奇。他们还没有找到新家。

第十八章

他们坐在湾区朱莉姨妈家的早餐桌前,一边应对着她的盛情款待,一边欣赏着海湾的美景。这时玛格丽特收到了一封信,一下子乱了方寸。信是威尔科克斯先生写的。信中说,他的计划有个"重要的变化"。由于埃薇结婚了,他决定放弃迪西街的房子,愿意按一年期把房子出租。这是一封充满商业气息的来信,直白地说明了他的义务和底线,还包括租金。如果他们同意,就请玛格丽特立刻来一趟——立刻两个字加了下划线,跟女人打交道就得这样——跟他一起去看看那座房子。如果他们不同意,发一份电报就可以了,他就把房子交给中介去处理。

这封信让人心烦意乱,因为她不太确定这到底意味着什么。如果他喜欢她,如果让她去辛普森饭店是他的费心之作,那么这次会不会也是故意把她诓到伦敦,然后向她求婚?她狠狠地奚落自己,希望大脑会高声叫道:"真是胡扯,你就是个自作多情的傻瓜!"但是她的脑海里只是稍稍起了一点波澜,便复归平静了。她坐在那儿,注视着层层细浪,暗自思忖这个消息会不会让其他人觉得奇怪。

她一开口说话,听到自己的声音,就放下心来,觉得没什么特别的,众人的回应也很正常。在你一言我一语的聊天声中,她的顾虑消失了。

"不过,你不用去吧——"女主人开口了。

"我不用去,但是去一趟是不是更好呢?这事真的越来越严重了。我们让机会一个接一个地溜走,结果就要背着大包小包流落街头了。我们不知道自己到底想要什么,这就是麻烦的地方——"

"不用去,反正我们也没有什么真正的关系。"海伦一边忙着烤面包一边说道。

"要不我还是今天进城一趟吧,不管希望怎么渺茫,都把房子定下来,然后坐明天下午的火车回来好好玩。这事不解决了,我就没心思玩,让大家也不开心。"

"但你不能鲁莽行事啊,玛格丽特。"

"没什么可鲁莽的。"

"威尔科克斯是谁?"蒂比问道,这个问题似乎有点傻气,但是他姨妈试图回答的时候才发现,这其实是个特别复杂的问题。"我跟威尔科克斯家没打过交道,不知道他们怎么掺和进来的。"

"我也是,"海伦附和道,"很奇怪,我们就是摆脱不掉他们。我们在旅馆里认识的人中,威尔科克斯先生是唯一还有联系的,三年多过去了,我们跟当时更有趣的那些人反倒疏远了。"

"有趣的人不会帮你找房子啊。"

"梅格,要是你摆出一副直肠子英国人的样子,看我不糊你一脸蜜糖。"

"直肠子总比八面玲珑好。"玛格丽特说着站了起来,"喂,小家伙们,该怎么选择呢?迪西街你们是知道的。我该说'要'还是该说'不要'?乖蒂比——怎么选?我特别想把你们俩安顿好。"

"这完全取决于你赋予'可能性'这个词的内涵——"

"跟那个八竿子打不着。直接说'要'就可以了。"

"说'不要'。"

随后,玛格丽特相当严肃地发表了她的见解。"我认为,"她说道,"我们这个家族在退化。我们连这么个小事都定不下来;要是我们碰上需要决策的大事情,会出现什么情况?"

"那还不跟吃饭一样简单。"海伦回她。

"我想起了父亲。他当初怎么就下定决心离开了德国?他年轻的时候为它奋战过,他所有的情感、所有的朋友可都在普鲁士啊。他是怎么抛开爱国情怀、开始追求其他目标的呢?换了我,肯定受不了。他年近四十的时候还能改变国籍和理想——而我们在这个年纪,连换个房子都做不到。真丢人。"

"你父亲能改变国籍是没错,"芒特夫人不客气地说,"这事是好是歹也说不定。但是他在换房子上面不比你们强，事实上差远了。我永远都忘不了，他们从曼彻斯特搬过来的时候，可怜的埃米莉可是吃尽了苦头。"

"这个我知道，"海伦叫道，"我刚跟您说过的。搞砸的都是小事情，真正重大的事情来了，反倒不在话下。"

"搞砸？亲爱的，你年纪太小，记不清——事实上还没有你呢！当时威克姆街的房子还没签约，家具都已经装车上路了，埃米莉坐的火车到伦敦，还带着个孩子——就是玛格丽特了——以及小件行李，都不知道自己的新家在哪里。从那个房子搬走也许挺难的，但是跟当初把你们安顿进去时我们吃过的苦相比就不算什么了。"

海伦满嘴含着东西嚷道："就是这个男人打败了奥地利人、丹麦人和法国人，还打败了他自己内心的德国人。我们都像他。"

"你说你自己就行了，"蒂比说道，"请记住，我是个世界主义者。"

"海伦也许是对的。"

"她当然是对的。"海伦说道。

海伦或许是对的，但是她没有上伦敦去。玛格丽特去了。假期被打断是生活琐事中最让人扫兴的，一封谈生意的信就把人从海边和朋友身边拉走，她心生懊恼自然情有可原。她相信父亲肯定从来没有过同样的感受。因为眼睛最近有点问题，她没法在火车上看书，无聊之余便观赏起风景来，那是昨天刚刚见过的。经过南安普顿的时候，她朝弗里达"挥了挥手"；弗里达正赶往斯沃尼奇跟他们会合，芒特夫人算好她们的火车会相遇。但是弗里达正朝另一侧看，玛格丽特只好继续向城里进发，心中不免感到孤独，涌起一阵老姑娘特有的忧伤。一个老姑娘，竟然胡思乱想威尔科克斯先生在追求她！她曾经拜访过一个老处女——又穷又傻，毫无吸引力可言——竟然疯狂地认为每一个接近她的男人都爱上了她。对于这种虚妄的想象，玛格丽特的心简直在滴血！她苦口婆心地讲道理，最后还是绝望地放弃了！"我也许被那个助理牧师骗了，亲爱的，但是中午送邮件的那个小伙子是真的喜欢我，而且，事实上——"对她而言，这似乎就是年老色衰最丑陋的一面,而她在老处女身份的压力之下,或许也正进入这样的状态。

威尔科克斯先生亲自到滑铁卢车站来接她。她明显感觉到,他跟平时不太一样;突出的一点就是,她说什么他都要找茬儿。

"太感谢你的好意了,"她开口说道,"但是恐怕这事不行。那房子造得就不适合施莱格尔家的人居住。"

"什么!你过来就是打定主意不做这笔生意的吗?"

"倒也不一定。"

"倒也不一定?那我们就出发吧。"

她驻足打量起那辆崭新的汽车,比三年前将朱莉姨妈带入窘境的那辆红色巨无霸漂亮多了。

"这车很漂亮啊,"她说道,"你觉得怎么样,克兰?"

"来吧,我们出发吧。"她的东道主又催促道,"你怎么知道我的司机叫克兰?"

"哦,我认识克兰啊:我跟埃薇一起出去兜过风。我还知道你有个女仆叫米尔顿。我什么都知道。"

"埃薇!"他伤感起来,"你见不到她了,她跟卡希尔远走高飞了。我跟你说,一个人被丢下来,孤零零的真没意思。我白天忙工作——确实有太多事情要处理——但是晚上回到家里,我跟你说,我真受不了那个家。"

"说起来挺荒唐的,我也觉得孤独,"玛格丽特回应道,"要离开自己的老房子实在让人伤心。搬进威克姆街之前的事情我都不记得了,海伦和蒂比都出生在那里。海伦说——"

"你也觉得孤独?"

"很孤独啊。哟,这是国会大厦的后面了!"

威尔科克斯先生不屑地瞥了一眼国会大厦。生活中更重要的事情可不在这里。"是啊,他们又在夸夸其谈了,"他说道,"你刚才要说什么来着?"

"只是一些跟家具有关的废话。海伦说,人和房子都会消失,只有家具会保留下来,最后整个世界都变成椅子、沙发遍地的荒漠——

想想看吧！——就这么永恒地延续下去，没有人坐上去。"

"你妹妹就喜欢开这些小玩笑。"

"对于迪西街的房子，她同意，我弟弟不同意。你相信我，威尔科克斯先生，给我们帮忙可讨不了好。"

"你装得好像不讲求实际，其实不是这样。我才不信呢。"

玛格丽特笑了起来。但是她确实是这样——相当不讲求实际。她没法专注于细节。她一直想着找房子的事，可是国会大厦、泰晤士河、漠然的司机时不时地会在脑子里闪现，需要她聊上几句，作个回应。要从容领略现代人生，又要一切尽在掌握，这是不可能的，而她选择的是一切尽在掌握。威尔科克斯先生过得比较从容，他从来不为那些神秘或隐私的事情烦心。泰晤士河也许会从大海逆流，司机也许会把所有的情感和人生哲学隐藏在不太健康的皮肤之下。他们各行其道，他也有自己的轨迹。

可是她喜欢跟他在一起。他不会苛责人，却能给人以激励，将病态的东西驱除。他比她大二十来岁，还保留着她自认为已经丢失的品格——不是年轻人的创造力，而是自信达观。他坚信这是个特别美好的世界。他气色健康，发际线在后退，但是头发并没有稀疏，浓密的胡须和海伦曾经将之比作白兰地糖果的眼睛友善中透着威严，不管它们看向的是贫民窟还是星空。总有一天——到了千禧之年——他这种人也许就没必要存在了。眼下，那些自视高人一等，或者可能高人一等的人还得向他这种人致以敬意。

"不管怎么说，你对我的电报回应得倒挺快的。"他说道。

"哦，即使像我这种人，见到好东西还是识货的。"

"我很高兴，你没有鄙视这个世界上物质的东西。"

"天哪，当然不会！只有傻瓜和假正经的人才会那样。"

"我很开心，非常开心。"他重复道，突然柔声转向她，似乎她的话让他很欣慰，"知识分子的圈子里伪善的话太多了，很高兴你没有同流合污。作为加强修养的手段，自我克制当然是非常好的，但是我受不了那些贬低享受的人，他们往往别有用心。你受得了吗？"

"享受有两种，"玛格丽特说道，她控制着自己的情绪，"一种是我们可以跟别人分享的，比如火、天气或者音乐；另一种是不能分享的——比如食物。这要看情况。"

"我当然是指理性的享受。我不希望把你看成——"他靠得更近了些；话说了一半就停住了。玛格丽特的脑袋开始迷糊，里面就像灯塔上的信号灯不停地旋转。他没有吻她，因为时值十二点半，汽车正经过白金汉宫的马房。但是空气中温情荡漾，似乎大家都只因她而存在，她甚至觉得很奇怪，克兰竟然没意识到这点，也没有转过头来。也许她是个傻瓜，但是确实能感觉到威尔科克斯先生比平常更——怎么说呢？——更能揣摩人的心思。他在生意场上总能准确判断一个人的性格，今天下午他似乎要拓展一下自己的领域，去关注干练、服从和果断之外的素质。

"我想把整个屋子都看一遍，"一到目的地，她就作了申明，"我明天下午一回到斯沃尼奇就跟海伦和蒂比好好商量一下，然后给你发电报，告诉你要还是不要。"

"好的。这是餐厅。"他们开始了巡视。

餐厅很大，但是家具塞得太满了，切尔西的文化人见了会大呼受不了。威尔科克斯先生没有采用那种内敛保守的装修设计，这种设计为了美感而牺牲了舒适性，也不大气。玛格丽特过惯了单调克己的生活，此刻看着富丽堂皇的护墙板和墙顶饰带，看着镀金的壁纸上鹦鹉在枝叶间鸣唱，心情显得格外轻松。这些跟她自己的家具一点都不配套，但是那些沉甸甸的椅子，还有那个装有盘子的巨大餐边柜，像男人一样地负重挺立在那儿。这房子弥漫着男子气概，玛格丽特总觉得这个现代资本家继承了古代勇士和猎人的特质，而这房间就是古老的会客厅，领主在大乡绅的簇拥下坐在那儿大快朵颐。甚至那本《圣经》——查尔斯从布尔战争[①]中带回来的荷兰文《圣经》——都摆放

[①] 布尔战争（一般指第二次布尔战争）是1899年10月11日至1902年5月31日英国同荷兰移民后代阿非利卡人建立的德兰士瓦共和国和奥兰治自由邦为争夺南非领土和资源而进行的一场战争。

得恰到好处。这样的房子是容得下战利品的。

"这是门厅。"

门厅铺有地砖。

"这里是我们男士抽烟的地方。"

我们男士坐在栗色皮椅上抽烟,那情形就像汽车下蛋了一样。① "哦,真好!"玛格丽特一边说着,一边坐进了其中一把椅子。

"你真喜欢吗?"他问道,眼睛盯着她扬起的面庞,声音中明显流露出一种近乎亲昵的味道。"不让自己过得舒服,纯粹就是胡扯,是不是?"

"是——啊,有点胡扯。那些是克鲁克香克的画吗?"

"是吉尔雷② 的。我们上楼吧?"

"这些家具是从霍华德庄园搬过来的吗?"

"霍华德庄园的家具搬到奥尼顿去了。"

"那么——不过,我关心的是房子,而不是家具。这个吸烟室有多大?"

"长三十英尺,宽十五英尺。不对,等一下。是十五英尺半。"

"哦,好的。威尔科克斯先生,我们中产阶级这么正经其事地谈论房子的事情,你不觉得好笑吗?"

他们继续走向起居室。这里一片灰黄色,毫无艺术感。切尔西的文化人布置起来会更好看。我们可以想见,女士们进来休息,而她们的男人在下面抽着雪茄,畅聊生活中的现实问题。威尔科克斯夫人在霍华德庄园的起居室是不是也是这样呢?就在玛格丽特这么想的时候,威尔科克斯先生向她求婚了,她得知自己之前的判断是对的,兴奋得差点晕了过去。

但是,这样的求婚可没法进入世界最伟大爱情场面的行列。

"施莱格尔小姐"——他的声音很坚定——"我是找了个借口让

---

① 这些皮质椅子跟汽车上的座椅类似,男士坐在上面抽烟就像汽车发动机喷出烟雾,故有此比喻。
② 詹姆斯·吉尔雷(James Gillray, 1756—1815)和乔治·克鲁克香克(George Cruikshank, 1792—1878)都是英国著名漫画家。

你上城里来的。我想说件远比房子更严肃的事情。"

玛格丽特几乎就要说:"我知道——"

"能不能请你分享我的——可不可以——"

"哦,威尔科克斯先生!"她打断他的话,手扶在钢琴上,把眼睛转向了别处,"我明白,我明白。可以的话我回头再给你写信。"

他开始结结巴巴起来。"施莱格尔小姐——玛格丽特——你还没明白。"

"哦,我明白!我当然明白!"玛格丽特说道。

"我是请求你做我的妻子。"

她早就心知肚明了,所以当他说出"我是请求你做我的妻子"时,她强迫自己做出有点惊讶的样子。如果他期待她大吃一惊,那她必须表现出这个样子。她心中充满了难以言表的喜悦。这种感觉无关人性,倒是跟天气晴朗时那种浑身舒坦的感觉最为相似。晴朗的天气得益于太阳,但是玛格丽特此刻想不到有什么散发光芒的源头。她站在他的起居室里,感受着幸福,也渴望回报以幸福。离开他的时候,她突然意识到,那散发光芒的源头就是爱情。

"没有冒犯你吧,施莱格尔小姐?"

"怎么会冒犯我呢?"

片刻的停顿。他急着要跟她有个了断,而她也心知肚明。他为金钱买不到的东西而苦苦挣扎,她凭直觉就能一眼看穿。他渴望友谊和爱情,却又有所忌惮,而她过去一直提醒自己,这些东西想想也就罢了,还有可能用漂亮的外表掩饰内心的挣扎,此刻她也退缩了,跟他一样犹豫不决。

"再见。"她接着说道,"你会收到我的信的——我明天回斯沃尼奇。"

"谢谢你。"

"再见,我该谢谢你才对。"

"我让人开车送送你,可以吗?"

"那再好不过了。"

"我要是用写信的方式求婚就好了。我应该写信的吗?"

"用不着啊。"

"还有一个问题——"

她摇了摇头。他看上去有点困惑。随后他们分别了。

他们分别的时候没有握手;为了他的缘故,她故意让这次会面保持在最平静的气氛中。不过在回到自己家之前,内心的幸福让她激动不已。如果短暂的欲求也配得上爱情这个庄重的字眼,过去确有人爱上过她,不过那些人都是"傻瓜"——有无所事事的年轻人,也有别无选择的老头子。而她也经常"恋爱",只不过限于性别需求的那些事,仅仅是对男性气概的渴望,终会一笑置之,仅此而已。她的内心以前从未被触动过。她既不年轻,也不富有,一个有身份有地位的男人竟然实实在在地看上了她,这让她惊讶不已。在空荡荡的房子里,她坐在漂亮的绘画和珍贵的图书中间,思来想去,心潮澎湃,仿佛有一股情感的大潮在夜空中涌动。她摇了摇头,试图集中注意力,但是做不到。她不断徒劳地重复道:"这种事情我以前经历过的啊。"她其实从来没经历过;一台巨大的机器开始运转起来,远非小机器可比,一想到威尔科克斯先生爱上了她,她就难以自拔,进而也爱上了他。

她还不想作出决定。"哦,先生,这太突然了——"在她桃花绽放的时候,这套忸怩作态的说辞最能体现她的心情。虽有预感,却算不上准备好了。她必须要把自己和他的个性好好思量一番,还要跟海伦一起从法律上商讨一下。这是一幅奇怪的爱情场面——自始至终都不知道散发出光芒的源头在哪儿。站在他的位置上,她当时会说:"我爱你。"[1] 不过他或许不习惯敞开心扉。如果她紧逼一下,他也许就那么做了——或许是出于责任;英格兰人认为每个人都要敞开一次心扉;但是那样会令他不快,只要她能避免,就绝不会让他失去用来抵抗世界的防卫能力。他绝不能被卿卿我我的谈话或泛滥的同情心所

---

[1] 原文是德语。

滋扰。他已经是个上了年纪的男人，要想改变他只会白费力气，而且也太放肆了。

威尔科克斯夫人总像个受欢迎的幽灵，时隐时现；在巡视那个场景的时候，她一点都没表现出嫉恨的迹象，玛格丽特这样想着。

第十九章

要想向外国人介绍英格兰，也许最明智的方法就是把他带到珀贝克丘陵①末端，让他站在距科夫城堡东侧仅数里之遥的山顶上。这样，我们这个岛屿上层层叠叠的景观都会一一呈现在他脚下。他的下方是弗洛姆河谷，还有从多切斯特绵延而来的原野，黑黝黝的、金灿灿的，映衬出普尔地区那遍地的金雀花丛。再远处是斯陶尔河谷，那是一条奇特的河流，在布兰德福特境内污浊不堪，到了温伯恩境内却清澈无比——斯陶尔河流出肥沃的田野，在克赖斯特彻奇的钟楼下与埃文河汇合。埃文河的河谷是看不到的，不过训练有素的眼睛极目北望的话，可以看到镇守着埃文河的克利尔伯里圈地②，想象力丰富的话，还可以越过那里，来到索尔兹伯里平原，将平原北侧英格兰中部那壮观的丘陵地带收入眼底。郊区景致也历历在目。伯恩茅斯那有点小家子气的海岸线向右边收缩进去，漂亮的松树因此呈现出来，红色的房子掩映其间，还能看到股票交易所，再延伸下去就到伦敦大门口了。这座城市的轨迹拖得真够长的！不过，弗雷什沃特的峭壁它永远都触碰不到，这个小岛会捍卫岛屿的纯洁性，直到永远。从西边望去，怀特岛的绝美超越了所有美的法则。它就像从英格兰漂离出来的一块碎片，迎接着外来客——它上面的白垩质岩石和草皮跟我们的并无二致，就是大陆的缩影。这个碎片的身后是南安普顿这个各民族的女主人，还有朴次茅斯这团蛰伏的火焰，而它的周遭，是激荡翻腾的海浪。放眼望去，无数的村庄星罗棋布，无数的城堡巍然挺立，无数的教堂历经沧桑，无数的船只、铁道和公路穿梭往来！澄澈的天空下，各色人等辛苦忙碌，终其一生！就像斯沃尼奇海滩上的浪花，理

---

① 英国南部靠近海岸的丘陵地带，主体位于多塞特县境内。
② 克利尔伯里圈地是英格兰西南部威尔特郡境内一处铁器时代的山顶城堡遗址，这一带曾出现神秘的麦田怪圈。

性在此刻消失了，取而代之的是不断充盈的想象，不断拓展，不断深化，直到具象成形，将英格兰团团包围。

因此，弗里达·莫泽巴赫小姐就被带到这高地上来亲身感受一下。此时的她是建筑师利泽克的太太，已经为人妻、为人母。注视良久之后，她说这里的山丘比波拉美尼亚的更臃肿，这话没错，但是芒特夫人觉得没说到点上。看到普尔港干涸了，她夸起了德国吕根岛的腓特烈威廉海滩，说那里的浅滩没有烂泥，山毛榉在波澜不惊的波罗的海岸边垂立，奶牛可以悠闲地凝视着海水。芒特夫人觉得这样不健康，因为水流动起来才更安全。

"那么你们英格兰的湖泊——温德米尔啦，格拉斯米尔啦——它们都不健康喽？"

"不，利泽克太太，因为它们是淡水湖，不一样的。咸水应该有波浪，来来回回冲刷，否则就有气味了。你看，水族馆就是这样。"

"水族馆！哦，芒特夫人，你是要告诉我，淡水水族馆没有咸水水族馆那么臭了？可是，我小叔子维克多收集了许多蝌蚪的时候——"

"你别用'臭'这个字，"海伦插话道，"要说的话，起码也要假装是在开玩笑。"

"那就用'有气味'吧。你们这儿那个池子里的泥巴没有气味吗？或者按我说的，不臭吗？哈哈哈。"

"普尔港里一直有泥巴的，"芒特夫人微皱着眉头说道，"是河水冲刷下来的，养殖最值钱的牡蛎就要靠它呢。"

"是啊，是这样的。"弗里达让步道。又一场国际冲突就这么结束了。

她们的女主人又开口了，引用了一首她特别喜欢的民谣："'伯恩茅斯是老大，普尔曾经人人夸，要说将来谁最强，斯沃尼奇顶呱呱。'利泽克夫人，我带你看过伯恩茅斯了，也让你看过普尔了，下面就让我们往回走几步，再看看下面的斯沃尼奇。"

"朱莉姨妈，那不是梅格坐的火车吗？"

一小团烟雾在港区上空回旋，此时向南掉头，越过黑沉沉金闪闪的田野，朝她们飘了过来。

"哦，玛格丽特我的宝贝儿，真希望她没有累着。"

"哦，我真想知道——我真想知道她有没有把房子定下来。"

"我希望她不要那么仓促。"

"我也是——哦，我也是。"

"房子跟威克姆街的一样漂亮吗？"弗里达问道。

"我觉得应该是吧。威尔科克斯先生是个讲究人，相信他有眼光。迪西街的那些房子都很漂亮，富有现代气息，我想不明白他为什么不再住那儿了。不过，他当初是为了埃薇才去那儿的，现在既然埃薇要结婚了——"

"啊！"

"弗里达，你从来都没见过威尔科克斯小姐。说到结婚你至于这样么，真荒唐！"

"是那个保罗的妹妹吧？"

"是的。"

"也是那个查尔斯的妹妹，"芒特夫人感慨道，"哦，海伦，海伦，那段时间真够呛啊！"

海伦笑了起来。"我跟梅格才不会这么脆弱呢。如果房子租金便宜，我们就抓住这次机会。"

"利泽克太太，快看我外甥女的火车。你看，它朝我们开过来了——来了，来了；等它到达科夫城堡，就要穿过我们脚下的这片丘陵了，所以要我说的话，我们走过去，看看下面的斯沃尼奇，然后就能看到火车从另一侧过来了。我们走吧？"

弗里达同意了。几分钟后，她们就爬过了山脊，壮观的景象不复存在，眼前的景致局促起来。下面是一道萧索的峡谷，对面的斜坡上去就是一直延伸到海边的低矮丘陵。她们的目光穿过整个珀贝克岛，落到了斯沃尼奇这座即将腾飞的小城，它也是三座城市中最丑陋的一个。玛格丽特的火车果然再次出现了，她姨妈见了颇有点得意。火车在不远的地方停了下来,按照计划,蒂比会在那里接上她,带着一篮子茶点,驾车上来与她们会合。

"你知道吗,"海伦继续对她表姐说,"威尔科克斯家收集房子,就像你们家维克多收集蝌蚪。他们在迪西街有一套房子;霍华德庄园是第二套,我那场闹剧就是在那里上演的;第三套是在什罗普郡的乡间别墅;查尔斯在希尔顿的房子是第四套;第五,他在埃普瑟姆附近还有一套;第六,埃薇结婚的时候还会有一套,也许乡下还得有套备用的小公寓——这就是第七套了。哦对了,保罗在非洲的小茅棚是第八套。我倒是希望能租到霍华德庄园,那真是一处可爱的宅子!朱莉姨妈,您觉得呢?"

"我当时要做的事情太多了,没留意,"芒特夫人用一副尊贵优雅的语气说道,"我什么都要处理、解释,还要对付不知天高地厚的查尔斯·威尔科克斯,就不大可能记住那么多东西了。我只记得在你的卧室里吃了午餐。"

"是的,我也记得。但是,哎呀,一切好像都死寂一片了!那年秋天,'反保罗'运动开始了——您,弗里达,梅格,还有威尔科克斯夫人,都魔怔了似的以为我会嫁给保罗。"

"你还有可能啊。"弗里达失望地说道。

海伦摇了摇头。"威尔科克斯大危机不会重现了。如果说我对什么事情有把握的话,这就是。"

"人们对什么事情都没有把握,除了自己真切的情感。"[1]

这话一下子让聊天冷了场。不过海伦用胳膊揽住了她表姐,似乎因为她说了这句话反而更喜欢她了。这句话并非原创,弗里达也没有用心掂酌,因为她有颗爱国之心,却没什么深邃的思想。不过由此可以看出,一般条顿人对普遍性的东西感兴趣,而一般英格兰人则没这个兴致。这就如同真、善、美与适恰、正派、好看的对比,尽管这么

---

[1] 这个句子可能套用自英国诗人约翰·济慈(John Keats, 1795—1821)通信集中的一段:"我对什么事情都没把握,除了圣洁的情感和真切的想象。"[《济慈书信集》,约翰·佩奇(John Page)选编,伦敦:牛津大学出版社,1954年出版,第48页。]

说没什么逻辑。又好比把伯克林的风景画跟利德的风景画放在一起，显得突兀而欠缺考虑，不过却跌跌撞撞闯进了超自然生命的世界。它强化了唯心主义思想，触动了人的灵魂。或许，它为随后发生的事情埋下了不好的伏笔。

"快看！"朱莉姨妈喊道，一边离开众人跑到逼仄山顶的另一侧，"站到我这儿来，你们就能看到小马车过来了。我看到小马车过来了。"

她们站在那儿，看着小马车驶过来。不一会儿，就能看见坐在车上的玛格丽特和蒂比了。马车离开斯沃尼奇的郊区，穿过几条春意萌发的小道，然后就往坡上来了。

"你租下房子了吗？"她们喊道，可玛格丽特还远着呢，根本听不见。

海伦跑下去迎接她。那条大道经过一处马鞍似的地方，一道车辙从那里呈直角折向了山丘。

"你租下房子了吗？"

玛格丽特摇了摇头。

"哦，真讨厌！那我们没什么变化喽？"

"倒也不是。"

她下了车，看上去有点疲惫。

"神秘着呢，"蒂比说道，"马上就揭晓谜底了。"

玛格丽特走到她面前，低声告诉她自己被威尔科克斯先生求婚了。

海伦觉得挺有意思。她把通往山上的大门打开，好让她弟弟把小马牵进去。"这就是典型的鳏夫行为，"她说道，"他们这种人脸皮厚得什么事都干得出来，总会挑第一个老婆的朋友下手。"

玛格丽特的脸上闪过一丝绝望。

"那种人——"她突然住口，然后大叫道，"梅格，你没事吧？"

"让我缓缓。"玛格丽特还是用很低的声音说道。

"但是从来没想到你——你从来没有——"她强打起精神，"蒂比,快点进去,我不能老这么拉着门啊。朱莉姨妈!喂,朱莉姨妈,您把茶倒上吧,弗里达也帮个忙;我们要谈谈房子的事情,马上就来。"然后,她把脸转向了她姐姐,眼泪一下子涌了出来。

玛格丽特呆住了。她听到自己在说:"哦,真的——"她感觉到一只颤抖的手在触碰她。

"不要啊,"海伦哽咽道,"不要,不要,梅格,不要!"她似乎说不出别的话来。玛格丽特身体也有点颤抖,她牵着海伦上了路,穿过另一道大门朝山丘上面走去。

"不要,不要做这种事!我让你不要——不要!我知道——不要!"

"你知道什么?"

"恐惧与空虚,"海伦抽泣道,"不要!"

玛格丽特心想:"海伦有点自私。她有机会结婚的时候,我可从来不会像她这样。"她说道:"但是我们仍然可以经常见面啊,你还——"

"不是那回事。"海伦抽泣道。随后,她突然挣脱手,心神不宁地向上走去,两只手朝前面伸着,大声哭了起来。

"你怎么了?"玛格丽特喊道,顺着山丘北坡越来越大的晚风跟了上去,"真是莫名其妙!"突然,一种犯傻的感觉向她袭来,眼前广袤的景致一片模糊。这时海伦转过身来。

"梅格——"

"我不知道我们俩这是怎么了,"玛格丽特擦了擦眼睛说道,"我们肯定都疯了。"海伦也擦了擦眼睛,她们都笑了笑。

"来,我们坐下吧。"

"好吧,你坐下我就坐下。"

"行了。(吻了一下)好了,到底,到底是怎么回事?"

"我是说真的。不要;不行的。"

"海伦,别再说'不要'了!这话听着有点傻,好像你的脑子一团糨糊似的。巴斯特夫人也许就成天对着巴斯特先生说'不要'。"

海伦默不作声。

"说话啊！"

"你先跟我说说怎么回事吧，听你说我的脑袋也许就不再一团糨糊了。"

"这就好多了嘛。嗯，从哪儿说起呢？我到滑铁卢车站的时候——不，我还是再往前说一点吧，因为我觉得你应该把起头以来的每一件事都弄清楚。这'起头'大概是在十天前，就是巴斯特先生来喝茶还发火的那次。我当时护着他，威尔科克斯先生为此吃醋了，多少有点吧。我觉得那是无意的举动，男人跟女人都是一样不由自主的。你知道——起码我自己清楚——当一个男人对我说'某某人是个漂亮的女孩'，我一时也会对这个某某人心生醋意，恨不得去揪她的耳朵。这种感觉挺烦人的，不过也没什么大不了，很容易就对付过去了。但是我现在想想，威尔科克斯先生这次没那么简单。"

"那你爱上他了？"

玛格丽特思索了一下。"知道有一个真正的男人在意你，这种感觉很好，"她说道，"这个事实本身就让人受不住了。记住，我认识他、喜欢他已经快三年了。"

"可是你爱过他吗？"

玛格丽特回首起往事。当情感还只是情感，没有在社会架构中变成某种具体的关系时，聊聊这些情感还是挺愉快的。她一手搂着海伦，眼睛扫视着前方，仿佛这个郡或那个郡会暴露她内心的秘密。一番沉思之后，她说道："没有。"

"但是你会爱上他？"

"是的，"玛格丽特说道，"这个我很确定。其实，他向我开口的那一刻，我就开始爱上他了。"

"并且决心嫁给他了？"

"曾经是，但是我现在要好好谈谈这件事了。你到底为什么反对他呢，海伦？你总得说说啊。"

这次轮到海伦朝远处看去了。"保罗那件事之后就这样了。"她终于说了出来。

"但是威尔科克斯先生跟保罗有什么关系呢？"

"可是他在场啊，那天早上我下楼吃早餐的时候，他们都在场，我看到保罗害怕了——那个爱我的男人害怕了，他一身的行头也萎靡不振，所以我知道没戏了，因为人与人之间的关系永远都是最重要的，而电报和愤怒构成的这种外部生活都无关紧要。"

她一口气把这些话都倾倒了出来，她姐姐能听得懂，因为它触及了姐妹俩彼此熟知的想法。

"这话说得有点愚蠢啊。首先，我不赞同所谓外部生活的看法，当然，我们为此经常争论的。关键在于，我的恋爱跟你的恋爱有天壤之别。你那是传奇故事，我这将是平实的散文。我不是在贬低我的恋爱——它是一篇很优美的散文，是经过静心构思的，是深思熟虑的作品。比方说，我了解威尔科克斯先生全部的缺点。他不敢触碰情感，他太执着于追求成功，对过去却太不在意。他的同情心缺乏诗意，所以算不上真正的同情心。我甚至可以说"——她看着波光粼粼的潟湖——"在精神上，他没有我诚实。这么说你满意了吗？"

"不，我不满意，"海伦说道，"这么说让我感觉越来越糟糕了。你肯定是昏头了。"

玛格丽特恼怒地动了一下。

"我不想让他，或者其他任何男人女人，成为我生活的全部——天哪，不行！我身上有许多东西是他不理解、将来也不会理解的。"

在婚礼举行、肉体结合之前，在神奇的玻璃罩落下，将夫妇双双与世界隔开之前，她说出了这样的话。她要比大部分女性都更加保持自己的独立性。婚姻改变的是她的财富，却不会改变她的性格。她自许了解未来的丈夫，这并没有什么离谱的错误。不过他确实改变了她的性格——改变了一点点。即将出现一个始料未及的意外，生活的风浪和难忍的气息也暂时停歇，社会压力迎面而来，这都会让她从婚姻的角度去思考问题。

"对他来说也是这样，"她接着说道，"他身上有许多东西——特别是他在做的事情——永远都不会为我所知。他具备的那些公共品格你都不屑一顾，却让这一切成为可能——"她挥手指向眼前的景致，那架势是对一切的肯定。"几千年来，如果不是威尔科克斯这样的人在英格兰辛苦劳作、生生息息，我和你活都活不成，更别说坐在这里了。没有他们，就没有火车轮船来运送我们这些文化人，甚至都没有田地，只有蛮荒的生活。不——也许连蛮荒的生活都过不上。没有他们的奋斗精神，生命也许永远都走不出原生质的形态。我越来越不愿一边得着好处，一边嘲笑那些为此提供保障的人。有时我觉得——"

"我也觉得，所有女人也都这么觉得。所以才有人吻了保罗。"

"这话真没心没肺，"玛格丽特说道，"我的情况完全不同，我是经过深思熟虑的。"

"深思熟虑也没什么区别，结果都一样。"

"胡说八道！"

好一会儿的沉默，这时潮水向普尔港回流了。"人总要失去一些东西的。"海伦喃喃地说道，显然是在自言自语。潮水漫过烂泥，涌向荆豆和发黑的石楠。布兰克西岛的大片海滩都被淹没了，只剩下一片暗沉沉的树木。弗洛姆河被迫向内陆的多切斯特回流，斯陶尔河流向了温伯恩，埃文河则流向了索尔兹伯里。太阳照耀在这变幻的广袤水域之上，带领它走向胜利，然后再落下山去。英格兰生机勃勃，每一处河口都在悸动，每一只海鸥都在欢叫，北风迎着升起的海潮越刮越猛。这意味着什么呢？她的千变万化、沧海桑田，她那蜿蜒的海岸，是为何而存在呢？英格兰属于那些造就了她并让异域闻风丧胆的人吗？还是属于那些没有助力她的壮大却见证了她的成长的人？他们领略了全岛的风貌，看着她就像银色大海上的一颗宝石[①]，像一艘灵魂之舟，在美丽世界英勇舰队的护佑之下，扬帆驶向永恒。

[①] 此处套用了莎士比亚在《理查二世》(*Richard II*) 第二幕第一场里的一句话："这颗镶嵌在银色大海上的宝石。"

第二十章

玛格丽特常想，爱神像一颗卵石，如此渺小，溜进人世的海洋之后，竟然能掀起那么大的风波。除了爱恋中的两个人，爱神还会在乎谁呢？可他引发的滔天巨浪会淹没无数的海岸。毫无疑问，这轩然大波展现的其实是一代又一代人的精神，这种精神迎接着新的一代人，与终极命运之神做着抗争，因为命运把所有的海洋都握在自己掌中。可是爱神不能理解这一点，他理解不了其他神祇存在的无穷无尽；他只意识到自己是无穷无尽的——飞逝的阳光，凋落的玫瑰，在时空交互的喧闹之下只求静静一跃的卵石。他知道自己在万物终了时仍将存在，如同泥淖中的宝石，被命运之神拾起，赞不绝口地捧给诸神欣赏。他们会说："人竟能做出这等宝物。"一边说，一边将不朽赋予人类。但是与此同时——同时又有多少纷扰啊！财产和礼教如孪生的石头①，根底暴露无遗。家族荣耀挣扎着浮出水面，吹胡子瞪眼，义愤难平。宗教信仰——模糊的禁欲思想——引发了一场可怕的浪潮。随后，律师们被唤醒了——这是一群冷血动物——从他们的洞穴里爬了出来。他们极尽所能，把财产和礼教问题处理得有条不紊，宗教信仰和家族荣耀问题也妥善化解。金币哗哗倒入翻腾的大海，律师们爬了回去。如果一切顺利，爱神就让一对男女走进婚姻的殿堂。

玛格丽特对这种纷扰早有心理准备，并没有为此烦心。她虽然是个敏感的女人，却生性沉稳，对于格格不入稀奇古怪的东西也能忍受；而且，她的恋情也没有什么出格之处。两情相悦是她和威尔科克斯先生（或许现在该称呼他亨利了）之间关系的主基调。亨利不喜欢浪漫，她也不是死活追求浪漫的小女孩。一个熟人变成了恋人，也许

---

① 这里"孪生的石头"（twin rocks）暗指荷马史诗《奥德赛》（*Odyssey*）中的海妖斯库拉和卡律布狄斯，她们分别居住在墨西拿海峡两侧，前者长着六张吃人的血盆大口，后者会制造将人吞没的巨大旋涡，使经过这个海域的船只逃无所逃；后比喻腹背受敌，进退两难。

还要成为丈夫,不过他不会改变相识期间在她心中的形象;爱情需要巩固旧有的关系,而不是开启新的关系。

这样想着,她答应嫁给他了。

他带着订婚戒指来到了斯沃尼奇。他们相见甚欢,坦诚以待,朱莉姨妈颇受感动。亨利在湾区用餐,不过却在最高档的酒店定了房间,他这种人天生就知道最高档的酒店在哪儿。晚餐之后,他问玛格丽特能否赏脸去海滨步道走走。她接受了邀请,心下忍不住一阵激动;那场景将是她第一次正儿八经的谈恋爱啊。但是,戴上帽子的时候,她却忍不住笑了起来。恋爱的感觉跟书中描写的完全不一样;那种喜悦虽然真切,却大不相同;那种神秘是一种未曾料及的神秘。毕竟,威尔科克斯先生仍然像是个陌生人。

他们聊了一会儿戒指的事情;随后她说道:

"你还记得切尔西大堤上的情景吗?那不过是十天前的事呢。"

"记得,"他笑着说道,"你跟你妹妹正一门心思商量着什么堂吉诃德式的计划呢。真有意思!"

"我当时一点都没想到,真的。你呢?"

"我不知道;我不想说。"

"怎么,比那还早吗?"她叫了起来,"你更早的时候就对我有这种想法了吗?真是太有意思了,亨利!跟我说说嘛。"

可是亨利不太情愿说。也许,他就说不出所以然来,因为什么事情一旦经历过了,他的思维就模糊了。他不喜欢"有意思"这几个字,觉得它意味着浪费精力,甚至觉得是一种病态。对他来说,有铁的事实就够了。

"我没想过这事,"她接着说道,"没有。你在起居室跟我说起这个,那其实就是第一次,跟想象中的一点都不一样。在舞台上,在书本里,求婚是——我该怎么说呢?——是一件深思熟虑的事情,是一束精心准备的鲜花;它不再是字面所指。但在现实生活中,求婚就是求婚——"

"对了——"

"——是一个建议，一粒种子。"她总结道。她的思绪已经飞进了黑暗之中。

"我想，要是你不介意的话，我们应该利用今晚正式谈谈；有好多事情要定下来。"

"我也是这么想的。先告诉我，你跟蒂比相处得怎么样？"

"跟你弟弟？"

"是的，你们抽烟的时候。"

"哦，挺好的。"

"我太高兴了，"她有点意外地说道，"你们聊什么了？估计在聊我吧。"

"也聊了希腊。"

"希腊是一张好用的牌，亨利。蒂比还是个孩子，所以话题要有所选择才行。你做得挺好。"

"我告诉他，我在卡拉马塔附近的一个葡萄园有股份。"

"有股份真是太好了！我们去那里度蜜月好不好？"

"去干什么呢？"

"去吃葡萄啊。而且那边风景也不错吧？"

"一般，不过带着女士去那里不太现实。"

"为什么不现实？"

"没有酒店。"

"有些女士不住酒店也可以啊。你知道吗？我跟海伦曾经背着行李，独自走过亚平宁山脉呢。"

"我还真不知道，而且，如果我有发言权的话，你们再也别想干这种事了。"

她正色道："我估计你还没找到时间跟海伦谈谈吧？"

"没有。"

"谈谈吧，在你走之前。我很希望你们两个能成为朋友。"

"我跟你妹妹一直都挺投缘，"他心不在焉地说道，"不过我们偏离正题了。我从头说起吧。你知道的，埃薇就要嫁给珀西·卡希尔了。"

"多莉的叔叔。"

"就是他。这姑娘爱他爱得发疯了。很不错的一个人,不过他要求——也算正当——给她一份合适的嫁妆。第二点,你自然能理解的,还有查尔斯。离开伦敦前,我字斟句酌地给查尔斯写了一封信。你也知道,他的家庭成员在增多,开销也在增加,帝西公司①虽然有发展潜力,目前也就那样。"

"可怜的人!"玛格丽特嘟哝了一声,朝着大海的方向看去,心下有些不解。

"查尔斯是长子,将来他会继承霍华德庄园;但我不想在追求自己的幸福时对其他人造成不公。"

"当然不会啊,"她说道,接着发出了一声轻轻的尖叫,"你是说钱吧。我可真蠢!当然不会了!"

非常奇怪的是,听到这话他倒有点迟疑了。"是的,既然你这么直白地说出来了,是钱的问题。我决心对大家一碗水端平——对你,对他们,都一样公平。我要让孩子们对我没什么可指责的。"

"对他们大方点就好了,"她尖声说道,"哪用操心什么公平!"

"我决定了——而且已经给查尔斯写信说了这个意思——"

"但是你有多少钱?"

"什么?"

"你每年有多少收入?我有六百镑。"

"我的收入?"

"是啊。我们先要弄清楚你有多少钱,然后才能确定可以给查尔斯多少钱。公平也好,大方也好,都取决于这个。"

"我必须得说,你真是个直率的女孩子,"他说着拍了拍她的胳膊,笑了一笑,"突然对人问出这样的问题。"

"你不知道自己的收入吗?或者是不想告诉我?"

---

① 从后文可知,亨利·威尔科克斯的公司全称是帝国-西非橡胶公司。

"我——"

"没关系"——轮到她拍他了——"不用告诉我了,我不想知道。按照比例我也可以算好。把你的收入分成十份,你准备给埃薇几份,给查尔斯几份,给保罗几份?"

"亲爱的,其实我不想拿这些细节来烦你。我只是想让你知道——总要为其他人做点什么,你已经完全明白我的意思了,那我们就接着说下一件事吧。"

"是的,这个问题解决了,"玛格丽特说道,对他拙劣的做法并没有介意,"接着说。你尽管分配,只要记住我有六百镑的纯收入就是了。一个人有这么多钱,真是天赐的恩惠了!"

"我们没有多少钱,相信我;你要嫁的是个穷光蛋。"

"海伦这方面跟我的看法不一样,"她接着说道,"海伦自己是富人,所以她不敢抨击富人,不过她是想这么做的。她的脑子里有个奇怪的想法,认为贫穷具有某种程度的'真实性',这点我还没搞懂。她不喜欢各种安排,也许还混淆了财富和获取财富的手段。圣诞袜子里的金币让她心安,但是支票就会让她心烦。海伦太跋扈了,像她那么盛气凌人是没法跟这个世界相处的。"

"说完下面这件事,我就要回酒店去了,有几封信要写。迪西街的房子现在怎么办?"

"留着吧——起码看看情况再定。你准备什么时候娶我?"

她习惯性地抬高了嗓门,几个也在晚上出来呼吸新鲜空气的年轻人听到了她的话。"急不可耐了,嗯?"其中一个说道。威尔科克斯先生转向他们,厉声说道:"喂!"都没声儿了。"小心我报警抓你们。"他们一声不吭地离开了,不过只是在等待时机,接下来的谈话就时不时地被放肆的哄笑声打断了。

带着一丝责备,他压低了嗓音说道:"埃薇可能在九月份结婚。在那之前我们就别指望了。"

"越早越好,亨利。女人本不该说这样的话,但是越早越好。"

"我们也定在九月怎么样?"他问道,语气有点冷淡。

"好啊。九月份我们自己要不要住到迪西街去？或者我们把海伦和蒂比赶进去？这个想法不错。他们太没用了，我们只要精心安排好，让他们去做就可以了。听着——不错，我们就这么办。我们自己可以住在霍华德庄园或者什罗普郡。"

他鼓起了腮帮子。"天哪！你们女人真能绕！我脑袋都给绕晕了。我们一条一条来，玛格丽特。霍华德庄园是不可能的。我去年三月就把它租给哈马尔·布莱斯了，租期三年。你还记得奥尼顿吗？那个地方实在太远了，完全不能指望。你偶尔去那边散散心倒可以，但是我们必须有一处离城近的房子。只是迪西街有很大的缺陷，那后面有个马场。"①

玛格丽特忍不住笑了起来。她是第一次听说迪西街后面竟然还有马场。当她有可能成为这个地方的租客时，它就销声匿迹了，并非有意地，而是自然而然地隐匿了。威尔科克斯家族行事随性，虽然真诚，却缺乏洞见真相所需的清晰思路。住在迪西街的时候，亨利是记得这个马场的；等到想要将它租出去时，他就忘了它的存在；如果有人说，马场总是客观存在的，他就会不高兴，随后还会找机会贬低一下那个人，说他太教条。当我跟杂货店老板抱怨，说他的白葡萄干质量不好的时候，他同样也会贬损我，一口咬定说这是最好的白葡萄干，而且以那样的价格怎么能指望买到最好的白葡萄干？这是生意人头脑中的一个痼疾，但是想想生意人为英格兰所做的一切，玛格丽特或许就能泰然处之了。

"是的，特别是夏天，马场真是个大麻烦。局促的吸烟室也挺讨厌的。对面的房子被剧团的人租去了。迪西街在走下坡路，这是我个人的看法。"

"真可惜！那些漂亮的房子建起来还没几年呢。"

"说明事物都在变动。对生意有好处。"

"我讨厌伦敦这么不断地变化。这是我们最糟糕的写照——永远

---

① 设有马厩的院子或街区，噪声会比较烦人，在气温较高的季节会散发出难闻的气味。

都没个定型；所有的特质，好的，坏的，或者是无所谓好坏的，都在流逝——流啊，流啊，永不停歇。这就是我害怕的地方。我觉得河流靠不住，哪怕风景再美也一样。可是，大海——"

"涨潮了，没错。"

"攒漕了"——兜风的那几个年轻人变着声地模仿道。

"我们把投票权就给了这些人。"威尔科克斯先生说道，他本想加上一句，他还给了这些人工作，让他们成为职员——这工作并没有鼓励他们成长为另一种人。"可是，他们有自己的生活和兴趣。我们走吧。"

他一边说着一边转过身，准备送她回湾区。正事谈完了。他的酒店在另一个方向，如果他陪她去的话，就来不及寄信了。她请求他不要送了，但是他坚持要送。

"要是你姨妈看到你一个人溜进去，那可算是开了个好头！"

"可我一直都是一个人转悠啊。想想看，我翻越过亚平宁山脉呢，再正常不过了。你这样我可要生气了，我一点都没把它当成献殷勤。"

他笑了，点燃了一支雪茄。"这不是献殷勤，亲爱的。我只是不想让你在黑暗中走路。周围还有那些人呢！太危险了。"

"我自己不能照顾自己吗？我真希望——"

"来吧，玛格丽特；别推三阻四的了。"

年纪再小点的女孩对他这种霸道的作风可能会生气，但是玛格丽特对于生活自有主见，不会为此小题大做。她同样霸道，不过有自己的方式。如果他是一个堡垒，她就是一座山峰，所有人都可能踩踏，但是白雪让每个夜晚都纯洁无瑕。她不屑于英雄式的行头，处事易激动，爱唠叨，思维跳跃，一惊一乍，她的表现误导过她姨妈，同样也误导了她的恋人。他错把她的奇思异想当成了弱点。他觉得她"也算聪明"，不过仅此而已，却没意识到她正渗透进他的灵魂深处，对在那儿找到的东西还赞赏有加。

如果洞悉内心就已足够，如果内在的生活就是生活的全部，那么他们的幸福自然就稳稳当当了。

他们快步朝前走去。海滨步道和后面的路灯火通明,不过朱莉姨妈的院子比较暗。他们顺着人行道经过几簇杜鹃花时,走在前面的威尔科克斯先生沙哑地叫了声"玛格丽特",转过身子,扔掉了雪茄,一把搂住了她。

她吃了一惊,差点尖叫起来,但是立刻就镇静下来,带着真挚的爱情吻住压在她嘴上的那两片嘴唇。这是他们第一次接吻,吻过之后,他护送她走到门前,为她按响了门铃,但是在女佣来开门之前,他就消失在黑夜中了。回想起来,这事让她有点不快。太突兀了。之前的谈话中没有任何征兆,热吻说来就来,更糟糕的是,事后的温存也没有。如果一个男人不能循循善诱,让激情达至巅峰,起码他要知道怎么收尾啊,而她在顺从热吻之后,还希望有几句你侬我侬的情话呢。但是他匆匆离去,仿佛有点羞愧似的。突然之间,她想起了海伦和保罗。

第二十一章

查尔斯刚把多莉骂了一顿。她是该骂,在责骂中也低下了头,不过虽然给骂得狗血喷头,却也心有不甘,于是她哄孩子的声音开始和他逐渐减弱的吼叫声交织在了一起。

"你把孩子都吵醒了。我就知道你会这样。(唔-唔-唔,乖乖睡觉觉)珀西叔叔做的事跟我有什么关系,管他是谁,管它什么事,都跟我无关,就这样儿了!"

"我不在的时候是谁要他来的?是谁请我妹妹去跟他见面的?是谁一天又一天地开车送他们出去兜风的?"

"查尔斯,你这话让我想起了一首诗。"

"真的吗?我们现在真是对不上调儿了。施莱格尔小姐这下吃住我们了。"

"我恨不得把那个女人的眼睛挖出来,要说是我的错太不公平了。"

"就是你的错,五分钟①之前你还承认的。"

"我没有。"

"你承认了。"

"嘟嘟,嘟嘟,小车呜呜!"多莉尖叫着,又突然把注意力放在了孩子身上。

"好吧,又转换话题了,但是只要埃薇留在爸爸身边,让他过得舒心,他做梦都不会想到要结婚。可你非要给人做媒。而且,卡希尔年纪也太大了。"

"当然了,要是你对珀西叔叔不客气的话——"

"施莱格尔小姐一直惦记着霍华德庄园,现在拜你所赐,她得偿

---

① 早期版本作"五个月"。

所愿了。"

"我觉得你这么混淆视听、东拉西扯太不公平了。就算你抓到我跟人不三不四,也不会比现在更恶心了。对不对啊,小乖乖?"

"我们现在处境不妙,一定要好好琢磨琢磨。我要客客气气给爸爸回封信。很明显,他急着要把这件事办得体面些。不过我可不会那么快就放过施莱格尔这家人。只要她们规规矩矩的——多莉,你在听我说话吗?——我们也给点好脸色。但是要让我发现她们摆臭架子,或者拿捏我父亲,甚至虐待他,或是用她们那些狗屁的艺术让他操心,我肯定要出手,坚决出手。竟然占了我母亲的位置!天知道可怜的保罗得到这个消息会怎么说。"

插曲结束了。它发生在查尔斯在希尔顿的花园里。他和多莉坐在躺椅上,他们的汽车停在草地对面的车库里,静静地注视着他们。那个穿着短裙的小查尔斯也静静地注视着他们;婴儿车上的那个在尖叫着;而那第三个不久就要出生了。大自然让威尔科克斯家在这安宁的居所里繁衍生息,这样他们就可以继承这土地了。

第二十二章

　　第三天，玛格丽特带着特别的柔情迎接她的主人。虽然他老练成熟，她或许还是可以帮他建起一座彩虹之桥，把我们内心的平淡与激情联结起来。没有这座桥梁，我们就是毫无意义的碎片，一半是僧侣，一半是野兽，有如没有合拢的拱顶，永远无法联结于人的内心。有了它，爱意渐生，并升华至拱顶最高处，以炫亮驱除晦暗，以清醒抵抗烈火。能从两端领略彩虹之翼的辉煌，这样的人是幸福的。他的灵魂之路清晰呈现，他和他的朋友们会发现，那是一条坦途。

　　威尔科克斯先生的灵魂之路是艰难曲折的。从孩提时代起，他就忽略了这条路。"我不是那种为内心世界烦心的人。"从外表上看，他达观、可靠、勇敢；但是在他的内心，所有这些都变得一片混乱，如果说还有什么制约的话，那就是受制于一种并不完整的禁欲思想。无论婚前或是婚后，又或是丧偶期间，他总隐隐地觉得，肉体的情欲不是什么好东西，这种信念只有心旌摇动时才派得上用场。宗教信仰越发坚定了他的想法。他和其他一众绅士在礼拜日听到布道话语被诵读出来，正是这些话语，曾经点燃了圣凯瑟琳和圣弗朗西斯[①]对肉欲的无比憎恨。他没法跟圣人比，没法用天使般的热情去爱上帝，但是他却会因为宠爱妻子而心生愧疚。"他爱了，却又惧怕去爱。"[②] 玛格丽特希望能给他以帮助的，正是在这方面。

　　这件事似乎没那么难。她并不需要用自己的天赋去烦扰他，她只需要向他指出，救赎的力量就潜藏在他自己的灵魂里，潜藏在每个人的灵魂里。联结起来就可以了！这就是她要反复强调的全部内容。只

[①] 此处或许指十四世纪锡耶纳的贞女圣凯瑟琳（St Catherine of Siena），而非四世纪亚历山大的圣凯瑟琳（St Catherine of Alexandria）。前者是个神秘主义者，著有多部灵修作品，后者是个殉道者，曾被缚于车轮上受尽折磨，因此被人纪念。阿西西的圣弗朗西斯（St Francis of Assisi）与前者相提并论则更合适。

[②] 原文是拉丁语，出处不详。

要把平淡与激情联结起来，两者会得到升华，人类爱情将会得到极致展现。碎片化的生活不复存在。只要联结起来，随着伴随左右的孤独感的消失，僧侣和野兽也不复存在了。

这样的讯息也不难传递。它并不需要采用"好好谈谈"的形式进行。不动声色地暗示一下，就可以把桥搭建起来，用美好沟通彼此的生活。

但是她失败了。因为，尽管她曾一再提醒自己留意，但亨利身上有一种特质是她始料未及的，那就是他的迟钝。他对周边事物就是不上心，真没什么好说的了。他从来没有察觉，海伦和弗里达对他是有敌意的，而蒂比对葡萄种植园根本不感兴趣；他从来感觉不到，光亮与阴影同时存在于最无聊的对话中，存在于指路牌、里程碑、种种冲突和各种风景中。曾经——在另一个场合——她为此责怪他。他有点不知所以，但是笑着回答："我的座右铭是专注。我不想在那种事情上浪费力气。""这不是浪费力气，"她反驳说，"这是在拓展空间，让你变得强大。"他回答："你这个小女人挺聪明的，但是我的座右铭是专注。"而今天早上，他越发专注了。

他们在昨天那处杜鹃花丛旁见了面。花丛在光照之下并不起眼，而朝阳下的小径则显得格外明亮。她和海伦在一起，自从婚事定下来之后，海伦就一直闷闷不乐，让人放心不下。"我们都来了！"她喊道，然后一手拉住他的手，另一只手继续拉着妹妹的手。

"都来了。早上好啊，海伦。"

海伦回他说："早上好，威尔科克斯先生。"

"亨利，她收到一封信，那个性格古怪、脾气暴躁的男孩寄来了好消息。你还记得他吗？他的胡子挺忧郁的，不过后脑勺倒还年轻。"

"我也收到一封信。不过没什么好消息——我想跟你聊聊这件事。"既然玛格丽特已经答应了他的求婚，伦纳德·巴斯特对他来说就什么都不是了；那个异性三角关系永远地被打破了。

"多亏你的提醒，他离开波菲利昂公司了。"

"那个波菲利昂是家不错的公司。"他心不在焉地说道，一把从口袋里掏出了自己那封信。

"不错的——"她尖叫了一声,撒开了他的手,"在切尔西大堤上,明明——"

"我们的女主人来了。早上好,芒特夫人。这杜鹃花真漂亮。早上好,利泽克太太;我们英格兰总爱种点花花草草,是吧?"

"不错的公司?"

"不错啊。我的信跟霍华德庄园有关。布莱斯受命要出国,想把它转租出去。我是不大可能答应他的。协议中没有这样的条款。在我看来,转租是不对的。如果他能给我再找个租客,我觉得合适的话,也许可以取消合约。早啊,施莱格尔。你不觉得这比转租好吗?"

海伦这时松开了手,威尔科克斯先生领着玛格丽特离开众人,朝着房子靠海的那一侧走去。他们的脚下是一个俗气的小海湾,它想必已经渴望了好几个世纪,要在边上建造一个像斯沃尼奇这样的海滨胜地。这里的海浪沉闷乏味,为了招徕游客,系泊在码头的伯恩茅斯号汽轮疯狂地鸣着汽笛,让原本沉闷的氛围愈发无趣。

"一旦转租,我发现由此造成的损害——"

"非常抱歉,我想说的是波菲利昂公司。我觉得有点不安心——亨利,能麻烦你说说吗?"

她的样子非常严肃,所以他停了下来,有点不悦地问她想怎么样。

"你在切尔西大堤上明明说过那家公司不太好,所以我们建议这个职员抽身离开。他今天早上写信来,说他接受了我们的建议,可你现在又说,那是家不错的公司。"

"一个员工要离开一家公司,不管好坏,如果没有事先找好下家,那他就是个傻瓜,我一点都不同情他。"

"他没有那样做。他说要去卡姆登镇上的一家银行上班,那里工资低很多,但是他希望能应付过去——那是登普斯特银行的一家支行。那样还可以吧?"

"登普斯特!我的天哪,可以啊。"

"比波菲利昂好吗?"

"是啊,是啊,是啊,绝对安全——安全多了。"

"多谢了。抱歉——如果你转租的话——"

"如果他转租掉,我就失去原来的控制权了。理论上看,这不会对霍华德庄园造成更多损害,但是实际上会有损害。有些事情做了之后,是没法用金钱来补偿的。比如,我不想让人把那棵漂亮的山榆树给毁了。它在那儿——玛格丽特,我们什么时候一定要去看看那个老地方。那里挺别致的。我们开车去,然后跟查尔斯一家吃午饭。"

"那挺好啊。"玛格丽特勇敢地说道。

"下星期三怎么样?"

"星期三?不行,我可走不掉。朱莉姨妈希望我们在这儿最少再住一个星期呢。"

"但是你现在可以放弃那个计划啊。"

"呃——不行。"玛格丽特想了一会儿说道。

"哦,没关系,我来跟她说。"

"这是很正式的拜访,我姨妈每年都很看重的。她为我们把房子彻底倒腾了一遍;还邀请了我们特别要好的朋友——她都不认识弗里达,我们不能把弗里达丢在她这边。我已经少住了一天,如果住不满十天,她会很伤心的。"

"但我会跟她说一声,你不用费心。"

"亨利,我不会去的。别逼我。"

"但是,你想看看那房子的吧?"

"特别想——我从各种途径听到过好多有关它的事情了。那棵山榆树上不是还有猪的牙齿吗?"

"猪的牙齿?"

"而且你们通过嚼树皮来治牙疼。"

"这想法太奇怪了!当然不会了!"

"也许我把它跟其他树混淆了。英格兰似乎还有大量神圣的树木。"

但是，芒特夫人的声音远远地传来，他丢下玛格丽特去拦下她，不曾想被海伦截住了。

"哦，威尔科克斯先生，关于波菲利昂——"她开口说道，脸已经涨得通红。

"没事的，"玛格丽特追上来喊道，"登普斯特银行更好。"

"但是我记得你告诉我们说，波菲利昂不太好，圣诞节之前就会倒闭。"

"我说过吗？当时它还没有加入塔里夫联盟，不得不接一些烂保单。后来它加入了联盟——现在很安全了。"

"换句话说，巴斯特先生根本用不着离开那里。"

"不用，那家伙不用离开。"

"——也用不着跑到其他地方去谋生，领一份低得多的薪水。"

"他只说'低了些'。"玛格丽特纠正说，她预见到麻烦即将出现。

"对于这样一个穷人来说，只要减少了就是一大笔。我觉得这是一个非常可悲的灾难。"

威尔科克斯先生惦记着要跟芒特夫人说自己的事，脚步并没有停下，但是听到最后这句话，他说道："什么？这是什么话？你是说我要为此负责了？"

"海伦，你胡说什么？"

"你似乎认为——"他看了看手表，"我来给你解释一下吧。是这样的，你好像觉得，一家公司在进行微妙的商业谈判时，应该告知公众每一步动向。按你的意思，波菲利昂必须要告诉大家，'我正尽力加入塔里夫联盟，我不确定能否成功，但这是避免破产的唯一途径，我正在努力。'我亲爱的海伦——"

"这就是你的看法吗？一个本来就没什么钱的人现在更穷了——这是我的看法。"

"我为你的那个职员难过。但是，这就是日常，就是人生斗争的一部分啊。"

"一个本来就没什么钱的人，"她重复道，"现在更穷了，因为我们的缘故。在这样的情况下,我觉得'人生斗争'不是一个让人满意的说法。"

"哦,算了,算了!"他故作轻松地说道,"这不怪你,也不怪任何人。"

"谁都不用担一点责任吗?"

"我不会这么说,不过你把这事看得太严重了。这家伙是什么人?"

"我们把这家伙跟你说过两次了,"海伦说,"你还见过这家伙呢。他很穷,他妻子是个特别蠢的人。他能胜任更好的工作。我们——我们上层阶级——本以为可以凭借更高的见识去帮助他——可结果就是这样!"

他抬起一根手指。"听着,一句忠告。"

"我不再需要什么忠告。"

"一句忠告:对穷人不要感情用事。玛格丽特,你要看好她别那样。穷人就是穷人,我们可以为他们难过,但是仅此而已。随着文明进程的推进,鞋子夹脚总会在某些地方出现,要说某个个体该为此负责,那就太荒谬了。这个职员工资少了,怪不着你,也怪不着我,向我提供信息的人,为他提供信息的人,又或是波菲利昂的那些董事们,他们都没有责任。就是鞋子夹脚而已——谁都没办法;而且情况本来可能会更糟的。"

海伦气得浑身发抖。

"不管怎么着,可以向慈善机构捐款——慷慨地给他们捐助——但是不要被荒唐的'社会改革'计划带上邪路。内幕情况我见得多了,你记住我说的,根本就不存在什么'社会问题'——只是几个记者想通过这个说法混饭而已。世上只有富裕和贫穷之分,一直是这样,将来还是这样。你倒是说说看,人类什么时候平等过——"

"我没说过——"

"说说看,什么时候追求平等的想法能让人更幸福。没有,从来没有。你说不出来的。一直以来就有贫富之分。我不是宿命论者。老天就不允许啊！可是我们的文明是由巨大的非个人力量塑造的，"（他的声音变得自负起来；抛开个人因素时，他总是这样）"而且贫富之分一直会存在下去，你没法否认的，"（此时，他的声音又彬彬有礼起来）"而且你没法否认，不管怎么样，文明的进程总体是向上发展的。"

"我想，这要归功于上帝。"海伦突然冒出了一句。

他盯着她。

"你捞到金钱，剩下的由上帝去做。"

如果这姑娘要用那种神经兮兮的现代方式谈论上帝，再怎么开导她也没用。仁至义尽之后，他丢下她去找芒特夫人，省得聒噪。他心想："她倒让我想起了多莉。"

海伦朝大海看去。

"永远不要跟亨利讨论政治经济问题，"她姐姐劝解道，"否则只会以吵闹收场。"

"可是他肯定是那种把宗教和科学混为一谈的人，"海伦悠悠地说道，"我不喜欢这种人。他们自身追求科学，宣扬适者生存，还削减他们员工的工资，一旦有谁威胁到他们安逸的生活，就遏制他的独立性。可他们却又相信，不管怎样——总是这句不靠谱的'不管怎样'——结局总归是好的，因为今天的巴斯特先生们遭受了痛苦，将来的巴斯特先生们会以某种神秘的方式从中获得好处。"

"理论上看，他就是这样的人。但是，海伦，只是理论上啊！"

"但这又是什么理论啊，梅格！"

"亲爱的，你为什么把事情想得这么不堪呢？"

"因为我是一个老姑娘啊，"海伦说道，咬住了嘴唇，"我自己都不知道为什么变成这样。"她甩开姐姐的手，走进了屋子。玛格丽特一大早就弄得不开心，眼光随着伯恩茅斯号汽轮移动。她明白，海伦因为巴斯特的不幸遭遇而激愤，已经突破了礼貌的界限，随时都有可能爆发，连亨利都留意到了。必须把亨利支开。

"玛格丽特！"她姨妈喊道，"玛格西！威尔科克斯先生说你下周初就想走了，肯定不是真的吧？"

"不是'想走'，"玛格丽特立刻回应道，"但是有太多的事情要处理，而且我确实想见见查尔斯一家。"

"可是韦茅斯还没去，连拉尔沃思都还没去，你就要走了吗？"芒特夫人走近了点说道，"不再去九坟塬了吗？"

"恐怕是的。"

威尔科克斯先生附和她说："好啊！我把坚冰打破了。"

一股柔情涌上她的心头。她双手扶在他的肩膀上，深情地注视着他明亮的黑眼睛。这自信的眼神背后是什么呢？她知道，但是并没有感到忧虑。

第二十三章

玛格丽特不想让事情就这么过去。离开斯沃尼奇之前的那个晚上,她狠狠说了妹妹一顿。她责备海伦,不是因为海伦不同意她的婚事,而是因为她给自己的不满盖上了一层神秘的面纱。海伦同样没藏着掖着。她用一种内省的语气说道:"是啊,是有点说不清楚,我也没办法。这不是我的错,生活就是这个样子。"那段时间,海伦正热衷于探究潜意识中的自我。她夸大了生活中如《潘奇与朱迪》①反映的那种不堪,说人类就像木偶,被一个看不见的人操纵着,上演爱情与战争的戏码。玛格丽特指出,如果她沉湎于此,也终将失去人情的一面。海伦沉默了一会儿,随后突然爆出一段奇怪的说辞,开诚布公地把话都挑明了。"你继续吧,嫁给他。我觉得你很优秀,要说谁能取得成功,肯定非你莫属。"玛格丽特否认有什么可"成功"的,但是海伦接着说道:"有的,确实有。我和保罗当初就没做好。我只会做简单的事情,只会引诱人家,被人家引诱。我不会、也不想去处理复杂的关系。我要是结婚,要么嫁给一个强大到能支配我的男人,要么嫁给一个我可以支配的男人。所以我是不会结婚的,因为这样的男人不存在。愿老天能帮助那个我真的要嫁的男人,因为我肯定转眼就逃走了。就是这样!因为我没文化。但是你呢,你就不一样;你是个英勇无畏的人啊。"

"哦,海伦!我是吗?对于可怜的亨利来说,也那么可怕吗?"

"你想着事事周全,这就很了不起,这是希腊式的英勇,我看不出来你怎么就不能成功。去吧,跟他相克相生。不要指望我能帮上忙,也别指望我会同情你。从此以后,我要走我自己的路,我就要一

---

① 《潘奇与朱迪》(Punch and Judy) 是英国传统木偶剧,潘奇与朱迪是一对冤家夫妻,生活中最重要的事就是斗嘴打架。

根筋地走下去，因为那样很容易。我就是不喜欢你丈夫，还要挑明了告诉他。我就是不惯着蒂比，要是蒂比想跟我一起生活，他就得受着我。我就是要比以前更爱你。对，我比以前更爱你。我们俩之间建有某种真正的情感，因为它是纯粹精神上的。我们之间没有什么神秘的面纱。人一旦触及物质的东西，虚无的神秘感就出现了。通常来看，流行的看法恰恰是错误的。我们的烦恼源自有形的事物——金钱、丈夫、找房子等等。但是上天自有安排。"

对于这番情感的倾诉，玛格丽特心怀感激，她回答道："也许吧。"所有的景致都藏在看不见的地方——对此无人置疑，但是海伦这么快就断绝了所有的期待，让她有点接受不了。每一次转换话题，都要面对现实，面对绝对的东西。或许玛格丽特太老了，无法理解形而上的事物，或许是亨利让她渐渐远离了这些，不过她觉得内心有种失衡的东西，随时都会把可见的现实撕得粉碎。那个生意人认为生活就是一切，这个神秘主义者却坚信生活什么都不是，他们顾此失彼，都没能切中要害。"是的，我知道，亲爱的；就是介于两者之间的状态。"朱莉姨妈早些年曾经这么猜测过。不对；活着的真谛并不介于任何东西之间。只有通过在两个领域的不断探索，才能找到其真谛，虽然保持均衡是最终的秘诀，但是一开始就将之奉为圭臬的话，必定一无所获。

海伦有一搭没一搭地聊着，本可以持续到午夜的，但是玛格丽特要收拾行李，把话题都集中在亨利身上了。"在背后可以说亨利的不是，但是能不能请你在当面的时候对他客气点呢？""我当然是不喜欢他的，但是我会尽可能客气点，"海伦答应道，"你也要尽量对我朋友好点。"

这次谈话让玛格丽特轻松了许多。她们的内心世界坚如磐石，所以对于外部事物可以尽情争论，那种方式对于朱莉姨妈来说简直不可思议，而对于蒂比或查尔斯来说则不可能。有时候，内在的生活方式真的会"带来回报"，多年来的自律，并没有任何功利的动机，突然之间就有了现实的效用。这样的时刻在西方还很少见，但毕竟还是出现了，预示着未来会更加美好。玛格丽特虽然无法理解妹妹，但是知道彼此不会疏远,也就放下心来,便带着平静的心情回到了伦敦。

第二天上午,十一点钟光景,她出现在帝国与西非橡胶公司的办公室里。她很高兴来到这里,因为亨利对于他做的生意只是约略提及,却没有详述,而一提到非洲,人们总有模糊不定之感,迄今为止,他的主要财富来源给人留下的也正是这种印象。不过,去一趟办公室并不能将这一切都弄清楚。其处所见的不过是寻常景象:封面邋遢的账本,磨得光滑的柜台,时灵时不灵的黄铜栏杆,三个一组、闪闪发亮的电灯泡,用玻璃或铁丝做成的兔子笼,还有里面的小兔子。甚至再深入进去,她也只看到普通的桌子和土耳其地毯,虽然挂在壁炉位置的地图特别绘制了西非的情况,却不过是一张非常普通的地图。对面挂着另一张地图,呈现的是整个非洲,看上去像一头特别肥硕的鲸鱼,旁边是一扇紧闭着的门,亨利的声音从里面传了出来,正在口述一封"语气强硬"的信。她恍若身在波菲利昂公司或登普斯特银行,又好似站在自己投资的那个葡萄酒店里。在当今时代,什么都差不多。不过,或许她看到的是公司与帝国相关的一面,而不是与西非相关的一面,帝国主义却一直是她难以逾越的障碍之一。

"马上就好!"听说她来了,威尔科克斯先生喊道。他按了一下铃,查尔斯随即出来了。

查尔斯给他父亲写了一封合宜的信——比埃薇那封女孩子家撒气式的信更合宜一点。他得体地跟未来的继母打了招呼。

"我太太想必——你好吗?——会给你准备一顿丰盛的午餐,"他开口道,"我已经盼咐过了,不过我们生活得比较简单随意。等你看过霍华德庄园,她还等你回去用下午茶。不知道你对那地方有什么想法,我自己是碰都不想碰的。请坐!那是个很不起眼的小地方。"

"我很想去参观一下。"玛格丽特说道,她第一次有了羞涩的感觉。

"你现在看到的是最差劲的样子,因为布莱斯上周一匆匆忙忙出国去了,都没安排个清洁工在他走后来收拾一下。我从来没见过这么乱七八糟的样子,简直不敢相信。他在那房子里才住了不到一个月。"

"布莱斯真让我恼火。"亨利在内室喊道。

"他为什么这么突然地走掉了?"

"身体不好;睡不着觉。"

"可怜的家伙!"

"可怜个屁!"威尔科克斯先生说着便来到他们身边,"他连招呼都不打,就厚颜无耻地把出租的告示牌竖起来了,还是查尔斯把它们扯掉的。"

"是的,我把它们扯掉了。"查尔斯恭敬地说道。

"我给他发了一封电报,语气是比较强硬的。他,他本人,要为房子接下来三年的养护负责。"

"钥匙还放在农场,我们不会接受钥匙。"

"就是。"

"多莉本来要接受钥匙,不过幸好当时我在场。"

"布莱斯先生是个什么样的人?"玛格丽特问道。

可是没人在意这个。布莱斯先生是租户,他没有权利转租;再细究他的为人只是浪费时间。对于他的错误行为,他们大加指责,那个打字的女孩拿着那封语气强硬的信出来后,他们才住了口。威尔科克斯先生在信上签了字。"我们走吧。"他说道。

等着她的是一段汽车旅程,这算是一种福气,可是玛格丽特并不喜欢。查尔斯目送他们上了车,始终表现得彬彬有礼,不一会儿,帝国与西非橡胶公司的办公室就消失在远处了。不过,这次驾车之旅并没有给人留下深刻的印象。或许,要怪天公不作美,灰蒙蒙的天空愁云密布。或许,赫特福德郡就不适合开车的人。不是有个绅士穿过威斯特摩兰时因为速度太快而错过那里的风景吗?如果威斯特摩兰都能错过,那么对于这样一个构造精致、特别需要专注体会的郡县而言,其结果自不乐观。赫特福德郡是英格兰最静谧的所在,没有名山大川,它是沉思中的英格兰。如果德雷顿[①]再世,重新谱写他那首无与伦比的

[①] 迈克尔·德雷顿(Michael Drayton,1563—1631),英国诗人,著有长诗《多福之国》(*Poly-Olbion*),描绘了英格兰和威尔士的地理风光,上下两卷分别出版于1612年和1622年。

诗篇，他会吟诵变幻莫测的赫特福德郡仙子。她们的秀发因伦敦的烟雾而失去光泽，她们的眼神变得忧郁，从专注于命运转向北方的平原，她们的领袖不是伊西斯①或萨布丽娜②，而是缓缓流淌的利河③。她们的衣饰不再华美，她们的舞步不再欢快，但她们是真正的仙子。

因为复活节的缘故，北方大道上挤满了车，司机没法想开多快就开多快。不过对玛格丽特来说，他开得已经够快的了，她胆子小，满脑子想的都是小鸡和小孩子。

"这些都很正常，"威尔科克斯先生说道，"他们会适应的——就像那些燕子和电线。"

"是的，可是，他们在适应的过程中——"

"汽车会成为常态的，"他回答说，"人总要四处走走。那边有座漂亮的教堂——哦，你眼睛不够尖。要是路况让你担心，那就往远处看——看远处的风景。"

她看着那片风景。它起起伏伏，犹如沸腾翻滚的麦片粥。不一会儿，它消停了，他们到达了目的地。

查尔斯的房子在左边；右边是隆起的六峰山。这些山丘近在咫尺，让她颇为惊讶。越往希尔顿去，住宅越密集，而这些山丘突兀地将它们隔断了。山丘的另一边，她看到了草地和树林，那下面想必长眠着最英勇的战士。她憎恨战争，却喜欢战士——这是她的一种可爱的矛盾情节。

这时，穿得整整齐齐的多莉出来了，站在门口迎接他们，雨点也开始落了下来。他们嘻嘻哈哈地跑了进去，在客厅等了好一会儿之后，才在匆忙做成的午餐前坐了下来，每道菜都含有奶油，或者散发出奶油的气味。聊天的主要话题是布莱斯先生。多莉说起了他拿着钥匙来访的情景，而她公公则乐此不疲地打趣她、反驳她。显然，取笑多莉已经成了家常便饭。他也打趣玛格丽特，而从沉思中回过神来的

---

① 埃及司生育的女神。
② 德雷顿诗歌中塞文河的守护神。
③ 经赫特福德郡流向伦敦的一条河。

玛格丽特不以为忤，也反过来打趣他。多莉似乎有点惊讶，好奇地打量着她。午餐之后，两个孩子下楼来了。玛格丽特不喜欢小孩子，不过跟那个两岁的孩子更相处得来，她一本正经跟他讲话的样子让多莉忍俊不禁。"亲亲他们吧，得走了。"威尔科克斯先生说道。她跟了出来，但是没有亲吻他们；她说，亲吻会让小孩子倒霉运。虽然多莉把乔娃和波娃轮番往她这边送，她依然固执己见。

此时，雨已经绵绵不断地下起来了。汽车开了过来，顶棚撑开着。她又一次失去了空间感。几分钟后，他们停了下来，克兰打开了车门。

"出什么事了？"玛格丽特问道。

"你觉得呢？"亨利说道。

她的眼前出现了一个小门廊。

"我们到了吗？"

"是的。"

"哎呀，不会吧！几年前，这个地方感觉很远的。"

微笑着，又带着几分失望，她跳下了车，被一股莫名的力量驱使着来到大门前。她正要推开门的时候，亨利说道："没用的；门锁着呢。谁有钥匙？"

他自己忘了去农场拿钥匙，所以没人吭声。他也想知道是谁把大门打开的，因为一头奶牛从路上溜达了进来，正在糟蹋那块玩槌球的草坪。随后，他颇为不悦地说道："玛格丽特，你到干爽的地方等着，我过去拿钥匙，也就不超过一百码的距离。"

"我可以一起去吗？"

"不用；我转眼就回来了。"

于是，汽车调头离去。眼前仿佛有一道帘子升起，这是她那天第二次看见大地的模样。

她看到了海伦给她讲过的青梅树，还有网球场，还有那道在六月会开满野蔷薇的树篱，而现在看去则是黑沉沉的，透着惨白的绿色。那块洼地一带则勃发出更加灵动的色彩，水仙花像哨兵似地伫立在四周，有些如大军一般侵入青草的领地。郁金香宛如珠宝，盛在一个盘子里。她看不见那棵山榆树，不过久负盛名的葡萄藤伸出了一根藤蔓，上面点缀着一颗颗紫色的球珠，把门廊都盖住了。这片土地的勃勃生机让她大为惊讶；她从来没有驻足这样的花园，花儿是如此艳丽，就连她在门廊外随手拔下的野草都那么苍翠欲滴。可怜的布莱斯先生为什么要逃离这么美丽的地方呢？在她看来，这里就是个美丽的地方。

"淘气的奶牛！走开！"玛格丽特对着那头奶牛喊道，不过语气中并无怒意。

雨越来越大，从死沉沉的空中倾盆而下，噼里啪啦溅落在房产中介的广告牌上，那是查尔斯拔起来后堆放在草地上的。想必她在另一个世界里就跟查尔斯打过交道——在那里，人总是要打交道的。海伦要是知道了这个想法该多开心啊！查尔斯死了，所有人都死了，只有房子和花园还活着。有形的东西死去了，无形的东西还活着，而且——两者之间没有任何关联！玛格丽特笑了。她真希望自己的幻想能同样清晰明了！真希望能随心所欲地面对这个世界！微笑着，叹息着，她把手放在了大门上。门开了。屋子根本就没锁。

她迟疑了。该不该等亨利来呢？他把财产看得很重，可能更倾向于亲自领着她转转。另一方面，他告诉过她，要她在干爽的地方待着，而门廊开始滴水了。于是，她走了进去，屋内的气流吹过来，把门砰地一声关上了。

迎接她的是一片荒凉。正厅窗户上沾满了脏兮兮的指印，毛絮和垃圾堆积在没有擦拭的台面上。代表着文明生活的行李物件曾经在这里停留了一个月，随后就匆匆离去了。餐厅和客厅——分处左右两侧——只能通过壁纸来推断了。它们不过是可以避雨的房间而已。每间房的顶上都横着一根大梁，餐厅和正厅的大梁裸露在外，而客厅的大梁被铺装的木板遮起来了——是因为人生的真相必须对女士遮掩起来吗？客厅、餐厅和正厅——这些名字听起来多么小气啊！这不过就是可供孩子玩耍、朋友避雨的三间房子而已。是的，它们很漂亮。

随后，她打开了相对而立的一扇门——共有两扇，发现墙纸被白涂料取代了。这是用人的地盘，不过她几乎没意识到这点：依然是朋友可以避雨的房间而已。屋后的院子里到处是繁花盛开的樱树和李树。远处，隐约可见一片草地和一片壁立沉沉的松树林。是的，草地很漂亮。

阴沉的天气将她困在这里，却让她重新获得了被汽车夺走的空间感。她又记起来，十平方英里并不比一平方英里美妙十倍，一千平方英里也大不过天去。当她信步在霍华德庄园里从正厅走向厨房，听着雨水顺着屋脊向两边流淌，伦敦对于"庞大"的那种向往便永远地被消解了。

此刻，她想起了海伦站在珀贝克丘陵上审视半个韦塞克斯时说的话，"你总要失去一些东西。"她并不太认同这个说法。比如说，如果她打开那扇将楼梯藏在身后的门，就会把自己的领地扩大一倍。

她又想起了那幅非洲地图，想起了帝国，想起了她父亲，想起了两个至高无上的民族，其生命的激流温暖了她的血液，但两股激流混合起来之后，却冷却了她的头脑。她又走回正厅，就在此时，屋子里响起了回声。

"亨利，是你吗？"她喊道。

没有回答，但是屋里的回声又响了起来。

"亨利，你进来了吗？"

可那是屋子的心跳声，起先比较细微，后来就响亮激越了起来，盖过了雨声。

让人心生害怕的是贫乏的想象力，而不是丰沛的想象力。玛格丽特猛地推开通往楼梯的那扇门。一个女人，一个上了年纪的女人，正在下楼，她身板笔直，表情漠然，张着嘴，不动声色地说道：

"哦！我还以为你是露丝·威尔科克斯呢。"

玛格丽特结结巴巴地说道："我——威尔科克斯夫人——我？"

"当然啦，是瞎想呢——是瞎想。您走路的样子跟她一样。再见。"老妇人与她擦身而过，走进了外面的雨中。

第二十四章

"可把她吓坏了。"喝茶的时候,威尔科克斯先生向多莉详细讲了这件事。他说:"你们女孩子一点胆量都没有,真的。当然喽,我一句话就把事情说明白了,可那个愚蠢的老小姐埃弗里——她把你吓着了吧,玛格丽特?你站在那儿,手里攥着一把野草。她本应该出点声,而不是戴着那顶夸张的帽子就下楼来了。我进来的时候跟她擦身而过,那帽子简直比汽车引擎盖都大。我相信埃弗里小姐是那种喜欢装神弄鬼的人,有些老小姐就爱这样。"他点燃了一支香烟。"这是她们最后的寄托了。天知道她在那儿干什么;不过,那是布莱斯的事情,跟我没关系。"

"我没你想的那么傻,"玛格丽特说道,"她只是吓了我一跳,因为屋子里一直都静悄悄的。"

"你把她当成鬼了吗?"多莉问道,于她而言,所有看不见的东西都可以用"鬼魂"和"做礼拜"来概括。

"那倒没有。"

"她真的吓着你了,"亨利说,他丝毫没有看不起胆小的女人,"可怜的玛格丽特!不过这也很正常,没受过教育的阶层太愚蠢了。"

"埃弗里小姐属于没受过教育的阶层吗?"玛格丽特问道,不觉打量起多莉家客厅的装饰和布置来。

"她不过是农场的一个雇工,那种人总是自以为是。她以为你知道她是谁。她把霍华德庄园的所有钥匙都放在前廊了,以为你进来的时候会看见,还以为你完事之后会把门锁上,然后把钥匙带回给她。她侄女还在农场里到处找钥匙呢。缺乏教养会让人不上心。希尔顿曾经到处都是埃弗里小姐这样的女人。"

"也许,我倒不会褒贬什么。"

"埃弗里小姐还送过我结婚礼物呢。"多莉说道。

这话有点绕,不过挺有意思。玛格丽特注定会通过多莉了解到很多东西。

"但是查尔斯说,我得看开点,因为她跟他外婆都是熟人。"

"我说多罗西娅①啊,你总是这样,又把事情弄错了。"

"我是说玄外婆——就是把房子留给威尔科克斯夫人的那位。霍华德庄园还是一个农场的时候,她们俩不就跟埃弗里小姐成朋友了吗?"

她公公吐出一口烟。他对亡妻的态度有点奇怪。他会拐着弯儿提到她,听别人议论她,但是从来不会直呼其名。他对于乡下的陈年往事也不感兴趣。多莉则不然——原因如下。

"威尔科克斯夫人不是有个兄弟吗——或者有个叔叔?反正,他突然提出求婚,而埃弗里小姐呢,她拒绝了。想想看,要是她答应下来,那就成查尔斯的舅妈了。(哦,要我说,挺好的事啊!'查尔斯的舅妈!'今晚我要拿这事涮涮他)后来那个男人出了远门,被人给杀了。对,我这下应该是弄清楚了。汤姆·霍华德——他是这个家族最后一个人。"

"我想是这样的。"威尔科克斯先生心不在焉地说。

"我说呢!霍华德庄园——霍华德玩完!"多莉叫了起来,"今晚我可是摸着门道啦,是吧?"

"我倒希望你去问问克兰有没有玩完。"

"哦,威尔科克斯先生,你怎么这么说话?"

"因为,要是他茶喝够了,我们就该走了——多莉是个不错的女人,"他接着说道,"可就是没个长性。即便你付我钱,我也不愿住在她附近。"

玛格丽特笑了笑。尽管表现出一致对外的坚定立场,威尔科克斯家的人却没法比邻而居,连各自的产业都不能靠在一起。他们具有殖民精神,总在开拓一些地方,白人在那里会悄无声息地承担起自己的

---

① 多莉的教名。

重任。当然,既然这对年轻人在希尔顿安了家,霍华德庄园就不可能成为这样一个所在了。他对这处房舍的抵触是显而易见的。

克兰已经喝够了茶水,按吩咐去了车库,他们的车子一直在往下滴着泥水,流过了查尔斯的车子。倾盆大雨下到现在,肯定把六峰山都浇透了,带来的是躁动不安的文明的信息。"这些山丘真奇怪,"亨利说,"不过我们现在还是上车吧,下次再来。"他七点钟必须回到伦敦城里——可能的话,六点半之前到。她再一次失去了空间感;那些树木、房舍、人群、牲畜、山丘,再一次交织汇聚成肮脏的一团。她又回到了威克姆老街。

那天晚上她过得比较舒心。困扰了她一年的那种流离失所的感觉暂时消失了。她忘却了行李和汽车,忘却了那些行色匆匆、彼此熟识却了无牵挂的人。她重新获得了空间感,这是一切俗世美好的基础。她以霍华德庄园为起点,尝试着去认识英格兰。可她失败了——我们努力的时候,不见得就会有洞见,虽然洞见可以通过努力去获得。但是,她的内心涌起了一股对这岛屿前所未有的爱恋,这头联结的是肉体的欢愉,那头联结的是无形的世界。海伦和她父亲熟悉这种爱恋,可怜的伦纳德·巴斯特则在苦苦追寻,而对玛格丽特来说,直到这个下午,它才露出了真容。当然,它是通过那房子和老小姐埃弗里才显现的。通过他们——"通过"这个概念总是萦绕不去——她的内心在颤栗中得出了一个结论,那是智者无需诉诸语言的结论。随后,她心生暖意,思绪回到那红色的砖墙、盛开的李树以及春天里所有看得见摸得着的乐趣上来。

亨利在缓解了她的紧张情绪后,带着她参观了自己的房子,向她介绍了众多房间的用途和大小。他简单描述了这处不算很大的房产的历史。"很可惜,"他自顾自地说道,"五十年前,没人把钱投在这房子上。当时占地面积是现在的四五倍——至少有三十英亩。当时是可以把它改造一番的——建个小园林,或者起码可以种上灌木,把房子建得离大路远点。现在放在手里有什么用呢?什么都没剩下,只有那块草场了,我当初处理这些事情的时候,连草场都背着一大笔抵押贷款呢——对了，房子也是。唉，这可不是玩笑话。"在他说话的时候，她仿佛看到两个妇女，一老一少，正目睹她们的遗产化为乌有。她看到她们在迎接他这个力挽狂澜的人。"管理不善造成了这个局面——而且，小型农场的时代结束了。没前途——除非精耕细作。小块农田啦，回归土地啦——都是好心的废话。记住一条法则：规模小的都不挣钱。你看到的这些土地（他们此时站在楼上的一个窗口，那是唯一一个朝西的窗子）大都属于园区的那些人——他们靠铜器发了家——都是不错的家伙。埃弗里家的农场，希舍家的农场——他们称之为公地，就是那棵枯死的橡树所在的地方，你能看到的——一个接一个地倒闭了，这个也一样，眼看着就不行了。"但是亨利拯救了这个农场；并非出于什么好感，也不是因为有什么远见，可他就是把这个地方给救了，她为这样的壮举而爱他。"有了更多说话的份儿以后，我按自己的想法做了些事：卖掉了两成半牲口，卖掉了那匹脏兮兮的小马，还有那些老旧的工具；拆掉了外围的房子；挖了排水沟；清理掉了不知多少长得太密的绣球花和老树；屋子里面么，我把原来的厨房改成了正厅，在原来奶牛棚的后面建了个厨房。车库之类是后来加盖的。不过还是看得出来这里曾经是个农场。只是，这种地方不大可能吸引你们那些高雅之士。"的确如此。如果说他对这个地方其实不太了解，那些高雅之士则更不了解：这个地方富有英格兰特色，她从窗口看到的那棵山榆树就是一棵体现着英格兰特色的树。此前旁人的描述都没有让她体会到其中独有的光彩。它不是勇士，爱人，或者神灵；这些角色都非英格兰人所擅长。那是一棵像伙伴一样弯下身子护卫着这座房子的树，根须遒劲有力，恣意拓展，树梢却充满了柔情，而树干十个人都抱不过来，其顶端遥不可见，成簇的白色花蕾似乎在空中飞舞。这棵树就是个伙伴。房子和树没法用男人或者女人来比喻。玛格丽特现在想着房子和树，后来还有很多次，在风声呼啸的夜晚或者伦敦的白天里，她不停地想着房子和树，但是无论将这两者中的哪一个比作男人或者女人，都是对这幅图景的贬抑。不过对房子和树的各种考虑始终都在人类的限度之内。那里面传递的信息不属于永恒，只关乎坟墓外边的希望。她站在一端凝视着另一端的时候，微光中闪烁的是其间更为真实的关联。

再提一句，她一天的活动就交代完了。他们冒险进花园待了一会儿，让威尔科克斯先生惊讶的是，她说对了。牙齿，猪的牙齿，真的在山榆树的树皮上看到了——只露出了白色的牙尖儿。"太不可思议了！"他叫道，"谁告诉你的？"

"某年冬天我在伦敦听说的。"她回答道，因为她也不想提及威尔科克斯夫人的名字。

第二十五章

参加网球比赛的时候,埃薇听说了父亲订婚的消息,她的比赛一下子就毁了。她要嫁人,离他而去,这似乎再自然不过了;而他孑然一身,竟然也要结婚,真是说不过去;现在查尔斯和多莉都说是她的错。"但是我做梦都没想过有这种事,"她满腹牢骚,"爸爸经常带我去串门,还让我请她①去辛普森饭店吃饭。哎,我完全接受不了爸爸的做法。"这对他们过世的母亲也是一种侮辱;对此他们看法一致,而且埃薇还想把威尔科克斯夫人的饰带和珠宝都还回去,"以示抗议"。要抗议什么,她并不清楚;但是,退还那些东西的念头让只有十八岁的她倍感兴奋,更何况她根本不在乎珠宝或饰带。多莉则建议,她和珀西叔叔应该假装解除婚约,那样的话,威尔科克斯先生或许会跟玛格丽特小姐发生争执,进而以分手告终;或者给保罗发封电报。但是,查尔斯此时发话了,要她们不要胡说八道。于是埃薇决意结婚,越早越好;既然施莱格尔姐妹总在盯着她,悬而不决也没什么好处。她的婚期随后从九月提前至八月,众多的礼物让她沉醉,爱说笑的心境也恢复了不少。

玛格丽特发现,别人是期望她在这次典礼上有所表现的,而且是浓重登场;亨利说,机会难得,她要去认识一下他的圈子。詹姆斯·比德尔爵士会到场,卡希尔家族、富塞尔家族的人也都要来;他弟媳沃林顿·威尔科克斯夫人恰好周游世界刚回来。亨利她是爱慕的,可他的圈子看来是另一回事了。他没那个本事结交到良朋益友——确实,对于一个德才兼备的人来说,他的选择实在不堪;除了对于平庸的青睐,他毫无原则可言;人生中这样重要的大事他都乐得苟且随意,所以,他生意上的投资顺风顺水,结交朋友却一错

---

① 本书依据的2000年企鹅版原文是him(他),经参考其他版本,改译为"她"。

再错。她会听到他说:"哦,某某是个好人——一个天大的好人。"可一接触,才发现此人粗鄙无聊之极。如果亨利付出了真感情,她倒也能理解,因为感情能说明一切。可他似乎并没有情感勃发,那个"天大的好人"随时都会成为"一个对我从来都没什么用处、现在更加无用的家伙",然后被开开心心地抛诸脑后了。玛格丽特在学校念书的时候干过同样的事情。现在,但凡是她关心过的人,她就绝不会遗忘;她苦心去联结彼此,不畏艰难,她还希望,有朝一日亨利也能这么做。

埃薇不会从迪西街出嫁。她喜欢乡村风味儿,而且,那时也没什么人在伦敦,于是她把行李箱在奥尼顿农庄存放了几个星期,结婚公告也适时在教区教堂贴了出来。几天之内,这个在红色山丘间沉睡的小镇被我们文明的喧闹唤醒了,人们涌到路边,目睹汽车一一驶过。奥尼顿是威尔科克斯先生的一大发现——他并不全然以这个发现为荣。此地接近威尔士边界,交通极度不便,他料想必有特别之处。一座废弃的城堡矗立在那儿。可是,到那儿之后,做什么好呢?打猎不合适,钓鱼没感觉,女士们也说风景了无特色。这个地方原来处在什罗普郡一个挺尴尬的位置,他妈的;尽管他决不公开表达对自己地产的不满,却一心要将它尽快转手,就此解脱。埃薇的婚事是它最后一次出现在公众面前。一旦找到租户,它就成了"对他从来都没什么用、现在更加无用"的房子,就像霍华德庄园一样,消逝在记忆的最深处。

但是,于玛格丽特而言,奥尼顿注定要给她留下恒久的印象。她视之为未来的家,而且迫不及待地要跟教区牧师等熟络起来,如果可能的话,还要去见识一下当地的生活。这是一个小市集——千百年来,一直为那座孤独的山谷提供给养,守护着我们与凯尔特人的疆界。尽管场合特殊,尽管一走进在帕丁顿预订的车厢,震耳欲聋的欢闹就迎面而来,她的感官依然清醒,并保持警觉。虽然她一生所犯错误不计其数,后来证明奥尼顿不过是其中的一个,她却永远都忘不了这个地方,也忘不了发生在这里的点点滴滴。

从伦敦来的一行人只有八个——富塞尔一家父子二人,两位英国裔印度女士,分别是普林利蒙夫人和埃德塞女士,沃林顿·威尔科克斯夫人和她的女儿,最后还有一个小姑娘,聪颖而娴静,在众多婚礼上备受瞩目,她时刻留心观察着玛格丽特这个准新娘。多莉没有来——一点家事把她留在了希尔顿;保罗发来了一封风趣的电报;查尔斯会带着三辆车在什鲁斯伯里迎接他们。海伦拒绝了她的邀请;蒂比根本就没有给亨利回音。婚礼组织得很好,一如亨利惯常的行事风格;人们能感觉到他在背后掌控大局时所表现出的理性和大度。他们一上火车,便成了他的客人;他们的行李都系上了特殊标签;还有专门的听差;午餐也很特别;他们只管开心就好,可能的话,再打扮得漂亮点。玛格丽特想到了自己的婚礼,心下有点惶恐——想必是由蒂比来操办吧。"西奥博尔德·施莱格尔先生① 和海伦·施莱格尔小姐诚邀普林利蒙夫人光临姐姐玛格丽特的婚礼。"喜帖上这样的套话是无可挑剔的,不过要尽快印制派送;虽然威克姆街用不着跟奥尼顿攀比,但必须把客人招待好,为他们提供足够多的椅子。她的婚礼要么敷衍了事,要么奢华讲究——她希望是后者。眼前的这场活动安排得无可挑剔,近乎完美,远非她或朋友能力所及。

大西部快车低沉而不断的隆隆声并没有给聊天造成了不得的干扰,整个旅程过得相当愉快。两位男士善解人意,无出其右。他们为这位女士升起窗户,又为那位女士放下窗户,他们按铃叫来服务人员,火车驶过牛津的时候,他们帮大家指认那些学院,书本或坤包滚落到地上的时候,他们就帮着接住。他们彬彬有礼,却毫不做作:举手投足间自有公学风范,而且,虽然小心翼翼,却不乏阳刚之气。除了滑铁卢,我们在操场上还赢得了更多的战役②,玛格丽特为某种她并不完全认同的魅力所折服,所以,在牛津的那些学院被指错的时候,

---

① 西奥博尔德·施莱格尔是蒂比的大名。
② 此处套用了威灵顿公爵的名言:"滑铁卢战役是在伊顿(英国一所著名公学)的操场上打赢的。"

她什么都没说。"神照着他的形象造男造女"①；什鲁斯伯里之行证实了这个值得推敲的说法，而长长的玻璃车厢平稳前行，舒适无比，便成了性爱思想的温床。

到了什鲁斯伯里，清新的空气扑面而来。玛格丽特只想着观光，其他人在雷文酒店用茶的时候，她一个人叫了一辆汽车，走马观花地去领略这个让人心动的城市。她的司机不是尽职的克兰，而是一个意大利人，他磨磨蹭蹭，让她迟到了好一会儿。他们回到酒店的时候，查尔斯正拿着手表站在门口，眉头倒是没有紧锁。他对她说，一点没问题，她绝不是最晚的那一个。随后，他一头扎进了咖啡间，玛格丽特听到他说："老天啊，催催这帮女人吧，我们永远都动不了身了。"艾伯特·富塞尔回答说："不关我的事，我已经催过了。"富塞尔上校则认为，女士们是要打扮得迷死人呢。就在这时，米拉（沃林顿夫人的女儿）出现了，因为是自己堂妹，查尔斯朝她发了通火：她在把漂亮的旅行帽换成好看的兜风帽。随后出现的是沃林顿夫人自己，她领着那个文静的小孩；两位英裔印度女士总是最后出场。女佣、听差和沉重的行李已经乘坐支线火车去了离奥尼顿更近的火车站，可是还有五个帽子盒和四个化妆包要打包，五件披风要穿上，不过最后时刻又脱了下来，因为查尔斯说没必要。男士们张罗着所有的事情，一路欢声笑语。到了五点半，一行人准备妥当，经威尔士桥离开了什鲁斯伯里。

什罗普郡不像赫特福德郡那么静谧。虽然疾速飞驰让它的神秘魅力失去大半，这里仍然传递出山野的韵味。他们驶近一段齐整壁立的高坡，塞文河在这里被迫东流，成为英格兰境内的一条河流；太阳正朝着威尔士的边界方向落下去，余晖直射在他们的眼睛上。他们接上另一位客人，转而向南，避开更高的大山，不过偶尔还会碰到圆圆的山峰，波澜不惊，山色有别于低矮处的土地，山体轮廓的变化也愈发和缓。在那起伏的地平线后面，正静静上演着神秘的故事：西部在不

---

① 出自《圣经·创世记》(1:27)。

断隐退，带着一如既往的诡异，也许不值得去探索，当然，追求功利的人也不会去探索。

他们聊到了关税改革。①

沃林顿夫人刚刚从那些殖民地回来。跟其他许多批判帝国的人一样，她的嘴巴被食物堵住了，只会对她受到的热情款待赞叹不已，并且警告祖国，不要把那些年轻的巨人②不当回事。"他们威胁说要断绝关系，"她嚷嚷道，"那我们算什么？施莱格尔小姐，你肯定会让亨利为关税改革发声的吧？这可是我们最后的希望了。"

玛格丽特半开玩笑地表达了对立的观点，于是他们开始各自引经据典争论起来，而汽车载着他们，驶向群山深处。这些山峦没有什么给人印象深刻的地方，但会引发人们的好奇心，因为它们的轮廓缺少美感，山顶那些粉色的地块就像巨人摊开来准备晒干的手帕。时而闪现一块裸露的岩石，时而闪现几棵树木，时而又闪现一片没有树木的棕色"森林"，这些都预示着荒野就要到来，但主色调还是农田的绿色。空气越来越清冷，他们翻过了最后一道山坡，奥尼顿就出现在他们下面，教堂、散落的房舍、城堡、河流迂回形成的小"半岛"，一切都历历在目。城堡附近有一座灰色大宅，虽然不够精巧，却也让人感到亲切，它的地盘延伸出去，一直跨过"半岛"的脖颈地带——上世纪初，英格兰到处都建有这样的宅邸，建筑在当时仍然是民族性格的一种表现形式。那就是农庄了，艾伯特回头说道，随后他踩下了刹车，汽车缓缓地停了下来。"很抱歉，"他一边说着一边转过身来，"大家下车好吧——从右边门下车。稳着点儿。"

"出什么事了？"沃林顿夫人问道。

这时后面的车也跟了上来，只听查尔斯说道："马上让女士们下车。"男士们聚了过来，玛格丽特和她的同伴们匆忙下了车，又上了第二辆车。出什么事了？汽车再次启动的时候，一户农舍的门打开

---

① 提高从不列颠帝国外部进口产品的税收以保护帝国内部贸易的提案。
② 指新兴的英国殖民地国家。

了，一个女孩朝着他们大喊大叫起来。

"怎么了?"女士们高声问道。

查尔斯一言不发，载着她们开出去一百多码才开口说:"没事，你们的车刚刚碰到了一只狗。"

"快停下!"玛格丽特惊恐地喊道。

"没伤着它。"

"真的没伤着它吗?"米拉问。

"没有。"

"求求你，停一下!"玛格丽特前倾着身子说道。她在车上站了起来，其他人扶住她的膝盖，帮她站稳。"我想回去，拜托了。"

查尔斯没有搭理。

"我们把富塞尔先生丢在后面了，"另一个人说道，"还有安杰洛和克兰。"

"是，但是没有女人。"

"我觉得那个谁——"沃林顿夫人摩挲着手掌，"能比我们处理得更好。"

"保险公司会处理的，"查尔斯说道，"艾伯特会去交涉。"

"可我想回去，喂!"玛格丽特重复道，她有点生气了。

查尔斯没有理睬。汽车装着一帮"难民"继续缓慢地向山下开去。"男士们在那儿呢，"其他人都附和道，"男士们会处理好的。"

"男士们处理不好。哦，太荒唐了! 查尔斯，我让你停车。"

"停车没什么好处。"查尔斯慢条斯理地说道。

"不停是吧?"玛格丽特说着便径直向车外跳去。

她跪倒在地上，手套割破了，帽子也歪斜在耳朵上。她的身后传来阵阵惊呼。"你把自己弄伤了。"查尔斯大叫着随之跳了下来。

"当然弄伤我自己了!"她没好气地说。

"我想问问——"

"没什么好问的。"玛格丽特说道。

"你的手在流血。"

"我知道。"

"我要被爸爸痛骂一顿了。"

"你早就该想到的,查尔斯。"

查尔斯从来没有遇到过这种情况。一个倔强的女人,一瘸一拐地离他而去,这场景太过离奇,让他想发火都发不起来。其他人追了上来,他恢复了平静;她们这种人他是了解的。他招呼她们回去。

只见艾伯特·富塞尔朝他们走了过来。

"没事了!"他喊道,"不是狗,是一只猫。"

"你看看!"查尔斯不无得意地大声说道,"不过是只烂猫而已。"

"你的车还挤得下个把人吗?我一看不是狗,就先过来了;司机们在对付那个女孩。"但是玛格丽特依然坚定地往前走。司机们为什么要对付那个女孩呢?女士们躲在男士后面,男士们又躲在下人后面——整个机制就有问题,她必须向它发起挑战。

"施莱格尔小姐!听我一句劝吧,你的手都弄伤了。"

"我就是去看看,"玛格丽特说,"富塞尔先生,你不用等我了。"

第二辆车从拐角开了过来。"没事了,夫人。"克兰扭过头说。他已经习惯于叫她"夫人"了。

"什么没事了?那只猫吗?"

"是的,夫人。那个女孩会得到赔偿的。"

"那女孩真粗鲁。"第三辆车上的安杰洛带着意大利口音说道,一副若有所思的样子。

"难道你不粗鲁吗?"

这个意大利人摊开双手,那意思是说,他没想过粗鲁不粗鲁的问题,不过,如果粗鲁点能让她开心,他也办得到。场面变得尴尬起来。男士们又纷乱地围到施莱格尔小姐身边,七嘴八舌地要帮忙,埃德塞女士开始为她包扎受伤的手。她让步了,轻声说了对不起,被带回到车上。不一会儿,两边的景物又开始移动起来,那个孤零零的村舍消失了,草坪中央的城堡越来越大,他们终于到了。毫无疑问,她丢了一回脸。但是,她觉得这次从伦敦出来的整个旅程都不够真实。他们与大地格格不入,感受不到它的情感。他们是尘埃,是满嘴臭气、爱嚼舌头的都市人,而那个死了小猫的女孩比他们活得更接地气。

"哎呀,亨利,"她大声说道,"我今天太不省心了。"因为她决意要提起这事。"我们轧到了一只猫。查尔斯让我不要跳下去,可我偏要跳,你看!"她伸出缠了绷带的手,"你可怜的梅格可摔惨了。"

威尔科克斯先生有点迷惑。他穿着晚礼服,正站在大厅迎接宾客。

"还以为是一只狗呢。"沃林顿夫人补充道。

"啊,狗是好伙伴!"富塞尔上校说,"狗认得人。"

"玛格丽特,你伤着自己了吗?"

"不值一提;而且伤的是左手。"

"好吧,快点去换衣服。"

她照做了,其他人也一样。随后,威尔科克斯先生转向了他儿子。

"我说,查尔斯,出了什么事?"

查尔斯绝对实诚。他按照自己的理解描述了一遍事情经过。艾伯特轧死了一只猫,像其他女人一样,施莱格尔小姐吓坏了。已经安排她上了另一辆车,但是车子开动的时候,她又跳了下来,他们怎么说都没用。在路上走了一会儿之后,她平静了下来,还说了对不起。他父亲接受了这种解释,两人都不知道,玛格丽特已经为此做了巧妙的铺垫,这完全契合他们对于女人天性的认识。午餐之后,上校在吸烟室发表了自己的看法,认为施莱格尔小姐跳车是搞恶作剧。他记得很清楚,年轻的时候在直布罗陀港,有个女孩——也是个俊俏的姑娘——为了打赌,从船上跳了下去。他现在还记得她的模样,还有那些跟着她跳下去的小伙子。可是查尔斯和威尔科克斯先生都认为,施莱格尔小姐的情况更有可能是情绪问题。查尔斯有点沮丧。那个女人能说会道。她可能会让他父亲颜面尽失,直到跟他们闹翻。他信步走到城堡的土丘上,要把整个事情好好思量一番。夜色迷人。一条小河将他三面环绕，汨汨流淌，呢喃着来自西部的讯息。他的头顶，城堡的废墟在天空的映衬下轮廓分明。他仔细回顾了他们与这家人的交往，最后认定，是海伦、玛格丽特和朱莉姨妈步步为营设了一个局。身为人父的身份让他疑窦丛生。他有两个孩子要照顾，还会有更多的孩子，这么日复一日下去，他们长大后成为富人的可能性似乎越来越小。"话说得好听，"他寻思，"爸爸说他会一碗水端平，可是谁都做不到绝对公平。钱又不会凭空多出来。要是埃薇结婚生子，会出现什么情况？而且，话说回来，爸爸也可能再组建家庭。那就不够分了，因为多莉或者珀西是不会带来进账的。他妈的！"他酸溜溜地看着农庄，欢声笑语正从那些灯火通明的窗户里飘出来。最重要的是，这场婚礼要花费一大笔钱。两位女士在花园的露台上来回散步，"帝国主义"几个字远远地飘进他的耳朵，他猜想其中一个是他的婶母。如果她不是有家有口需要照顾的话，倒是可以帮他一把。"人皆为己。"他反复念叨着——这是曾经激励过他的座右铭，但是，如今站在奥尼顿的废墟中，听来却是那么令人沮丧。他缺乏父亲的经商才能，对于金钱也就更看重；他担心除非能继承大笔财产，否则他的子女终将穷困。

就在他坐在那儿沉思的时候，两位女士中的一个离开露台，走到了草地上；他认出那是玛格丽特，因为她胳膊上的白色绷带很显眼。他掐灭了雪茄，以免烟头的光亮把他暴露了。她迂回爬上土丘，不时蹲下身去，仿佛在轻抚草皮。不可思议的是，查尔斯有那么一会儿觉得，她是爱上了自己，出来就是为了勾引他。查尔斯相信有的女人是会勾引男人的，她们是强壮男人不可或缺的部分，而因为缺乏幽默感，他对这个念头无法一笑置之。玛格丽特，这个他父亲的未婚妻，他妹妹婚礼上的宾客，继续往前走着，并没有注意到他，他承认自己的想法是冤枉了她。但是，她在干什么呢？她为什么要在瓦砾中蹒跚前行，在灌木荆棘中把衣服剐蹭？她转过城堡主楼的时候，一定是在下风闻到了他的雪茄烟味儿，因为她大喊了一声："喂！谁在那儿？"

查尔斯没有回答。

"是撒克逊人还是凯尔特人?"她继续问道,在黑暗中大笑了起来,"不过没关系。不管你是什么人,你都要听我说话。我喜欢这个地方。我喜欢什罗普郡,我讨厌伦敦。我很高兴,这里将成为我的家。啊,天啊"——她开始回头向房子走去——"到这里真舒服!"

"那个女人没安好心。"查尔斯想,双唇紧闭着。几分钟后,他跟在她后面进了屋,因为地上越来越潮湿了。河面上升起了雾气,很快小河就不见了踪影,但是呢喃的声音愈加响亮起来。威尔士的群山之中,下了一场瓢泼大雨。

第二十六章

　　翌日清晨,"半岛"笼罩在一层薄雾中。看来是个好天气,城堡土丘的轮廓在玛格丽特眼中越来越清晰。不一会儿,她看见了城堡主楼,阳光将碎石染成了金黄色,把白蒙蒙的天空变成一片湛蓝。房子的阴影清晰起来,投射在花园里。一只猫抬头看着她的窗户,喵喵地叫着。小河也终于露面了,雾气飘逸在堤岸之间,萦绕在河边悬垂的赤杨林中,一座山丘将小河上游阻断,后面就再也看不见了。

　　玛格丽特为奥尼顿而痴迷。她说过,她喜欢它,不过打动她的是它浪漫的张力。她在行车途中瞥过几眼的圆圆的德鲁伊山①,从山脚下匆匆流向伦敦的河流,那些形状各异、连绵不绝的低矮山丘,都给她带来令人心潮澎湃的诗意。房子并不重要,但是周边的景观会带来无尽的喜悦,她想到所有可能请来小住的朋友,还想到亨利会改变自己,适应这里的村居生活。社交活动也应该不错。教区牧师昨晚跟他们一道用餐了,她发现,他竟是父亲的一个朋友,因此知道她的为人。她喜欢他。他会把她引介给全镇的人。坐在她另一边的是詹姆斯·比德尔爵士,他一再表示,只要她给个话儿,他可以把方圆二十英里内有头脸的人都召集来。詹姆斯爵士是"花园种子"老板②,能否说到做到,她持怀疑态度,不过,他们真的来访时,只要亨利把他们当成有头有脸的人看待,她就很开心了。

　　查尔斯和艾伯特·富塞尔此时穿过了草坪。他们要去晨泳,一个用人拿着泳衣跟在后面。玛格丽特本来打算早餐前一个人去走走,但是看到白天此刻是男人的专属,便看着他们出各种状况,并以此为乐。先是浴棚的钥匙找不到了,查尔斯交叉着双手站在河边,有点

---

① 威尔士山的换喻说法,德鲁伊人自古就生活在这一带。
② 他拥有一家名为"花园种子"的公司(并非如其他版本编辑所说,他是一个业余园艺师)。

狼狈，那个用人在大喊大叫，却被花园里的另一个用人误会了。接着，跳板又出了问题，很快，三个人在草地上来回奔忙，一会儿发出命令，一会儿又更改命令，又是呵斥，又是道歉。玛格丽特如果想从汽车上跳下去，她就去跳；蒂比如果觉得划船对脚踝有好处，他就去划；小职员如果想要去冒险，他就在黑夜里走一遭。但是这些运动员好像瘫痪了一样。没有了装备，他们就没法游泳，尽管旭日在召唤，尽管最后几缕雾气正从涟漪荡漾的河面升起。他们还有肢体的活力吗？被他们蔑视的懦夫会不会在他们的地盘上击败他们？

她想到自己去游泳会是什么情形——不用折腾用人，不需要什么装备，想怎么来就怎么来。她的思绪被那个文静的小孩打断了，这个小孩出来跟那只猫说话，不过现在则看着她旁观那些男士。玛格丽特喊道："早上好，亲爱的。"声音有点尖。她的声音引起了一阵惊慌。查尔斯在那儿环顾四周，虽然整整齐齐地穿着靛蓝色的衣服，却一下子消失在浴棚里，再也没有露面。

"威尔科克斯小姐起来——"那个小孩低声说道，接下来的话就听不清了。

"你说什么？"

听起来好像是说："——裙腰——披风——"

"我听不见。"

"——在床上——绵纸——"

她猜想是结婚礼服摆出来了，去看看应该在情理之中，便往埃薇的房间走去。屋子里一片欢腾。埃薇穿着衬裙，正跟一个英裔印度女士翩翩起舞，而另一个英裔印度女士在一旁对长长的白缎礼服赞不绝口。她们尖叫，她们欢笑，她们歌唱，狗也汪汪地叫着。

玛格丽特也尖叫了几声，不过只是敷衍而已。她体会不到一场婚礼有这么好笑。也许，她的情商有所欠缺吧。

埃薇气喘吁吁地说道："多莉没来，真是个讨厌的家伙！唉，不然我们就可以好好闹一闹了！"说话间，玛格丽特下楼吃早餐去了。

亨利已经坐定；他吃得很慢，话也不多，在玛格丽特看来，他是这群人中唯一成功掩藏了自己情感的人。她无法想象,对于女儿出嫁,或是未婚妻近在咫尺,他竟然可以无动于衷。可是,他稳如泰山地坐在那儿,只是偶尔发出一些指令——让他的客人感觉更舒适的指令。他询问了她的手的情况;他安排她去倒咖啡,让沃林顿夫人去倒茶。埃薇下楼的时候,出现了短暂的尴尬局面,两位女士都起身给她腾座位。"伯顿,"亨利喊道,"从餐边柜那儿上茶和咖啡!"这不是真正化解尴尬的方法,但起码也算是一种方法——跟真正的方法一样奏效,在董事会上甚至能化解更多的尴尬。亨利像对待葬礼一样对待婚礼,一板一眼,从来不会抬眼看一下大家。婚礼结束的时候,会有人感叹:"死神啊,你的毒刺在哪里?爱神啊,你的胜利在哪里?"①

早餐之后,她提出要跟他说几句话。比较正式地接近他,这永远是最好的方法。她请求跟他面谈,因为明天他要去打松鸡,而她要回城去见海伦。

"当然了,亲爱的,"他说,"我当然有时间。你想要什么?"

"什么都不要?"

"我还担心出什么事了。"

"没有;我没什么话说,但是你可以说呀。"

他扫了一眼手表,说起了教堂停柩门前面那段让人讨厌的弯路。她饶有兴趣地听他说话。在外表上,她总能给予他回应,毫无轻蔑之意,不过她在内心深处却渴望去帮助他。她已经放弃了所有的行动计划。爱情就是最好的方法,她越爱他,他的灵魂就越有可能得到安放。在这样的时刻,在晴朗的天气里,他们坐在未来家园的墙边,对她来说是多么甜蜜,这种甜蜜肯定会感染他。他的每一次眨眼,他的髭须覆盖的上唇与刮得干干净净的下唇的每一次开合,都预示着无限柔情会一举消灭僧侣和野兽。失望了上百次之后,她仍然满怀希望。她爱着他,通透澄明,所以用不着担心他的混浊。不管是他声音低沉

---

① 仿拟圣徒保罗的一句名言:"死亡啊,你的毒刺在哪里?坟墓啊,你的胜利在哪里?"("O death, where is thy sting? O grave, where is thy victory?")(《圣经·哥林多前书》第 15 章第 55 节)。这句话常在葬礼上诵读。

地处理琐碎的事情，就像今天一样，还是在暮色中出其不意对她热吻，她都可以原谅他，回应他。

"如果那段弯路那么讨厌，"她提议说，"我们步行去教堂不就行了吗？当然，你跟埃薇不用步行；但我们其他人完全可以先去，那样就可以少用几辆车。"

"我们不能让女士们步行穿过市集广场啊。富塞尔一家会不乐意的；他们参加查尔斯婚礼的时候就特别挑剔。我家——她——我们中有人特别希望走着去，当然，教堂拐个弯儿就到了，我是无所谓的；但是那个上校特别在意这个。"

"你们男人用不着这么体贴的。"玛格丽特若有所思地说道。

"为什么不用？"

她知道为什么，但是却回答说不知道。随后，他说如果她没什么特别的话要讲，他就要去酒窖看看了，于是他们一起去找伯顿。奥尼顿虽然不够雅致，也不太方便，却是一所真正的乡村大宅。他们顺着石板道咔嗒咔嗒地走了下去，一间一间地巡视那些房间，把那些不知道名字的打杂女仆吓得够呛。他们从教堂回来的时候，婚礼早餐必须准备完毕，茶水也应该在院子里摆好。看到这么多人在一本正经地忙乱，玛格丽特不禁莞尔，不过她心想，他们是收了钱才摆出一本正经、乐于忙乱的样子。如果说，有一台机器正把埃薇抛向婚礼荣耀的顶峰，那这些就是机器的轮子了。一个小男孩拎着猪食桶，挡住了他们的去路。他的脑瓜掂量不出他们的重要身份，便说道："借光，请让我过去。"亨利问他伯顿在哪儿。但是这些用人都是新来的，连彼此的名字都还叫不出来。在备餐间，婚礼乐队已经坐在那里喝了啤酒，他们要求把香槟作为他们酬劳的一部分。厨房里飘来阿拉伯香水的气味，同时夹杂着喊叫声。玛格丽特知道那里发生了什么，因为在威克姆街也发生过类似的事情。婚礼上的一道菜煮得溢了出来，厨师把香柏片扔了进去，掩盖焦煳味儿。终于，他们找到了管家。亨利把钥匙给了他，然后扶着玛格丽特走下酒窖的台阶。两道门打开了。眼前的景象让她大为惊讶，因为她是一直把酒保存在橱柜的底层的。"我们永远也用不完啊！"她感叹道，而两个男士突然有了兄弟般的默契，相视而笑起来。她感觉自己仿佛又从开动的汽车上跳了下来。

当然，奥尼顿需要时间去消化。她既要保持本色，又要融入这么大的体系，这绝非易事。她必须保持本色，为了自己，也是为他，因为变成一个如影随形的妻子，会让她陪伴左右的丈夫掉价；她必须为彼此的坦诚相待而去适应，因为她没有权利在嫁给一个男人之后，让他过得不愉快。她唯一的盟友是家庭的力量。相比拥有威克姆街，失去威克姆街让她学会了更多的东西，霍华德庄园重复了这个教训。她决心在这群山之中重建神圣的殿堂。

看过酒窖之后，她穿戴整齐，婚礼随即开始了。跟之前的准备活动相比，婚礼本身倒像是小事一桩。一切都进行得很快。卡希尔好像从虚空中现了身，在教堂门口等待他的新娘。没有人把戒指掉落地上，没有人说错誓言，没有人踩到埃薇的裙裾，也没有人哭泣。几分钟内，牧师们履行了他们的职责，登记簿上签了字，他们回到了车上，顺利通过了停柩门的那个拐弯。玛格丽特坚信，他们根本就没有结婚，这座诺曼式教堂一直都把心思放在其他事务上了。

回到家里，有更多的文件要签字，还要吃早餐，随后又有几个人顺道来参加花园派对。有很多人回绝了邀请，毕竟也不是什么大事件——不像玛格丽特的婚礼那么大动静吧。她记下了那些菜肴和红地毯的条纹，在外表上，她要给亨利留下得体的印象。但是在内心深处，她有更高的期待，不希望是这种周日礼拜跟猎狐活动的混合。要是真有人不高兴了才好呢！但是这场婚礼进行得特别顺利——按照埃德塞女士的观点，"特别像一场德尔巴①"，玛格丽特完全同意她的看法。

白白虚度的一天就这么慢慢消磨掉了，新郎和新娘欢笑叫嚷着驾车离去，太阳第二次向威尔士的群山落去。亨利嘴上不说，却累得够呛。他走过城堡草地来到她的身边，以无比温柔的语调说，他很开心。一切都那么顺利。她感觉他也是在夸她，不禁红了脸；当然，她

---

① 德尔巴（Durbar）是英国总督正式接见印度藩王或印度藩王正式接见其臣民的仪式名称。

已经尽力去应付他那些难缠的朋友，故意向男人们表现得低声下气。他们今晚就要启程：只有沃林顿一家和那个文静的小孩会留下来过夜，其他人已经去房子里收拾行李了。"我觉得确实挺顺利的，"她附和说，"我当时迫不得已从车上跳下来，所幸伤的是左手。我真的很开心，亲爱的亨利；我只希望，来参加我们婚礼的客人有现在一半舒适就好了。你一定要记住哦，除了我姨妈之外，我们这边没有能指望的人了，而且她也不习惯招待这么多人。"

"我知道，"他严肃地说道，"看情形，最好把所有的事情都交给哈罗德或者怀特利公司去办，甚至去找一家酒店。"

"你建议去酒店办？"

"是啊，因为——嗯，我不应该干涉你的想法。毫无疑问，你是想从老房子出嫁的。"

"我的老房子七零八落了，亨利。我只想要个新家。这难道不是一个完美的夜晚——"

"亚历山德里娜酒店不错——"

"亚历山德里娜酒店。"她应和着，却更专注于他们的烟囱冒出来的缕缕青烟，烟柱在洒满阳光的斜坡上映出了几条平行的灰线。

"就在柯曾大街。"

"是吗？那我们就在柯曾大街那边结婚吧。"

说完她转向了西面，凝视着那些金色流云。太阳照射在河流绕过山丘的地方，河湾的上空一定有个仙境，它那珍贵的汁液经过查尔斯的浴棚向他们奔涌而来。她凝视了好久，眼睛都有点眩晕了，等他们往回走向屋子时，她认不出从屋里出来的那些面孔。一个客厅女仆走在他们前面。

"那些是什么人？"她问道。

"他们是来访的客人！"亨利大声说道，"这么晚了，还有人来拜访。"

"他们也许是镇上的居民，想来看看结婚的礼物吧。"

"我还不习惯面对这些居民。"

"好吧，那就藏在这些废墟中间，我看看能不能挡住他们。"

他道了声谢。

玛格丽特向前走去，脸上带着礼节性的微笑。她以为这些人是没有守时的客人，客套几句也就该心满意足了，毕竟埃薇和查尔斯都不在，亨利也累了，而其他人都在各自的房间里呢。她摆出一副女主人的样子，不过没摆多久，因为这群人中有一个是海伦——海伦穿着最旧的衣服，激动异常，浑身长刺了一般，她小时候就因为这种情绪而让人生畏。

"怎么了？"玛格丽特大声问道，"啊，出什么事了？蒂比病了吗？"

海伦对同行的两个人说了些什么，他们退一边去了。然后，她气势汹汹地走了上来。

"他们快饿死了！"她吼道，"我发现他们快饿死了！"

"谁？你怎么来了？"

"巴斯特夫妻俩。"

"哦，海伦！"玛格丽特怨道，"你这是干什么？"

"他丢了工作。他被银行辞退了。是啊，他完蛋了。我们上层阶级毁了他，我估计你会告诉我，这是生活中的战斗。快饿死了。他妻子病了。快饿死了。她在火车上晕倒了。"

"海伦，你疯了吗？"

"也许吧。是的，随你怎么想，我是疯了。但是，我把他们带来了。我再也受不了这种不公平。我要曝光这种奢侈掩盖下的悲惨生活，曝光这种胡说八道，说什么非人为的力量，说什么上帝做了我们因为懒散而没做的事情。"

"你真的把两个挨饿的人从伦敦带到什罗普郡来了吗，海伦？"

海伦被问住了。她没想到这点，她歇斯底里的情绪也缓和了下来。"火车上有餐车。"她说道。

"别犯傻了。他们不是快饿死了，你是知道的。好了，从头给我说说。我不希望你再这么胡闹了。你胆子可真大！是的，你胆子太大了！"她重复道，憋了一肚子火，"就这么没心没肺地闯到埃薇的婚礼上来了。天哪！可你还是出于扭曲的好心呢。看看吧"——她指着房子——"用人，窗户外面的那些人。他们会觉得这是一桩丑闻，而我得解释说，'哦，不是的，不过是我妹妹在嚷嚷，还有她无缘无故带到这儿的两个食客。'"

"积点德，别用'食客'这个词。"海伦说道，平静中透着危机。

"很好，"玛格丽特让步了，她虽然怒不可遏，却决心要避免真地吵起来，"对于他们，我也很难过，但我想不明白的是，你为什么要把他们带到这儿来，你自己为什么要来。"

"这是我们见到威尔科克斯先生的最后机会。"

听到这话，玛格丽特朝房子的方向挪了几步。她决意不让亨利费心。

"他要去苏格兰了。我知道他要去，我非见他不可。"

"是的，明天就走。"

"我就知道这是我们最后的机会。"

"你好吗，巴斯特先生？"玛格丽特招呼道，尽力控制着自己的声音，"这事有点怪啊，你是怎么看的？"

"巴斯特夫人也在呢。"海伦提醒说。

雅基也握了握手。她跟她丈夫一样，有点难为情，还生着病，而且无知无觉，蠢到弄不清到底发生了什么。她只知道，这位女士昨晚像旋风一般掠过，替他们付了房租，赎回了家具，请他们吃了晚餐和早餐，又命令他们第二天早上在帕丁顿车站与她会合。伦纳德稍有推辞，到了早上的时候，他还主张两人不要去。但是她呢，迷迷糊糊地就听从了指令。这位女士让他们怎么做，他们就必须怎么做，于是他们客卧两用的房间变成了帕丁顿车站，帕丁顿车站变成了铁路上的火车，摇摇晃晃，一会儿热，一会儿冷，一会儿完全消失了，一会儿又在阵阵昂贵的香气中出现了。"你晕过去了，"这位女士用令人肃然起敬的声音说道，"也许这种气味对你有好处。"也许确实如此，因为她现在来到花丛中，感觉好多了。

"我绝无打扰之意，"伦纳德开始回应玛格丽特的问题，"不过，你们过去曾经好心提醒我当心波菲利昂公司,所以我想——嗯,我想是不是——"

"是不是可以帮他再回到波菲利昂公司,"海伦接过了他的话,"梅格,这本来是一件让人高兴的事,在那个晴朗的夜晚,在切尔西大堤上商量好的事情。"

玛格丽特摇了摇头,又转向巴斯特先生。

"我不太明白。你离开波菲利昂公司,是因为我们说它是一家不好的公司,对不对?"

"是的。"

"然后去了一家银行?"

"我告诉过你的,"海伦说道,"他入职一个月之后,他们就裁员了,现在他身无分文了,我觉得我们和那个提供消息的人都应该负责。"

"我不想这么做。"伦纳德嘟囔道。

"我希望你真是这么想的,巴斯特先生。不过,拐弯抹角是没用的。你到这儿来,对你自己一点好处都没有。如果你想找威尔科克斯先生的茬儿,让他为随口说的一句话负责,那你就大错特错了。"

"我带他们来的,都是我安排的。"海伦叫道。

"我只能建议你马上离开。我妹妹把你们引入歧途了,实话跟你说了最好。现在回镇上太晚了,不过你们可以在奥尼顿找家旅馆,巴斯特夫人可以休息一下,我希望我可以做东。"

"这不是我想要的,施莱格尔小姐,"伦纳德说,"你太好了,没错,现在这样挺尴尬的,但是你让我很难过,好像我一无是处似的。"

"他想要的是工作,"海伦解释说,"你看不出来吗?"

这时,他说道:"雅基,我们走吧。我们叨扰得够多了。我们已经让这两位女士花费太多去帮我们找工作,她们永远都找不到的。我们什么都做不好。"

"我们愿意帮你找工作,"玛格丽特相当客套地说,"我们想这么做——我,跟我妹妹一样。你只是运气差点。去旅馆吧,好好休息一晚，将来有一天，要是你有心，就把付账单的钱还给我。"

但是伦纳德正处在深渊的边缘，在这样的时刻，男人看得很透彻。"你不明白的，"他说，"我现在再也找不到工作了。富人如果在某个职业上失败了，他们可以尝试另一种职业。我不行。我有我的轨道，现在脱离了那个轨迹。我可以在保险公司的特定部门把特定的工作干好，以此得到一份薪水，但也仅此而已。诗歌什么都不是，施莱格尔小姐。人们思考这个，考虑那个，都是没用的。你的金钱也什么都不是，要是你能理解我的话。我是说，如果一个男人年过二十，一旦丢了自己专长的工作，那他就完蛋了。我从别人身上见识过这个。他们的朋友给他们一点接济，但最终他们还是从悬崖掉下去了。没有用的。整个世界都在往下拉呢。总会有贫富之分的。"

他住了口。"你们要不要吃点东西？"玛格丽特问道，"我不知道该怎么办。这不是我的家，虽然威尔科克斯先生得空的话可能乐于见见你们——就像我说的，我不知道怎么办，可是我愿意尽力帮你们。海伦，给他们拿点东西。吃块三明治吧，巴斯特夫人。"

他们移到一张长条桌边，一个用人还站在后面。冰过的蛋糕、数不清的三明治、咖啡、冰镇饮料、香槟，都几乎原封未动：他们的客人吃得太撑了，再也吃不了更多。伦纳德拒绝了。雅基觉得她能对付着吃点儿。玛格丽特让他们在一起说点私密话，自己跟海伦又聊了几句。

她说："海伦，我喜欢巴斯特先生。我同意，他值得帮助，我也同意，我们负有直接责任。"

"不，是间接责任。是通过威尔科克斯先生造成的。"

"我最后再说一次，如果你抱着那样的态度，那我什么都不管了。毫无疑问，你在逻辑上是对的，也有权利说一大堆亨利的不是。只是，我不买账。所以你看着办吧。"

海伦看着落日。

"如果你答应安安静静地带他们去乔治旅馆，我就跟亨利说说他们的事——记住，是按我自己的方式；不要再荒唐地大喊大叫什么公平正义，跟我说公平没有用。如果只是钱的问题，我们自己就可以解决。但是他想要工作，这个我们给不了他，但是亨利也许可以。"

"这是他的责任。"海伦气鼓鼓地说。

"我也不关心什么责任。我关心的是我们认识的各种人的性格，以及在现有条件下，怎样把事情处理得更好一点。威尔科克斯先生讨厌别人向他讨要好处；所有生意人都这样。不过我会去问问他，哪怕被断然拒绝也无所谓，因为我想把事情处理得更好一点。"

"很好，我答应你。你遇事很冷静。"

"那就带他们去乔治旅馆吧，我会尽力的。真可怜哦！他们看着挺累的。"分手的时候，她又补充说，"我跟你的事可还没完呢，海伦。你太为所欲为了，我接受不了。你年纪越大，却越没有自控能力了。好好想想吧，改一改自己，否则我们没好日子过。"

她回到亨利身边。幸好，他是坐在那儿的；恢复体力很重要。"是镇上来的人吗？"他问道，带着愉快的笑容招呼她。

"你都不敢相信，"玛格丽特说道，一边挨着他坐了下来，"是我妹妹，不过现在没事了。"

"海伦来了？"他叫了一声，准备起身，"可是她回绝了邀请啊。我还以为她瞧不上婚礼呢。"

"别站起来了。她不是来参加婚礼的。我把她打发到乔治旅馆去了。"

他天性是好客的，所以有点不以为然。

"算了；她还有两个跟班呢，必须得跟他们在一起。"

"让他们都来嘛。"

"我亲爱的亨利，你看见他们了吗？"

"我确实看见一个女人穿着棕色衣服的身影，是看到了。"

"棕色的身影是海伦，可是你还看到淡蓝色和橙红色的身影了吗？"

"什么！他们是出来搞聚会的吗？"

"不是；是正事。他们是要来见我，等会儿我想跟你说说他们的事。"

她对自己耍心机的做法感到羞愧。在跟威尔科克斯这样的人打交道时,她多希望抛开志同道合的追求,向他呈现一个他心仪女人的形象啊!亨利立刻就上钩了,说道:"为什么要待会儿呢?现在就告诉我吧。没有比现在更合适的时间了。"

"我现在就说吗?"

"只要不是太复杂就行。"

"哦,要不了五分钟;不过说完了还有点麻烦事呢,因为我想让你帮这个人在你公司里安排一份工作。"

"他有什么专长?"

"我不知道。他是个职员。"

"多大了?"

"大概二十五吧。"

"他叫什么?"

"巴斯特。"玛格丽特说道,差点就提醒他,他们在威克姆街见过面,不过她停住了。那次会面并不愉快。

"他以前在哪儿工作?"

"登普斯特银行。"

"他为什么离职了?"他问道,还是什么都没想起来。

"他们裁员了。"

"好的;我见见他。"

她一整天都在逢迎付出,这句话是给她的回报。现在她明白了,为什么有些女人看重影响力更甚于各种权利。普林利蒙夫人在指责妇女选举权的支持者时说过:"一个女人没法影响自己的丈夫,让他按照自己想要的方式投票,那她应该感到无地自容。"玛格丽特对此曾经嗤之以鼻,但是她现在却在给亨利施加影响,虽然对这小小的胜利感到欣喜,可是她知道,她是靠闺帏之术才得逞的。

"要是你收留了他,我会很开心,"她说道,"不过我不知道他是否合格。"

"我会尽力的。不过,玛格丽特,下不为例啊。"

"是,当然——当然——"

"我不可能每天都来接受你那些跟班,会影响生意的。"

"我保证,他是最后一个。他——他的情况比较特殊。"

"跟班总是这样的。"

她见好就收,就此打住。他带着一丝得意站了起来,又伸手去拉她起来。在本性流露的亨利和海伦所期待的亨利之间,那条鸿沟太大了!而玛格丽特自己呢——一如既往地在两者之间徘徊,时而接受现实,觉得男人就是这个样子,时而跟妹妹一道去追寻真理。爱情和真理——两者之间的战争似乎永不停歇。或许,整个有形的世界就是建立在这种战争之上,如果两者合而为一,生活本身可能会消失在空气中,融入稀薄的空气里,就像普罗斯佩罗跟他的兄弟和解之后的那些精灵。①

"你的跟班耽误我们的事了,"他说道,"富塞尔一家就要出发了。"

总体而言,她支持男人保持本色。亨利会拯救巴斯特夫妇,正如他拯救了霍华德庄园,而海伦和她的朋友们却在探讨这种救赎的伦理问题。亨利采用的是大刀阔斧的方式,不过这世界就是大刀阔斧地建立起来的,山河日落之美或许不过是笨拙的匠人用以将接缝掩盖起来的清漆而已。就和她自己一样,奥尼顿并不完美。这里的苹果树发育不良,这里的城堡是一片废墟。它还饱受战乱之苦,盎格鲁撒克逊人与凯尔特人在这边陲之地捉对厮杀,实然之情与应然之状也互不相让。西边的景物再次隐退,点点繁星再次整齐地点缀东边的天空。地球上的我们确实不得安宁,但是快乐是客观存在的。玛格丽特挽着爱人的胳膊走下土丘的时候,她感受到了那份属于她自己的幸福。

让她扫兴的是,巴斯特夫人还待在花园里;她吃东西的时候,她丈夫和海伦丢下她去预订房间。玛格丽特发现这个女人令人生厌,跟

---

① 普罗斯佩罗是莎士比亚《暴风雨》(Tempest)中的主角,剧终时放弃了自己的魔力。

她握手的时候,她就感受到一种强烈的羞耻感。她记起来她当初造访威克姆街的动机,再次闻到了从深渊升腾出来的气味——这气味并非故意释放出来,因而愈加令人不安。因为,雅基本身没有恶意。她坐在那儿,一手拿着块蛋糕,另一只手里端着空的香槟酒杯,没有伤害任何人。

"她累坏了。"玛格丽特低声说道。

"她不是累坏了,"亨利说道,"这样不行。我不能让她这个状态待在我的花园里。"

"她是不是——"玛格丽特不想说出"喝醉了"这几个字。既然玛格丽特就要嫁给他了,他变得挑剔了起来,现在不想听到伤风败俗的对话。

亨利走到那个女人跟前。她抬起头,面色就像黄昏中的马勃菌闪闪发亮。

"夫人,你去旅馆待着会更舒服点。"他不客气地说道。

雅基回答道:"你不是阿亨吗!"

"别以为她丈夫跟她一样,"玛格丽特致歉说,"他完全不是同一路人。"①

"亨利!"她又叫道,口齿相当清晰。

威尔科克斯先生大为光火。"你的跟班可不敢恭维啊。"他说道。

"阿亨,不要走。你是爱我的,是不是,亲爱的?"

"天哪,这都是什么人嘛!"玛格丽特叹了口气,把裙子提了提。

雅基用手中的蛋糕一指。"你是个好小伙,你是的,"她打了个哈欠,"乖啊,我爱你。"

"亨利,我真抱歉。"

"拜托,为什么?"他问道,满脸厉色地瞪着她,她还以为他生病了。他的震惊程度看来有点超乎寻常。

"因为给你带来这样的麻烦啊。"

---

① 原文是法语。

"拜托，不用道歉。"

那个声音还在絮叨。

"她为什么叫你'阿亨'？"玛格丽特天真地问道，"她以前见过你吗？"

"以前见过阿亨！"雅基说道，"谁没见过阿亨呢？他在向你献殷勤呢，就像以前对我一样。这些公子哥！你等着瞧——不过，我们还是爱着他们。"

"你现在满意了吧？"亨利问道。

玛格丽特开始恐惧起来。"我不知道这是怎么回事，"她说道，"我们进屋吧。"

但是他认为她是在演戏，认为自己进了一个圈套。他看到自己整个一生都崩塌了。"你真不知道吗？"他讥讽地说道，"我知道啊。我要祝贺你计划成功了。"

"这是海伦的计划，不是我的。"

"我现在明白你为什么对巴斯特夫妇感兴趣了。计划很周密啊。很高兴你能这么谨慎，玛格丽特。你是对的——有这个必要。我是个男人，有男人的过去。我很荣幸地解除与你的婚约，还你自由。"

她还是没弄明白。理论上，她知道生活中有丑陋的一面，可现实中，她还把握不了。有必要再听雅基多说几句——毫不含糊、不可辩驳的话。

"所以——"她迸出这两个字，走进了室内。她欲言又止，没有再说下去。

"所以什么？"富塞尔上校问道，他在大厅里做好了准备，正要出发。

"我们是在说——我跟亨利刚刚在激烈争执呢，我的观点是——"她从一个脚夫的手中抓过他的毛大衣，想要帮他穿上。他推托着，场面有点好笑。

"不，让我来吧。"亨利跟过来说道。

"多谢了！你看——他原谅我了！"

富塞尔上校殷勤地说道:"我不觉得有什么好原谅的。"

他上了汽车。过了一会儿,女士们也跟着上了车。女仆、听差和大宗行李先行坐支线火车走了。客人们一再寒暄,一再感谢男主人,又夸赞未来的女主人,终于乘车离去。

随后,玛格丽特继续道:"这么说,那个女人是你的情妇喽。"

"你说这事也跟平常一样婉转。"他回答。

"请问是什么时候的事?"

"为什么要问?"

"请问,什么时候?"

"十年之前。"

她一言不发地离开了他。毕竟这不是她的悲剧:这是威尔科克斯太太的悲剧。

第二十七章

海伦开始纳闷,为什么她搭上八镑的钱,结果却弄得有人病倒,有人生气。激动的情绪如浪潮般退去,她和巴斯特夫妇也被困在什罗普郡的一家旅馆里,她不禁反思,是什么力量推动了那股浪潮。不管怎么说,倒没有造成什么伤害。玛格丽特现在应对这场游戏应该游刃有余,虽然海伦不赞成她姐姐的做法,可她知道,巴斯特夫妇终归能从中获益。

"威尔科克斯先生太没逻辑了,"她向伦纳德解释道,此时他已经把妻子安顿上床,陪着她坐在空荡荡的咖啡厅里,"要是我们告诉他,接受你是他的责任,他可能会拒绝这么做。其实,他是在教育上出了问题。我不想让你跟他对立,不过你会发现,他是个不大好相处的人。"

"我对你真是感激不尽,施莱格尔小姐。"伦纳德只能这样说。

"我觉得个人要有责任感。你不觉得吗?我相信所有个性化的东西。我讨厌——我想我不该这么说——可威尔科克斯一家的路子肯定不对。或许,这不是他们的错。也许,他们大脑中那个叫作'自我'的东西缺失了,所以责怪他们是枉费时间。有一种可怕的理论,说一个特殊的物种正在孕育,就因为缺失了这个'自我',将来会统治我们所有人。你听说过吗?"

"我没时间读书。"

"那么你想过没有?有两种人,一种是我们这样的,用自己的脑袋生活,另一种人却做不到,因为他们的脑袋里空空如也。他们没有'自我',其实他们就不存在,所以他们是超人。皮尔庞特·摩根[①]就

[①] 皮尔庞特·摩根(Pierpont Morgan, 1837—1913),美国商业巨头,积累了巨大财富,收藏了大量绘画、书籍和手稿。

从来没展现过'自我'。"

伦纳德打起了精神。如果他的恩人想要进行知性的交流,那就一定要满足她。和她比起来,他那千疮百孔的过往并不重要。"我从来没涉猎过尼采①,"他说道,"不过我一直理解,这些超人就是你所说的利己主义者了。"

"噢不,这话不对,"海伦说,"没有哪个超人说过'我要',因为'我要'必然引出'我是谁?'的问题,引出'怜悯'和'正义'的问题。他只说'要'。如果他是拿破仑,那就'要欧洲',如果他是蓝胡子②,那就'要老婆',如果他是皮尔庞特·摩根,那就'要波提切利'③。永远不会有'我';如果你能深入他们的内心,你会发现,他们的脑子里是恐惧和空虚。"

伦纳德沉默了片刻。然后,他说道:"施莱格尔小姐,我可不可以说,你我都是那种有'自我'的人。"

"当然。"

"你姐姐也是?"

"当然。"海伦重复了一遍,声音有点尖锐。她对玛格丽特感到恼火,可是不想说起她。"所有像样的人都有'自我'。"

"但是威尔科克斯先生——他也许不是——"

"我不知道讨论威尔科克斯先生有什么好处。"

"说得对,说得对。"他附和道。海伦扪心自问,为什么她会嫌弃他。在这一天当中,她曾经有那么一两次鼓励他去批判,现在又突然制止了他。她是害怕他会放肆起来吗? 如果是这样,那她就太恶心了。

但是,他认为这种嫌弃是很自然的。她做的一切都是自然的,不可能引起反感。施莱格尔姐妹俩在一起的时候,他曾觉得她们缺乏

---

① 弗里德里希·威廉·尼采(Friedrich Wilhelm Nietzsche,1844—1900),德国哲学家、语言学家、文化评论家、诗人、作曲家、思想家。
② 蓝胡子(Bluebeard)是法国诗人夏尔·佩罗(Charles Perrault,1628—1703)创作的同名童话故事中的主角,他连续杀害了自己的多位妻子。
③ 桑德罗·波提切利(Sandro Botticelli,1445—1510),意大利欧洲文艺复兴早期佛罗伦萨画派的最后一位画家。

人性——就像一个能给人警示的陀螺。但是，只有一位施莱格尔小姐时，情形就不一样了。就海伦而言，她还未婚，而玛格丽特呢，她就要嫁人了，不管是哪种情况，她们都不会成为彼此的翻版。一道光终于照进了这个富裕的上流世界，他看见里面挤满了男男女女，有些人对他很友好，有些则不然。海伦变成了"他的"施莱格尔小姐，她责骂他，跟他通信，昨天还带着让人感佩的激情冲过来。玛格丽特虽然也友善，却比较严肃，遥不可及。比如说，他是不会贸然去帮她的。他从来都不喜欢她，而且开始觉得，他最初的印象是准确的，她妹妹也不喜欢她。海伦当然是孤独的。她付出了那么多，得到的回报却很少。伦纳德认为，收紧口风，对他所知的有关威尔科克斯先生的事情密而不说，就能让海伦少些烦恼，这么一想，便开心起来。他从草坪上接走雅基的时候，雅基就已经跟他说了自己的发现。一阵震惊之后，他自己也就不再介怀了。事到如今，他对妻子已不存幻想，他们的爱情从来就没纯洁过，这不过是面子上的又一个污点而已。如果将来还有时间拥有理想的话，让完美的继续完美，这应该就是他的理想。不能让海伦知道这事，看在海伦的分上，玛格丽特也不应该知道。

海伦把话题转到了他妻子身上，这让他有点尴尬。"巴斯特夫人——她有'自我'吗？"她半开玩笑地问道，接着又问，"她累坏了吧？"

"她待在自己房间里最好。"伦纳德说。

"我要不要去陪陪她？"

"不用了，谢谢你；她不用人陪。"

"巴斯特先生，你太太是个什么样的女人？"

伦纳德的脸一下子红到了眼睛。

"你现在应该了解我的处事风格了。这个问题冒犯你了吗？"

"没有，没有，施莱格尔小姐，没有。"

"因为我喜欢坦诚。不要假装你们的婚姻幸福美满。你和她之间没有任何共同语言。"

他没有否认，而是难为情地说："我想这是显而易见的；不过，雅基从来都没想伤害谁。出问题的时候，或者我听到风言风语的时候，我曾经觉得那是她的错，但是回头看看，我的错更多。我本来不一定非要娶她，但是既然娶了，我就要一心一意守着她。"

"你们结婚多久了？"

"快三年了。"

"你们家人什么态度？"

"他们跟我们不会有任何关系了。他们听说我结婚的时候，好像开了一个家庭会议，跟我们一刀两断了。"

海伦开始在房间里来回踱步。"好家伙，真是乱！"她轻声说道，"你家里人呢？"

这个问题他可以回答。他父母都已经过世了，之前是做生意的；他的姐妹都嫁给了旅行推销员；他哥哥是个俗世司仪。

"你的祖辈呢？"

伦纳德告诉了她一个他至今引以为耻的秘密。"他们什么也不是，"他说道，"种地的苦力之类的。"

"这样啊！哪个地方的？"

"大都是林肯郡人，但是我外公——很奇怪，他就是这一带某个地方人。"

"就是什罗普郡人啊，确实挺奇怪的。我母亲的娘家在兰开夏。但是你兄弟姐妹为什么不待见巴斯特夫人呢？"

"哦，我不知道。"

"恕我直言，你是知道的。我不是小孩子，你跟我说什么都没关系，说得越多，我就越能帮上你。他们是不是听到了什么对她不利的消息？"

他沉默不语。

"我想我现在猜到了。"海伦表情凝重地说。

"我不这么认为，施莱格尔小姐；我希望你没猜出来。"

"我们一定要坦诚，即便是在这种事情上。我猜到了。我很抱歉，非常抱歉，不过对我来说没有任何影响。我对你们的感觉还是一样。在这些事情上，我不会责怪你妻子，而是责怪那些男人。"

伦纳德就此打住——只要她没猜出是哪个男人就行。她站在窗边，慢慢地拉上了百叶窗。从旅馆看出去是一个黑沉沉的广场。雾气升起来了。她转过身面对他的时候，眼睛闪闪发光。

"你别担心了，"他恳求道，"这样我受不了。要是有了工作，我们会好起来的。只要有份工作——有个固定的事做就行。那样，情况就不会再这么糟糕了。我现在不像过去那么为书本烦神了。我能想象得到，有了稳定工作，我们就可以安定下来，也不再胡思乱想了。"

"安定下来做什么？"

"哦，就是安定下来啊。"

"安定下来是为了生活！"海伦说，一时有点哽咽，"你怎么能这么说，有那么多美好的事物可以看，可以做——有音乐——有夜晚的行走——"

"人有了工作，走走路是挺好的，"他回答道，"哦，我以前确实说了很多胡话，可是，当家里来了查封的官差，要把你赶走的时候，就大不一样了。看到他翻弄我的罗斯金和斯蒂文森时，我好像看透了生活的真相，那景象可不太好看。我的书籍又回来了，这得谢谢你，可是对我来说，它们再也不是原来的书籍了，而且我再也不会觉得树林里的夜晚有什么美妙的地方。"

"为什么不会了？"海伦问道，一边把窗户推了上去。

"因为我发现，人必须有钱。"

"呃，你错了。"

"但愿我错了，可是——牧师——他自己有钱，或者别人给他钱；诗人或者音乐家——都是一样；流浪汉——没有区别。流浪汉最终去了济贫院，靠别人的钱获得报酬。施莱格尔小姐，钱是唯一真实的东西，其他的都是梦幻。"

"你还是不对。你忘了死亡。"

伦纳德没有理解。

"如果我们长生不老，那你说的就是对的。可是我们总归要死，总要离开人世。如果我们长生不老，不公和贪婪就会真实存在。事实上，我们必须把握别的一些东西，因为死神就要来临。我爱死神——并非变态的爱，而是因为他能说明一切。他让我看清金钱的虚无，死神和金钱是永远的对头，死神和生命却不是。永远不要计较死神背后是什么，巴斯特先生，一定要相信，和那些从来不曾说过'我就是我'的人相比，诗人、音乐家和流浪汉死后会更幸福。"

"我有点不理解。"

"我们都生活在一团迷雾中——我知道，但我可以帮你理解这点——威尔科克斯那样的人在迷雾中陷得比谁都深。神志清醒、身体健康的英国人！建立起一个又一个帝国，把整个世界都修整成他们所谓的常识。可是跟他们一提起死神，他们就生气了，因为死神具有真正的帝王气质，总是向他们发起挑战。"

"我跟所有人一样，害怕死神。"

"可是不怕想到死神。"

"可这有什么区别呢？"

"区别太大了。"海伦说道，神色更为凝重。

伦纳德看着她发愣，感觉到沉沉的夜幕中有伟大的东西席卷而出。可是他承接不住，因为他的内心塞满了渺小的东西。那把丢失的伞破坏了一场女王音乐厅的音乐会，同样，眼下失控的局面正在屏蔽某些更为圣洁的和谐关系。"死神"、"生命"和"唯物主义"都是好听的字眼，可是威尔科克斯先生会接受他做职员吗？不管怎么说，威尔科克斯先生是这个世界的王者，是超人，有他自己的道德观念，他的头脑始终不可捉摸。

"想必我太蠢了。"他惭愧地说。

对海伦来说，这个悖论却越来越清晰。"死神会毁掉一个人，而想到死神却能拯救一个人。"[①]俗人头脑中驻留不去的棺材和骷髅背后，自有无限深意存在，激起我们身上所有堪称伟大的力量予以应对。面对终要走进的停尸间，世人可能裹足不前，但是爱神心知肚明。死神是他的敌人，却也是与他旗鼓相当的对手，在他们旷日持久的斗争中，爱神的力量增强了，视野清爽了，终于再也没有谁能与之匹敌。

"所以永远都不要放弃。"这个女孩继续说道，一遍又一遍地重复着无形力量对有形世界的抗辩，模模糊糊，却令人信服。她激情勃发地要去砍断将伦纳德束缚于尘世的绳索。可这绳索是由痛苦的经历编织而成，对她百般抵抗。过了一会儿，女侍进来给了她一封玛格丽特写的信。信里夹着一张便签，是写给伦纳德的。他们读着信，听着河水淙淙低语。

[①] 受约翰·阿丁顿·西蒙兹（John Addington Symonds，1840—1893）影响，乔治·H. 汤普森（George H. Thompson）认定这句话引自意大利雕塑家、画家、建筑家、诗人米开朗基罗（Michelangelo，1475—1564）。

第二十八章

　　一连好几个小时，玛格丽特什么都没做；终于，她控制住情绪，写了几封信。她受到的伤害太大了，不想跟亨利说话；她能可怜他，甚至决意嫁给他，但是此刻，一切都深深地压在心底，无法言说。表面看来，他的堕落带来的感受太强烈了。她无法控制自己的声音和表情，她的笔尖勉为其难写下的柔情文字好像出自他人之手。

　　"我最亲爱的人，"她起笔写道，"这件事不会让我们分开。本来就是可大可小的事，我想就此不了了之。早在我们相遇之前，这事就发生了，即便是在相遇之后发生，我想我也会这么写。我真的理解。"

　　但是她把"我真的理解"划掉了；这么写不得体，亨利可受不了这种理解。她把"这事可大可小"也划掉了。她面对这种局面竟能气定神闲，这会让亨利大为光火。她一定不能发表评论；发表评论不是女人该做的事情。

　　"我想这样差不多了吧。"她寻思着。

　　可是，一想到他的堕落，她胸口就堵得慌。这么费尽心思，他配得上吗？竟然没抵住那种女人的诱惑，这太过分了，是的，太过分了，她不能做他的妻子。她试着设身处地去体会他所受的诱惑，一阵头昏脑涨。男人真是不一样，竟然屈服于这种诱惑。她对志同道合的信仰被压抑了，在她看来，生活就像是大西部快车的玻璃车厢，把男男女女与空气隔绝开来。男女真的分属不同种族，都有自己的道德准则，他们对彼此的爱恋只是大自然保持万物生息的一种手段吗？除去人类交合的种种礼仪，就只剩下这个了吗？她的判断告诉她，不是这样的。她知道，通过大自然的手段，我们造就了一种让自己不朽的魔力。远比两性相吸更神秘的，是我们投入其中的温情；远比农田和滋养了这些农田的垃圾之间的距离更宽广的，是我们和农田之间的鸿沟。我们以科学无法衡量的方式进化着，其结果连神学也不敢想象。

"人类确实创造了杰作。"诸神会如是说,而且说话间就会赐我们以不朽。玛格丽特知道这一切,不过此刻她感受不到,她把埃薇和卡希尔的婚姻理解成一群傻瓜的狂欢,而她自己的婚姻呢——她一想到这个就痛苦不堪,便把信撕了,然后又写了一封:

亲爱的巴斯特先生:
　　我应诺跟威尔科克斯先生说了你的情况,很抱歉地告诉你,他那儿没有职位能给你。
　　此致

M.J. 施莱格尔

她把这个便签夹在写给海伦的短信里。给海伦的信她没有花多少心思,本来应该推敲一番的,可是她头疼得厉害,就不再字斟句酌了:

亲爱的海伦:
　　把这个便签给他。巴斯特夫妇不是什么好人。亨利发现那个女人醉倒在草坪上。我在这儿给你准备了一间房,接信后立刻就过来,好吗?巴斯特夫妇压根儿就不是我们该费神的那种人。明天早上我也许会跟他们见个面,尽一点应有的义务。

梅

写这封信的时候,玛格丽特觉得自己变得现实起来了。过段时间,也许可以帮巴斯特夫妇安排一下,但是现在必须堵上他们的嘴。她希望那个女人和海伦不要搭上话。她按铃叫用人,但是没人回应;威尔科克斯先生和沃林顿一家已经睡下了,而厨房里正纵情狂欢着。于是她只好亲自去乔治旅馆。她没有进旅馆,因为当面商量只会平添事端,她只是把信交给了女侍应,说这封信很重要。她再穿过广场时,看到海伦和巴斯特先生正从咖啡厅的窗户向外看,她担心自己已经来晚了。她的任务还没有结束；她应该把自己做的事告诉亨利。

这件事倒挺简单，因为她看见亨利就在大厅里。那些画被夜风吹得撞击着墙壁，哐哐的声音惊扰了他。

"谁在那儿？"他喊道，一副房主的口气。

玛格丽特走了进来，从他身边过去。

"我叫海伦过来睡觉了，"她说道，"她最好到这儿来；所以别把大门锁上了。"

"我还以为有人闯进来了。"亨利说道。

"同时，我跟那个男人说了，我们帮不了他。以后怎么样，我不太清楚，但是现在巴斯特夫妇必须得走。"

"你是说，你妹妹还是要在这里过夜了？"

"可能吧。"

"要带她去你的房间吗？"

"我没有什么要跟她说的，我要上床休息了。你跟用人说下海伦的事吧？能不能让人去拿一下她的行李？"

他敲了敲一面小锣，那是买来传唤用人用的。

"要让他们听见，你得大点声。"

亨利打开了一扇门，从过道那头传来阵阵笑闹声。"那边太吵了。"他说着，朝那里走去。玛格丽特上楼去了，不知道该为他们的相遇高兴还是难过。他们表现得若无其事，她内心最深处的本能告诉她，这种情况不太正常。即便为他自己着想，也该有个解释才是。

可是——向她解释什么呢？时间，地点，几个细节，这些她想象一下也就一清二楚了。起初的震惊已然过去，她觉得把巴斯特夫人的来龙去脉说明一下，是天经地义的事情。一直以来，她对亨利的内心了若指掌——他思想上的困惑，他对个人影响的无知无觉，他炽热而内敛的情感。他的外在生活印证了他的内心世界，她该为此拒绝他吗？也许吧。如果他的不忠发生在她身上的话，也许会；可是这事发生在远未认识她之前啊。她的内心苦苦挣扎着。她告诉自己，威尔科克斯夫人的委屈是她自己的。但是，她不是一个只会空谈的理论家。

更衣的时候,她的愤怒,她对逝者的敬重,她想大吵一架的冲动,统统平息下来了。亨利想怎样就怎样吧,因为她爱他,总有一天,她会用自己的爱将他改造得更完美。

在这场风波中,怜悯是她所有行动的根基。概而言之,怜悯是女人的根基。男人如果喜欢我们,那是因为我们具备更优秀的品质,不管他们的喜欢程度怎么样,我们都战战兢兢,唯恐配不上他们,否则他们会不声不响地将我们舍弃。可是,正是这种配不上的感觉刺激了女人,无论好坏,都会激发她更深刻的本性。

这是问题的核心。必须原谅亨利,用爱去完善他;其他的都不重要。威尔科克斯夫人,那个不甘寂寞却心地善良的幽灵,就让她去承受自己的冤屈吧。对她来说,如今一切都各得其所了,而且,她也会对这个坎坷一生的男人心生怜悯吧。威尔科克斯夫人知道他出轨的事吗?这是一个有趣的问题,不过玛格丽特睡下了,为情感所系,在那条从威尔士彻夜奔流而来的淙淙河水的催眠中入睡。她感觉自己与她将来的家融为一体,为之增色,也因之出彩,一觉醒来,第二次看到奥尼顿城堡突破晨雾,显出真身。

第二十九章

"亨利，亲爱的——"她这样打着招呼。

他已经吃过早餐，刚开始看《泰晤士报》。他的弟媳在收拾行李。她在他身边蹲下来，把报纸从他手中拿开，感觉它异常厚重。接着，她把脸放在刚刚报纸所在的位置，抬头看看他的眼睛。

"亨利，亲爱的，看着我。不，我不要你躲着我。看着我，对了，就这样。"

"你是说昨晚的事吧，"他带着嘶哑的声音说道，"我已经让你解除婚约了。我可以找些借口，但是我不想。不，我不愿意，一千个不愿意。我是个坏蛋，就该罪有应得。"

威尔科克斯先生被赶出了旧堡垒，便去建一个新堡垒。他令人尊敬的形象在她面前不复存在，于是转而在可怕的过往中寻求庇护。这不是真诚的忏悔。

"这事就随便放一边吧，亲爱的。它不会影响我们的；我心里有数，没什么两样儿。"

"没什么两样儿？"他问道，"你发现我不是你想象的那种人，还没什么两样儿？"他对施莱格尔小姐这样的反应有点恼火。他宁可看到她因为这次打击而情绪崩溃，甚或怒火中烧。他内心涌动着罪恶感，同时又觉得她没有一点女人味儿。她的双眼咄咄逼人，看过的书也只适合男人阅读。尽管他曾担心会发生争吵，尽管她也决意避免争吵，可争吵还是发生了，似乎不可避免。

"我配不上你，"他开口道，"要是我配得上，就不会让你解除婚约了。我心里有数。这种事我说不下去了，最好还是随它去吧。"

她吻了吻他的手，他猝然把手抽了回去，然后站了起来，继续说道："你生活安逸，有高尚的追求，有朋友和书籍相伴，你和你妹妹，还有那些跟你们一样的女人——唉，你们怎么猜得到男人身边的种种诱惑?"

"是很难猜得到,"玛格丽特说道,"可要是结这个婚是值得的,我们就会努力去猜。"

"你想想那些成千上万在海外的年轻人,他们远离文明世界,脱离了家庭关系,会出现什么情况?与世隔绝,没有人在身边。对这种痛苦我有亲身体会,可你竟然说'没什么两样儿'。"

"对我来说是这样。"

他苦笑了一下。玛格丽特走到餐边柜前,自己从早餐盘中拿了点吃的。因为她是最后一个下楼的,便把给餐食保温的酒精灯熄灭了。她温柔体贴,但是神情严肃。她知道,亨利并非在坦白自己的灵魂,而是指出了男女之间思想的鸿沟,而她不想听他说这些。

"海伦来了吗?"她问道。

他摇了摇头。

"这可不行,绝对不行!我们不能让她跟巴斯特夫人在一起扯闲篇儿。"

"天哪,不行!"他尖叫了一声,突然露出了本性。随后,他恢复了镇定。"让她们扯去吧。我的事情反正已经败露了,不过还是要谢谢你的无私——虽然我的感谢什么都不是。"

"她没给我捎个口信什么的吗?"

"我没听说。"

"你能不能按一下铃?"

"干什么?"

"找人来问一下啊。"

他悲情地大步走过去,按响了铃声。玛格丽特给自己倒了点咖啡。管家来了,说据他所知,施莱格尔小姐是在乔治旅馆过夜的,又问要不要他去乔治旅馆一趟。

"我会去的,谢谢你。"玛格丽特说道,把他打发走了。

"没用的,"亨利说道,"这种事情传得快,一旦泄露就阻止不了。我知道其他男人有类似的情况——我曾经看不起他们,觉得自己与众不同，永远不会被诱惑。哦，玛格丽特——"他来到她身边坐下，情绪突然爆发了出来。她再也没法听他说下去了。"我们这些人都有一失足成千古恨的时候，你相信吗？有时候，再坚强的男人——'自己以为站得稳的，须要谨慎，免得跌倒。'① 这话不假，是不是？要是你知道来龙去脉，就会原谅我了。我交友不慎——而且国家也指望不上。我当时非常非常孤独，渴望听到女人的声音。够了，我已经跟你说了太多，只希望你现在能原谅我。"

"是啊，不用再说了，亲爱的。"

"我已经"——他放低了声音——"我已经尝尽了苦头。"

她认真揣摩着这番说辞。真的吗？他真的饱受悔恨的煎熬吗？或者，他想的其实是"好了，都过去了，现在重新开始体面的生活"？如果她没看错他的话，应该是后者。尝尽苦头的人不会吹嘘自己的男子气概。他会谦逊低调，如果这种气概确实存在的话，他会刻意掩藏起来。只有在传说中，有罪之人才会主动忏悔，进而以其不可抗拒的力量征服纯洁的女人，但这种做法十分可怕。亨利也想表现得可怕一点，但是内里缺乏这种本事。他是个正派的普通英国人，只是一时失足而已。真正该受谴责的一点——他对威尔科克斯夫人的不忠——似乎根本没有触动他。她真想提起威尔科克斯夫人。

吞吞吐吐地，故事给她讲完了。情节非常简单。时间是十年前，地点是在塞浦路斯的一个驻军小镇。他不时地问她可否原谅他，她回答说："我已经原谅你了，亨利。"她措辞很讲究，以免他恐慌。她扮演着懵懂少女的角色，直到他重建起堡垒，把自己的灵魂安放其中，与世隔绝。等到管家进来收走餐具的时候，亨利的心情已经大不一样——他问管家干吗这么着急，还抱怨昨晚用人们在厅里闹的动静太大。玛格丽特出神地打量着管家。作为一个英俊的小伙子，他对身为女人的她还是有点吸引力——这种吸引力微弱得几乎感觉不出来，可是如果她跟亨利提起的话，天都会塌下来。

---

① 引自《圣经·哥林多前书》第 10 章第 12 节。

她从乔治旅馆回来的时候，堡垒重建工作已经完成，迎接她的是恢复了往日形象的那个亨利，干练戏谑，温文尔雅。他将事情和盘托出，并得到了谅解，现在要紧的事情是忘记失败，就像处理不成功的投资一样把它打发掉。雅基加入了霍华德庄园、迪西街、红色汽车、阿根廷硬币的行列，所有这些人、物本来对他就没什么用处，现在就更没用了。它们的记忆困扰着他，让他几乎无暇顾及玛格丽特，她从乔治旅馆回来，带来了令人不安的消息：海伦和她的客人已经走了。

"好吧，让他们走——我是说那个男的和他老婆，你妹妹嘛，见得越多当然越好。"

"但他们是分开走的——海伦走得特别早，巴斯特夫妇是在我到那儿之前走的。他们没留口信，也没回我的短信。我真懒得想这都是怎么回事。"

"你在短信里说什么了？"

"我昨天晚上告诉过你的。"

"哦——噢——是的！亲爱的，要不要到花园里走一走？"

玛格丽特挽住了他的胳膊。宜人的天气让她放松了下来。不过推动埃薇婚礼的轮子还在运转，迅捷地把客人送出去，一如之前把他们拉进来，所以她没法跟他待太长时间。根据预先的安排，他们要开车去什鲁斯伯里，然后他去北边，而她跟沃林顿一家一道回伦敦。她感到了片刻的欢愉，随后，脑子又开始忙碌起来。

"我担心，乔治旅馆那边已经有风言风语了。海伦除非听到了什么，否则不会走掉的。这事我没处理好，搞砸了。我应该当机立断，把她跟那个女人分开的。"

"玛格丽特！"他大声道，一下子把她的胳膊松开。

"怎——怎么了，亨利？"

"我绝不是圣人——事实上，刚好相反——但是你不管好歹，都接纳了我。过去的就让它过去吧。你答应过要原谅我。玛格丽特，诺言就是诺言。永远别再提那个女人了吧。"

"绝不再提——除非出于现实的原因。"

"现实！你讲现实！"

"是的，我很现实。"她低语道，在割草机前弯下腰身，拨弄那些草屑，让它们像沙子一样从指缝滑落。

他让她不再说话，不过她的那些担忧也让他不安。他受到过敲诈，这不是第一次了。他是个有钱人，理当富而有德；巴斯特夫妇知道他德有不足，可能会以此为要挟，从中获利。

"不管怎样，你不用担心，"他说道，"这是男人的事。"他专注地思考着。"无论如何，不要跟任何人提起这事。"

玛格丽特为这个低级的建议感到脸红，可他真的是在为谎言做铺垫。必要的时候，他可以否认与巴斯特夫人相识，并且控告她诽谤。也许，他从来就不认识她。这边厢，玛格丽特就在身边，言行举止就好像他不认识那个女人。那边厢，屋舍俨然，周围有六七个园丁在为她女儿的婚礼善后。一切都是那么实实在在，干净整洁，所有的过往就像收起的弹簧百叶窗，不见了踪影，只有最后的五分钟还留在外面。

他环视着这一切，发现汽车大概五分钟之内就到，便立刻行动了起来。敲响铜锣，下达命令，安排玛格丽特去更衣，吩咐女仆清扫玛格丽特撒落在大厅的草屑。正如人类之于宇宙，威尔科克斯先生的头脑跟某些人的头脑比起来，也显得渺小狭隘——犹如一束聚光，照在一个微小的点上，又像自给自足的十分钟，穿行在特定的一段岁月中。他并非异教徒，只为现在而活，也许比所有哲学家都要睿智。他为刚刚逝去的五分钟和即将到来的五分钟而活；他有一颗生意人的大脑。

他的车驶出奥尼顿，在高大的圆顶山丘间驰骋，此刻的他心境如何呢？玛格丽特听到了一些流言，不过没关系，上帝保佑，她已经原谅了他，他因此感觉更像个男人了。查尔斯和埃薇还没听说这件事，而且永远都不能让他们听到。保罗也不能。他对子女疼爱有加，这是不需要理由的；威尔科克斯夫人在他的生命中已经远远离去。他没有把她跟对埃薇突然的锥心爱意联系起来。可怜的小埃薇！他相信，卡希尔会成为她的好丈夫。

玛格丽特呢？她的心境又如何？

她有几件小事在操心。显然，她妹妹已经听到了什么。她害怕在城里跟她见面。她还为伦纳德担心，他们理当对他负责的。巴斯特夫人也不该挨饿。可是基本的形势并没有改变。她仍然爱着亨利。让她失望的是他的行为，而非他的性格，对此她可以忍受。她也爱她未来的家。就在两天前跳车的地方，她从车上站了起来，深情地回望着奥尼顿。除了农庄和城堡主楼，她现在还能指认出教堂和乔治旅馆那黑白分明的山墙。还有那座桥，以及啃啮着绿色"半岛"的小河。她甚至能看见那个浴棚，可就在她寻找查尔斯的新跳板时，一座山头在眼前耸现，遮住了所有的景物。

她再也没见过那些景物。河水日夜奔流，涌向英格兰，太阳日复一日隐遁在威尔士的群山之中，钟楼响起《看，英雄凯旋而归》的吟唱①。但是威尔科克斯家族不属于这个地方，也不属于其他任何地方。出现在教区登记簿上的，不是他们的名字，在夜晚的赤杨林中叹息的，也不是他们的鬼魂。他们风驰电掣，隐入山谷，又从山谷中倏忽而出，身后留下一缕烟尘和少许钱财。

---

① 德国作曲家乔治·弗里德里希·亨德尔（George Friedrich Handel，1685—1759）根据圣经故事创作的清唱剧《犹大·马加比》（Judas Maccabeus）的第三部分。

第三十章

蒂比在牛津的求学生涯即将进入最后一个年头。他已经搬出了学院，住进位于长墙街的公寓里，舒舒服服地思考宇宙，思考与他相关的问题。他关心的问题并不多。当一个年轻人没有为情所扰，对公众看法也基本无动于衷时，他的眼界自然狭隘局促。蒂比既不希望加强富人的地位，也不想改善穷人的境遇，所以看着榆树在整齐的玛格达伦护墙后面摇曳时，他的内心相当惬意。生活不幸的大有人在。他虽然有点自私，却绝不残忍；虽然举止有点矫情，却绝不做作。跟玛格丽特一样，他瞧不上华丽霸气的装扮，只有在多次交往之后，人们才会发现施莱格尔原来也是有个性、有头脑的人。他在初次排位考试①中表现出色，让那些专心听讲、课业认真的人大跌眼镜。他现在正吊儿郎当地看着汉语，以备哪天心血来潮去做个称职的见习译员。就在他这样忙着的时候，海伦进来了。她之前已经发来了一封电报。

他远远地就注意到，他姐姐变了。他发现她依旧引人瞩目，一如往常，可是从来没见过她如此无助的表情，楚楚可怜却又不失威严——犹如一个在海上失去一切的水手。

"我从奥尼顿来，"她开口道，"那边有一大堆麻烦。"

"来吃午饭的吧？"蒂比问道，一边拿起放在壁炉上提温的红葡萄酒。海伦顺势在桌边坐了下来。"为什么这么早就出发了？"他问。

"太阳出来了嘛——能上路就上路了。"

"我猜也是这样。为什么呢？"

"我不知道该怎么办，蒂比。我听到了一个关于梅格的消息，烦得很，既不想面对她，也不准备回威克姆街了。我过来歇一脚，把这

---

① 原文 Mods 是 Honours Moderations 的缩写，指牛津大学传统学位课程第一次排位考试。

事跟你说说。"

女房东端着肉排进来了。蒂比把书签夹在汉语语法书里,过去帮她们。门外,牛津——假期中的牛津——在树叶沙沙声中酣睡,而室内的小小火焰在阳光照射下形成了一圈灰晕。海伦继续讲述着她那奇怪的故事。

"跟梅格说,我爱她,我想一个人待着。我打算去慕尼黑或者波恩。"

"这个口信好办。"她弟弟说道。

"至于威克姆街和我那份家具,你和她怎么处置都可以。我个人觉得,最好把所有的东西都卖了。谁想要那些落满灰尘的经济学书籍呢?对这个世界一点用都没有。还有谁要妈妈那些难看的梳妆柜呢?我还有件事要托付你。我想让你送一封信,"她站了起来,"我还没写。不过,我为什么不用邮寄的方式呢?"她又坐了下来,"我头疼得厉害,希望你的朋友不会进来。"

蒂比锁上了门。他的朋友发现他经常这样。然后,他问埃薇的婚礼上是不是出什么事了。

"问题不在那儿。"海伦说,一下子泪如泉涌。

他了解她歇斯底里的脾气——这是她个性的一面,他并不在意——可是这些眼泪非比寻常,更接近他关心的事物,比如音乐,因此触动了他。他放下餐刀,好奇地打量着她。接着,他又继续吃他的午餐,而她继续啜泣。

上第二道菜的时间到了,她还在哭泣。接下来要上的是苹果奶油布丁,等的时间太长就不好吃了。"让玛特利特太太进来没问题吧?"他问道,"或者让她端到门口,我拿进来?"

"蒂比,我去冲一下眼睛好吗?"

他把她领进卧室,趁她不在的空当把布丁拿了进来。他自己先吃了些,把剩下的放到壁炉上保温。他伸手拿起那本语法书,很快一页一页地翻了下去,眉梢抬了起来,或许是对人性的鄙视,或许是对汉语的不屑。这时海伦回来了。她已经恢复了常态,不过哀怨的神情并没有从眼中消失。

"解释几句吧,"她说,"我怎么一开始没解释一下呢?我发现威尔科克斯先生有点问题。他的行为非常恶劣,毁掉了两个人的生活。这事昨晚突然让我知道了,我很生气,不知道该怎么办。巴斯特夫人——"

"哦,那些人啊!"

海伦好像没话可说了。

"我要再把门锁上吗?"

"不用了,谢谢你,小蒂比。你对我真好。我要在出国前把这事告诉你。你就把它当成那些家具的一部分,随便处置好了。我想梅格肯定还没听说这事。但是我没法当面跟她说,她要嫁的那个男人品行不端。我甚至都不知道该不该告诉她。她是知道我讨厌他的,可能会怀疑我,觉得我是想破坏她的婚事。我真不知道怎么应对这种事。我相信你的判断。你会怎么处理?"

"我猜他有个情妇。"蒂比说道。

海伦又羞又气,涨红了脸。"还毁掉了两个人的生活啊。还到处说,个人行为算不了什么,总是有贫富之分的。他远在塞浦路斯的时候碰到她,当时他正想着发大财呢——我不想诋毁他,毫无疑问,她是巴不得遇着他的。不管怎么着吧,他们碰上了。然后,他们就分道扬镳了。你觉得这种女人会有什么下场?"

他承认这事做得不地道。

"她们有两个下场:要么沉沦下去,直到把疯人院和济贫院挤满为止,从而给威尔科克斯先生一个由头,去给那些报纸写信,控诉我们民族的堕落,要么就趁来得及,找个垫背的男孩子结婚。她——我不能责怪她。"

"可这还没完,"因为女房东来给他们倒咖啡,她停顿了好一会儿,然后继续说道,"我现在讲讲我们是怎么去奥尼顿的。我们三个人都去了。那个男人按照威尔科克斯先生的建议,放弃了一份稳定的工作,找了一份不太稳定的,然后又被解雇了。这事当然是有原因的，但是主要责任在威尔科克斯先生，对此梅格也承认了。按道理，他自己应该雇用那个男人，可是他碰到了那个女人，卑鄙的本性暴露出来，拒绝接受，还试图摆脱他们。他让梅格写信。那天很晚的时候她送来两封短信——一封给我，一封给伦纳德，理由都没有一个，就把他打发了。我没法理解啊。后来才弄清楚，原来在我们留下巴斯特夫人去安排房间的时候，她在草坪上跟他搭上话了，伦纳德回去接她的时候，她还在聊着他呢。这事伦纳德一直都心知肚明。他觉得自己的人生被毁掉两次是天经地义的事。天经地义！你能受得了吗？"

"这事真不像话。"蒂比说道。

他的回答似乎让他姐姐平静了下来。"我担心考虑问题不够周全，可你是置身事外的，一定看得清楚。过一两天——或者一星期——只要你觉得合适，随便采取什么措施都行。我把这事交给你了。"

她结束了她的控诉。

"跟梅格有关的事实都摆在你面前了。"她补充道；蒂比叹息了一声，因为心胸开阔，就应该被选作陪审员，对此他觉得难以接受。他对人类从来都没兴趣，这点该受到指责，可那也是因为他在威克姆街受够了人情冷暖啊。正如有些人一提到书本就心不在焉一样，一说起"人际关系"，蒂比的注意力就开起了小差。海伦所了解的巴斯特夫妇知道的事情该让玛格丽特知道吗？类似的问题打小就困扰着他，上了牛津之后，他已经学会说，人类的重要性被专家们严重高估了。这种老气横秋的高论没有任何意义。可是，要不是他姐姐依旧美丽，他或许已经脱口而出了。

"你看，海伦——抽支烟吧——我不知道该怎么办。"

"那就什么都不用做。我相信你是对的。让他们结婚吧。剩下的就是补偿问题了。"

"这个问题你也要我来权衡吗？你找个专家咨询一下是不是更好？"

"这个事情要保密，"海伦说道，"它跟梅格没关系，不要跟她提起。补偿——要是我不补偿，我都不知道谁会补偿，我已经想好了一个最低补偿金额。我会尽快打到你的账户上，等我到了德国，你帮我支付一下。要是你做了这件事，我永远都不会忘记你的好，小蒂比。"

"金额是多少？"

"五千。"

"我的天哪！"蒂比说道，脸涨得通红。

"你说，给几个小钱有什么用？人生一世，就做好一件事吧——把一个人从深渊里拉上来；给几个先令，送几条毯子，那是没用的——只会让灰色的生活更灰暗。毫无疑问，人家肯定觉得我脑子不正常。"

"我才不在乎别人怎么想呢！"他大声说道，激动得措辞也有了异乎寻常的男人味儿，"可那是你一半的财产啊。"

"不到一半，"她把双手摊开在弄脏的裙子上，"我的钱比这多多了，我们去年春天在切尔西合计过，一年要三百镑才能让人正常过日子。我给的钱每年只有一百五十镑的进账，还得两人平分呢。这还不够。"

他还是缓不过神来。他没有生气，甚至都没有吃惊，他看得出来，海伦还有足够的钱维持生活。但是一想到人们竟能把自己的生活搞得一团糟，他就觉得不可思议。他细声细语的强调没什么用，只能脱口说道，五千镑会给他个人带来诸多麻烦。

"我没指望你能理解我。"

"我？我谁都理解不了。"

"但是，你会照办的吧？"

"当然喽。"

"那我要托付给你两个任务。第一个跟威尔科克斯先生有关，由你自己决断。第二个跟那笔钱有关，不要跟任何人提起，照办就行了。你明天先帮我寄一百镑过去。"

他陪她穿过一条条街道去车站，那些密密匝匝的景致从未让他迷失，也未让他疲倦。可爱的人们修建的一座座圆顶和尖塔直插无云的蓝天，而卡尔法克斯①周遭的俗世尘嚣，让这美好幻象转瞬即逝，让"这一切就代表了英格兰"的说法不堪一击。海伦一直在反复思量她交代的事情，对周围视若不见；她满脑子想的都是巴斯特夫妇，若有所思地反复絮叨着这个棘手的局面，别人见了也许会觉得很奇怪。她是在考虑自己的计划是否经得起推敲。他问起她为什么要带巴斯特夫妇去埃薇的婚礼现场，她像个受惊的动物，停下来说道："这事你觉得很奇怪吗？"她的眼神和用手捂住嘴巴的样子一直萦绕在他心中，他往回走的时候，在圣母马利亚的雕像前驻足了片刻，直到那时，心中的那幅画面才慢慢隐去，被圣母马利亚的雕像取代。

他随后完成任务的情况很好追踪。玛格丽特第二天把他叫了过去。海伦的不告而别让她很担心，蒂比只好说海伦造访过牛津了。然后，她说："看她的样子，是不是在为有关亨利的流言担心？"他回答说："是的。""我就知道是这样！"她尖叫了起来，"我要给她写封信。"蒂比如释重负。

他随后把支票寄到了海伦给他的地址，并且说明他不久就会按指示转去五千镑。回信来了，语气非常客气而平静——就好像是蒂比自己写的回信一样。支票被退了回来，赠款也拒绝了，写信的人说自己不需要钱。蒂比把这封信转寄给了海伦，还发自内心地补充说，伦纳德·巴斯特似乎是个了不起的人。海伦的回信情绪激烈，让他不要在意对方的态度，让他立刻去一趟，就说她要求对方非接受不可。他去了。等待他的是一堆书籍和瓷器装饰品。巴斯特夫妇因为没有支付房租，刚刚被撵了出去，至于流落到什么地方，没有人知道。此时，海伦已经在折腾她那些钱了，甚至卖掉了她在诺丁汉和德比铁路的股票。一连几个星期，她什么都没做。后来，她把钱又投了出去，因为她的股票经纪人建议合理，她比以前更加富有了。

---

① 卡尔法克斯（Carfax）是牛津市中心十字路口一带，其地标性建筑是卡尔法克斯塔，又叫圣马丁塔。

第三十一章

　　房子有自己的死亡方式，像世世代代的人类一样，倒下来的样子千差万别，有的惨叫一声，有的一声不吭，不过都在幽灵城市中得以往生，还有的房子在躯体毁灭之前灵魂就溜走了，威克姆街的房子就是这么死的。那座房子春天就朽了，让两个姑娘有了崩溃的感觉，这是她们始料未及的，她们只好分头到人生地不熟的地方去寻访打探。还没到九月，房子就成了一具僵尸，了无情趣，只有三十年的快乐记忆才给那里勉强留下一点神圣的气息。家具、画作和书籍都从那个圆拱门下运走了，直到最后一个房间腾空，最后一辆货车轰鸣而去。那座房子又挺立了一两周，眼睛睁得大大的，好像被自身的空洞吓坏了。然后它就倒下了。挖掘工来了，让那里复归为灰色的平地。工人们肌肉健硕，醉醺醺的，脾气温和，对这样一所房子来说，他们不算最糟糕的殡葬工，因为这房子一直都通人性，从没有错把文化当成终点。

　　除了几件例外，所有家具都运到赫特福德郡去了，因为威尔科克斯先生特别好心，主动提出把霍华德庄园当作仓库使用。布莱斯先生在国外去世了——这事总让人不快——由于没法保证租金按时支付，他取消了合约，把所有权收了回来。在重新出租之前，施莱格尔姐弟大可以把他们的家具放在车库和一楼的房间里。玛格丽特不赞成这么做，但是蒂比欣然接受了提议，这样他就不用为将来做什么决定了。那个盘子和几幅价值不菲的画作在伦敦找到了更加安全的归宿，而大部分东西都搬到了乡下，交由埃弗里小姐保管。

　　这次搬家之前不久，我们的男女主人公结婚了。他们经历了风雨，理所应当地会期待和平。没有了各种幻想，却有了爱情——作为女人还能找到什么更强大的保障呢？她看清了她丈夫的过去，也了解他的内心。她对自己的内心有着通透的了解，这是一般人所难以置信的。唯独威尔科克斯夫人的内心是隐藏起来的，也许对逝者的情感进行揣测是迷信所不许吧。他们安安静静地结了婚——名副其实地安静，因为婚期来临时，她拒绝把奥尼顿的程序重走一遍。她弟弟把她交给了新郎，她姨妈身体欠佳，张罗着制作了几样没什么特色的点心。威尔科克斯家族由查尔斯作为代表，见证了婚礼全程，到场的还有卡希尔先生。保罗则发来了一封电报。短短几分钟之内，牧师在没有音乐伴奏的情况下宣布他们结为夫妻，很快，玻璃罩落了下来，将已婚的一对与外面的世界隔离开来。她，一夫一妻制的拥护者，为生命中某种纯洁气息的消失感到遗憾；他，本能上一夫多妻制的拥护者，因为这个变化而觉得道义上得到了支撑，不大可能再受到过去困扰他的种种诱惑了。

他们去因斯布鲁克附近度蜜月。亨利知道那里有家值得信赖的酒店，而玛格丽特希望能在那里见到她妹妹。在这点上，她失望了。他们南下的时候，海伦却向南越过了布伦纳，从加尔达湖畔写来一张让人扫兴的明信片，说她计划未定，最好不用管她。① 显然，她不想见到亨利。一个做妻子的花两天就能接受的局面，一个局外人如果有两个月的时间，是足以去适应了。玛格丽特只能再次为妹妹缺乏自制力感到遗憾。她写了一封长信，指出在两性问题上要宽容以待：因为这类问题人们知之甚少；那些亲历者都很难作出评判，那么社会的裁决又该多么徒劳。"我不是说没有标准，因为那样就会道德沦丧了；我只是说，我们在感情用事的时候要分清主次，要加深理解，然后才会有标准可循。"海伦对她的善意来信表示了感谢——这个回复相当奇怪。她再次南下了，还说起要在那不勒斯过冬。

对于没能见面，威尔科克斯先生并没有感到遗憾。海伦给他留出了时间，好让他的伤口复原。这个伤口时不时还会让他痛苦。要是早知道玛格丽特在守候着他——玛格丽特，那么活泼聪颖，又是那么温顺——他就会洁身自好，让自己更配得上她了。他无法将过去的经历

---

① 因斯布鲁克（Innsbruck）是今奥地利西部一城市。布伦纳（Brenner）是欧洲南部阿尔卑斯山的一处隘口，又称"勃伦纳山口"，位于奥地利和意大利边境。加尔达湖（Lake of Garda）是意大利境内最大的湖。

分门别类，竟然把雅基那一茬儿跟他单身时的另一桩风流韵事弄混了。两件事都让他欠下了风流债，为此他痛心不已，可他意识不到那些风流债根植于另一个人的耻辱之中，更加邪恶。他就像他唯一的道德导师——中世纪———样，分不清淫乱与不忠的区别。露丝（可怜的老露丝！）根本就没被他放在心上，因为可怜的老露丝从来没发现他出轨。

他对现任妻子的爱意与日俱增。她的聪慧没有给他带来麻烦，而他也确实喜欢看她读读诗歌或者有关社会问题的东西；这让她有别于其他人的妻子。他只要招呼一声，她就会合上书本，随时去做他希望的事情。他们还会嘻嘻哈哈地争论，有那么一两次，她把他几乎逼到了死角，可一旦他较起真来，她就让步了。男人为战争而生，女人为取悦勇士而生，不过，如果她要作出打斗的样子，他也不会嫌弃。她没有肌肉，只有情绪，是赢不了战斗的。情绪让她从飞驰的汽车上跳了下去，让她拒绝按新潮的方式结婚。在这样的场合，勇士乐得让她获胜，因为她们撼动不了让他们内心平静的恒久基石。

蜜月期间，玛格丽特的情绪遭受了一次严重打击。他告诉她——一如往常地漫不经心——奥尼顿农庄租出去了。她露出了不悦之色，很生气地问为什么没跟她商量。

"我不想打扰你啊，"他回应说，"而且，我是今天早晨才听到确切的消息。"

"我们要住到哪儿去呢？"玛格丽特强颜欢笑地问道，"我特别喜欢那个地方。你难道不想有个安定的家吗，亨利？"

他宽慰她，说她误会他了。正是家庭生活才把我们跟外国人区别开来。不过，他不想有个潮湿的家。

"这可新鲜了。我之前从来没听说过奥尼顿湿气重啊。"

"我的姑奶奶！"——他突然伸出手——"你有眼睛吗？你的皮肤有感觉吗？在那样的环境里，除了湿气还有什么？首先，农庄是建在泥土上的，那底下原来肯定是城堡的护城河；其次，还有那条讨厌的小河，整晚都会像茶壶一样散发水汽。摸摸地窖的墙壁，抬头看看屋檐吧。问问詹姆斯爵士或者其他任何人。什罗普郡的那些山谷可是臭名远扬的。在什罗普郡,唯一适宜建房的地方是在山上;但是,依我看,那个郡离伦敦太远了,风景也没什么特色。"

玛格丽特忍不住说道:"那你为什么去那儿了?"

"我——认为——"他把头朝后仰去,已经颇为生气了,"要那么说的话,我们为什么来到蒂罗尔①?这样的问题我们可以无休止地问下去。"

是可以问下去;不过他只是在为寻找一个合理的答案争取时间。答案来了,话一出口,他就笃信不疑。

"事实上,我是因为埃薇才买下了奥尼顿。别把这话传出去啊。"

"当然不会。"

"我不想让她知道,她差点害我做了一桩赔血本的买卖。我刚签下合约,她就订婚了。可怜的小姑娘!她对那里喜欢得不得了,都等不及要去问打猎的事情,害怕被别人抢了先——你们女人都这样。还好,没造成什么损失。她如愿举办了乡村婚礼,我也把房子转手给了几个兴办私立小学的人。"

"亨利,那我们要住哪儿呢?我希望在某个地方定居。"

"我还没决定。诺福克怎么样?"

玛格丽特沉默不语。婚姻没能让她消除颠沛流离的感觉。伦敦不过是游牧文明的一个前奏,这种文明深刻改变了人的本性,给人际关系带来前所未有的压力。在世界主义环境下,如果这种文明真的来临,我们是得不到大地的帮助的。树木、草场和山脉仅仅是一种景象而已,它们曾经在性格塑造上展示出来的凝聚力只能托付给爱情了。但愿爱情能担得起这份重任!

"现在该怎么办?"亨利继续道,"快到十月份了,我们就在迪西街住下过冬吧,到了春天再去找找看。"

"可能的话,找个长久的地方。我没法像以前那样年轻了,不适

---

① 蒂罗尔(Tyrol)位于阿尔卑斯山东部,是著名的风景区,后成为奥地利的一个州,因斯布鲁克为其首府。

合这样搬来搬去的。"

"可是,亲爱的,你想要哪个——搬来搬去还是风湿病?"

"我明白你的意思,"玛格丽特说着站了起来,"如果奥尼顿真的潮湿,那是不可能了,只能让小男孩们去住。只是,到了春天,我们可得谨慎着点儿。我会记着埃薇的教训,不着急催你。记住,这次你有个免费的助手了。这样没完没了的折腾对家具肯定有害,代价当然也高。"

"真是个现实的小女人!在读什么呢?神——神——什么来着?"

"神智学。"

就这样,迪西街成了她第一个宿命之地——一个还算不错的地方。那房子只比威克姆街的房子大一点点,她正好可以锻炼一下,为应付春天再找的大房子做好准备。他们经常出门,不过在家的时候,生活相当有规律。早晨,亨利去上班,她总是亲手给他做好三明治——这是一种源自远古的渴望。他不指着这个三明治当午餐,但是喜欢带在身边,以防十一点的时候会饿。他出门以后,她要收拾房子,要调教用人,还要用海伦的水壶烧水。她的良心偶尔会因为巴斯特夫妇而感到不安;见不到他们,她并不觉得难过。毫无疑问,伦纳德是值得帮助的,但是作为亨利的妻子,她宁可去帮助其他人。至于剧院或辩论社,这些对她的吸引力越来越小了。她开始"缺席"各种新潮的运动,空闲时间都花在重新阅读或思考问题上,引起了她在切尔西的朋友们的关切。他们将这种变化归咎于她的婚姻,也许,某种内在的直觉在警告她,若非迫不得已,不要远离她的丈夫。然而,主要原因隐藏在更深处;她已经超然于各种刺激之外,开始从空谈转向实干。不能与韦德金德或约翰[①]为伍无疑是一桩憾事,但是年过三十之后,要想让思想成为一种创造力,关上一些对外交往的大门是不可避免的。

[①] 弗兰克·韦德金德(Frank Wedekind, 1864—1918),德国剧作家;奥古斯图斯·约翰(Augustus John, 1878—1961),英国画家。两人在当时都被视为先锋人物。

第三十二章

第二年春天的一天，她正在查看设计方案——他们最终决定去萨塞克斯建房子了——这时有人通报，说查尔斯·威尔科克斯太太来访了。

"你听到消息了吗？"多莉一进房间就嚷嚷道，"查尔斯很恼——我是说，他确信你知道这事，或者说，你还不知道呢。"

"哦，是多莉啊！"玛格丽特说道，温和地亲了亲她，"真是稀客！你家小子们和小宝宝好吗？"

小子们和小宝宝都很好，多莉接着绘声绘色讲述了希尔顿网球俱乐部发生的一场大争吵，以致忘了要说的消息。不相干的人想要挤进来啦，代表当地居民的牧师说了什么啦，查尔斯怎么说啦，税务官怎么说啦，查尔斯后悔没说什么啦，她终于讲完了，说："还是你运气好，在米德尔赫斯特有四个私人球场。"

"到时肯定很开心。"玛格丽特回答说。

"这是设计方案吗？我看看没关系吧？"

"当然没关系。"

"查尔斯从来没看过设计方案。"

"他们刚刚才送到。这是一楼——算了，这个太难懂了。看看立面图吧。我们的山墙会很多，还有一个漂亮的轮廓线。"

"什么东西闻着挺奇怪的？"多莉仔细看了一会儿说道。她看不懂设计方案或地图。

"我猜是纸张的气味吧。"

"哪边是上面来着？"

"就跟一般的一样。这是轮廓，气味最浓烈的部分是天空。"

"唉，我什么都不懂。玛格丽特——我想说什么来着？海伦怎么样了？"

"还不错。"

"她就不回英格兰啦？她不回来，大家都觉得挺怪异的。"

"是啊。"玛格丽特说道，极力掩饰着她的不快。一提起这个，她就心痛不已。"海伦是很怪异。她从离开到现在已经八个月了。"

"她难道没留个地址吗？"

"她的地址就是巴伐利亚某个地方的信箱。给她写几句吧，我把地址找来给你。"

"不，不要麻烦了。她离开都八个月了，不会吧？"

"一点不差。她是在埃薇婚礼之后走的，就是八个月了。"

"那就是小宝宝刚出生的时候了？"

"就是啊。"

多莉叹了口气，用羡慕的眼光环视着客厅。她往日的亮丽和姣好的面容正在消褪。查尔斯一家日子并不富裕，因为威尔科克斯先生抚养子女时阔绰惯了，却又笃信该让他们自己独立谋生。总之，他对待子女并不大方。她对玛格丽特说，她又怀上了，所以他们不得不准备把汽车处理掉。玛格丽特表示了同情，不过她只是走个过场，多莉怎么也没想到，这个继母正催着威尔科克斯先生多给他们一些生活补贴。她又叹了口气，终于想起了心里的那个疙瘩。"哦对了，"她叫道，"是这么回事：埃弗里小姐把你的那些行李箱打开了。"

"她为什么要那么做？没必要嘛！"

"谁知道呢。我以为你让她那么做的。"

"我没这样吩咐过。也许她是把那些东西晾晒一下吧。她确实帮着生过一两次火。"

"远不止晾晒那么简单，"多莉一本正经地说，"听说地板上摊满了书。查尔斯叫我去看看是怎么回事，因为他觉得你肯定不知道这事。"

"书！"玛格丽特叫了起来，一下子被这个神圣的字眼触动了，"多莉，你说的是真的吗？她翻动我们的书了吗？"

"怎么没动！原来正厅的地上到处是书。查尔斯满以为你知道这事。"

"非常感谢你，多莉。埃弗里小姐这是怎么了？我得马上去看看。有些书是我弟弟的，很珍贵呢。她没权利打开任何一个箱子。"

"我就说她脑子有问题嘛。你知道的，她就是那种从来不会结婚的人。哦，对了，也许她认为你的书是给她的结婚礼物吧。有时候老姑娘就是那样的。自从跟埃薇大闹过一次之后，埃弗里小姐对我们就恨之入骨了。"

"我没听说过啊。"玛格丽特说。多莉的来访还是有好处的。

"你不知道吗？她去年八月送过埃薇一个礼物，埃薇还给她了，结果——哦，天哪！你一定没看过埃弗里小姐写的那种信。"

"可是，把礼物退回是埃薇的不对啊。做出这么无情无义的事情，不像她的风格啊。"

"可是礼物太贵重了。"

"那又有什么关系呢，多莉？"

"还是有关系的，值五镑多呢——我没见着，不过那是一个漂亮的珐琅吊坠，从邦德街一家商店买来的。一个农妇送出这种东西，你不可能安然接受的。你说是吧？"

"你结婚的时候也接受过埃弗里小姐的礼物啊。"

"噢，我那个是一件老旧的陶器——半便士都值不了。埃薇的礼物大不一样。人家送你一个那样的吊坠，你总得请人家参加婚礼的吧。珀西叔叔、艾伯特、爸爸和查尔斯都说那是不可能的，四个男人口径一致了，一个小姑娘还能做什么？埃薇不想惹那个老女人生气，就想着写一封半开玩笑的信是最好的办法，还把吊坠直接退回了那家商店，省得埃弗里小姐再麻烦。"

"但是，埃弗里小姐说——"

多莉睁圆了眼睛。"那封信太厉害了，查尔斯说是疯子写出来的。后来她把吊坠从商店要回来，扔到水塘里去了。"

"她说过是什么原因了吗？"

"我们猜想，她是想被请去奥尼顿参加婚礼，那样就能进入社交圈了。"

"她都年纪一大把了，"玛格丽特郁郁说道，"她送给埃薇礼物，会不会是为了纪念她母亲？"

"这话有道理。每个人都考虑到了，是吧？嗯，我想我得走了。过来吧，暖手筒先生[①]——你该换件新外套了，可我真不知道谁会给你一件。"多莉用幽怨而幽默的口吻对着她的衣服说道，一边走出了房间。

玛格丽特跟着她出去，问亨利知不知道埃弗里小姐的无礼举动。

"哦，知道的。"

"那我就想不通了，他为什么还让我请埃弗里小姐照看那所房子呢？"

"可她不过就是个农妇啊。"多莉说道，她的解释证明是对的。亨利不会轻易责备那些低层阶级的人。他容忍埃弗里小姐，就像容忍克兰——因为他能充分利用他们的价值。"对于一个熟悉自己工作的人，我是有耐心的。"他会这么说，其实他耐心以待的是工作，而不是做事的人。这话听起来有点似是而非，可他身上有点艺术家的特质：他宁可让女儿受些侮辱，也不愿失去一个为他妻子服务的打杂女工。

玛格丽特权衡了一下，觉得还是自己处理这个小麻烦更好点。人多显然嘴杂。征得亨利同意之后，她给埃弗里小姐写了一封客气的短信，请她不要动那些箱子。然后，一有机会，她便亲自前往，想着把她的东西重新打包，妥善保存在当地的仓库里；这个计划不够完善，最终失败了。蒂比答应陪她一起去，但最后时刻爽了约。于是，她平生第二次独自走进了那所房子。

[①] 多莉故意这么说，想以哭穷的方式博得玛格丽特的同情，获取经济上的支持。

第三十三章

她造访的那天天清气爽,在接下来好几个月内,这也是她所能享受的最后的无忧时光。海伦异乎寻常的缺席给她带来的焦虑感还处在蛰伏状态,至于跟埃弗里小姐可能发生的小摩擦——那只会给她的探访增添一些刺激。她还推掉了多莉共进午餐的邀请。从火车站出来,她径直往前走,穿过村子的草地,踏上了通向教堂的那条长长的栗树林荫道。教堂曾经矗立在村子里,可是它吸引了太多的朝拜者,魔鬼一怒之下将它连根拔起,放到四分之三英里之外一个犄角旮旯的土丘上。如果这个故事是真的,那沿路的这些栗树一定是天使们栽植的。对于不太虔诚的基督徒来说,想象不出还有什么比栗树林荫道更具吸引力的了,如果这条道他走起来还嫌长,魔鬼依然会被打败,因为科学在查尔斯家不远的地方建立了圣三一堂——一个方便小教堂①——还用白铁皮覆盖了房顶。

玛格丽特顺着林荫道慢悠悠地走着,时不时地停下来,透过栗树的树梢看看亮闪闪的天空,或者轻抚树干上那些马蹄形的树节。为什么英格兰没有伟大的神话?我们的民间故事从来摆脱不了追求雅致的桎梏,我们乡野的伟大旋律总是要借助希腊风笛吹奏出来。本土的想象力虽然深沉、真切,在这方面却似乎力有不逮,只能止步于女巫和仙女的范畴。它无法生动描绘夏日田野以分毫,也不能命名日月星辰于万一。英格兰文学的巅峰时刻还远未到来——还在等待伟大的诗人为之发声,或者更理想点,等待成千上万的普通诗人将他们的声音融入我们的寻常话语。

来到教堂前面,景色有了变化。栗树林荫道连上了一条平坦却狭

---

① 方便小教堂(chapel of ease),为了方便教民,在大的堂区的边远地区设置的、与大教堂脱离但仍受其管辖的小教堂,用于祈祷和布道。

窄的道路，通往人迹罕至的原野。她沿着这条路走了一英里多。道路蜿蜒曲折，让她心旷神怡。小路不受命运的逼迫，起伏随性，毫不在意坡度的变化，对恣意延伸的景致也熟视无睹。那些扼守在赫特福德郡南部的大庄园，在这里还不太扎眼，地貌既无贵族之象，也无野俗之虞。要给它作个界定，实非易事，不过玛格丽特知道它不会是什么样的：它不势利。尽管它的轮廓不算清晰，所到之处却自有一股自由之气，这是萨里地区难以企及的，而远处奇尔特恩丘陵的顶部高高隆起，宛如山峰耸立。"要是能自己选择的话，"玛格丽特心想，"这个郡会把票投给自由党。"一种不用太强烈的志同道合的感觉，是一个民族所能获得的最高恩赐，而这正是这片土地所能给予的，也是她要去拿钥匙的那个低矮的砖墙农场所能给予的。

然而，农场里面的情形却令人失望。一个妆容齐整的年轻女子接待了她。"是的，威尔科克斯夫人；不对，威尔科克斯夫人；哦是的，威尔科克斯夫人，姑妈收到您的来信了，一点没耽搁。眼下姑妈上您那个小宅子那儿去了。要不要派用人带您去？"接着她又说道，"当然了，姑妈可不是随随便便去照看您那个地方的；她是出于邻居的情分才特意去做这件事。这让她有事可做。她在那儿可花了不少时间。我丈夫有时候问我：'姑妈哪儿去了？'我就说：'还用问吗？在霍华德庄园呢。'是的，威尔科克斯夫人。威尔科克斯夫人，能请您吃块蛋糕吗？我来给您切？"

玛格丽特谢绝了蛋糕，不幸的是，在埃弗里小姐侄女的眼中，这正说明她是个有风度的人。

"我不能让您一个人去。这可不行。绝对不行。您要真想去的话，我自己带您去。我得去拿帽子。好了，"她不由分说，"威尔科克斯夫人，我走开的时候您可别动噢。"

玛格丽特有点发憷，就待在那间最好的客厅没有走动，这里已经可以感受到新艺术[①]的气息。不过，尽管透着乡下室内特有的忧伤，

[①] 新艺术（art nouveau）指 19 世纪末 20 世纪初流行于欧美的一种装饰艺术和建筑风格，多采用基于花、叶等自然形状的复杂设计和曲线图案。

其他房间看上去还算协调。这里曾经居住着一个更古老的族群，遥想当年，会让我们心旌摇动。我们周末造访的乡村是它真正的家园，生命中沉重的一面，生死离别，爱恨情仇，都在旷野中得到最深沉的体现。忧伤并非全部，外面还有阳光闪耀。画眉鸟在初绽的绣球花上啾啾地鸣唱，几个孩童在金色的麦秆堆里玩闹。忧伤的存在让玛格丽特感到惊讶，最终也让她有了一种完满的感觉。如果说，有什么地方可以让人从容领略人生，一切尽在掌握，一眼看清人生的短暂和青春的永恒，并将两者联结起来——毫无痛苦地联结起来，直到所有人都情同手足，那就是这些英格兰农场了。可是，埃弗里小姐的侄女回来了，打断了她的思绪，而这思绪已让她心境平和，也就欣然接受了被打断的事实。

　　从后门出去更便捷一点，经过一番解释之后，她们从后门出去了。这时，数不清的鸡仔涌到这位侄女的脚下讨食，一头厚脸皮的母猪也凑了上来，弄得她窘迫不已。她不知道还有什么动物要过来。不过，一接触到香甜的空气，她的风度便打了折扣。风刮起来了，吹乱了麦秸，吹乱了鸭子的尾巴，这些鸭子成群结队地游弋在埃薇那个吊坠所在的池塘里。一阵宜人的春风掠过大地，尚在抽穗的叶子似乎沙沙作响，随即归于寂静。"啾啾。"画眉鸟唱了起来。"咕咕。"密匝的松树林那边隐约传来几声回应。"啾啾，啾啾。"其他的鸟儿也叽叽喳喳地掺和了进来。树篱像是一幅画了一半的图画，再过几天就能完工。树篱边的斜坡上长满了白屈菜，围起来的洼地里是欧洲疆南星和报春花；一簇簇的野蔷薇还挂着枯萎的果实，却也呈现出即将盛开的架势。春姑娘来了，并没有穿着她那经典的外衣，却比所有春天更加美丽；甚至美过穿行在托斯卡纳桃金娘花丛中的那个风情万种、步履带风的她。[1]

　　两个女人走上了那条小道，彼此都很客气。不过，玛格丽特心想，在这样一个日子里，要认认真真考虑家具的事实在很难，而那个

---

[1] 这是指波提切利名作《春》(*Primavera*)所画的春天景致中的维纳斯。

侄女则在想着她的帽子。她们各怀心事,一路来到霍华德庄园。"姑妈!"几声放肆的喊叫划过空中。没人回答,前门是锁上的。

"你确定埃弗里小姐在这儿吗?"玛格丽特问。

"哦,是的,威尔科克斯夫人,肯定在的。她每天都在。"

玛格丽特从餐厅的窗户向里张望,但是里面的窗帘拉得严严实实的。客厅和正厅也是一样。这些窗帘看起来有点眼熟,可是她不记得上次来访的时候,窗帘是不是挂在那儿了;她的印象中,布莱斯先生把所有东西都拿走了。她们又试了试后门,同样没人回答,什么也看不到;厨房的窗户装的是百叶窗,食品储藏室和洗涤室用木头堵死了,让人怀疑的是,这些木头像是包装箱的盖子。玛格丽特想起了她的书,也提高嗓音喊了起来。刚叫了一声就见效了。

"来了,来了!"屋里有人回答,"是不是威尔科克斯夫人终于来了!"

"您有钥匙吗,姑妈?"

"玛奇,走开。"埃弗里小姐说道,还是不见人。

"姑妈,是威尔科克斯夫人——"

玛格丽特附和她说:"我和你侄女一起来的——"

"玛奇,走开。现在不是你拿帽子的时候。"

可怜的女人脸红了。"姑妈最近越来越奇怪了。"她局促地说道。

"埃弗里小姐!"玛格丽特喊道,"我是来看看家具的。能不能劳驾让我们进去?"

"好的,威尔科克斯夫人,"那个声音说道,"当然可以。"但是,随后是一阵静默。她们又叫了几声,却没有回应了。她们绕着房子走来走去,一筹莫展。

"但愿埃弗里小姐不是病了。"玛格丽特猜测道。

"呃,不好意思,"玛奇说道,"我可能得走了。农场里用人们要看管一下。姑妈有时候真是古怪。"她重新摆出优雅的姿态,悻悻告退。她的离去就像是松开了一个弹簧,前门一下子就打开了。

埃弗里小姐说道:"好了,进来吧,威尔科克斯夫人!"那语气愉快而平静。

"真是谢谢你。"玛格丽特说道,但看到一个雨伞架时,一下子就住了口。那是她的雨伞架。

"先到正厅来吧。"埃弗里小姐说道。她拉开了窗帘,玛格丽特绝望地尖叫了一声。因为发生了一件可怕的事:正厅里安上了从威克姆街书房搬过来的东西。地毯铺上了,那个大工作台摆到了靠近窗户的位置;书架占满了壁炉对面的那面墙,她父亲的那把剑——这是尤其让她困惑的——从剑鞘里拔了出来,毫无遮拦地挂在那些沉静的书本中。埃弗里小姐肯定已经忙活了不少天。

"恐怕这不是我们的意思,"她开口道,"威尔科克斯先生和我从来没打算让人动这些箱子。比方说,这些书是我弟弟的,我们为他保管着,也为我妹妹保管着,她在国外呢。你好心照看这些东西,我们从来没指望你做这么多事情。"

"这个房子空了太长时间了。"这个老妇人说道。

玛格丽特不想争辩。"我想是我们当时没说清楚,"她客气地说,"这是个误会,很可能是我们的错。"

"威尔科克斯夫人,五十年了,一错再错。这个房子是威尔科克斯夫人的,她不会情愿它再空下去。"

为了帮助这个老朽可怜的脑袋,玛格丽特说道:

"是的,威尔科克斯夫人的房子,查尔斯的母亲。"

"一错再错,"埃弗里小姐说,"一错再错。"

"呃,我不太清楚。"玛格丽特说着,在她自己的一把椅子上坐了下来,"我真不知道该怎么办了。"她忍不住苦笑了起来。

另一位说道:"是啊,这房子本来就该快快乐乐的。"

"我想——我不知道。好了,非常感谢你,埃弗里小姐。对,很好。真让人开心。"

"还有客厅呢。"她穿过对面的门,拉开了窗帘。阳光泻入客厅,照在从威克姆街搬来的客厅家具上。"还有餐厅。"更多的窗帘被拉开,更多的窗户向春天敞开。"然后穿过这里——"埃弗里小姐继续在正厅里来来回回地穿梭。她的声音隐没了,不过玛格丽特听到她在拉厨房的百叶窗。"这边我还没布置好,"她说着,返回到客厅,"还有许多事要做。农场里的小伙子们会把你那些大衣柜搬上楼,在希尔顿用不着花钱雇人。"

"全搞错了,"玛格丽特反复说道,她觉得必须把话挑明了,"这是一个误会。威尔科克斯先生和我不会住在霍华德庄园的。"

"哦,是吗。是因为他的花粉热吗?"

"我们已经说好了,要在萨塞克斯自建一栋新房子,这里的部分家具——我的那些——很快就要搬到那边去了。"她专注地看着埃弗里小姐,希望能理解她的脑子里奇怪的想法。站在眼前的可不是一个唠唠叨叨的老太太。她的皱纹透着精明和诙谐,她看上去机智尖刻,透着高贵却不矫饰的气质。

"威尔科克斯夫人,你觉得不会回这儿住了,可是你会回来的。"

"那要走着瞧了,"玛格丽特笑着说,"我们目前没这个打算。我们刚好需要一个大点的房子,因为各种应酬,需要办一些大型聚会。当然了,也许某一天——谁也不知道,是不是?"

埃弗里小姐反驳道:"某一天!啧!啧!不要说什么某一天。你现在就生活在这儿啊。"

"是吗?"

"你就生活在这儿,要我说,你已经在这儿生活了十分钟了。"

这话毫无意义,可是一种背叛的奇怪感觉袭来,玛格丽特从椅子上站了起来。她觉得这是对亨利含沙射影的责备。她们走进了餐厅,阳光洒在她母亲的梳妆柜上;楼上,许多老旧的神像从崭新的壁龛向外窥视着。家具安放得恰到好处。在居中的那间房里——就是正厅正上方,海伦四年前睡过觉的地方——埃弗里小姐放着蒂比用过的旧摇篮。

"这是育婴室。"她说道。

玛格丽特转过身去,一言不发。

总算每个地方都看过了。厨房和门廊依然堆放着家具和麦秸,不过，就她所能看到的地方，没有任何破损或剐蹭。真是心灵手巧的动人展示！随后，她们客客气气地去院子里走了一圈。自从上次来访之后，这里已经荒芜了。蜿蜒的石子路上杂草丛生，车库的入口处也有野草冒了出来，埃薇的假山只剩下几块石头。也许，埃薇要对埃弗里小姐的古怪行为负责。但是玛格丽特怀疑，背后还有更深层次的原因，那姑娘愚蠢的信件不过是释放了她多年来的愤懑而已。

"这块草地真漂亮。"她说道。这是个数百年前由小块田地演变成的那种露天客厅。所以作边界用的树篱是呈直角拐来拐去顺着山势延伸下去的，山脚下盖了个绿色的小棚屋，算是奶牛们的卫生间。

"是啊，草甸子①可好看了。"埃弗里小姐说，"不过，对那些不打喷嚏的人来说才好看。"她不怀好意地咯咯笑了起来，"我见过查理·威尔科克斯在花粉热流行的季节出门去找我那儿的小伙子——哦，他们该做这个——他们不能干那个——他应该知道，他们还是小伙子。可就在那时，他开始痒起来了。这是从他父亲那里遗传过来的毛病，还遗传了其他一些毛病。威尔科克斯家没有哪个人能扛得住六月份的田野——他当初追求露丝的时候，可把我笑了个半死。"

"我弟弟也有花粉热。"玛格丽特说。

"对他们来说，这房子太依赖这块土地了。当然喽，一开始他们还是很开心能溜进来的。不过威尔科克斯家的人在这儿住总比没人住好吧，想必你也看出来了。"

玛格丽特笑了起来。

"他们维持着一个地方的活力，是不是？没错，就是这么回事。"

"他们维持着英格兰的活力，这是我的看法。"

但是埃弗里小姐的回答让她不太舒服："是啊，他们像兔子一样能生。算啦，算啦，这个世界就是荒唐嘛。不过我想啊，创造这个世界的那位自有他的安排。查理太太就是要生第四胎，也轮不到我们来抱怨。"

---

① "草地"的方言说法。

"他们生养孩子,他们也工作啊,"玛格丽特说道,她意识到有些话是在诱使她做出背叛行为,而此时风吹鸟鸣恰好形成了呼应,"这当然是个荒唐的世界,可是只要有像我丈夫和他儿子这样的人来治理,我想永远都差不到哪里去——永远不会很糟糕。"

"是的,总比没有好。"埃弗里小姐说,然后转向了那棵山榆树。

回农场的路上,她说起了她的老朋友,思路比之前清晰了许多。在庄园的时候,玛格丽特曾怀疑她是不是分不清以前的夫人和现在的夫人。现在她说:"露丝的祖母去世后,我就很少看到她了,不过我们一直还是以礼相待。这家人特别仁义,老霍华德夫人从来不说别人的坏话,也不会把人家饿着肚子打发走。那个时候,他们的土地上从来没有树过'外人免进,违者严惩'的牌子,而是客气地说'请勿进入'。霍华德夫人天生就不是一个经营农场的人。"

"没有男人帮她们吗?"玛格丽特问。

埃弗里小姐回答:"本来正常运行的,后来男人都没了。"

"后来威尔科克斯先生来了呀。"玛格丽特纠正说,她急切地认为,她的丈夫应该得到应有的评价。

"我想是的;可是露丝本应该嫁个——这么说不是对你不敬啊,因为我估计,不管她当初是不是接受了威尔科克斯,你反正是要接受他的。"

"她该嫁给谁呢?"

"一个战士!"这个老妇人大声说道,"某个真正的战士。"

玛格丽特沉默了。这是对亨利性格的批评,比她自己的任何批评都要尖锐。她觉得不太舒服。

"不过一切都过去了,"她接着说道,"现在,好日子就要来了,虽然你让我等了那么久。两星期之后,我就会透过夜晚的树篱看到你家亮闪闪的灯光了。你订好木炭了吗?"

"我们不会来的。"玛格丽特坚定地说。她非常尊重埃弗里小姐,不想敷衍她。"不,不会来的。永远都不会来。这完全是一场误会。家具必须马上重新打包,我还有其他安排,很抱歉,得跟你要回那些钥匙了。"

"应该的，威尔科克斯夫人。"埃弗里小姐说道，微笑着交付了自己的差事。

这个结局让玛格丽特如释重负，在向玛奇致意过后，她走回到火车站。她本打算去放家具的仓库，安排一下搬迁事宜，可是混乱的情形远比预计的严重，于是她决定跟亨利商量一下。她这么做也刚好，亨利强烈反对雇佣他之前推荐的当地人，建议她干脆存放在伦敦算了。

但是，这事还没来得及做，她就碰到了一个意想不到的麻烦。

第三十四章

　　这个麻烦也并非完全出乎意料。整个冬天，朱莉姨妈的身体都不太好。她很长时间都在反复感冒咳嗽，因为一直很忙，没法根治。就在她终于答应外甥女"要真正让疲惫的胸口歇一歇"的时候，又受了风寒，病情发展成了急性肺炎。玛格丽特和蒂比赶到了斯沃尼奇，海伦也电报通知了。那年春天，大家还齐聚在那个好客的房子里欢聚一堂，留下了美好的回忆，让人唏嘘不已。在一个晴好的日子，天空好似蓝色的瓷器，安详的小海湾里，浪花轻柔地拍打着沙滩上的纹印，玛格丽特急匆匆地穿过杜鹃花丛，再一次面对无情的死亡威胁。一次死亡，可以解释这次死亡本身的一些东西，却无法给其他的死亡带来启示；要想寻得什么，就必须重新开始。布道者或科学家或许会得出普遍性的结论，可是我们知道，对于我们所爱的人，是无法一概而论的；等待他们的，不是同一个天堂，甚至也不是同一种遗忘。朱莉姨妈演不了悲剧，她带着怪异的轻笑，溜出生命的掌控，歉疚地说此生已经逗留太久。她非常虚弱；她应付不了这个局面，也意识不到那个公认的重大秘密必然等待着她；她只是觉得自己似乎疲累之极——比以前任何时候都要疲累；每一分每一秒，她看到的、听到的、感知到的都越来越微弱；除非发生什么改变，她很快就什么都感知不到了。她把剩余的气力都用在了计划上：玛格丽特不是可以坐汽船去旅行吗？鲭鱼做得合蒂比的口味吗？她担心海伦怎么一直没出现，又担心海伦因为她才回来。护士们好像觉得这些牵挂是很自然的，或许她走向天堂大门的这条路，也正是一般人要走的路。但是，玛格丽特看见死亡剥除了所有虚假的浪漫，不管死亡的概念包含了什么，这个过程都是繁琐而可憎的。

　　"有件重要的事——亲爱的玛格丽特，等海伦来了，就去拉尔沃思玩一趟吧。"

"海伦没法留下来,朱莉姨妈。她打电报来了,说只能抽身过来看望您一下。等您身体好了,她立刻就要回德国去。"

"海伦太怪异了!威尔科克斯先生——"

"怎么了,亲爱的?"

"他能让你留下来吗?"

亨利希望她来的,而且很贴心。不过,玛格丽特又重复了一遍。

芒特夫人没有死。一股超乎她意志的崇高力量将她拉住,阻止她向坡下滑去。她平静地缓过来了,还是跟以前一样闲不住。到了第四天,她脱离了危险。

"玛格丽特——有件重要的事,"唠叨又开始了,"我希望你有个伴儿,可以一起散步。一定要找找康德小姐。"

"我跟康德小姐散了会儿步了。"

"可是她这个人不太有趣。要是你有海伦陪就好了。"

"我有蒂比陪呢,朱莉姨妈。"

"不行,他还要对付他的汉语呢。你需要的是一个真正的伴侣。真的,海伦太怪异了。"

"海伦是非常怪异。"玛格丽特附和道。

"既然对出国不太满意,为什么还要马上回那儿去呢?"

"她看到我们的时候,肯定会改变主意的。她一点都不稳重。"

这是对海伦老一套的批评,但是这么说的时候,玛格丽特的声音是颤抖的。到了此刻,海伦的行为已经让她倍感痛苦。逃离英格兰也许是一时冲动,但是在外一待就是八个月,说明她的脑子和心都出了问题。家有病人可以将海伦召回,可是她对更有人情味的召唤却置若罔闻;瞥一眼她的姨妈之后,她会隐入某个邮箱地址背后,去过模糊不清的生活。她简直不复存在了;她的来信变得敷衍乏味,越来越少;她无欲无求,兴趣尽失。这一切都归结到可怜的亨利身上!亨利早已得到妻子的原谅,可在他小姨子的眼里,依然劣迹斑斑,不受待见。这是一种病态,玛格丽特突然惊觉,这种病态的形成可以追溯到海伦过去将近四年的生活。从奥尼顿不辞而别;对巴斯特夫妇异乎寻常的眷顾；在丘陵上失声痛哭——这一切都跟保罗有关，这个无足轻重的男孩不过用他的嘴唇亲吻了她的嘴唇片刻而已。玛格丽特和威尔科克斯夫人曾担心，他们还会吻到一起。真是愚蠢：真正的危险是反作用力啊。对威尔科克斯一家的抵触侵蚀了她的生命，直至让她近乎失去理智。才二十五岁，她就有了执念，等她成了一个老太婆，还有什么希望？

玛格丽特越想越警觉。好多个月以来，她总不去想这个话题，但是现在问题太大了，再也不能掉以轻心。海伦的表现简直有点疯狂。她的所有行为会不会是某个小小的意外所致？比如可能发生在任何姑娘小伙身上的那种？这么无关紧要的事情竟能影响人的性格养成吗？霍华德庄园那次冒失的小小邂逅是关键。它让情欲滋生，让更严肃的交往变得苍白；这种情感比姐妹间的手足之情更强烈，超越了理性和书本说教。海伦曾经一时兴起，坦承自己在某种程度上依然"享受"着那次邂逅。保罗已经消失，但是他轻抚摩挲的魔力却挥之不去。只要对过去还有留恋，就可能存在着反作用力——力量会在两端同时滋生。

唉，我们的心灵就像一块块苗圃，而对于选择什么样的种子，我们自己却无能为力，真是奇怪又可悲。不过到目前为止，人就是奇怪又可悲的存在，执意在大地上小偷小摸，捞点好处，对于自身内心的成长却毫不在意。他受不了心理学的枯燥乏味，将它丢给了专家，这就好比让蒸汽机代他进食。他不愿费心去消化品味自己的灵魂。玛格丽特和海伦更有耐心一些，而且玛格丽特似乎已经取得了成功——只要成功可及的话。她确实了解自己，能够基本控制自身的成长。至于海伦有没有成功，谁也说不上来。

芒特夫人转危为安的那天，海伦的信送到了。她是从慕尼黑寄出的，说她本人第二天到达伦敦。这是一封让人不安的来信，不过开头倒是深情而理智。

最亲爱的梅格：

代海伦向朱莉姨妈问好。告诉她，我爱她，打记事起就爱着她。我周四应该就到伦敦了。

我的地址通过银行工作人员转交。我还没有入住酒店,所以给我的信或者电报就寄到那儿吧,把详细信息告诉我。如果朱莉姨妈好了很多,或者因为不测,我去斯沃尼奇变得没有意义,我可能就不去了,到时你不要太意外。我的脑子里装满了各种计划。目前我在国外生活,希望能尽快回去。你能不能告诉我,我们的家具放哪儿了。我想去拿一两本书;其余的东西就给你了。

原谅我,最亲爱的梅格。这封信读起来肯定让人心烦,不过所有的信都出自爱你的人之手。

海伦

这确实是一封让人心烦的来信,因为它让玛格丽特忍不住要撒谎。如果她写信说朱莉姨妈依然病情危急,她妹妹就会回来。不健康的状态具有传染性。我们跟处于病态的人打交道,自己的情况也会恶化。那种"出于好意的做法"也许对海伦有好处,但是会伤害她自己,于是,冒着出大事的风险,她继续保持了一会儿优等生的本色。她回信说,她们的姨妈大有起色,就等着康复了。

蒂比赞同她这样回复。他成熟得很快,跟以前相比,他已经成了一个更加令人愉快的伙伴了。牛津对他的影响很大。他不再动辄发脾气,而且还能隐藏对人的冷漠和对食物的兴趣。不过,他还不够通达人情。十八至二十二岁这段时间对大多数人来说是充满魔力的年龄,却正将他从少年时期引向中年时期。他从来不知道年轻人的男子气概为何物,这种品质温暖人的内心,直至死亡,也让威尔科克斯先生具备了难以磨灭的魅力。蒂比性格冷淡——这不是他自己的过错造成的,况且他也并不冷酷。他认为海伦是错的,玛格丽特是对的,但是于他而言,家庭的烦恼就像多数人眼中脚灯背后的景象。他只提了一个建议,这正体现了他的性格。

"为什么不告诉威尔科克斯先生呢?"

"海伦的事情吗?"

"也许他碰到过这种事。"

"他倒是会尽力,可是——"

"哦,你最了解情况。不过,他办事是很有实效的。"

这是学生对专家的信任。玛格丽特因为一两点理由而表示反对。这时,海伦的回信又来了。她拍了一封电报,询问存放家具的地址,因为她马上就回来了。玛格丽特回复说:"当然不会告诉你;四点钟在银行跟我见面。"她和蒂比去了伦敦。海伦不在银行,工作人员也拒绝向他们提供她的地址。海伦已经陷入了一片混乱。

玛格丽特伸手搂住了她弟弟。他就是她的一切了,而且从来没有像现在这般脆弱。

"蒂比,亲爱的,下面该怎么办呢?"

他回答:"这事不简单。"

"亲爱的,你的判断往往比我更清晰。你觉得这背后有什么情况呢?"

"没什么,除非是精神上的问题。"

"哦——那方面!"玛格丽特,"根本不可能嘛。"但是,这样的猜测毕竟说出来了,几分钟后,她自己就认同了这个推断。其他解释都说不通,而且伦敦的情形也与蒂比的看法不谋而合。这个城市褪去了面具,她看到了它的真面目——无限未来的一个缩影。熟悉的栏杆,她走过的街道,多年来穿梭其间的房屋,突然之间都变得可有可无了。海伦似乎跟眼前灰蒙蒙的树木、往来的车辆以及缓慢流动的泥块合而为一了。她艰难地放弃了自己的坚守,重又回到了那个"整体"。玛格丽特自己的信仰是坚定不移的。她知道,人的灵魂如果可以融合的话,终将与星辰大海融为一体。可是,她觉得妹妹已经迷失了很多年。在伦敦这个阴雨绵绵的午后,灾难的降临是具有象征意义的。

亨利是唯一的希望了。亨利遇事果断,他或许能在混乱中找到他们没有发现的蹊径,于是她决定采纳蒂比的建议,把整个事情交给他去处理。他们要去办公室找他。他总不至于把事情弄得更糟。她走进圣保罗大教堂待了一会儿,教堂穹顶在一片混乱中傲然挺立,仿佛在宣扬形式的重要性。可是到了里面,圣保罗大教堂跟周遭环境并无二致——充斥着回声和私语,听不清楚的歌声,模糊难辨的马赛克,地板上踩来踩去的湿脚印。若你想找寻他的丰碑,请环视四周[①]:它指引我们回到伦敦。海伦是不可能在这里出现的。

亨利起初不太满意,这点她预料到了。看到她从斯沃尼奇回来,他异常开心,但是又冒出一个麻烦,他一下子接受不了。他们跟他说了寻找海伦的事情,他只是随口取笑了蒂比和施莱格尔姐妹几句,还说给自己的亲属找麻烦就是"海伦的本色"。

"我们也都这么说,"玛格丽特回应道,"可这为什么就是海伦的本色呢?为什么她就可以这么不着调,而且越来越不着调?"

"不要问我,我只是个普通生意人。我自己活,也让别人活。我给你们俩的建议是,不要担心。玛格丽特,你又有黑眼圈了。你要知道这是绝对不允许的。先是你姨妈——然后是你妹妹。不行,我们不能再这样了。是吧,西奥博尔德?"他按响了铃铛,"我给你来点茶,然后你直接去迪西街。我不能让我的女人老得跟她丈夫一样。"

"可是,你还没理解我们的重点呢。"蒂比说道。

情绪不错的威尔科克斯先生回他:"我觉着根本用不着啊。"他身体朝后仰去,哂笑着这聪明却荒唐的一家人,而壁炉的火光在那张非洲地图上摇曳着。玛格丽特示意她弟弟继续说下去。虽然有点胆怯,他还是遵从了姐姐的意思。

"玛格丽特的意思是,"他说道,"海伦也许疯了。"

在里间工作的查尔斯在门口张望。

"进来吧,查尔斯,"玛格丽特和善地说道,"你能不能帮帮我们?我们又有麻烦了。"

"我恐怕帮不了。到底什么情况?你知道,我们大家如今多多少少都有点疯狂。"

[①] 原文为拉丁文,刻在圣保罗教堂设计者克里斯托弗·雷恩爵士(Sir Christopher Wren, 1632—1723)的纪念碑上。

"情况是这样的，"蒂比回答道，他有时难免书生气，把话说得一板一眼，"情况是，她到英格兰已经三天了，却不愿见我们。她不让银行工作人员把她的地址给我们。她拒绝回答问题。玛格丽特发现她的信写得没什么生气。还有其他情况，但是这些是最显眼的了。"

"这么说，她以前从来没有这样的表现了？"亨利问道。

"当然没有！"他妻子皱起眉头说道。

"哦，亲爱的，我怎么知道呢？"

她的心中涌起一股无名怒火。"你知道很清楚，海伦在感情上从来没做错过什么，"她说道，"不用说，你对她应该有这样的了解。"

"哦，是的；我和她一直都相处得很好。"

"不，亨利——你看不出来吗？——我不是那个意思。"

她平复了自己的情绪，不过查尔斯早已看出了端倪。他愚蠢而又专注地观看着这场戏。

"我的意思是说，她过去有什么古怪行为的话，我们可以追根溯源，找到她内心的想法。她行为怪异是因为在意某些人，或者想着去帮助他们。可现在她没有任何理由了呀。她太让我们伤心了，正因为这样，我才确信她出了毛病。'疯'是个可怕的字眼，可她就是不正常啊。我怎么也不相信。如果我觉得我妹妹是正常的，就不会跟你商量她的事了——我是说，拿她的事来麻烦你。"

亨利变得严肃起来。对他来说，健康出问题是一件容不得马虎的事情。他自己一向身体健康，意识不到我们生病是日积月累的过程。病人是没有权利的，他们不受待见；别人欺骗了他们也不会有一点点自责。他的第一任妻子病魔缠身时，他曾答应带她去赫特福德郡，可同时却把她安排进了一家疗养院。海伦也病了，他为锁定她拟定了计划，虽然高明且不乏好意，却借用了狼群捕猎的做法，有点不择手段。

"你们想控制住她吧？"他说道，"这就是问题所在，是不是？她得去找医生看看。"

"据我所知,她已经看过一个了。"

"是的,没错;不要打断我。"他站起身,专注地思考起来。那个亲切和善、犹豫不决的男主人不见了,他们现在看到的,是那个从希腊和非洲大发其财、仅用几瓶杜松子酒就从土著手里换来大片森林的人。"我有主意了,"他终于开了口,"这事太简单了,就交给我吧。我们把她引到霍华德庄园去。"

"你准备怎么做?"

"用她的书做文章。告诉她,她必须自己去取,到时你就可以在那儿见到她了。"

"可是,亨利,那正是她不让我做的事啊。那是她不要见我的——不管是什么吧。"

"你当然别告诉她你要去啊。等她到了那边,翻找那些箱子的时候,你就溜达进去。如果她没问题,那再好不过。否则,汽车就停在拐角,我们可以立刻送她去找专家。"

玛格丽特摇了摇头。"这样根本不行。"

"为什么?"

"依我看,不见得不可能,"蒂比说道,"当然这个计划也极有可能泡汤。"

"不可能的,因为——"她伤心地看着她的丈夫,"我跟海伦是不会用那种语言交流的,不知道你明不明白我的意思。这对其他人可能非常有用,我不怪他们。"

"可是海伦不开口啊,"蒂比说道,"难就难在这里。她不用你们的语言跟你交流,因此你认为她生病了。"

"不行,亨利。你是好意,但是我做不到。"

"我明白,"他说道,"你有顾虑。"

"我想是吧。"

"只要你这些顾虑不消除,你妹妹就只能受苦。你本来一句话就可以让她去斯沃尼奇,但是你有顾虑。有顾虑很正常,我希望跟所有理性的人一样,行事谨慎;但是对于这样的一件事,人都疯了——"

"我不承认她疯了。"

"你刚才还说——"

"我说疯了可以,你说就不行。"

亨利耸了耸肩。"玛格丽特!玛格丽特!"他懊恼地说道,"再怎么教,女人都学不会逻辑。好了,亲爱的,我的时间是很宝贵的,你还要不要我帮你?"

"不要用那种方式帮我。"

"回答我的问题。问题直白,回答也直白点,你还——"

查尔斯突然插了进来,让他们很惊讶。"爸爸,我们最好别把霍华德庄园扯进来。"他说道。

"为什么,查尔斯?"

查尔斯给不出理由;但是玛格丽特觉得,虽然隔着遥远的距离,他们似乎已经互相致意了。

"整个房子乱七八糟的,"他不高兴地说,"我们不能再添乱了。"

"'我们'是谁?"他父亲问道,"我的孩子,请问,'我们'是谁?"

"我知道了,请您原谅,"查尔斯说,"我好像总是不合时宜。"

到了这时,玛格丽特真希望她从来都没跟她丈夫提起自己的麻烦事。改变主意是不可能的了,他决心要让这件事有个满意的结果,而就在他说话的时候,海伦渐渐消失了。她的头发,那飘逸的头发和热切的眼神算不了什么,因为她病了,权利尽失,随便哪个朋友都可以猎捕她。玛格丽特虽然很难过,却也加入了追踪的队伍。她按照丈夫的口述,给妹妹写了一封信,骗她说家具都在霍华德庄园,不过只有下周一下午三点才能看到,到时会有女佣听候吩咐。这封信语气冷漠,更像那么回事。海伦会觉得她是在生气。下周一,她和亨利会跟多莉一起吃饭,然后就躲在院子里面等着。

他们走后,威尔科克斯先生对他儿子说道:"我受不了你这种行为,我的孩子。玛格丽特心地善良,不会介意,可是我替她介意。"

查尔斯没有反应。

"查尔斯,今天下午你有什么问题吗?"

"没有,爸爸;不过您也许揽下了一件您预想不到的大事。"

"怎么说?"

"不要问我。"

第三十五章

　　人们常说春天情绪多变，可她真正的孩子，也就是春天的那些日子，却只有一种情绪，不是风起就是风落，还有鸟儿不停地鸣叫。花儿可以是新开的，树篱上绿色的镶边可以越来越宽，可笼罩在头顶的还是那个天空，柔和、厚重、湛蓝，看得见、看不见的也还是那些身影，在树林草地间徘徊。玛格丽特与埃弗里小姐一起度过的那个上午，还有她准备去诓骗住海伦的下午，就像一架天平的两个托盘。时间本来不会流逝，雨滴本来不会落下，只有人，用他的伎俩和灾殃给大自然添乱，到头来只能透过泪水织就的面纱去打量这个世界。

　　她不再抵触。不管亨利是对是错，他都仁至义尽了，她不知道还有什么标准可以用来衡量他。她必须绝对信任他。他只要一开始做一件事，他那种愚钝就消失了。最不起眼的信息对他都有用处，他保证把追捕海伦这件事办得像埃薇的婚礼一样麻利。

　　按照计划，他们早上就去了，他发现他们的目标其实就在希尔顿。他一落脚，就去村里所有的马房走了一趟，跟马房的经营者认真地谈了几分钟。他说了什么，玛格丽特无从知晓——也许不是实情；不过午饭之后就有消息传来，说一位女士从伦敦坐火车过来，叫了一辆马车往霍华德庄园去了。

　　"她肯定要用车的，"亨利说道，"她的书在那儿呢。"

　　"我想不明白。"这是玛格丽特第一百次说这句话了。

　　"把咖啡喝完，亲爱的。我们要动身了。"

　　"是啊，玛格丽特，你得多吃点，这你知道。"多莉说道。

　　玛格丽特拿起杯子，却突然抬起一只手捂住了眼睛。多莉偷眼看了看她公公，他没有反应。沉默之中，汽车开到了门口。

　　"你不适合去，"他担心地说，"让我一个人去吧。我知道该怎么做。"

"哦不，我可以去，"玛格丽特说着把手从脸上拿开了，"只是特别担心而已。我都感觉不到海伦真的还活着。她的信和电报好像是别人写的，里面都不是她的口气。我不相信你的司机真的在火车站看到她了。我要是没提起过这件事就好了。我知道查尔斯很不高兴。是的，他——"她抓起多莉的手，亲了一下，"好了，多莉会体谅我的，好了，我可以走了。"

亨利一直在密切注视着她。他不喜欢这种情绪崩溃的样子。

"你不要把自己收拾一下吗？"他问道。

"还有时间吗？"

"有，多得很。"

她从前门进了盥洗室，门闩刚刚插上，威尔科克斯先生就低声说道：

"多莉，我不带她去了。"

多莉的眼中闪出一种俗气的兴奋。她蹑手蹑脚地跟着他走向外面的汽车。

"告诉她，我觉得这样最好。"

"好的，威尔科克斯先生，我明白。"

"你怎么说都行。好吧。"

汽车启动顺畅，不出意外的话应该已经开走了。但是，在花园里玩的波娃偏偏此时坐在了路中间。克兰想躲开他，一个车轮就压到了桂竹香的花圃上。多莉尖叫了起来。玛格丽特听到动静，没戴帽子就冲了出来，及时跳上了车子的踏板。她一句话都没说。他不过是像她对待海伦一样对待她罢了，她对这种欺骗异常恼火，恰恰让她看到了海伦对他们会有什么样的感受。她想："我活该；我是在为降下旗子[①]接受惩罚啊。"她接受了他的道歉，那种平静让他大为吃惊。

"我还是觉得你不适合去。"他继续说。

"也许吃午饭的时候我还不适合，不过现在所有事情都在我面前

[①] 原文是 colours，代指军队的旗帜，降下后表示投降。

摊开了。"

"我是想把事情做到最好。"

"把你的围巾借我一下，好吧。这风把我的头发都吹乱了。"

"当然可以啊，姑奶奶。你现在没事了吧？"

"看！我的手不抖了。"

"也完全原谅我了吧？那就听好了。她租的车应该已经到达霍华德庄园。（我们稍稍晚了一点，但是没关系）我们第一步是把车派到农场去等着，因为如果可能的话，最好不要在用人面前闹出大动静。某位先生"——他指着克兰的后背——"不会开进去，而是在不到前门的地方等着，就待在那些月桂树后面。你还拿着屋子的钥匙吧？"

"是的。"

"呃，钥匙用不着了。你还记得房子的格局吧？"

"记得。"

"如果我们发现她不在门廊那边，就绕到花园里去。我们的目的——"

这时，他们停下来把一个医生接上了车。

"我刚刚在跟我妻子说呢，曼斯布里奇，我们的主要目的是不要吓着施莱格尔小姐。你知道的，房子是我的财产，所以我们到那边去是天经地义的。问题很显然在于神经方面——你说是吧，玛格丽特？"

这个医生是个非常年轻的男子，他开始询问有关海伦的各种问题。她正常吗？有没有先天或者遗传方面的问题？有没有发生过什么让她与家庭割裂的事情？

"没有。"玛格丽特答道，心中不禁暗想，如果她加上一句"不过她确实讨厌我丈夫的不道德行为"会怎么样。

"她总是咋咋呼呼的，"亨利紧跟着说道，身体向后仰去，这时汽车正急速驶过教堂，"喜欢降灵说之类的东西，不过都没太当真。音乐啦，文学啦，艺术啦，不过要我说，她很正常——一个很迷人的女孩子。"

玛格丽特的愤怒和恐惧与时俱增。这些男人怎么敢这样给她妹妹贴标签！往后不知还有多可怕的事情呢！科学的名头下掩盖的是多么鲁莽的行为！这群人正扑向海伦，要剥夺她的人权，玛格丽特觉得，似乎施莱格尔家的所有人都因为她而受到了威胁。他们正常吗？瞧这问题问的！问出这种问题的恰恰是那些对人性一无所知的人，心理学让他们厌烦，生理学又让他们震颤。不管她妹妹的状态多可怜，她知道自己都要站在妹妹那一边。如果这世界认为她们疯了，那她们就一起疯好了。

现在是三点零五分。汽车在农场边慢了下来，埃弗里小姐站在农场的院子里。亨利问她有没有看到一辆出租马车经过。她点了点头，紧接着他们就看到了那辆马车，停在巷子的尽头。汽车像只捕猎的野兽，悄悄地开动着。海伦一点都没有防备，就坐在门廊里，背朝着路。她已经来了。只看得见她的头和肩膀。她坐在葡萄藤形成的框架里，一只手抚弄着嫩芽。风吹乱了她的头发，太阳的照射让它光彩夺目；她还是以前的样子。

玛格丽特坐在车门边上。没等她丈夫出手阻止，她就溜下了车。她跑向花园紧闭的大门，推门进去，又故意把门推向他的脸。声音惊动了海伦。玛格丽特看到她以一种非常陌生的姿势站了起来，等她冲进门廊才弄明白，他们所有的担忧只有一个简单的解释——她妹妹怀孕了。

"那个逃学的家伙还好吧？"亨利喊道。

她急急忙忙低声说："哦，我亲爱的——"房子的钥匙在她手里，她打开了霍华德庄园的门锁，把海伦推了进去。"是的，很好。"她说道，背对着门站着。

第三十六章

"玛格丽特,你看上去不开心啊!"亨利说道。

曼斯布里奇跟了上来。克兰守在大门口,马车夫站在驾驶座上。玛格丽特朝他们摇着头;她再也说不出话来。她紧紧地抓着那些钥匙,仿佛她们的将来就寄托在它们身上。亨利还在问更多的问题,她又摇了摇头。他的话没有意义。她听出他的疑问是,为什么她要放海伦进去。"你差点让门砸到我。"他又说道。这时她听到自己在说话了。她说,或者有人替她说道:"走开。"亨利凑得更近了。他重复道:"玛格丽特,你看上去又不开心了。亲爱的,把钥匙给我。你把海伦怎么着了?"

"哦,亲爱的,请你走开,所有事情都由我来处理。"

"处理什么?"

他伸手要钥匙。如果不是因为医生在场,她可能就顺从了。

"能不能别这样。"她哀求道;医生已经转过身去,在盘问海伦租的那辆车的车夫。一种新的感觉涌上她的心头:她是在为女人和男人作斗争。她不在乎什么权利,但是如果这些男人要进霍华德庄园,那就从她身上踏过去吧。

"得了,怎么一来就闹这个嘛。"她丈夫说道。

这时医生走了过来,对威尔科克斯先生低声说了几个字——丑闻传开了。亨利着实给吓住了,他站在那儿盯着地面不动。

"我没办法,"玛格丽特说道,"等着吧,这不是我的错,请你们四个现在就走开。"

这时,马车夫对克兰悄声说着什么。

"我们得请您帮忙了,威尔科克斯夫人,"那个年轻的医生说道,"您能不能进去劝您妹妹出来?"

"什么理由?"玛格丽特说着,突然直盯着他的眼睛。

他觉得含糊一点显得比较专业，于是嘟嘟哝哝地说了些什么精神崩溃之类的话。

"对不起我没听清楚，不过绝不是你说的那么回事。你没资格给我妹妹看病，曼斯布里奇先生。需要你提供帮助的时候，我们会通知你的。"

"要是您愿意，我可以更直言不讳地做出诊断。"他反驳道。

"你本来可以的，但是你没有啊。所以你没资格给我妹妹看病。"

"行了，行了，玛格丽特！"亨利说道，眼都没抬一下，"这事挺可怕的，简直耸人听闻。还是听医生的吧，把门打开。"

"请原谅，我不会开门的。"

"我不同意你这么做。"

玛格丽特一言不发。

"这件事怎么着都一样，"医生也帮腔说，"我们最好一起努力。您需要我们，威尔科克斯夫人，我们也需要您。"

"就是啊。"亨利说道。

"我根本不需要你们。"玛格丽特说道。

两个男人面面相觑，忧心忡忡。

"我妹妹也不需要，她还要好几个星期才临盆呢。"

"玛格丽特，玛格丽特！"

"好了，亨利，把你的医生送走吧。他现在有什么用呢？"

威尔科克斯先生扫了一眼房子。他隐隐觉得，他必须坚定立场，给医生以支持。他自己也需要支持，因为麻烦还在后头。

"现在一切都要看感情了，"玛格丽特说，"感情，你们不明白吗？"她用自己惯常的做法，用手指在房子上写下了这个词。"你们当然明白。我很喜欢海伦，而你不那么喜欢。曼斯布里奇先生都不认识她。就是这么回事。而一旦得到回应，感情就赋予了权利。把这个记在你的笔记本上，曼斯布里奇先生，这可是一剂良方。"

亨利让她冷静一下。

"你都不知道自己想要什么，"玛格丽特说着，把胳膊抱了起来，

"只要说出一句有道理的话，我就让你们进去；可你们说不上来。你们会没来由地找我妹妹麻烦。我不允许这样的事发生。我宁可在这儿站一整天。"

"曼斯布里奇，"亨利低声说，"现在也许不行。"

一帮人散开了。克兰看到主人的手势，也回到汽车上去了。

"现在轮到你了，亨利，走吧。"她轻声说道。她的怨恨并非针对他。"马上就走，亲爱的。接下来我还需要你的建议呢，肯定的。要是我脾气不好，请你原谅。不过，说真的，你必须离开。"

他一下子蒙了，呆立在那儿没动。这次倒轮到曼斯布里奇低声招呼他了。

"我很快就会到多莉家去找你。"她喊道，这时大门终于在他们之间哐当一声关上了。那辆马车向旁边闪开，汽车朝后倒去，转了一下方向，再朝后倒，然后转上了狭窄的小路。几辆农场的马车从路中间赶了过来；她等着这一长串马车过完，因为没什么可着急的。等一切都消停了，汽车也开动了，她打开了房门。"哦，我亲爱的！"她说，"亲爱的，原谅我吧。"海伦正站在正厅里。

第三十七章

玛格丽特从里面把门闩上。然后她想亲吻妹妹，可是海伦开口了，语气十分庄重，从她口里出来让人感觉很奇怪：

"真是方便！你没告诉我书都从箱子里拿出来了。我要找的几乎都找到了。"

"我没跟你说实话。"

"确实，真让人惊讶。朱莉姨妈是病了吗？"

"海伦，你不会认为那个都是我编造的吧？"

"我想不是，"海伦说道，转身走开，略微提高了一点声音叫道，"可是这件事以后，任何事情都不会相信了。"

"我们以为你是病了，可是即便是在那个时候——我的表现也有点不近人情。"

海伦又挑了一本书。

"我不应该找任何人商量的。父亲会怎么看我呢？"

她没想去盘问她妹妹，也没想去责备她。将来这两者也许都有必要，不过她首先要清洗一下自己的罪过，这罪过比海伦所犯的任何过错都要严重——那就是缺乏信任，这是魔鬼在作祟。

"是啊，我很生气，"海伦回答，"我的意愿应该得到尊重。如果有必要，我自然会见面，但是朱莉姨妈康复后，就没必要了。我要规划我的生活，我现在必须要规划了——"

"过来，别翻那些书了，"玛格丽特喊道，"海伦，你一定要跟我说说。"

"我刚刚就在说，我不再随便过日子了。人不能经历许多——"她省略了那个名词——"却不提前规划自己的行动。我六月份要生孩子了，那么首先，聊天，讨论，情绪激动，对我都没有好处。必要的时候我会去经历这些，但也只限于必要的时候。其次，我没有权利去麻烦别人。我知道自己没法融入英格兰了，我做了英格兰永远都不会原谅的事情。要他们原谅这件事是不对的。所以我一定要住在别人不认识我的地方。"

"可是你为什么不告诉我呢，亲爱的？"

"是啊，"海伦面无表情地回答，"我本来可以告诉你的，但是决定等等再说。"

"我相信，你永远都不会告诉我。"

"哦，不，我会的。我们在慕尼黑租了一套公寓。"

玛格丽特向窗外瞥了一眼。

"'我们'是指我自己和莫妮卡。要不是她，我都是独自一人，而且希望以后也一直一个人生活。"

"我没听说过莫妮卡。"

"你不会听说的。她是意大利人——起码出身是这样。她以新闻写作为生。我第一次碰到她是在加尔达湖上。莫妮卡是帮我渡过难关的最佳人选。"

"那么你很喜欢她喽。"

"她跟我相处，一直都特别善解人意。"

玛格丽特在猜想莫妮卡是哪种类型的人——他们管这种人叫"英国化了的意大利人"①：来自南方的粗鲁的女性主义者，大家都敬而远之。而海伦在有难处的时候就找上了这种人！

"你别以为我们再也见不着了，"海伦说道，和善的语气中透着内敛，"我会一直为你留一间房，你有空的时候，跟我住的时间越长越好。不过你还是没明白，梅格，当然了，对你来说确实很难理解。这事对你是一个冲击，对我来说却不是，关于未来我们已经思考了很久，它不会因为这样的一次小小意外而发生改变。我不能在英格兰生活了。"

---

① 原文是意大利语：Italiano Inglesiato。奥利弗·斯塔利布拉斯指出，这个说法是由一句意大利谚语颠倒而来，即 Inglese italianato ... diavolo incarnato（"意大利化的英国人……魔鬼的化身"）。

"海伦，你还没有原谅我的背叛行为。如果你原谅了，就不可能这样跟我说话。"

"哦，亲爱的梅格，我们为什么要说话呢？"她放下一本书，疲倦地叹了口气。随后，她定了定神，说道："告诉我，这些书怎么都在这儿？"

"因为一连串的错误。"

"还有很多家具的包装都拆开了。"

"全部拆开了。"

"那谁住这儿呢？"

"没有人。"

"不过，我猜你是要把这座房子租出去吧。"

"这房子已经死了，"玛格丽特皱着眉头说，"何必再为它操心呢？"

"可是我有兴趣啊。你这么说，好像我对生活完全失去兴趣似的。我希望，我还是海伦。现在这房子感觉没有死气沉沉啊。跟过去放着威尔科克斯自己家东西的时候相比，正厅看上去更有活力了。"

"你有兴趣吗？很好，那我一定要跟你说说。我丈夫把这房子借给我们，条件是我们——不过因为出了个错，我们所有的东西包装都打开了，而埃弗里小姐没有——"她停了下来，"听着，我不能再这样下去了。我告诉你，我不会的。海伦，你为什么这么狠心对我，就因为你讨厌亨利吗？"

"我现在不讨厌他了，"海伦说，"我不再是个还在上学的小姑娘了，而且我再说一遍，梅格，我并不是狠心。可是，要让我融入你的英格兰生活——不行，趁早死了这条心吧。想想看，我要是去迪西街会出现什么情况！难以想象啊。"

玛格丽特没法反驳她。看到她默默推进她的计划，不悲不喜，不辩解，不悔罪，只是渴望自由，渴望有不会指责她的人陪伴，让人大为惊讶。她经历了——多少苦难？玛格丽特不清楚。但是这足以让她摒弃老习惯、离别老朋友了。

"跟我说说你自己吧。"海伦说道,她已经挑好了书,在家具中间来回走动着。

"没什么可说的。"

"可是你的婚姻是幸福的,梅格。"

"是的,可是我不想说。"

"你的感觉跟我一样。"

"不是那么回事,可我就是说不出来。"

"我也是啊。挺讨厌的,不过勉强自己也不好。"

她们之间出现了某种隔阂。这隔阂也许就是从今往后要将海伦排除在外的社会。也许是第三个生命,就像个精灵,已经在起作用了。她们找不到一个契合点,两个人都倍感痛苦,虽然知道感情还在,却无法从中得到慰藉。

"喂,梅格,危险过去了吗?"

"你的意思是要离开我了吗?"

"我想是的——亲爱的老太婆!不走也没什么意义了。我知道我们是没多少话可说了。代我向朱莉姨妈和蒂比问好,照顾好你自己,我就不啰嗦了。答应我,过段时间来慕尼黑看我。"

"当然了,亲爱的。"

"因为我们能做的也就这些了。"

似乎确实如此。最可怕的是海伦的常识判断,她认为莫妮卡一直对她特别有帮助。

"很高兴见到你和这些东西。"她深情地看着那些书架,似乎在跟过去说再见。

玛格丽特打开了门闩。她说:"汽车已经走了,你的马车在这里。"

她先朝马车走去,抬头看了看树叶和天空。春天从来没有如此美丽。靠在大门上的车夫喊道:"夫人,有人捎话来了。"然后把亨利的名片通过栅栏递给她。

"这是怎么送来的?"她问。

克兰到目的地之后,几乎立刻就掉头送来了这个。

她看着这张卡片,有点气恼。上面用法语土话写满了指示。她跟她妹妹聊过之后,要回到多莉家过夜。"这事过后好好睡一觉。"至于海伦,会给她"在旅馆安排一间舒适的房间"。① 最后这句话让她非常不高兴,后来她才想起来,查尔斯家只有一间客房,因此没法招待第三个客人。

"亨利能做的都会做的。"她这样理解。

海伦没有跟她一起去花园。门一打开,她要逃离的想法也没有了。她留在正厅里,从书架走向餐桌。她越来越像过去的那个海伦了,缺乏责任感却十分迷人。

"这是威尔科克斯先生的房子吗?"她问道。

"你肯定记得霍华德庄园吧?"

"记得?我什么都记得!可是这个地方现在看上去像我们家了。"

"埃弗里小姐真是了不得。"玛格丽特说道,她自己的情绪也稍稍舒缓了一点。她心头再次涌起一丝背叛的感觉。不过这让她挺放松,她也就听之任之了。"她很爱威尔科克斯夫人,宁可用我们的东西把她的房子布置起来,也不愿意空着。结果就把书房里所有的书都放在这儿了。"

"不是所有的书。艺术类的书她就没打开,这也许体现了她的感觉。我们以前从来不会把剑挂在这儿。"

"不过这剑看着挺好的。"

"非常漂亮。"

"就是啊。"

"钢琴哪儿去了,梅格?"

"我放在伦敦的库房里了。怎么了?"

"没什么。"

"好奇怪,地毯也挺合适的。"

---

① 原文是法语。

"铺地毯是个错误,"海伦表明了自己的看法,"我知道,我们在伦敦是铺了地毯的,不过这个地板就应该不铺地毯才对,地板本身要漂亮得多。"

"你还是喜欢简约的装修风格。你走之前要不要来餐厅看看?那边没铺地毯。"

她们走了进去。两人的交谈越来越自然了。

"哦,这地方放妈妈的梳妆柜正合适!"海伦叫了起来。

"你再看看那几把椅子。"

"哦,真好看!威克姆街是朝北的吧?"

"西北。"

"不管怎么说,这些椅子有三十年没感受过阳光了。你摸摸,这些可爱的小椅背还挺热乎的。"

"可埃弗里小姐为什么要把椅子摆成一对一对的呢?[①] 我要——"

"到这边来,梅格。这么放,不管谁坐在上面就都能看到草地了。"

玛格丽特搬过来一把椅子,海伦在上面坐了下来。

"是——啊,窗户太高了。"

"换一把客厅的椅子试试。"

"不了,我不太喜欢客厅。那个大梁用板子包起来了,要不会很漂亮的。"

"海伦,你对有些事的记性真好啊!你说得一点不错,那是个让男人给搞砸了的房间,其实他们本来是想弄得漂亮点让女人高兴的。男人不知道我们想要的是什么——"

"永远都不会知道的。"

"我不同意。两千年以后他们就会知道了。"

"不过,那些椅子看着可真气派。看这里,蒂比把汤洒掉的地方。"

---

① 估计是指按对称格局摆放。

"咖啡，洒的是咖啡。"

海伦摇了摇头。"不可能。蒂比那个时候太小了，不会给他喝咖啡的。"

"那会儿父亲还在吗？"

"在。"

"那你就是对的，肯定是汤。我刚想到的事情要晚得多——朱莉姨妈那次来访闹得不太开心，她没意识到蒂比已经长大了。那次就是咖啡，他故意把咖啡弄洒了。每天早上早餐的时候她对他说的那个'茶还是咖啡呀？咖啡还是茶呀？'，还真是有点押韵呢。等等——怎么说的来着？"

"我知道是——不对，想不起来了。蒂比那会儿真是个让人讨厌的小孩儿！"

"不过那个韵押得也是真难听，讲究的人都受不了。"

"啊，那棵青梅树，"海伦叫起来，仿佛这院子也是她们童年的一部分，"我怎么会把那棵树跟哑铃联系起来了呢？① 你看那些鸡过来了。草该剪了。我喜欢金翼啄木鸟——"

玛格丽特打断了她。"我想起来了。"她大声说道，

  茶，茶，咖啡，茶，
  要不来杯巧克力茶。

"连着三个星期，每天早上都这么念叨，难怪蒂比受不了。"

"蒂比现在挺可爱的。"海伦说道。

"怎么样！我就知道你最后会说这个。他当然很可爱喽。"

铃声响起来了。

"听！怎么回事？"

海伦说道："也许威尔科克斯家的人开始围攻我们了。"

"胡说八道——听！"

凡尘俗世的烟火气从她们的脸上消退了，不过也留下了某种东

---

① 锻炼器具。此处海伦可能联想到威尔科克斯一家在院子里早锻炼的情形。

西——她们知道彼此不可能被分开,因为她们的爱根植于共性的东西。解释也好,恳求也罢,都无济于事;她们尽力寻求一个共同的契合点,结果却弄得彼此不开心。其实,她们的救赎之道一直就在身边——过去的亲情可以弥合现在的嫌隙,而活力四射的今天预示着未来可期,那时会有孩童的欢声笑语。海伦走到姐姐跟前,仍然带着微笑。她说:"梅格就是梅格。"她们注视着对方的眼睛。内心世界的交流已经得到了回报。

铃声沉闷地响着。前门没有人。玛格丽特走到厨房,费劲地穿过包装箱来到窗前。来者原来是个小男孩,手里捧着一个锡罐。烟火气又回来了。

"小家伙,你要干什么呀?"

"喏,我是送牛奶的。"

"是埃弗里小姐让你来的吗?"玛格丽特问道,声音有点尖利。

"是的,请收下吧。"

"那你把它拿回去,就说我们不需要牛奶。"然后她朝海伦喊道:"不,不是围攻,倒是可能有人想给我们提供补给去对抗围攻呢。"

"可我喜欢牛奶啊,"海伦叫道,"为什么要送走呢?"

"你喜欢吗?呃,很好。可我们没东西盛放呀,他要把罐子拿走的。"

"喏,我明天早上再来拿罐子。"小男孩说道。

"那时房子会锁上的。"

"明天早上要我带鸡蛋来吗?"

"我上周看到有个男孩在草垛里玩,那是你吗?"

那个孩子低下了头。

"好啦,去接着玩吧。"

"小家伙真乖,"海伦小声说,"喂,你叫什么名字?我叫海伦。"

"汤姆。"

这就是海伦的作风。威尔科克斯家的人也会问小孩的名字,但是他们不会把自己的名字告诉对方。

"汤姆，这位是玛格丽特。我们家还有一个叫蒂比的。"

"我家的是垂着耳朵的。"汤姆回答说，他以为蒂比是一只兔子。

"你是个很乖的小孩，也很聪明。下次再来啊——他是不是很可爱？"

"绝对的，"玛格丽特说，"可能是玛奇的儿子，玛奇挺讨厌的。不过这个地方是有神力的。"

"你指的是什么？"

"我不知道。"

"因为我可能同意你的看法噢。"

"这地方让讨厌的东西活不下去，让美丽的东西活下来。"

"这一点我真的同意，"海伦说着，喝了口牛奶，"可不到半小时前你还说这个房子已经死了呢。"

"我的意思是说我死了。我感觉到了。"

"是啊，即便是空着，这房子的生命也比我们更充实，而且我真受不了，三十年来太阳都没好好照在我们的家具上。反正威克姆街就是一座坟墓。梅格，我有个可怕的想法。"

"什么想法？"

"喝点牛奶，稳定一下情绪。"

玛格丽特照做了。

"不行，我还不能告诉你，"海伦说，"因为你可能会笑话我，也可能会生气。我们先上楼把那些房间通通风吧。"

她们把窗户一扇接一扇地打开，直到室内也随着春天沙沙作响起来。窗帘飘荡着，画框欢快地拍打着墙壁。海伦看到这张床摆得恰到好处，那张床放得不够到位，都要激动地大喊大叫。她很生气埃弗里小姐没把衣橱搬到楼上来。"那样就可以看得真切了。"她感叹着眼前的景致。她又成了四年前写下那些令人难忘的信件的那个海伦。她们探出身子，朝西边望去，这时她说："说说我的想法吧。我和你能不能在这房子里对付一晚上？"

"我觉得住在这儿不会舒服的。"玛格丽特说道。

"这里有床，有桌子，有毛巾——"

"我知道；可这房子不让住啊，亨利的建议是——"

"我什么建议都不需要。我的计划也不会作任何改变。不过在这儿跟你待一晚上会让我非常开心。这会成为一件很值得回味的事。哦，亲爱的梅格，我们就住这儿吧！"

"可是，海伦，我的乖宝宝，"玛格丽特说，"我们不能不经过亨利允许啊。当然了，他会允许的，可你自己说过，你现在不能去迪西街走动，住这儿一样会扯上关系啊。"

"迪西街是他的房子，这儿可是我们的。我们的家具，上门的也是跟我们一样的人。我们就住这儿吧，只住一晚，汤姆会给我们送鸡蛋和牛奶的。何乐而不为呢？今晚的月光多好啊。①"

玛格丽特犹豫了。"我感觉查尔斯可能不喜欢这样，"她最终说道，"连我们的家具都让他恼火，我当时准备搬走的，朱莉姨妈生病，给耽搁了。我能理解查尔斯。他觉得房子是他妈妈的，他爱这房子，生怕被别人抢走了。要是亨利的话我可以作主——查尔斯不行。"

"我知道他不喜欢，"海伦说，"可是我就要从他们的生活中消失了，就算他们说，'她竟然还在霍华德庄园住过一晚'，长远来看又有什么关系呢？"

"你怎么知道会从他们的生活中消失？这件事我们考虑过两次了。"

"因为我的计划——"

"——你一会儿就又改了。"

"那么就因为我的生活是伟大的，他们的生活是渺小的，"海伦说得来火了，"有些东西我知道而他们理解不了，你也一样。我们知道有诗歌，我们知道有死亡。这些他们只能道听途说。我们知道这房子是我们的，因为它跟我们心有灵犀。哦，他们可以把地契和门钥匙拿

---

① 原文是 It's a moon. 因此，本书所据企鹅版原书中这里有个注，内容是：英语中无此说法。手稿中的"月（moon）"前面似遗漏了一个词"满（full）"。这是奥利弗·斯塔利布拉斯在审定阿宾杰（Abinger）版时的看法，不过他并没有贸然予以修订。

在手上,但是今天这个晚上,我们就是主人。"

"能再次单独跟你在一起太好了,"玛格丽特说,"也许是千载难逢的机会。"

"是啊,我们可以聊聊天,"她把声音放低了些,"这不见得是个特别光荣的故事。但是在那棵山榆树下——说真的,我看将来也不会有多少幸福了。我就不能跟你待这一晚吗?"

"这事对我的重要性是不用说的。"

"那就这么办吧。"

"犹犹豫豫没什么好处。我要不要现在就赶到希尔顿,去征得他们的许可?"

"哦,我们不需要许可。"

但是玛格丽特是个听话的妻子。尽管满怀想象与诗情——或许正因为如此——她能理解亨利所持有的机械性立场。可能的话,她也会机械起来。借宿一晚——她们没有要求更多——用不着讨论原则问题。

"查尔斯可能不同意。"海伦嘟哝道。

"我不会找他说。"

"你要去就去吧;没有许可我也会住下来。"

这话说得有点自私,但不足以损害海伦的人格,甚至让她更显可爱。她会不经许可住下来,然后第二天一早逃到德国去。玛格丽特吻了她一下。

"等着我,天黑之前就回来。我真的很期待。也就你能想到这么好的主意。"

"不是什么主意,而是一个结局。"海伦忧伤地说道;刚离开房子,一种悲剧感就再次袭上玛格丽特的心头。

她害怕的是埃弗里小姐。不管预言如何肤浅,一旦成真总是让人不安。她坐车经过农场的时候,幸好没看到谁在监视她,只有小汤姆在草垛上翻跟头。

第三十八章

悲剧悄无声息地开始了，而其起因千篇一律，就在于男人自作聪明地显摆自己的优越感。亨利听到她在跟车夫争执，便出面息事宁人，把那个差点动粗的家伙打发走了，随后带头走向草坪上的那几把椅子。多莉不"请"自来，赶紧跑出来送上茶点。他拒绝了，让她把婴儿车推走，因为他们想要独处一会儿。

"可是小宝宝也听不懂啊；他还不到九个月大呢。"她央求道。

"你听我的就是了。"她公公没好气地回她。

婴儿被推到听不见他们说话的地方，直到多年以后，他才听说了这次风波。现在轮到玛格丽特了。

"是我们担心的事吗？"他问道。

"是的。"

"亲爱的，"他开口道，"我们眼前的事情很棘手，只有开诚布公、实话实说，我们才能处理好。"玛格丽特低下了头，"我有必要就一些你我都不愿提及的话题提出疑问。你知道的，我不是你的萧伯纳，在他那种人眼里，就没有什么事情是神圣的。某些话我不得不说，这让我很痛苦，可是有时候——我们是夫妻，不是小孩子。我是个饱经世故的男人，而你是个出类拔萃的女人。"

玛格丽特一下子失去了所有的知觉。她满脸通红，视线越过他望向春色盎然的六峰山。他留意到她的面色，变得越发和善起来。

"看得出来，你跟我当时的感觉一样——真难为你了！哦，勇敢点！只问一两个问题，我们就过去了。你妹妹戴结婚戒指了吗？"

玛格丽特结结巴巴地说："没有。"

一阵可怕的沉默。

"亨利，我来是想提一个跟霍华德庄园有关的请求。"

"一码归一码。我现在要问一下，那个勾引她的人叫什么。"

她站了起来，扶着他们之间的那把椅子。她脸上的红色已经褪去，变成了一片苍白。她对他的问题有这样的反应，并没有让他不高兴。

"慢慢来吧，"他劝解她说，"记住，这事对我比对你更麻烦。"

她身体晃动起来；他担心她就要晕倒。接着，有声音了，她缓缓地说道："勾引？不，我不知道勾引她的是谁？"

"她没跟你说吗？"

"我就没问过是谁勾引了她。"玛格丽特说道，对那个讨厌的字眼耿耿于怀。

"这就怪了。"随后他又改变了想法，"也许你不问是自然的事情，亲爱的。但是必须知道这个人是谁，否则什么都做不了。坐下吧。看到你这么难过，真是受不了！我知道你不适合处理这件事的，真希望没带你去。"

玛格丽特回答："你不介意的话，我喜欢站着，因为这样可以看到六峰山的美景。"

"随你吧。"

"你还有什么其他的要问我吗，亨利？"

"接下来你一定要告诉我，你有没有打听到什么情况。我经常能感受到你的洞察力，亲爱的。我真希望也有你那样的洞察力。虽然你妹妹什么都没说，但是你也许已经猜到一些东西了。哪怕是一点蛛丝马迹，都能给我们提供帮助。"

"'我们'是谁？"

"我觉得最好给查尔斯打个电话。"

"没那个必要，"玛格丽特说，慢慢激动起来，"这个消息会给查尔斯带去不必要的痛苦。"

"他立刻就去找你弟弟去了。"

"那也没必要。"

"亲爱的，听我解释一下现在是什么情况。你不会觉得我们父子是小人之心吧？我们做的都是为海伦好，要挽回她的名声，现在还不晚。"

这时，玛格丽特第一次出击了。"我们要让勾引她的人娶她吗？"她问道。

"如果可能的话，是的。"

"可是，亨利，要是到头来发现他已经结婚了呢？这种情况是听说过的。"

"那样的话，他必须为他的不端行为付出惨重的代价，他就该被打个半死。"

如此一来，她的第一次出击没有命中。她为此觉得万幸。是什么诱使她做出危及两人生活的举动？亨利的迟钝挽救了他自己，也挽救了她。一通火气让她疲倦，她便又坐了下来，视若无睹地看着他自以为是地说个没完。最后，她说："现在我可以提出我的问题了吗？"

"当然了，亲爱的。"

"明天海伦要去慕尼黑——"

"嗯，也许她是对的。"

"亨利，让一个女士把话说完。她明天去；今晚，经你同意之后，她想在霍华德庄园过夜。"

这是他人生中的一个考验。这些话刚一说出口，她又恨不能收回去。开口之前，她没有深思熟虑。她特别希望他能明白，这些话比他料想的更加重要。她看到他在掂量，似乎这些话就是一桩生意上的提案。

"为什么要住霍华德庄园呢？"他最终说道，"她按我建议的去旅馆住不是更舒适吗？"

玛格丽特迫不及待地向他说明理由。"这个请求是有点怪，不过你知道海伦是什么样的人，也知道处在她这种状态的女人是什么样子。"他皱起了眉头，烦躁地走动着，"她认为在你的房子里住一晚会让她开心，对她有好处。我觉得她是对的。她是那种爱胡思乱想的女孩，我们的那些书和家具能让她平静下来。这是一个事实。这是她少女时代的结束。她对我说的最后几个字就是'美丽的结局'。"

"其实，她看重那些家具是出于情感上的原因。"

"就是。你很了解。她最后的愿望就是跟它们在一起。"

"我不同意这个说法，亲爱的！海伦不管去哪里，她都会得到她那份家产——也许还超过她的份额，因为你那么喜欢她，但凡她想要的，你肯定会给她，是不是？而我也不会提出反对意见。如果那是她的老家，我能理解，因为一个家，或者一个房子"——他故意改换了措辞；他想到了一个值得一说的要点——"因为人一旦住过之后，房子就在某种程度上变得神圣起来，我不知道为什么，也许是有了各种关联吧。可海伦跟霍华德庄园没有关联啊，我、查尔斯和埃薇倒是有关联。我不明白她为什么要在那儿过夜。那样她只会感冒。"

"不明白就算了吧，"玛格丽特叫道，"就当是幻想好了。可你要知道，幻想也是科学事实。海伦爱幻想，就是要幻想。"

接着，他让她大吃了一惊——这是很少见的。他发出了出其不意的一击。"如果她想睡一晚上，她就可能想睡两晚上。也许我们就再也没法把她从那房子弄出去了。"

"什么？"玛格丽特说，悬崖已在眼前，"你觉得我们没法把她从那房子弄出去了？那有什么关系吗？她不会伤害任何人。"

烦躁的姿势又出现了。

"不，亨利，"她喘着气，开始让步，"我不是那个意思。我们叨扰霍华德庄园只有这一晚。我明天带她去伦敦——"

"你也打算在潮湿的房子里过夜？"

"不能把她一个人丢下啊。"

"绝对不行！简直是疯了。你必须在这儿等查尔斯。"

"我告诉过你了，你没必要给查尔斯捎信，我也不想见他。"

"玛格丽特——我的玛格丽特——"

"这事跟查尔斯有什么关系？要说跟我关系不大，那跟你关系更小，跟查尔斯更是一点关系都没有。"

"作为霍华德庄园未来的主人，"威尔科克斯先生说着把手指弯了弯，"我要说，这事确实跟查尔斯有关。"

"怎么有关了？海伦的状况会让房产贬值吗？"

"亲爱的，你真不像话了。"

"我想是你自己提出来要实话实说的吧。"

他们注视着对方，都很惊讶。此刻，悬崖就在脚下了。

"海伦让我深感同情，"亨利说道，"作为你的丈夫，我应该尽我所能去帮助她，而且我毫不怀疑，她虽然有过错，但更是受害者。可是要像什么事都没发生一样地对待她，我做不到。真要是这样，我就没法在社会上立足了。"

她最后一次控制住自己的情绪。"不，我们还是谈谈海伦的那个请求吧，"她说，"这个请求虽然不太合情理，可它出自一个不幸的女孩之口啊。明天她就去德国，再也不会给这个社会添乱。今晚她请求在你的空房子里过夜——这房子你就没当回事，都一年多没住过了。她可以住吗？你能让我妹妹住吗？你能原谅她吗？——你不也希望得到原谅吗，你其实不是已经得到原谅了吗？原谅她吧，只要一晚，一晚就足够了。"

"我其实已经得到原谅了——？"

"别管我刚才说的是什么意思，"玛格丽特说，"回答我的问题。"

或许，他终于明白了她的言下之意。如果如此，他也选择故作不知。他跳出堡垒，干脆地回答："我这个人似乎不太通情达理，不过我也算有点人生阅历，知道事物因循发展的道理。你妹妹恐怕还是睡旅馆为好。我要为我的子女、为死去的妻子着想。对不起，她必须马上离开我的房子。"

"你提到了威尔科克斯夫人。"

"你说什么？"

"很难得啊。作为回应，我可以提一下巴斯特夫人吗？"

"你这一整天都莫名其妙的。"亨利说道，一脸冷漠地站了起来。玛格丽特冲向他，抓住了他的双手。她像突然换了一个人似的。

"我受够了！"她叫道，"再怎么样你也要将心比心啊，亨利！你有过情妇——我原谅你了，我妹妹有个情人——你要把她从房子里赶走。你看出这之间有什么关联了吗？愚蠢、虚伪、残忍——哦，卑鄙！——一个男人，妻子活着的时候糟践她，妻子死了却假惺惺地怀念她。一个男人，为了自己风流快活毁掉了一个女人，然后把她甩了，让她去祸害别的男人。还给人家出经济方面的馊主意，然后又说自己不用担责任。这个人就是你。你是意识不到的，因为你不会联系起来看。我受够了你虚伪的善意，我容忍你够久了。你这一生都被惯坏了。威尔科克斯夫人惯着你。谁都没明说你是什么样的人——思维混乱，混乱之极。像你这样的人把忏悔当成挡箭牌，所以也不用忏悔了。你只要对自己说：'海伦做过的，我也做了。'"

"这两件事是不一样的。"亨利结结巴巴地说。他还没想到怎么反驳，脑子里仍然一片混乱，需要多一点时间思考。

"怎么不一样了？你背叛了威尔科克斯夫人，海伦只是背叛了她自己。你还留在社会里，海伦却不行。你得到的是风流快活，而她可能要死掉。亨利，你还有脸跟我说不一样？"

哦，说这个没用！亨利想到了反驳的理由。

"我看你是想敲诈啊。一个做妻子的，用这种方式对待自己的丈夫，这可不是什么趁手的武器。我这辈子有个原则，就是从不把威胁放在眼里，我只能再重复一下刚才说的话：我不允许你和你妹妹在霍华德庄园过夜。"

玛格丽特松开了他的手。他走进屋子，用手帕擦一只手，接着又擦了另一只手。她在那儿站了片刻，凝望着六峰山，它们是勇士的坟墓，就像春天的乳房。然后，她走进了业已降临的暮色之中。

第三十九章

查尔斯和蒂比在迪西街见了面，蒂比目前正待在那儿。他们的会面短暂而荒唐。除了英语，他们没有一点共同之处，只好借助这门语言，努力去表达彼此都无法理解的内容。查尔斯视海伦为家族的敌人。他认定她是施莱格尔家族中最危险的一个，所以尽管怒不可遏，却想尽快告诉他妻子，他当初是多么英明。他立刻作出决定：那姑娘必须赶走，免得再败坏他们的名声。如果机会来了，可以把她嫁给一个无赖，或者可能的话，嫁给一个傻瓜。不过，这是对道德的让步，根本不在他的主要计划内。查尔斯的厌恶情绪坦率而强烈，过往的一幕幕在他面前清晰展开；仇恨就是一个熟练的排字工。他把施莱格尔家族战役中的全部事件都过了一遍，就像在看笔记本里的标题一样：企图加害他弟弟，觊觎他母亲的遗产，促成跟他父亲的婚姻，把家具搬进庄园，还把家具包装都拆了。他还没听到要在霍华德庄园过夜的那个请求；那会是他们的一着妙棋，对他来说也是反击的机会。不过他已经感觉到霍华德庄园是他们的目标，他并不喜欢那房子，但是下定了决心要守护这个地方。

另一方面，蒂比没有什么看法。他是超凡脱俗的；他姐姐有权做她认为正确的事情。只要我们没有给传统规范留下把柄，超然其上就并非难事；男人总是比女人更容易超凡脱俗，有自立手段的单身汉根本碰不到任何困难。蒂比跟查尔斯不同，他有足够多的钱；他的祖先为他攒下了这些钱，如果他在一套公寓里做出了让人震惊的事情，他只要搬到另一套公寓就行了。他逍遥自在，缺乏同情心——这跟那种积极投入的态度同样致命：它也许能培养一点冷漠的文化，却孕育不了艺术。他的姐姐们已经看到了家族的危机，从来没有忘记淡化那些将他们托出水面的金银小岛的作用。蒂比把所有的赞美都送给了自己，对那些垂死挣扎和沉入水中的人却不屑一顾。

这次会面因此显得荒谬;他们之间的鸿沟既是经济上的,也是思想上的。但是,有几个事实还不清楚;查尔斯不断追问相关信息,那咄咄逼人的气势让这个大学生毫无招架之功。海伦是哪天出国的?去见谁?(查尔斯迫不及待地要把这件丑事跟德国绑在一起)随后,他改变了策略,恶狠狠地说:"我想,你也知道你是你姐姐的保护者吧?"

"从何谈起?"

"如果有个男人玩弄我姐姐,我会一枪崩了他,可你也许不会在意。"

"我在意得很。"蒂比反驳道。

"那你怀疑是谁呢?说出来啊,伙计。总该有个怀疑对象的。"

"没有。我不这么想。"他的脸不自觉地红了起来。他想起了在他牛津宿舍的情景。

"你在掩藏着什么。"查尔斯说。随着面谈的继续,他抓住了这个要点。"你上次见她的时候,她提到某个人的名字了吗?有,还是没有!"他咆哮道,把蒂比吓了一跳。

"在我宿舍的时候,她提到了名叫巴斯特的一对夫妻是她的朋友——"

"巴斯特夫妇是谁?"

"她的朋友,带到埃薇婚礼上的人。"

"我不记得了。不过,好啊!我想起来了。我姑妈跟我说起过几个不三不四的人。你看到她的时候,她是不是满脑子都是他们?是不是有个男的?她说起过这个男的吗?或——听着——你跟他打过交道吗?"

蒂比沉默不语。无意之间,他出卖了姐姐的秘密;他不谙人事,看不出事情的走向。他特别注重诚信,此前都做到了一诺千金。他懊恼万分,不仅是因为给海伦造成了伤害,也因为发现了自身能力上的缺陷。

"我明白了——你在为她保密。他们在你的宿舍幽会。哦,这家人真够可以的,真够可以的!上帝啊,保佑可怜的父亲吧——"

蒂比旋即发现,屋里只剩下自己一个人了。

第四十章

伦纳德——他终将出现在一篇新闻报道中，不过那天晚上他还无足轻重。树根部分笼罩在阴影中，因为月亮还躲在屋子后面。但是天空中，屋子左右，以及绵延的草地上，都洒满了月光。伦纳德似乎不是一个人，而是一个由头。

也许，这就是海伦坠入情网的方式——对于玛格丽特来说，这是一种奇怪的方式。玛格丽特因亨利而生的痛苦，她对亨利的嫌弃，都依附他的形象而存在，海伦则会忘了人的存在。人只是一个外壳，收纳了她的情感。她可以展现同情心，或者牺牲自我，又或者率性而为，可是她以最高贵的方式爱过吗？在高贵的爱情中，忘情于性爱的男女又渴望在志同道合中忘却性爱。

玛格丽特心中疑惑，嘴上却没有任何责怪的话。今晚是海伦的。前面等着她的是无尽的麻烦——朋友没了，尊贵的社会地位也丧失了，还有成为母亲的痛苦，那极度的痛苦尚不为一般人知晓。此时此刻，就让月华闪亮，让春风轻吹，白天的劲风已经柔和下来了，让繁衍众生的大地带来平和宁静。即便在内心深处，她也不敢责备海伦。她不能以任何道德标准来评判海伦的越轨行为；这种事可大可小。道德告诉我们，杀人比偷盗更可恶，多数罪行都可以按照大家认可的顺序归类，可是它无法将海伦归类。在这点上，作出的评判越明确，我们就越肯定，道德并没有伸张正义。基督受到质询时，他绕着弯子给出了答案。正是那些不能将心比心的人急着扔出了第一块石头。①

这是海伦的夜晚——得来不易，不能被别人的忧伤破坏掉。对于自己的悲剧，玛格丽特只字未提。

---

① 据《圣经·约翰福音》第8章第1—11节，法利赛人故意刁难耶稣，问他该如何处置一个犯了奸淫罪的妇人，耶稣对他们说，凡是自认为没有罪的，就可以拿石头打她，结果众人纷纷离去。

"人都容易片面,"海伦缓缓地说,"我以前专盯着威尔科克斯先生,却忽视了把伦纳德拖下水的其他力量。结果,我同情心泛滥,有了近乎报复的念头。一连好几个星期,我一味责怪威尔科克斯先生,所以,收到你的来信时——"

"我根本用不着写那些信的,"玛格丽特叹着气说道,"它们压根帮不上亨利的忙。要把过去发生的事情清理干净,简直就是徒劳,哪怕是为了别人!"

"我不知道是你想把巴斯特夫妻俩打发走。"

"现在想想,我那么做是不对的。"

"现在想想,亲爱的,我知道那是对的。保护自己爱着的人没有错。我现在对公平正义不那么热衷了。不过,我们俩都认为你是按他说的在写信,里面好像透着他最后的冷酷无情。当时情绪非常激动——而巴斯特夫人在楼上。我没见到她,就跟伦纳德聊了好一会儿——我没来由地冷落他,从这点我应该警觉自己处在危险当中了。所以,收到便条的时候,我想让他一道去找你要个说法。他说他猜得出其中的原因——他知道,而你绝不能知道。我逼着他告诉我,他说不能让任何人知道,因为那件事跟他妻子有关。自始至终,我们都以巴斯特先生和施莱格尔小姐称呼对方。我正要告诉他,他必须对我坦白,这时我看到了他的眼神,猜到威尔科克斯先生在两天内毁掉了他两次,而不是一次。我把他拉过来,让他告诉我真相。我自己觉得非常孤独,这不怪他。他本来可以一直仰慕我的。我再也不想见到他,虽然这听起来怪吓人的。我当时想给他钱,从此一刀两断。哦,梅格,对这种事情了解得太少了!"

她把脸庞贴在那棵树上。

"对成长的了解也很少啊!两次都是因为孤独,都在夜晚,事后都有恐慌。伦纳德是保罗的化身吗?"

玛格丽特一时没有说话。她太累了,她的注意力其实已经游移到那些牙齿上面——那些嵌进树皮可以用来治病的猪牙。她从坐着的地方就能看到它们闪闪发光。她曾想数清到底有多少颗。"跟伦纳德的事让你更成熟，总比疯了好，"她说道，"我还担心你会因为保罗而反应过度，做出极端的事情来呢。"

"我确实反应挺大的，直到碰到可怜的伦纳德。我现在平静下来了。亲爱的梅格，我永远都不会喜欢你的亨利，甚至都不会说他的好话，不过这种盲目的憎恨不再有了。我再也不会跟威尔科克斯家的人吵了。我理解你为什么嫁给他，你今后会很幸福的。"

玛格丽特没有回答。

"是啊，"海伦重复道，她的声音愈发温柔了，"我总算理解了。"

"亲爱的，除了威尔科克斯夫人，谁也理解不了我们的一举一动。"

"因为已经死了——我同意。"

"不完全是这样。我觉得你我和亨利不过是那个女人头脑中的碎片而已。她什么都知道。她就是一切。她是房子，是倚罩在房子上的那棵树。人们各有生死，即便死后万事皆空，我们都有不同的空法。我不敢相信，她具备的那些知识会跟我具备的知识一道消亡。她对现实了如指掌，即便不在房间里，她都知道人家什么时候开始相爱。我毫不怀疑，亨利欺骗她的时候，她是知道的。"

"晚安，威尔科克斯夫人。"有个声音喊道。

"哦，晚安，埃弗里小姐。"

"埃弗里小姐为什么要为我们干活儿？"海伦低声说。

"是啊，为什么呢？"

埃弗里小姐穿过草坪，隐入那道把草坪跟农场隔开的树篱。那边早就有个豁口，威尔科克斯先生把它堵上的，现在又出现了。她在露水中走出的痕迹是一条小径，他在改造花园时给它铺上了草皮，好让它适合娱乐活动。

"这还不算是我们的房子，"海伦说，"埃弗里小姐打招呼的时候，我感觉我们不过是两个游客而已。"

"我们到哪儿去都是游客了，永远都是。"

"不过是有情有义的游客——"

"是假装每家旅馆都是自己家的游客。"

"我装不了多久，"海伦说，"坐在这棵树下，人会忘乎所以，可是我知道，明天我要在德国看着月亮升起了。你再好也改变不了这些事实，除非你跟我一起走。"

玛格丽特沉思了一会儿。过去的一年里，她越来越喜欢英格兰了，要离开真的让人难过。可留住她的又是什么呢？毫无疑问，亨利会原谅她的暴脾气，继续吵吵闹闹，鸡飞狗跳，直到终老。但是这样的生活有什么好呢？她还不如尽快从他的脑海里消失。

"海伦，你真的让我跟你一起走吗？我跟你那个莫妮卡能处得来吗？"

"处不来，不过我是真的在邀请你。"

"算了，现在不要做什么打算，也不要想过去的事了。"

她们沉默了一会儿。这是海伦的夜晚。

此刻，时光像一条河从她们身边流过。那棵山榆树沙沙地响着。她们出生之前，这棵树就在低吟浅唱，她们死后，它还会继续下去，然而，它的歌声只为某一刻唱响，这一刻已经过去了。山榆树又沙沙地响了起来。她们的感觉敏锐起来，似乎领悟了人生的真谛。生命消逝，山榆树又沙沙地响了起来。

"睡吧。"玛格丽特说道。

乡村的宁静融入了她的内心。这份宁静无关记忆，也无涉希望。它尤其不在乎接下来五分钟的种种期待，它是此刻的平和，难以捉摸。它呢喃着"现在"；她们走在石子小路上，"现在"的呢喃再次响起，月光洒落在她们父亲的那把剑上，"现在"的呢喃声依然响起。她们上楼，吻别，在无数次的呢喃中入睡。房子起初将那棵树罩在阴影里，可是月亮越升越高，房子和树分开了，夜半时分，它们轮廓分明，一清二楚。玛格丽特醒了，向花园里望去。伦纳德·巴斯特竟然为她带来了今夜的宁静，真是不可思议！他也是威尔科克斯夫人脑子里的一部分吗？

第四十一章

伦纳德的情况完全不同。奥尼顿那件事之后的几个月，不管有什么样的麻烦缠身，跟他的悔恨比起来都相形见绌。海伦回首往事的时候，可以高谈阔论一番，或者展望未来，为孩子作出规划。可是这个当父亲的眼中只有自己的罪孽。随后的几星期里，他在忙着其他事情的时候，往往会突然大喊大叫，"禽兽——你这个禽兽，我不能——"于是原本两个人在谈的事情就这么崩了。要么就会有棕色的雨在眼前落下，模糊了一张张面孔和天空。连雅基都留意到他身上的变化。最可怕的是从睡梦中醒来，他的痛苦无以复加。有时，他一开始心情还不错，可慢慢地就感觉有种负担压在心头，让他的思绪不堪重负。有时，他的身体像被小小的烙铁炙烤。有时，他好像被千刀万剐。他会坐在床沿，捂住胸口呻吟："哦，我该怎么办，我到底该怎么办？"怎么都无法求得心安。他可以控制自己不去想越轨的事，可是它却在灵魂深处滋长。

悔恨并非永恒不变的真理。希腊人把悔恨之神拉下神坛是对的。她的行为太过无常，就如同厄里倪厄斯，① 只挑出某些人和某些罪施以惩罚。在所有获得新生的方法中，悔恨显然是最徒劳无功的。它将健康的肌体连同中毒的部分一道砍去，它是一把比恶魔扎得更深的刀子。在经受悔恨的种种折磨之后，伦纳德变得纯洁而虚弱了——他更加谦和，再也不会失去自控能力，他也更加渺小，需要控制的东西变少了。心灵的纯洁并不意味着心情的平静。刀子一旦用惯了，就像激情一样难以戒除。伦纳德依然会从睡梦中尖叫着惊醒。

他营造了一种跟事实相去甚远的情境。他从没想过去怪罪海伦。

---

① 厄里倪厄斯（Erinyes），又称欧墨尼得斯（Eumenides）或复仇三女神（Furies），希腊神话中惩罚恶行之神。

他忘了他们谈话时的激情,忘掉了他以真诚换取的魅力,忘掉了夜幕下的奥尼顿和潺潺小河的魔力。海伦热爱纯粹彻底的东西。伦纳德被彻底毁掉了,在她看来,他是一个与世隔绝的人,是一个真正的人,他喜欢冒险,追求美好,渴望过上体面的生活并为之付出,他本来可以驰骋人生,比那架将他碾碎的克利须那神车[1]更加威风凛凛。埃薇婚礼上的种种记忆扭曲了海伦的心理:用人们古板僵硬,几个院子里摆满了没动过的吃食,女人们衣着华丽沙沙作响,石子路上是汽车渗出的机油,装腔作势的乐队演奏着垃圾乐曲。她一到那儿就尝到了那一堆渣滓的味道;黑暗之中,失败之后,所有这一切让她昏了头。她和那个受害者似乎是在一个虚幻的世界里,旁若无人,她全心全意地爱着他,也许维持了半个小时。

　　早上她走了。她留下的纸条语气温柔而又歇斯底里,本是满心好意,却深深伤害了她的情人。他就好像打碎了一件艺术品,又好像把国家美术馆的某幅画从画框里劈碎了。他一想起她的才华和社会地位,就觉得随便哪个路人都有权把他枪毙掉。火车站的女侍者和搬运工都让他提心吊胆。一开始,他害怕他的妻子,不过后来他对她有了一种奇怪的前所未有的温情,心里想着:"我们俩总算扯平了。"

　　什罗普郡之行让巴斯特夫妇万劫不复。海伦匆匆离去,忘了结旅馆的账单,还把他们的回程票带走了;他们只好典当了雅基的手镯才回到了家,几天之后就一贫如洗了。海伦确实要给他五千镑,可是这笔钱对他来说毫无意义。他不明白,这个女孩是在拼命纠正自己的错误,尽力从灾难中挽救点什么,哪怕只是五千镑。可是,他总得活下去。他转而向家人寻求帮助,让自己沦为一个职业乞丐。他别无他法。

　　"伦纳德写信来了,"他姐姐布兰奇心想,"过了这么久才写信来。"她把信藏了起来,不让她丈夫看见,等他上班去了,才激动地读起来,然后从自己置办衣服的私房钱里拿出一点,给这个浪子寄了

---

[1] 载有印度教主神克利须那(Krishna)神像的巨型马车,善男信女有时会自愿扑上前去任其将自己碾死。

过去。

"伦纳德写信来了。"几天之后,他的另一个姐姐劳拉说道。她把信拿给丈夫看。他写了一封刻薄傲慢的回信,不过寄的钱倒比布兰奇还多点,于是伦纳德不久又给他写了封信。

冬天的时候,这种做法成了一个套路。伦纳德知道他们永远都不会饿死,因为那样的话,他的亲戚们就太痛苦了。社会是建立在家庭基础上的,聪明的浪荡子总能无限制地利用这一点。双方都不会想着对方的好,只是一方要钱,一方给钱。给钱的人不喜欢伦纳德,他也越来越讨厌他们。劳拉指责他的婚姻不道德,他愤愤地想:"要她管!她要是知道真相,又会说什么?"布兰奇的丈夫给他提供了一份工作,他找借口推辞了。在奥尼顿的时候,他急切地想要找份工作,但是过度的焦虑击溃了他,他已经不适合工作了。他那当俗世司仪的哥哥没有回复他写的信,他便再写了一封,说他和雅基会步行去他的村子。他这样做本没想着敲诈,不过他哥哥还是寄来了一张邮政汇票,这也就成了他那套路的一部分。就这样,他度过了冬天,又度过了春天。

在这恐怖的煎熬中,有两个亮点。他对过去绝无困惑。他仍然活着,活着的人是幸福的,哪怕他体会到的只有罪恶感。那浑浑噩噩的安慰剂,人们多拿来为自己的过错作掩饰、做辩解,却从不曾入伦纳德的口——

> 若于醉中遗忘一日,
> 即是贬低我的灵魂。①

这是一句刚毅的话,由一个刚毅的人写成,却是所有品格的根基。

另一个亮点是他对雅基表现出的温柔。他现在带着一种高贵的心

---

① 乔治·梅瑞狄斯《现代爱情》(1862)中的诗句。

态怜悯她——不是那种不离不弃倾心于一人的男人所表现出的怜悯。他尽量不那么暴躁。他在琢磨,她那饥渴的眼睛在渴望什么——那种东西她无法表达,他或其他任何男人也给予不了。她终将享受公平、得到怜悯吗?这世界忙忙碌碌,是无暇将公平赐予她这种副产品的。她喜欢花儿,花钱大手大脚,也不记仇。要是她给他生了孩子,他也许会对她照顾有加。没有结婚的话,伦纳德绝不至于乞讨为生;他也许会让生命之火熄灭,一死了之。可整个人生是纷繁复杂的,他必须养活雅基,在泥泞的道路上跋涉下去,好让她有衣可穿,有食可吃。

有一天,他看到了玛格丽特和她弟弟。他当时在圣保罗大教堂里。他走进这座大教堂,一方面是为了躲雨,一方面是为了观看早年曾给他以影响的一幅画作。可是光线比较暗,那幅画放得不是地方,对于画中的"时间"和"审判",他已谙熟于胸,只有"死亡"还在吸引着他,她那铺满罂粟的裙裾是所有人终将酣睡的地方。①他只瞥了一眼,就漫无目的地转身走向了一把椅子。后来,他走进教堂中殿时看到了玛格丽特和她弟弟。他们站在人来人往的通道上,脸色特别凝重。他非常确信,他们在为他们的姐妹担心。

出了教堂——他当时立刻就逃走了——他倒希望能跟他们聊会儿。他的性命算得了什么?挨几句骂甚至被捕入狱又算得了什么?他做了错事——那才是真正可怕的事情。不管他们知道多少,他都要把自己所知的一切告诉他们。他又返回圣保罗大教堂,可在他离开的时候,他们已经走了,把难题拿给威尔科克斯先生和查尔斯去解决。

看到玛格丽特,他的悔恨有了新的抒发通道。他渴望去忏悔,尽管这种渴望证明他的本性更加脆弱了,即将失去人际交往的实质,可它并没有以一种卑鄙的形式呈现。他没指望忏悔会给他带来幸福,他只希望打开心结。他还有股自杀的冲动。人的冲动都差不多,自杀的罪过,在于没有顾及被我们丢在身后的那些人的感受。忏悔不需要伤

---

① 这里提到的是英国维多利亚时代画家乔治·弗雷德里克·沃茨(George Frederic Watts, 1817—1904)的一幅作品,名为《时间,死亡和审判》(*Time, Death and Judgement*)。画中"时间"、"死亡"和"审判"是三个人物形象。

害任何人——这点经得起考验——虽然这种做法不合英国国情，也不受我们国教教堂的重视，伦纳德有权做出自己的决定。

而且，他信任玛格丽特。他现在就需要她的严厉态度。她那冷冰冰的知性特质即便不够和善，也能伸张正义。他会对她言听计从，哪怕要他去见海伦。那将是她所能实施的最严厉惩罚。或许，她会告诉他海伦的情况，那会是最高的奖赏。

他对玛格丽特一无所知，甚至不知道她是否已经嫁给威尔科克斯先生，他找她找了好几天。那天晚上，他冒雨跋涉，来到威克姆街，只见新的公寓正在建造中。他难道也是她们搬家的原因吗？她们是不是因为他的缘故被赶出了社会？他又从那里来到一家公共图书馆，可是在登记簿上并没有找到想找的那个施莱格尔。第二天，他又去寻找。他在午饭时间去威尔科克斯先生办公室外面晃悠，看到职员出来就问："打扰了，先生，请问你们老板结婚了吗？"他们中的大多数会瞪着他，有些会说："关你什么事？"不过，有一个职员还没学会沉默是金的道理，说出了他想知道的情况。伦纳德无法打听到具体的家庭地址，只得不厌其烦去翻更多的登记簿，坐更多地铁。直到星期一，才找到了迪西街。就是在那天，玛格丽特跟她丈夫去霍华德庄园进行围捕行动。

大约四点左右，他造访了迪西街。天气已经发生了变化，太阳金灿灿地照耀着那些装饰台阶——都是用三角形的黑白大理石铺成的。按响门铃之后，伦纳德低头看着那些台阶。他感觉自己的身体很奇怪：体内好像有许多门在不断开合，他最近不得不背靠墙壁坐在床上睡觉了。女仆走近的时候，他看不清她的脸；棕色的雨突然降落了下来。

"威尔科克斯夫人住这儿吗？"他问道。

"她出去了。"对方回答。

"她什么时候回来？"

"我去问问。"女仆说。

玛格丽特交代过，只要提起她名字的，就不要让人家吃闭门羹。她把门用链子挂着虚掩上——因为伦纳德的外表让人不得不谨慎些——来到里面的吸烟室,蒂比就待在那儿。蒂比还在睡觉,他午餐吃得很好。查尔斯·威尔科克斯此时还没来找他进行那次让人心烦意乱的会谈。他睡眼惺忪地说:"我不知道啊。去希尔顿了吧,霍华德庄园。是谁呀?"

"我去问问,先生。"

"不用,别麻烦了。"

"他们开车去霍华德庄园了。"女仆告诉伦纳德。

他谢了她,又问了那个地方的大概位置。

"你打听的东西可真多呀。"她说。可是玛格丽特不让她故弄玄虚,所以她又不情愿地告诉他,霍华德庄园在赫特福德郡。

"请问,那是个村子吗?"

"村子?!那是威尔科克斯先生的私宅——起码是私宅中的一处。威尔科克斯夫人把家具放在那儿了。希尔顿才是村子。"

"好的。那他们什么时候回来呢?"

"施莱格尔先生不知道。我们总不能什么都知道,对吧?"她把他关在了门外,回身去接电话,电话铃响半天了。

他又在痛苦中熬过一夜。要忏悔越来越难。他一早就上了床。他看着一片月光在房间地板上移动,有时,在心力交瘁的情况下,房间其他东西都随着他进入梦乡而隐去,那片月光却一直清晰可见。太可怕了!随后就会开始一种人格分裂式的自问自答。他的一半说:"为什么可怕?那不过是月亮的正常光亮。"他的另一半回答:"可它在移动啊。""月亮也在移动。""可它就像握紧的拳头。""为什么不可以呢?""可它就要打着我了。""让它打好了。"然后,那片月光似乎开始加速,一下子跳到他的毯子上。不一会儿,一条蓝色的蛇出现了;接着又出现了一条,跟第一条并排在一起。"月亮上有生命吗?""当然了。""可我觉得上面没人居住。""只是没有'时间''死亡''审判',和更小的蛇。""更小的蛇!"伦纳德愤怒地大叫道。"什么想法!"他拼命调动自己的意志力,终于唤醒了房间里的其他东西。雅基,床铺,吃的东西,放在椅子上的衣服,慢慢进入他的意识,恐惧感向外消散了,就像水面扩展开去的一个涟漪。

"喂,雅基,我出去一会儿。"

她呼吸均匀地酣睡着。那片月光从条纹毯子上移开了,开始照到搭在她脚上的披肩。他为什么感到害怕呢?他走到窗边,看到月亮从清朗的天空中落下去。他看到了月亮上的火山,看到了那些明亮的开阔地带,它们阴差阳错被称作了月海。这些地方变得灰白了,因为太阳在照亮它们之后,要去照亮地球。安宁海、宁静海和月球风暴洋汇聚成一颗透明的圆点,慢慢进入永恒的晨曦。他一直在害怕这个月亮!

他在不断变幻的光线中穿好衣服,把他的钱清点了一下。又没多少钱了,不过买一张去希尔顿的往返车票还是够的。钱币发出叮当声响,雅基睁开了眼睛。

"嗨,阿伦!没事吧,阿伦!"

"没事啊,雅基!待会儿见。"

她翻了个身,又睡着了。

房子大门的锁打开了,他们的房东是科文特花园市场的售货员。伦纳德出了门,一路向火车站走去。火车虽然还要一个小时才开,现在已经停在站台边,他上车躺下,睡了过去。他第一次从颠簸中醒来时,天色已经亮了;他们已经离开国王十字车站的出入口,来到了蓝天之下。随后是一个个隧道,每过一个隧道,天空就变得更蓝一点,越过芬斯伯里公园的路堤,他看到了第一缕阳光。太阳在东边的烟雾里滚动——就像一个火轮,下落的月亮是它的伙伴——不过它看上去并非天空的主宰,倒像是蓝天的仆从。他又打起了盹儿。火车驶过泰温河的时候,天光已经大亮。左边是防波堤和拱圈的影子,从右边抬眼望去,伦纳德能看见泰温的树林和一处教堂,其间透着不朽的传奇色彩。六棵大树——这是一个事实——从泰温墓地的一座坟墓里长了出来。坟墓的主人——那是一个传说——是个无神论者,她曾宣布说,如果上帝真的存在,就会有六棵大树从她的坟墓里长出来。这些事情都发生在赫特福德郡内；再往远处，坐落着一个隐士——威尔科克斯夫人认识他——的宅院，此人离群索居，撰写一些预言类的东西，还把他所有的财物分给穷人。点缀在墓地和宅院之间的，是商人们的别墅，这些人能更加安逸地领略人生，尽管他们的眼睛也往往处于半开半闭的安逸状态。阳光普照大地，鸟儿尽情鸣唱，报春花一片金黄，婆婆纳满地蔚蓝，而乡村不管别人如何解读她，总在发出"现在"的呢喃。她还是没有让伦纳德感到释怀，火车离希尔顿越来越近，那把刀子在他心里也扎得越来越深。不过，悔恨却变得美丽了。

希尔顿还在沉睡，起得最早的人也许在用早餐了。伦纳德走出火车，进入乡野，明显感觉到两者的不同。这里的人们黎明即起。他们的时间不遵循伦敦办公室的规定，而是依从着庄稼生长和太阳起落的规律。只有多愁善感者才能断言，他们是最优秀的那类人。可他们是按日光安排生活的。他们是英格兰的希望。他们举着太阳这个火炬跌跌撞撞地前行，直到整个民族认为可以接过火炬的时候为止。他们既是乡巴佬，又是公立学校的道学家，还可以重拾高贵的身份，培养出自由民。

经过一处白垩坑时，一辆汽车超过了他。车里是受造物青睐的另一类人——帝国主义者。这种人身体康健，永不停歇，希望继承这大地。他们繁衍起来和自由民一样快速、一样健硕；人们都忍不住称之为超级自由民，他们把国家的优点带往海外。但是帝国主义者非如他们所想，也不是他们表现出来的那样。他是一个破坏者，为世界主义铺平道路，尽管他的抱负可能会实现，他所继承的大地却会因此晦暗无光。

伦纳德还沉湎于自己的罪孽，对他来说，本性为善的信念来自别处，而非学校教导的乐观精神。鼓声还要不断敲响，精灵还要一再在宇宙间潜行，而后才能洗尽浮华，获得真正的快乐。这是相当矛盾的看法，源自他的悲伤。死神会毁掉一个人，而对死亡的思考却能拯救他——这句话是目前为止对它的最佳阐释。穷困潦倒和悲剧能激发我们内心所有伟大的东西，让爱的翅膀更加有力。它们有激发的能力，但不一定会这么做,因为它们不是爱的奴仆。但它们有激发的能力,知道了这个难以置信的真相让他倍感欣慰。

他走近那座房子的时候,一切思绪都停止了。他的心里矛盾重重,既恐惧又开心,既感到羞愧,又不觉得负罪。他知道怎么忏悔:"威尔科克斯夫人,我做错了。"可是太阳升起,让他的忏悔失去了意义,他觉得这是一次巨大的冒险行动。

他走进了一个花园,发现里面有辆车,他靠在车上稳了稳神;他发现一扇门开着,便走进了屋内。是的,就是这么简单。他听到从左边房间传来说话声,玛格丽特就在其中。有人大声叫出了他自己的名字,一个他从来没见过的男人说道:"哦,他来了吗?我一点都不惊讶。我现在就把他揍个半死。"

"威尔科克斯夫人,"伦纳德说道,"我做错了。"

那个男人揪住他的衣领喊道:"给我拿根棍子来。"女人们在尖叫。一根棍子明晃晃地落了下来。他伤着了,不是棍子落下的地方,而是在心里。书本劈头盖脸地砸在他的身上,他毫无知觉。

"拿点水来,"查尔斯命令道,他自始至终都很冷静,"他是在装死。我不过是用剑身拍了一下。来,把他抬到外面去。"

玛格丽特以为他对这些事情很在行,便按他说的做了。他们把伦纳德平放在石子上,他已经死了;海伦用水泼他。

"行了。"查尔斯说。

"是啊,杀掉就行了。"埃弗里小姐说道,她拿着那把剑从屋里走了出来。

第四十二章

查尔斯离开迪西街的时候,赶上了回家的第一班火车,不过对于事情的最新进展一无所知,直到晚上才知道了情况。后来,他父亲独自用完餐,便派人把他叫去,用非常沉重的语气询问玛格丽特的去向。

"我不知道她在哪里,爸爸,"查尔斯说,"多莉为了她,把晚饭都推迟了快一个小时。"

"她来了就告诉我。"

又过去了一个小时。用人都上床睡觉去了,查尔斯又去见他父亲,看有什么吩咐。威尔科克斯夫人还是没有回来。

"我会坐这儿等她,您让等到多晚我就等多晚,不过她不大可能来了。她会不会跟她妹妹一起待在旅馆了?"

"也许吧,"威尔科克斯先生若有所思地说,"也许。"

"老爷,我能替您做点什么吗?"

"今晚就不用了,孩子。"

威尔科克斯先生喜欢别人叫他老爷。他抬头看了一眼他的儿子,那份慈爱比平时更显直白。他看到的查尔斯是小男孩和男子汉的合体。虽然他的妻子身体孱弱,他的孩子倒是随他。

午夜过后,他敲响了查尔斯的房门。"我睡不着,"他说,"我还是跟你聊聊天,解解闷吧。"

他抱怨天气太热,查尔斯把他带到了花园里,他们穿着睡袍来回踱着步。随着事情经过一一披露,查尔斯变得非常安静。他一直都知道,玛格丽特跟她妹妹一样,不是好东西。

"她到了早上就会感觉不一样了,"威尔科克斯先生说,他当然只字未提巴斯特夫人的事,"但是我不能放任这种事继续下去。我敢肯定她跟她妹妹就在霍华德庄园。那房子是我的——而且,查尔斯,它将来也是你的——我说谁都不准住那儿，就是不准住那儿。我绝不答应。"他生气地看着月亮。"依我看，这个问题关乎更重要的东西，就是产权本身。"

"这是毫无疑问的。"查尔斯说。

威尔科克斯先生挽着儿子的胳膊，不过跟他说得越多，对他的喜爱程度反而越来越低了。"我希望你不要觉得我们夫妻之间发生了争吵一类的事情。她只是紧张过度了，谁不都这样吗？我会尽力去帮助海伦，不过前提是她们立刻搬出我们的房子。你明白吗？这是必要条件。"①

"那我明天早上八点开车去一趟？"

"八点或者更早点。就说你是代表我行事，当然了，不要动粗，查尔斯。"

翌日，查尔斯回来了，伦纳德已经死在了石子路上，他觉得自己似乎并没有动粗。死因是心脏病。她继母本人是这么说的，连埃弗里小姐都承认，他只是用剑身拍打了一下。在穿过村子的路上，他通知了警方，警方对他表示了感谢，说必须有个侦讯过程。他看见父亲在花园里，手搭在眼睛上遮挡阳光。

"情况真是可怕，"查尔斯凝重地说，"她们在那儿，她们还把那个男人也招去了。"

"什么——什么男人？"

"我昨晚告诉过您的。他叫巴斯特。"

"我的天哪！怎么可能呢？"威尔科克斯先生说，"在你母亲的房子里！查尔斯，就在你母亲的房子里啊！"

"我知道，爸爸。我当时也是这种感受。事实上，不用再烦心这个男人了。他有心脏病，已经是晚期了，我还没来得及教训他呢，他就挂了。警察现在正在处理这事。"

威尔科克斯先生全神贯注地听着。

---

① 原文是拉丁语。

"我到了那儿——哦，当时应该还不到七点半。那个叫埃弗里的女人在为她们生火。她们还在楼上，我在客厅里等着。虽然我心里疑虑重重，不过大家都比较客气，心平气和的。我向她们转达了您的口信，威尔科克斯夫人说：'哦，是的，我明白；是的。'还是她一贯的方式。"

"没有别的了？"

"我答应她向您转达'她的爱'，还有就是她今晚要跟她妹妹一起去德国了。我们的时间只够说这些。"

威尔科克斯先生似乎如释重负。

"就在那时，估计那个男人躲得不耐烦了，因为威尔科克斯夫人突然尖叫着喊出了他的名字。我记起了那个名字，就冲着站在正厅的他去了。爸爸，我这么做对吧？我觉得事情有点太过头了。"

"对吗，我亲爱的孩子？我不知道。不过，你要是不那么做，就不是我儿子了。那么，他真的像你说的，就——就那么——瘫倒下来了？"他没有用那个简单的字眼。

"他抓住了书架，书架倒下来砸在他身上了。于是我把剑放下，把他搬到了花园里。我们都觉得他是在装死。可是，他真的死翘翘了。真邪门儿！"

"剑？"他父亲惊叫道，声音里带着焦虑，"什么剑？谁的剑？"

"她们的剑。"

"你拿它干什么了？"

"哎，您还看不出来吗，爸爸，我得顺手拿个家伙啊。我没带马鞭，也没带棍子。我用她们那把老式德国剑的剑身敲了他肩膀一两下。"

"然后呢？"

"就像我刚才说的，他拉住那个书架，然后就跌倒了。"查尔斯叹着气说道。给他父亲跑腿真不是好玩的，他从来都不会满意。

"可真正的死因是心脏病？这个你肯定吗？"

"心脏病或者其他突发疾病。不过，对于这种讨厌的问题，我们会在侦讯中听到详细的说法。"

他们进屋吃早餐。查尔斯头疼得厉害，因为吃东西之前就去开车了。他也在为将来担心，想着警察肯定会拘留海伦和玛格丽特作讯问，把整个事情查清楚。他估计自己非离开希尔顿不可了，谁都没法在丑闻发生地附近住下去——这对做妻子的也不公平。让他感到欣慰的是，爸爸的眼睛终于睁开了。想必会有一次可怕的碰撞，也可能跟玛格丽特分道扬镳，那样的话，他们就一切从头开始，像他母亲在世时那样生活。

"我看我得去警察局一趟。"早餐吃完，他父亲说道。

"干什么？"多莉叫道，她还没有"得知"情况。

"那好啊，老爷。您要哪辆车？"

"我想走着去。"

"足足半英里路呢，"查尔斯说着便走进了花园，"四月天这样的日头太热了，要不我开车捎上您，然后，也许可以去泰温兜一圈。"

"你老这样，好像我没脑子似的。"威尔科克斯先生不耐烦地说道。查尔斯紧闭住嘴巴。"你们年轻人成天就想着钻车里去。我告诉你，我想走着去，我特别喜欢走路。"

"哦，好吧；您有什么事要我办，我在家呢。我本来就想着今天不去办公室了，您要是这个意思那正好。"

"就是这个意思，我的孩子。"威尔科克斯先生说着，一只手抚了下他的袖子。

查尔斯不喜欢这样；他父亲今天早上有点不对劲，这让他感到不安。他的表现有点任性乖张——更像个女人。是因为他在老去吗？威尔科克斯家族并不缺乏情感；他们的情感很丰富，可是他们不知道如何运用。这些情感被埋没了，而作为一个热心肠的男人，查尔斯几乎没有传递出任何快乐的情绪。看着父亲拖着脚步走在那条路上，他隐隐地有些愧疚——希望某处某事呈现出有别于现在的样子——希望（尽管他没有这样表达出来）小时候有人教会他追求"自我"。他想弥补因玛格丽特背叛而造成的缺憾，可他知道，到昨天为止，他父亲和玛格丽特一起生活都很幸福。她是怎么做到的？通过一些狡诈的手段，这是毋庸置疑的——可是怎么做到的呢？

威尔科克斯先生十一点的时候又出现了，看上去很疲倦。明天会对伦纳德的尸体进行查验，警方要求他儿子在场。

"我早料到了，"查尔斯说，"我当然是最重要的证人。"

第四十三章

朱莉姨妈染病引起的混乱和恐慌,直到伦纳德死去都没有消停,玛格丽特觉得,健康的生活要想再现似乎是不可能的了。各种事情一件接一件地发生,合乎逻辑,却又毫无道理。人们丧失了本性,随意决定价值标准,就像一副扑克牌里各张的大小。亨利走出了第一步,引得海伦走出第二步,亨利于是认为她的做法不对,这很自然;海伦反过来认为亨利不对,这也很自然;伦纳德想知道海伦的情况,于是就来了,查尔斯因为他的到来而怒火中烧——这很自然,但是有点虚幻。在这纷繁复杂的因果纠缠中,他们的真实自我怎么了?现在,伦纳德躺在花园里死了,死于自然原因;可是,如果生命是一条深深的河流,死亡就是蓝蓝的天空,如果生命是一所房子,死亡就是一把干草,一朵花,一座钟楼;生命和死亡可以是任何东西,唯独不是这种井然有序的疯狂,就像打牌时"老K"吃掉"皮蛋",而"尖儿"又吃掉"老K"。哦,不;生死之外还有美,还有冒险,就如同她脚下的这个男人曾经渴求的那样;在坟墓的外面,还有希望存在;超越我们现时的羁绊,还有更加真诚的人际关系存在。就像一个囚犯仰望天空,看到星星在召唤,她也在这些日子的混乱与恐慌中瞥见了更加神圣的舵轮。

海伦吓得说不出话来,不过为了孩子,她竭力保持冷静,埃弗里小姐也很冷静,只是轻声絮叨:"都没人告诉这个小伙子他要当爸爸了"——她们也让玛格丽特感觉到,恐怖不是最终的结局。她不知道我们最终走向怎样的和谐,不过极有可能的是,一个婴儿会降临这个世界,极有可能尽情享有这个世界的美好,尽情去冒险。她在阳光灿烂的花园里奔忙,采摘红心白瓣的水仙花。没有别的事情要做了;拍电报、发脾气的时段已经过去,把伦纳德的双手交叉放在胸前,然后撒满鲜花,这似乎是最该做的事情。这里躺着的是一个父亲,就让他安息吧。让贫困者变成悲情的人,他的双眼就是星星,他的双手紧握夕阳与黎明。

即便官员们接踵而至,即便那个庸俗而精明的医生再次出现,她对永恒之美的信念也不会为之动摇。对于人类,科学可以解释,却无法理解。在骨骼和肌肉中摸索了好几个世纪之后,科学开始掌握神经方面的知识,但它永远无法促进对人的理解。人的心脏可以向曼斯布里奇先生之流敞开,内心的秘密却不会向他们透露,因为他们要把所有的东西白纸黑字地记下来,留给他们的也就只有白纸黑字了。

他们仔细向她盘问了查尔斯的情况。她没有质疑为什么这么做。人都死了,医生也认同死于心脏病。他们要求看一下她父亲的那把剑。她解释说,查尔斯发怒是自然反应,不过他误会了。随后问了有关伦纳德的问题,虽然让人痛苦,她全都毫不犹豫地回答了。然后又回到查尔斯身上。"毫无疑问,威尔科克斯先生可能诱发了死亡,"她说,"可是你们自己也知道的,即便这次没问题,下次也会有别的事导致他发病的。"最后,他们对她表示了感谢,把那把剑和尸体都带到希尔顿去了。她开始收拾地上的书本。

海伦已经去了农场。那是最适合她的地方,因为她要等着接受讯问。不过,玛奇和她丈夫似乎嫌事不够大,又人为制造了事端;他们不明白,他们为什么要接受从霍华德庄园扔出来的垃圾。当然,他们没有错。整个世界都会匡扶正义,对任何有违传统的大胆言行给予毫不留情的责罚。施莱格尔姐妹过去曾说:"除了自尊和朋友,其他的都不重要。"可是到头来,其他的事情都无比重要。好在玛奇让步了,海伦可以确保有一天一夜的安稳,明天她就回德国去了。

至于她自己,她也决意要走。亨利没有捎来口信;或许他在等着她道歉吧。她既然有时间好好反思自己的悲剧,也就没什么可后悔的了。她无法原谅他的行为,也不想原谅他这个人。她对他说过的话似乎无可挑剔,她一个字都不会改动。这种话这一生总要说出来一次,好给这世界纠纠偏。这话不仅是说给她丈夫听的,也是说给千千万万像他一样的男人听的——借此抗议商业时代给身居高位者带来的内心的黑暗。没有她，他也会建立自己的生活，可是她不能道歉。对于男人来说，这是个再清楚不过的问题，而他拒绝将心比心，那么他们的爱情必须承担相应的后果。

不，再没什么要做的了。他们曾努力避开悬崖，可是跌下去也许是不可避免的了。想到未来一定不可避免，这让她有了些许安慰：因果交错纠缠，无疑会达到某个目标，但是没有哪个目标是她能想象得到的。在这样的时刻，灵魂退隐到内心深处，在更深邃的河面上漂泊，与逝者交流，看到世界的荣光并没有减损，只不过跟她预想的有所不同而已。她调整思想的焦距，直到将烦心琐事都模糊淡忘。玛格丽特整个冬天都在这么做。伦纳德的死让她达成了目标。啊！等到真相大白，但愿亨利已经消失了，只有她对他的爱依然清晰，烙上他的形象，就像我们梦醒后残留的珍贵记忆。

她用毫不动摇的眼光展望他的未来。很快，他将再次向这个世界呈现一颗健康的大脑，即便内核已经腐烂，他或这个世界会在乎吗？他会变成一个富有而快乐的老头，偶尔对女人心怀柔情，却又会跟任何人豪饮言欢。他会大权在握，让查尔斯和其他人依附于他，等到老了才心有不甘地退出生意场。他会安定下来——虽然她认识不到这点。在她看来，亨利总是在奔忙，让别人也跟着奔忙，直到世界末日为止。不过，总有一天他会累得动不了，然后安定下来。然后呢？面对那个不可避免的字眼，将灵魂释放，让它去往该去的天堂。

他们会在那里相遇吗？玛格丽特坚信自己的灵魂终将不朽。对她来说，拥有一个永恒的未来一直是很自然的事情。亨利也相信他的灵魂会不朽。可他们会再次相遇吗？在坟墓的那一边，是否如他抨击的理论所宣扬的那样，存在着无数的等级？他的等级——无论是高还是低——可能和她的等级一样吗？

正在她这样凝思的时候，他派人来叫她了。他让克兰开车来的。别的用人像流水一般换得勤快，可这个司机却一直都在，虽然他粗鲁无礼，也不够忠诚。玛格丽特不喜欢克兰，他也心知肚明。

"威尔科克斯先生是要钥匙吗？"她问道。

"他没说，夫人。"

"你没什么短信要带给我吗？"

"他没说，夫人。"

沉思片刻之后，她锁上了霍华德庄园。眼见里面热腾腾的烟火气就要永远熄灭，不由得一阵难过。她把厨房里烧得正旺的火苗扑灭，将没烧完的木炭摊开在铺了石子的后院里。她关上窗户，拉上了窗帘。亨利这下很可能要卖掉这个地方了。

她决意不给他好脸色，因为就他们的情况来看，并没有什么新进展。从昨夜开始，她的情绪也许永远都不会改变了。他站在查尔斯家大门外不远的地方，示意汽车停下来。他妻子下车的时候，他沙哑着嗓子说道："我想在外面跟你谈点事情。"

"恐怕在大路上说更合适吧，"玛格丽特说，"你收到我的口信了吗？"

"关于什么的？"

"我要跟我妹妹一起去德国了。我要永远定居在那里，所以现在必须得告诉你。我们昨晚的谈话很重要，也许你没意识到。我没法原谅你，我要离开你。"

"我特别累，"亨利带着委屈的腔调说，"我一上午都在奔波，真想坐会儿。"

"没问题啊，只要你乐意坐草地上。"

北方大道的两边本应该都是田地，可亨利那样的人窃取了大部分土地。她走到对面的草地上，附近就是六峰山。他们在草地的另一边坐了下来，这样就不会让查尔斯或多莉看见了。

"这是你的钥匙。"玛格丽特说着，把钥匙朝他扔了过去。它们落在洒满阳光的斜坡上，可他并没有捡起来。

"我有点事情要告诉你。"他温柔地说道。

她熟悉这种表面的温柔，熟悉这种迫不及待的告白，那不过是想强化她对男性的崇拜而已。

"我不想听，"她回应道，"我妹妹快病倒了，我现在要跟她一起生活。我和她，还有她的孩子，我们得想办法建立新生活。"

"你们要去哪儿？"

"慕尼黑。要是她身体还行的话，我们等调查结束就走。"

"调查结束？"

"是的。"

"你知道调查的结果会是什么吗？"

"知道，心脏病。"

"错了，亲爱的；是过失杀人。"

玛格丽特的手指穿过青草。她脚下的山像活的一样动了起来。

"过失杀人，"威尔科克斯先生重复道，"查尔斯可能要去坐牢。我不敢告诉他。我不知道该怎么办——怎么办。我垮掉了——我完了。"

她心里并没有立刻涌起一股热浪。她不明白，让他垮掉是她唯一的希望。她没有把这个受难的人拥入怀中。不过在经过那一整天还有第二天的煎熬之后，一种新的生活开始运行。判决书送来了，查尔斯必须受审。他竟然要受到惩罚，这简直毫无道理，不过法律是神圣的，他还是被判入狱三年。于是亨利的堡垒崩塌了。除了妻子，他无法面对任何人。然后他跌跌撞撞地来到玛格丽特面前，请她随便怎么处置自己。她的做法看起来最为省事——把他带到霍华德庄园去休养身心。

第四十四章

汤姆的父亲在修剪那块大草地。他在翻飞的叶片和青草的清香中来回走着,圈子不断缩小,把这块草地神圣的中心围了起来。汤姆在跟海伦"谈判"。

"我不知道啊,"她回答说,"你觉得宝宝可以吗,梅格?"

玛格丽特放下手里的活计,茫然看着他们。"什么呀?"她问道。

"汤姆想知道,宝宝现在这么大,是不是可以去玩干草了?"

"我一点概念都没有。"玛格丽特答道,又拿起了活计。

"听着,汤姆,宝宝不能站,不能脸朝下趴着,不能让他躺着的时候头乱动,不能乱逗他,挠他的痒痒,不能让割草机把他割成两块儿或者是好几块儿。你能小心着别出这些事吗?"

汤姆伸出了两条胳膊。

"这孩子真是个出色的保姆。"玛格丽特说道。

"他喜欢宝宝,所以才要做保姆!"海伦回答说,"他们会一辈子做朋友的。"

"一个六岁,一个才一岁,这就开始了?"

"当然了。这对汤姆是件大事。"

"对宝宝也许更是件大事呢。"

十四个月过去了,玛格丽特还住在霍华德庄园里。她还没想到更好的计划。草场剪了又剪,花园里的大红罂粟花开了又开。麦田里的小红罂粟花盛开的时候就到七月了,割麦子的时候就是八月。这些小事会成为她生活的一个部分,一年又一年。每年夏天她会担心井水干了,每年冬天她会担心水管冻了;每一阵强烈的西风都有可能把那棵山榆树刮倒,把东西都砸坏,所以刮西风的时候她没法看书,也不想聊天。此刻静谧无风。她和妹妹坐在石头上,那是埃薇那座假山废弃后遗留下来的几块石头,草坪在此渐渐融入了田地。

"他们这都多长时间了啊！"海伦说，"他们在里面能干什么呢？"玛格丽特没有回答，她越来越不爱说话了。割草机的声音断断续续地传过来，仿佛一波接一波的海浪。离她们不远的地方，有个人正准备用长柄镰刀把一个洼地里的草割掉。

"真希望亨利能出来好好玩玩，"海伦说，"天这么好，却关在屋子里！真受不了。"

"没办法，"玛格丽特说，"他不愿意住这儿，主要原因就是怕花粉热，不过他觉得挺值得的。"

"梅格，他到底有病没病？我看不出来。"

"没病。就是总觉得累。他一辈子劳累，什么都不管不顾的。这种人就是这样，真有事上心了，也就垮掉了。"

"我猜他是为这一团乱麻里他自己那一堆事太操心了。"

"是太操心了。所以我巴不得多莉今天也不来呢。可他还是想要他们全都来。没办法。"

"他为什么要他们来呢？"

玛格丽特没有回答。

"梅格，告诉你个事好吗？我喜欢亨利。"

"你要不喜欢才怪了。"玛格丽特说道。

"我过去可是不喜欢。"

"过去不喜欢！"她垂目片刻，审视过去那个黑暗的深渊。他们已经跨了过来，只是伦纳德和查尔斯永远都过不来了。他们正在建设新的生活，默默无闻，却因为宁静安详而光彩夺目。伦纳德死了，查尔斯还要坐两年牢。事情不到眼前，有时就看不清楚。现在就不一样了。

"我喜欢亨利，因为他事事操心。"

"而他喜欢你是因为你从来不操心。"

海伦叹了口气。她好像有点惭愧，将脸埋在两只手里。过了一会儿，她说："说到爱么——"这话题转得有点突兀，却也未必。

玛格丽特手中的活计一直没停。

"我是说女人对男人的那种爱。我原来想的是这辈子应该全身心投入地爱一次,这种想法把我给上上下下折腾得够呛,好像总是操心个没完。不过现在全都风平浪静了,我这心病好像也治好了。那个林务官先生,就是弗里达经常写信提起的那位,肯定是个不错的君子,可他不明白,我永远不会嫁给他,也不会嫁给任何人。倒不是觉得丢脸,也不是不相信自己。我就是做不到。我就这样了。我原来就像个小姑娘一样,梦想着男人的爱,觉得好也罢歹也罢,爱肯定是件了不起的事。结果证明不是;爱本身从头到尾就是个梦。你同意吗?"

"我不同意。不同意。"

"我应该把伦纳德当情人铭记在心里,"海伦说着,走进了田地里,"我引诱他,然后害死了他,记住他起码是我能做到的事情。在这样的一个下午,我真希望把我的整颗心捧给伦纳德。可是我做不到。伪装起来是没用的,我在忘掉他。"她的眼里满含着泪水。"怎么就老是格格不入——怎么我挚爱的、宝贵的——"她突然打住了。"汤米!"

"哎,怎么了?"

"宝宝还不能站呢——我身上缺少点什么东西。我看得出来,你爱着亨利,一天比一天更理解他,我知道,死亡都无法把你们分开。可是我——这是一种可怕的、罪恶的缺陷吗?"

玛格丽特制止了她。她说:"人与人之间是不同的,只是差异远比他们表现出来的要大。全世界的男男女女都在焦虑,因为他们没法按照预期的那样去发展。他们偶尔把问题解决了,就会觉得舒坦。不要折磨自己,海伦。顺其自然吧,好好爱你的孩子。我不喜欢小孩,也庆幸自己没有孩子。孩子生得漂亮,讨人喜欢,我可以逗他们玩儿,不过仅此而已——没有真实的情感,没有一点该有的东西。而其他人呢——其他人更过分,完全超越了人性的范畴。和人一样,一个地方也会捕捉到光辉的一面。这一切最终都有个令人欣慰的结局,你看不出来吗?这是一场战役,为的是打破千篇一律的格局。在同一个家庭内,上帝都会播下差异的种子——永恒的差异,这样才能让世界保持五彩缤纷；也许会有忧伤，但是日常的晦暗会因此有了色彩。所以，我不要你再为伦纳德耿耿于怀。不会发生的事情，就不要投入个人情感了。忘掉他吧。"

"是啊，是啊，可伦纳德又从生活中得到了什么呢？"

"也许是一次冒险。"

"这就够了？"

"对我们来说不够，可对他来说就够了。"

海伦抓起一把草。她看着里面的酢浆草，还有红的、白的、黄的苜蓿草，还有凌风草，还有雏菊，还有穈穗草。她把草凑到脸前。

"还有清香气吗？"玛格丽特问道。

"没有了，都枯萎了。"

"明天又会清香起来的。"

海伦笑了。"哦，梅格，你真了不起，"她说，"想想去年这时候，一片混乱和痛苦。可现在呢，我想不开心都做不到。变化真大啊——都是因为你。"

"哦，我们只不过是安顿下来了。整个秋天和冬天，你和亨利学会了相互理解，彼此原谅。"

"没错，可是谁把我们安顿下来的呢？"

玛格丽特没有回答。那把长柄镰刀开始工作了，她摘下夹鼻眼镜朝那边看。

"是你！"海伦大声说道，"都是你干的，亲爱的，只是你太笨了，看不出来。住在这儿是你的计划——我需要你，他也需要你；谁都说不可能，可你心里有数。想想看，要是没有你，梅格，我们的生活该是什么样啊——我和宝宝要跟莫妮卡一起生活，想想就不靠谱，而他要靠多莉和埃薇轮流照顾，来回折腾。但是，你把我们这一盘散沙捏合成了一家人。你想过没有——哪怕是一小会儿——你这一生挺英勇的？你不记得了吗？查尔斯被捕后的两个月，你就开始行动，什么都揽下来了。"

"你们俩当时都病了嘛，"玛格丽特说，"我做的都是顺理成章的事情。我有两个病人要照料，而这儿有所房子，家具齐全，也没人住。都是很自然的事情。我自己都不知道这儿会成了一个长住的地方。我为解开这团乱麻尽了点力，这是肯定的，不过也有些我说不出来的东西帮了我的忙。"

"希望这里能长久吧。"海伦说着，思绪飘到其他事情上去了。

"我觉得可以。有的时候我有种古怪的感觉，好像霍华德庄园是我们自己的。"

"哪里都一样，伦敦正在四处蔓延呢。"

她指了指草地那边，八九块草地过去，尽头处却是一片铁锈红。

"如今在萨里甚至汉普夏都能看到那样的红色建筑了，"她接着说道，"我在珀贝克丘陵上就能看见。伦敦恐怕也不过是别的某个东西的一部分。生活都会给熔化掉，整个世界都这样。"

玛格丽特知道她妹妹说的是实情。霍华德庄园，奥尼顿农庄，珀贝克丘陵，奥得贝格山，都不过是幸存者而已，那个大熔炉已经为它们准备好。从逻辑上看，这些地方都没有权利存活。人的希望就寄托于逻辑的缺陷。那么它们有可能正是合乎节拍、因时而动的地方吗？

"某件事物现在强势，并不代表它必然会永远强势，"她说，"这种对行动的狂热只是近百年间才形成的。随后产生的也许是一种不再呈现为运动的文明，因为这种文明会以大地为依存。目前所有的迹象都对这种文明不利，可我还是忍不住怀有希望，一大早站在花园里，我觉得我们的房子既代表着过去，也象征着未来。"

她们转身朝那座房子看去。现在她们自己的记忆也为之增添了色彩，因为海伦的孩子就出生在九个房间里正中的那一间里面。这时玛格丽特说道："哦，注意了——！"因为正厅窗户后面有什么东西在动，然后门开了。

"秘密会议总算开完了。我要走了。"

出来的是保罗。

海伦带着孩子们向田野深处走去。几个人友好地跟她打着招呼。玛格丽特站了起来，迎面而来的是个留着浓密黑胡子的男人。

"我父亲让你过去。"他说道,语气中带着敌意。

她拿起活计,跟在他后面。

"我们一直在谈正事,"他继续道,"不过相信你早就提前知道内容了。"

"是啊,我知道。"

保罗行动笨拙——因为他这一辈子都是在马背上度过的——他的脚在前门的油漆上踢了一下,威尔科克斯夫人不太高兴地轻轻叫了一声,她不喜欢东西有刮痕;她在正厅停下,从一个花瓶里把多莉的围巾和手套拿了出来。

她丈夫躺在餐厅一把巨大的皮椅里,埃薇在旁边拉着他的手,那架势很夸张。多莉穿着紫色的衣服,坐在窗户边上。房间里有点暗,有点沉闷;干草运走之前,他们只能这样紧闭门窗。玛格丽特默默地来到这家人中间;他们五个人用茶点的时候已经照过面了,她很清楚接下来会说什么。她不想浪费时间,手里继续做着针线活。时钟敲了六下。

"这样安排大家都满意吗?"亨利问道,声音中透着疲惫。他说的还是老话,不过效果模糊,不如预期。"因为我可不想让你们以后又来抱怨,说我一碗水没端平。"

"这还用说,我们都得觉得满意才行啊。"保罗说。

"你说什么,孩子?只要你开口,我就改变决定,把房子留给你。"

保罗不耐烦地皱着眉头,开始挠胳膊。"我放弃了适合我的户外生活,回家来照看生意,住在这里也没什么用处,"他终于说,"这里不是真正的乡下,也不是城里。"

"很好。埃薇,我的安排你满意吗?"

"当然了,父亲。"

"多莉,你呢?"

多莉抬起她那光彩不再的小脸蛋,忧伤让她面容憔悴,却没能让她稳重起来。"好得很啊,"她说,"我本来以为查尔斯会把房子要过来给孩子们，可我上次见他的时候，他说不要，因为我们不可能再住在英格兰这里了。查尔斯说我们应该改一下姓氏，可我想不出来改成什么，还是威尔科克斯适合查尔斯和我，我想不到其他的姓氏。"

一片沉默。多莉局促地环顾四周，担心自己说错了话。保罗继续挠着胳膊。

"那我就把霍华德庄园全部留给我妻子了，"亨利说，"大家都听清楚了，我死后，大家不准眼红，不准生事。"

玛格丽特没有吱声。她的胜利有点不可思议。从来没想着要征服谁，可她却直冲冲地闯进威尔科克斯家族的世界，打破了他们的生活。

"因此，我不给我妻子留一分钱，"亨利说，"这是她自己的意思。所有她该得的部分由你们平分。在我有生之年，我也会给你们很多钱，那样你们就不用依靠我了。这也是她的愿望。她还会拿出很大一笔钱，准备在接下来的十年里减少一半收入；她想在死后把这房子留给她——她外甥，在地里的那个。都清楚了吗？大家是不是都明白了？"

保罗站了起来。他习惯了跟土著人打交道，已经在一定程度上抛却了英国绅士的风度。他觉得自己是个男子汉了，看什么都不顺眼，嘴里说道："在地里？哦，得了吧！看来我们这一家算是齐活了，小野种都有。"

卡希尔太太低声说道："别这样，保罗。你答应过不乱说话的。"她自认为是个见过世面的女人，便起身准备告辞。

她父亲吻了吻她。"再见，老闺女，"他说，"别担心我。"

"再见，爸爸。"

轮到多莉了。她按捺不住要发表自己的见解，僵硬地笑着说："再见，威尔科克斯先生。好神奇啊，当初威尔科克斯夫人就要把霍华德庄园留给玛格丽特，最后还真是让她得到了。"

埃薇深深地吸了一口气。"再见。"她对玛格丽特说着，吻了她一下。

这个词一遍又一遍地说出来，就像逐渐平息的大海在退潮。

"再见。"

"再见，多莉。"

"回见，爸爸。"

"再见，孩子；一定要照顾好自己。"

"再见，威尔科克斯夫人。"

"再见。"

玛格丽特把客人们送到大门口。然后，她回到丈夫身边，把头依偎在他手里。他累了，样子教人心疼。但是多莉的话引起了她的好奇。终于，她说道："亨利，你能不能告诉我，威尔科克斯夫人把霍华德庄园留给我是怎么回事？"

他平静地回答："没错，她是这么做了。不过那是很早以前的事了。她生病的时候，你对她太好了，她想给你一点回报，就在不太清醒的状态下，在一张纸上潦草地写下了'霍华德庄园'几个字。我仔细研究过这张字条，那显然是胡思乱想的结果，所以我就给搁到一边去了，根本不知道我的玛格丽特将来跟我有什么关系。"

玛格丽特沉默不语。她生命的最深处被什么东西触动了，让她不禁颤抖了一下。

"我没做错什么吧？"他俯身问道。

"没有，亲爱的。什么都没做错。"

笑声从花园里传来。"他们总算是来了！"亨利大声说道，微笑着坐好。海伦闯进了昏暗的房间，一手拉着汤姆，一手抱着宝宝。富有感染力的欢叫声响了起来。

"地里的草割好了！"海伦兴奋地嚷嚷，"好大的一片草地啊！我们一直看到割完为止，从来没有过这样的干草大丰收！"

译后记

　　翻译界曾经流行过一个段子：做不好翻译，就去教翻译；如果教翻译也吃力，那就去研究翻译。虽然是调侃，倒也确实反映了业内理论与实践脱节的现实。自从二十五年前因为一个偶然事件与翻译结缘以来，学翻译、做翻译、教翻译和思考翻译几乎贯穿了生活的始终。为了避免沦为只会纸上谈兵的笑柄，尽可能多地进行翻译实践就成了一种自觉的追求。这也正是接受本次翻译任务的一个主要原因。

　　作为福斯特的代表作之一，《霍华德庄园》已经完成了它在汉语世界的经典化过程，翻译所起的作用当然是毋庸置疑的。迄今为止，这部小说已有三个汉译本，分别是《此情可问天》（景翔译，1992年业强出版社出版）、《绿苑春浓》（林怡俐译，1992年联经出版事业公司出版）和《霍华德庄园》（苏福忠译，2009年人民文学出版社初版，2016年上海译文出版社再版）。也许是受到特定时期两岸文化交流渠道的限制，《此情可问天》和《绿苑春浓》这两个台湾译本在大陆地区的流传并不广泛，一般读者也较难接触到。相对而言，苏福忠先生翻译的《霍华德庄园》产生的影响要大得多。

　　已有译本而选择重译出版，发行方自有一番考虑，而译者除了领命之外，想必还存有一种让经典更加完美的理想。翻译任何文学作品，从零开始的初译者注定困难重重。在没有参照的情况下，原文理解上的困难和翻译条件的限制都会让初译者步履维艰，难免因此出现一些误译现象。尽管如此，每部作品的首译之功是再怎么强调都不为过的，它也是后来者继续完善译本的基石。在本次重译过程中，译者就从苏福忠先生的译本中受益颇多，在此特致谢忱！

　　从翻译活动本身来看，抛开语言风格上的考虑，重译最主要的目的应该是让译文质量更上层楼。诚如本系列丛书主编杨晓荣所言，文化产品并非后来者就一定居上，但是"虽不能至，心向往之"，努力超越前译是每个重译者必须秉持的信念。已有译本的参照，翻译手段的丰富，也在客观上为完善译本创造了良好的条件。

本次重译特别希望在译文的准确性和可读性上有所突破。

准确性属于是非问题，往往表现为某种"硬伤"。究其原因，可能是看走了眼，也可能是对原文某个表达望文生义，又或者是因为对某处背景不了解，从而导致误译。要解决这个问题，一方面当然要靠细心、谨慎的态度，另一方面，可以充分发挥网络时代的资源优势，以搜索引擎为出发点，借助图片、音频、视频等多媒体材料解决那些隐藏得比较深的误译问题。

在翻译《霍华德庄园》的过程中，译者除了阅读与原著相关的文献（如研究福斯特及其作品的专著与论文），还观看了根据小说拍摄而成的电影和电视剧，以加深对故事情节及人物特征的理解和直观感受。同时，针对小说中对话较多的特点，又找来小说的配套朗诵音频，反复聆听，以便更好把握书中角色的语气。毕竟，印在纸上的文字是冷冰冰的，缺少轻重缓急，没有抑扬顿挫，说话者的腔调往往因此难以把握，甚至给读者造成理解上的障碍。而专业人士的朗读往往能让一些本来模棱两可的对话变得异常清晰易懂。

背景信息的缺乏是导致误译的另一个重要原因，搜索引擎恰恰可以弥补译者知识方面的不足。例如，在小说第四十一章中，书中重要人物伦纳德来到圣保罗大教堂观看一幅画，福斯特对此有下面的描述：

But the light was bad, the picture ill placed, and Time and Judgment were inside him now. Death alone still charmed him, with her lap of poppies, on which all men shall sleep.（苏译：但是，光线太差，那幅画儿又挂得不是地方，"时间"和"审判"现在深入到了他的内心。唯有死亡对他还有吸引力，张开它那罂粟般的怀抱，让所有人都酣睡在里面。）

在这句话中，"Time"、"Judgment"和"Death"都是大写的，而且"Death"之后的呼应代词是"her"，这些异常信息引起了译者的关注，于是结合语境中的信息进行了网络搜索，发现这里提到的是英国维多利亚时代画家乔治·弗雷德里克·沃茨的一幅作品，名为《时间、死亡和审判》(Time, Death and Judgement)。画中"时间"、"死亡"和"审判"是三个人物，其中"时间"和"审判"是男性形象，"死亡"是女性形象，而且"死亡"的裙摆上正是小说中提到的罂粟花。因此，新译本将整句译为：可是光线比较暗，那幅画放得不是地方，对于画中的"时间"和"审判"，他已谙熟于胸，只有"死亡"还在吸引着他，她那铺满罂粟的裙裾是所有人终将酣睡的地方。并为这句话增加了译注，补充了画作的背景信息。这样，读者在看到"时间"、"死亡"和"审判"这几个表述时就不会心生困惑了。

除了提高译文的准确性，本次重译还力图在可读性上有所改进。读者阅读文学作品，当然期望从中得到愉悦的体验，如果小说文字佶屈聱牙、逻辑不畅，肯定会让读者不忍卒读。因此，译者在翻译过程中时刻提醒自己要"说人话"，尽量消除翻译腔，注意句间衔接与连贯，让读者不"蒙圈"、不费劲。当然，这只是一个良好的愿望，有没有实现，得由读者去判断。

网络时代的便利条件在一定程度上为提高译文质量提供了保障，但文学翻译是一种需要灵感思维的创造性活动，译者无法、也不应该完全依赖这类技术手段。只有不断阅读优秀作品、不断咀嚼体会其中味道，才可能译出打动人的作品。译，然后知不足。这是近两年来无数次"捻断霜须"后的真切体会，也将是今后继续实践的动力。

即将交差之际，心底不禁涌起一番感慨，这其中既有重度拖延症患者于"催逼"之下完成任务后的如释重负，也有丑媳妇见公婆前的忐忑不安。能否释然，恐怕还要再等上些时日，由读者诸君的反应来决定了。

最后，写几句并非套话的套话。本套福斯特丛书主编杨晓荣老师在整个翻译过程中给予了我无微不至的关怀与帮助，耳提面命，谆谆教诲，令人感佩。作为本书的最早的读者，我的夫人和孩子也常常为改进译文提出富有建设性的意见，在此向她们表示衷心的感谢！

巫和雄

2021 年 1 月 30 日南京月牙湖畔